LOUISE WELSH

# Das Alphabet der Knochen



GOLDMANN
Lesen erleben

*Buch*

Murray Watson lehrt an der Universität Glasgow Englische Literatur – ein eher langweiliger Typ, dessen einziger Ausrutscher im Leben die Affäre mit der Frau seines Chefs war. Doch eine Leidenschaft hat er: Seit er mit sechzehn Jahren die Gedichte von Archie Lunan gelesen hat, ist er von diesem früh verstorbenen Dichter fasziniert; sein großer Traum ist es, eine Lunan-Biografie zu schreiben. Der vielversprechende junge Dichter, ein Hippie und Aufschneider, war in den 1970er Jahren der Mittelpunkt eines Schriftstellerzirkels an der gleichen Universität, an der nun auch Watson beschäftigt ist. Die Literatur, bewusstseinserweiternde Drogen und Alkohol scheinen für ihn wichtiger gewesen zu sein als das Studium – bis er unter ungeklärten Umständen in einem Segelboot vor der Küste von Lismore ums Leben kam. Sein Nachlass besteht nur aus einer kleinen Kiste scheinbar unbedeutender Zettel. Und so begibt sich Watson auf die Suche nach Zeitgenossen, Freunden und Kollegen des Dichters. Doch es ist wie verhext, seine Recherchen kommen nur langsam voran, er scheint immer gerade zu spät zu kommen: Den Freund Lunans trifft er gerade rechtzeitig zu dessen Beerdigung an, ein Suizidwissenschaftler, der über Lunan forschte, hat sich jüngst vor einen Baum gefahren, und Lunans Geliebte droht mit der Polizei, wenn sich Murray Watson ihr auch nur nähert. Doch Watson gibt nicht auf, lässt sich immer tiefer hineinziehen in die Recherche, die Suche nach dem Leben und Sterben eines anderen. Und gerät dabei in ein gefährliches Geflecht aus Lügen und Intrigen, Sex und Tod …

*Autorin*

Louise Welsh, geboren 1965 in London, hat Geschichte studiert, acht Jahre in einem Antiquariat gearbeitet und dann ein Creative-Writing-Studium abgeschlossen. Ihr erster Roman, »Dunkelkammer«, wurde mit dem Crime Writer Association- und dem John Creasy Memorial Dagger-Award für den besten ersten Kriminalroman sowie dem Saltire First Book Award ausgezeichnet. In Deutschland erhielt er den CORINE Debüt Preis. Louise Welsh lebt in Glasgow.

Louise Welsh

# Das Alphabet der Knochen

Roman

Aus dem Englischen
von Wolfgang Müller

GOLDMANN

Die Originalausgabe erschien 2010
unter dem Titel »Naming the Bones«
bei Canongate, Edinburgh.

MIX
Papier aus verantwortungsvollen Quellen
FSC® C014496
FSC
www.fsc.org

Verlagsgruppe Random House FSC-DEU-0100
Das FSC®-zertifizierte Papier *München Super* für dieses Buch
liefert Arctic Paper Mochenwangen GmbH.

1. Auflage
Taschenbuchausgabe Juni 2012
Wilhelm Goldmann Verlag, München,
in der Verlagsgruppe Random House GmbH

Umschlaggestaltung: UNO Werbeagentur, München,
unter Verwendung eines Entwurfs von Schuster & Junge, München
Umschlagmotiv: Chris Keller/bobsairport.com
Th · Herstellung: Str.
Druck und Bindung: GGP Media GmbH, Pößneck
Printed in Germany
ISBN 978-3-442-47633-6

www.goldmann-verlag.de

Für Clare Connelly und Lauchlin Bell

That one should leave The Green Wood suddenly
In the good comrade-time of youth
And clothed in the first coat of truth
Set out on an uncharted sea

Who'll ever know what star
Summoned him, what mysterious shell
Locked in his ear that music and that spell
And what grave ship was waiting for him there?

The greenwood empties soon of leaf and song.
Truth turns to pain. Our coats grow sere.
Barren the comings and goings on this shore.
He anchors off The Island of the Young.

»In Memoriam I. K.«
George Mackay Brown

TEIL EINS

# EDINBURGH & GLASGOW

# I

Murray Watson schlitzte den Klebestreifen des Pappkartons auf und blätterte in dem herum, was von einem Leben übrig geblieben war. Er nahm einen Packen Papier aus dem Karton und breitete die Seiten behutsam auf dem Schreibtisch aus. DIN-A4-Bögen, blau getöntes Schreibpapier, aus Schulheften herausgerissene Blätter, Briefpapier mit der Adresse eines Londoner Hotels. Teilweise eng beschrieben, wie Briefe, die ein Häftling nach Hause schickt. Teilweise leer, bis auf ein paar Wörter oder Satzfetzen.

*James Laing trat hinaus in einen gewöhnlichen Tag.*

*Nichts hätte James vorbereiten können auf die …*

*James Laing war ein gewöhnlicher Mann, der in einem Haus wohnte, das …*

*Die Kreatur schaute mit ihrem einen schauerlichen Fischauge auf James hinunter. Es blinzelte.*

Murray lachte, ein plötzliches Bellen in dem leeren Raum. Jesus, wenn das alles war, steckte er in der Klemme. Er griff in den Papierstapel und zog wahllos ein Blatt heraus. Es war ein mit grünem Filzstift naiv gezeichnetes Bild einer Frau mit einem dreieckigen Kleid als Körper. Ihre Strichärmchen waren lang und schlangenartig. Sie schlängelten sich hoch in einen Himmel, der mit spitzwinkligen Sternen übersät war; in der linken Ecke thronte ein Pfeife rauchender Sichelmond, in der rechten eine breit grinsende Sonne. Unsigniert. Mist, eine Kritzelei, die man nur zusammenknüllen und in den Papierkorb pfeffern konnte. Wenn man sie jedoch mit Absicht aufgehoben hatte, dann bedeutete sie etwas, war ein Schlüssel zu einem Leben.

Er griff wieder in den Karton, zog noch einen Packen Papier heraus und suchte nach Notizbüchern, nach etwas Substantiellem. Er hatte zwar keinen Zeitdruck, sich das Beste für zuletzt aufheben, wollte er aber auch nicht.

Blätter, auf denen Zahlen addiert und subtrahiert waren, Schulden, fällige Miete, zugesagte Honorare. Ein paar vereinzelte Tarot-Karten: der Narr, fröhlich am Rand eines Abgrunds balancierend; der Tod, das grinsende Knochengesicht unter dem Visier, triumphierend auf seinem Pferd; der Mond, eine bleiche, in Weiß gehüllte Schönheit, einen doppelköpfigen Hund an einer Silberleine führend. Eine Serviette aus einem Café, weiß, darauf das rosafarbene Wort *Aida's* und ein blasser runder Fleck – Milchkaffee im Glas. Ein Zeitungsausschnitt mit einem lächelnden, aber ernsten Mann, der sich mit einem Kamm durch das gescheitelte Haar fährt, der gleiche Mann, links neben seinem behaarten Double, billardkugelglatt und unglücklich. *Angst vor Haarausfall?* Die Lösung für die Kahlköpfigkeit achtlos abgeschnitten, auf der Rückseite das Programm für ein Happening im Grassmarket-Viertel. Kein Foto, nur die Namen, Datum und Uhrzeit. *Archie Lunan, Bobby Robb und Christie Graves, Sonntag, 25. September, 19.30 Uhr, im The Last Drop.*

Dann ein Volltreffer. Murray hielt ein altes, rotes Cordsamt-Adressbuch in Händen, das von einem ausgeleierten Gummi zusammengehalten wurde und dicht beschrieben war. Ein Tagebuch wäre noch besser gewesen, aber Archie war nicht der Tagebuch-

Typ. Murray klappte das Buch auf und blätterte durch die Seiten. Initialen, Spitznamen, Vornamen oder Nachnamen, niemand war ihm beides wert gewesen.

*Danny*
*Denny*
*Bobby Boy*
*Ruby!*
*Ich dachte, ich hätte dich am Strand spazieren gehen sehen.*

Namenslisten und darunter immer ein hingekritzelter, sonderbarer Satz. Nicht mal der Versuch einer alphabetischen Ordnung. Immerhin hatte er schon einen flüchtigen Eindruck, Bruchstücke eines Lebens, das allerdings mehr hervorgebracht hatte als das der meisten Männer, die sich jeden Morgen um neun nüchtern an ihren Schreibtisch setzten.

*Ramie*
*Moon*
*Jessa* ***
*Diana, die Göttin der Jagd, die verborgene Persephone, Namen können ungewollt zu Segen oder Fluch werden.*

Murray hätte gern Fotos gehabt. Ein paar hatte er natürlich schon gesehen. Die orange getönte Großaufnahme von Archie, auf der er dünn und verzottelt aussah, eine Art verwirrter Jesus, die knochigen Finger bedrohlich um den Kopf gekrallt, als wollte er sich das Gesicht herunterreißen. Fotokunst, nur Licht und Schatten. Die anderen Schnappschüsse stammten aus dem *Glasgow Herald*, aus einem Feature über Professor James' Gruppe, das Murray sich aus dem Archiv der Zeitung besorgt hatte. Archie immer im Hintergrund, lachend oder zum Himmel blinzelnd; Archie, eine Zigarette in der hohlen Hand, die fransigen Haare vom Wind in die

Augen geweht. Es wäre nicht schlecht, eins von ihm als Kind zu haben, als seine Züge noch frisch waren.

Murray riss sich zusammen. Er war kurz davor, in eine Anfängerfalle zu tappen und nach etwas zu suchen, was er sich wünschte, und nicht danach, was tatsächlich da war. In der Nacht zuvor hatte er nicht viel geschlafen. Seine Gedanken bewegten sich in Schleifen, das passierte ihm gelegentlich, die Informationen zuckten durch sein Gehirn wie die verrückten Linien auf dem Bildschirmschoner seines Computers. Er hatte sich früh am Morgen eine Tasse Tee gemacht, sie in der Kochnische seiner kleinen Mietwohnung am Klapptisch stehend getrunken und versucht, seinen Kopf freizubekommen, an nichts anderes zu denken als an die einfache weiße Tasse in seiner Hand.

Er würde den Inhalt des Kartons während der Durchsicht in drei Haufen aufteilen: interessant, möglich, Müll. Danach konnte er ins Detail gehen, konnte die Einzelheiten unter die Lupe nehmen, die den verhedderten Knoten von Archies Leben vielleicht entwirrten.

Murray hatte schon oft mit Originalen gearbeitet. Mit wertvollen Dokumenten, die nur gegen Unterschrift herausgegeben wurden und nur mit Handschuhen angefasst werden durften, um sie vor den Fetten und Säuren zu schützen, die sich in den Windungen der eigenen Fingerkuppen versteckten. Aber noch nie war er als Erster vor Ort gewesen, noch nie war er der Forscher gewesen, der die Wand zur Grabkammer aufgebrochen hatte. Er nahm einen nicht abgeschickten Brief aus dem Karton, schwarzer Kugelschreiber auf weißem Papier.

*Bobby,*
*um Gottes willen, verschaff' mir etwas von dem Alten!*
*Wir warten am Samstag am Pier von Acnacroish auf dich.*
*Enger als ein Auge, dein Archie*

Kein Datum, kein Ort, aber Gold wert. Murray legte den Brief auf den wichtigen Stapel, holte dann seinen Laptop heraus, fuhr ihn hoch und fing an genau aufzulisten, was er bis jetzt hatte. Er nahm eine benutzte Busfahrkarte nach Oban in die Hand, die ihn aus irgendeinem Grund an ein Kirchenlied erinnerte, das sie in der Sonntagsschule immer gesungen hatten.

*Gott sieht den kleinen Spatzen fallen,*
*sein sanftes Auge ruht auf ihm.*

Sogar diese einfache Fahrkarte könnte imstande sein, etwas preiszugeben. Trotzdem legte er sie auf den Abfallhaufen.

Murrays Interesse an Archie Lunan hatte im Alter von sechzehn Jahren mit einem schmalen, *Moontide* betitelten Taschenbuch begonnen. Er konnte sich immer noch an den Augenblick erinnern, als er es aus einem Karton mit unsortierten Büchern herausragen sah, der auf dem Boden eines Secondhand-Buchladens stand. Der Umschlag hatte seine Aufmerksamkeit erregt, das orange eingefärbte Studiofoto von einem dünnen Mann, dessen Augen im Schatten lagen. Murray hatte nichts über Lunans Poesie oder sein unglückseliges Leben gewusst, aber er musste das Buch einfach haben.

»Sieht aus wie ein Kindermörder, oder?«, hatte der Mann an der Kasse gesagt, als Murray ihm die fünfzig Pence gegeben hatte. »So haben die halt ausgesehen, damals in den Siebzigern.«

Als Murray das Buch dann hatte, war ihm sein Inhalt seltsamerweise gleichgültig gewesen, fast als hätte er Angst davor, dass es eine Enttäuschung sein könnte. Er hatte es im Zimmer, das er mit seinem Bruder teilte, aufrecht auf die Kommode gestellt, bis der elf Jahre alte Jack sich bei ihrem Vater beschwert hatte, dass ihn die nicht vorhandenen Augen des Mannes anstarren würden, und Murray es hatte irgendwohin stellen müssen, wo es niemandem Albträume einjagen konnte.

Erst im nächsten Jahr, als er seine Sachen für die Uni gepackt hatte, war ihm das Buch wieder in die Hände gefallen, und er hatte es aus einer Laune heraus in seinen Rucksack geworfen. Während der Einführungswoche und fast das ganze erste Jahr hatte es auf dem spärlich bestückten Bücherregal seines möblierten Zimmers herumgedümpelt. Als er bis tief in die Nacht für seine Prüfungen gelernt hatte, hatte er nach den Gedichten gegriffen. Vermutlich, wenn er genau darüber nachdachte, weil er sich hatte ablenken wollen. Wenn ja, dann war ihm das gelungen. Er hatte sich an seinen Schreibtisch gesetzt und Archie Lunans erste und einzige Gedichtsammlung bis zum Morgen wieder und wieder durchgelesen. Es ging ein Zauber davon aus, der Dr. Murray Watson wie ein stiller Schatten durch die Plackerei der akademischen Welt begleitet hatte. Nun war er endlich frei, um sich genauer damit zu beschäftigen.

Es war nach sechs, als Murray die National Library verließ. Irgendwo quetschte ein Dudelsackpfeifer ein Lied für die Touristen aus seinem Instrument. Das Quietschen der Pfeifen übertönte immer wieder die Geräusche des Straßenverkehrs: das Brummen der Automotoren, das dumpfe Grollen der Dieseltaxis und das Kreischen der schlecht geölten Busbremsen. Nach der Düsternis des kleinen Hinterzimmers trafen Murray der Lärm und der strahlend helle August wie ein Hieb. Er nahm seine Sonnenbrille aus dem Etui und tauschte sie gegen seine normale Brille. Eine Möwe stieß im Sturzflug nach unten und pickte eine weggeworfene Frittentüte auf, die mitten auf der Straße lag. Bewundernd beobachtete Murray den fast senkrecht wieder in die Luft schießenden Vogel, der mit seiner Beute nur knapp einem Bus entkam.

Erst jetzt merkte er, wie hungrig er war. Seit dem Twix zum Frühstück im Expresszug von Glasgow nach Edinburgh hatte er nichts mehr gegessen. Er ging über die Straße, blieb kurz stehen, kaufte einem adrett gekleideten Straßenverkäufer ein Exemplar des *Big Issue* ab und ließ ihm das Wechselgeld. Von der Firth of Forth wehte eine leicht nach Salz riechende Brise durch die Stadt. Das passte zu Murrays Stimmung. In Gedanken noch halb auf der Insel, wo Archie geboren worden war, ging Murray schnell in Richtung Stadtzentrum. Das Edinburgh Festival Fringe hatte die Stadt in ein mittelalterliches Volksfest verwandelt. Man konnte sich kaum einen Weg durch das Gedränge der Touristen, der miteinander rivalisierenden Geistertouren-Anbieter, der Künstler und durch die provisorischen Stände auf der High Street bahnen. Er umkurvte das speichelnasse Heart of Midlothian und wich gleichzeitig einem maskierten Tod aus, der trotz der Jahreszeit in eine warme schwarze Samtkutte gehüllt war. An anderen Tagen hätte Murray sich über das Gedränge und die breit grinsenden Gesichter der Künstler, die ihre Shows herumposaunten, geärgert, aber heute spiegelte ihre fröhlich kreischende Hysterie nur seinen eigenen Optimismus wider. Er bog in die Cockburn Street ein, wobei sich seine Füße unwillkürlich im Rhythmus einer Straßentrommlertruppe bewegten, jeder Schritt im Takt, präzise wie ein diensthabender Polizist bei den Oraniermärschen. Murray ließ sich Flugblätter für Shows aufdrängen, die er nicht sehen wollte, war in Gedanken immer noch bei den Papieren aus dem Karton und hielt Ausschau nach einer Frittenbude.

Er landete schließlich im Doric, bestellte *Pie and Beans* und einen halben Liter Ale zum Herunterspülen. Er saß auf einem der Barhocker am Tresen, starrte auf den Fernseher an der Wand über dem Flaschenregal und sah den Sprecher Schlagzeilen verlesen, die er nicht hören konnte. Das Bild sprang zu einem Spähtrupp Soldaten in Wüstenuniform, dann zu einem Korrespondenten mit zusammengekniffenen Augen in Splitterschutzweste, im Hintergrund Sand und blauer Himmel, wie auf einer Kinderzeichnung zum Thema »Mein schönstes Ferienerlebnis«.

Murray griff in den Rucksack, zog sein Notizbuch heraus und las noch einmal die Namen, die er aus dem roten Cordsamt-

Adressbuch abgeschrieben hatte. Warum, in Gottes Namen, hatte er kein Tagebuch erwischt?

*Tamsker*
*Saffron*
*Ray – wirst du mein Sonnenschein sein?*

Die Bezeichnung Adressbuch war unzutreffend. Es enthielt keine Adressen, keine Telefonnummern, nur Listen mit fremdartigen Namen, an die gelegentlich ein unsinniger Satz oder Satzfetzen angehängt war. Wenn er die Identität auch nur einer einzigen Person hinter diesen Namen kennen würde, hätte er etwas, womit er arbeiten könnte, aber er hatte keinen Schimmer, der Knoten war noch fest zugezogen. Murray schob die Aufzeichnungen in seine Jackentasche und spürte Besitzerfreude, den geheimen Kitzel eines Mannes an der Schwelle zu einer Entdeckung, die ihm bis jetzt noch verwehrt war.

Sein Teller war leer, das Bier fast ausgetrunken. Er kippte den Rest hinunter, stellte das leere Glas auf den Tresen und schüttelte den Kopf, als der Barkeeper fragte, ob er noch eins wolle. Es war Zeit zu gehen, die Pflicht rief.

# 2

Hinter der Glasfront der Fruitmarket Gallery drängelten sich schon die Menschen. Murray musterte sie, als er auf den Eingang zuging. Die Exponate konnte er von draußen nicht sehen, aber an der Bar herrschte Hochbetrieb. Vor dem Ausstellungsplakat blieb er kurz stehen. Von den drei Künstlern stach für ihn JACK WATSON besonders hervor. Er trödelte noch etwas vor der Tür herum, genoss den perfekten Augenblick und hatte plötzlich den Wunsch nach einer Kamera, um das Ereignis für die Nachwelt festzuhalten. Als er den Blick abwandte, fiel ihm eine junge Frau in einem orangefarbenen Kleid mit seltsam origamiartigen Falten auf, die ihn durch die Glasfront anschaute. Murray erwiderte ihren Blick mit einem angedeuteten Lächeln und schaute dann schnell weg. Er fuhr sich mit einer Hand durchs Haar, suchte in seiner Jackentasche nach der Einladungskarte, die Lyn ihm geschickt hatte, und sah sie plötzlich vor sich. Sie steckte in der Ausgabe der *New York Review of Books* vom Vormonat, und die lag ungefähr in der Mitte eines Papierstapels, der sein Sofa besetzte. Er zögerte einen Augenblick, dann ging er hinein in den Trubel aus Leibern und Geplapper und wappnete sich schon mal gegen die Peinlichkeit, Lyn oder Jack holen zu lassen, damit man ihn hereinließ. Aber niemand bestritt ihm das Recht, sich hier aufhalten zu dürfen. Er holte sich ein Glas Rotwein und das Faltblatt, das die Intentionen der Künstler erklärte, und fragte sich, wie viele der Leute wegen der Kunst gekommen waren und wie viele wegen der Aussicht auf einen Gratisdrink.

Er überflog das Blatt nach Jacks Namen und drehte sich dabei mit dem Glas in der Hand um. Sein Rucksack stieß gegen etwas, und ein bisschen Wein spritzte auf seinen Ärmel. »O Gott, tut mir leid.«

Die Frau, die er angerempelt hatte, schaute hinunter auf die raffinierten Falten ihres Kleides.

»Kein Problem, nichts passiert.«

»Sicher?« Ihre Arme waren nackt und sommersprossig, ihr Nagellack leuchtete in der gleichen grellen Farbe wie ihr Kleid. Murray merkte, dass er die Stelle ihrer Taille anstarrte, wo die Falten zusammenliefen, und errötete. »Ich will Ihnen ja nicht Ihr Kleid ruinieren, sieht ziemlich teuer aus.«

Sie lachte. In der Mitte ihrer Oberlippe war eine kleine Narbe zu erkennen, Überbleibsel einer lange zurückliegenden Operation.

»Das war es auch.« Sie hatte einen harschen nordirischen Akzent, der einen unwillkürlich an die Politik dort erinnerte und schon zu manchem Vergleich geführt hatte. Hier klang er kühl und amüsiert. »Du bist wegen Jack hier, stimmt's?«

Murray merkte, dass er noch die Sonnenbrille trug und nahm sie ab. Die Welt zerlief zu verschmierter Helligkeit, das Gesicht des Mädchens rutschte ins Unscharfe. Er tastete nach seiner anderen Brille und versuchte, nicht zu blinzeln.

»Das sind wir doch wohl alle, oder?« Er fand die Brille und setzte sie auf. Alles wurde schärfer. Er streckte seine Hand aus. »Ich bin Jacks Bruder, Murray.«

»Ich weiß.« Sie nahm die Hand und schüttelte sie. »Cressida. Du erinnerst dich nicht an mich, stimmt's?«

Nicht zum ersten Mal wünschte sich Murray, sein Gehirn wäre so effizient wie sein Computer. Wie konnte er nur Daten, Gedicht- und Versformen behalten, aber ohne die Erinnerung an eine so gut aussehende Frau auskommen? Er versuchte einen ernsten Ton anzuschlagen.

»Ich erinnere mich an dein Gesicht, aber nicht, wo wir uns schon mal getroffen haben.«

Cressida lachte wieder.

»Du bist ein lausiger Lügner. Jack ist oben, seine Bilder sind fabelhaft. Hast du sie schon gesehen?«

»Nein.« Er erinnerte sich daran, dass Lyn einmal gesagt hatte, ›Ich glaube nicht, dass die Vernissage der beste Zeitpunkt ist, sich eine Ausstellung anzuschauen‹, und wiederholte es. »Ich wollte mich bloß zeigen und dann später noch mal vorbeikommen, wenn es ruhiger ist. Dann kann ich mir alles genau anschauen.«

Selbst für seine eigenen Ohren klang sein Geschwafel so gespreizt wie das eines seiner Studenten, der einen Gedankengang aus einem Buch, das sie gelesen hatten, nur halb verstanden hatte. Cressida nickte trotzdem.

»Verstehe. Trotzdem, du musst doch scharf drauf sein, sie zumindest mal kurz anzuschauen, vor allem bei dem Thema.« Ihr Tonfall war ernst geworden, doch jetzt schenkte sie ihm wieder ein Lächeln. »Weißt du, was ganz nützlich sein könnte?«

»Was?«

»Darf ich?« Sie hob die Hände, nahm ihm die Brille von der Nase und versetzte ihn wieder in eine Landschaft aus Lichtern und verwaschener Farbe. Er hörte das schnelle Ausatmen, als sie die Gläser anhauchte, dann sah er verschwommen, wie sie mit dem flammend orangenen Saum ihres Kleides die Gläser putzte. »Jetzt kannst du richtig sehen, was hier abläuft.«

Sie gab ihm die Brille zurück, und die Welt stellte sich wieder scharf, genau in dem Augenblick, als ein Mann aus dem Menschengewühl auftauchte und seinen Arm um Cressida legte. Er trug kunstvoll zerlöcherte Jeans und ein blau-weiß gestreiftes Hemd, bei dem Murray trotz des fehlenden Rots an den Union Jack denken musste.

»Steven.« Sie reckte ihm das Gesicht entgegen, und er küsste sie auf beide Wangen, wobei seine Lippen leicht ihre Haut berührten. Er drückte sie mit beiden Armen so fest an sich, dass sich einer ihrer Füße vom Boden löste.

»Cleveres Mädchen. Fabelhaft. Bei Weitem das Beste, was du je gemacht hast.«

Murray zog die diversen Prospekte aus seiner Tasche, verfluchte still seine Ignoranz und gab den beiden die Chance, sich zu verdrücken. Der Ausstellungsführer versteckte sich zwischen einem Werbeflyer für *Richard the Turd*, einer auf dem Klo spielenden Adaption von Shakespeares Klassiker, und einem Handzettel für die *Ladyboys of Bangkok*. Direkt über Jacks Namen stand *Cressida Reeves*. Warum war er nicht darauf gekommen, dass die Frau in dem spektakulären Kleid eine der drei ausstellenden Künstler sein könnte?

Cressida löste sich aus der Umarmung.

»Steven Hastings, das ist Murray Watson, Jack Watsons Bruder.«

»Jack?«

Steven wälzte den Namen in seinem Mund herum, als schmeckte er ihn zum ersten Mal und sei sich nicht sicher, ob ihm der Geschmack zusagte. Cressida reagierte leicht verstimmt auf die vage Reaktion.

»Du kennst Jack. Er ist einer meiner Mitaussteller, wir waren zusammen auf dem College.«

»Ah, richtig, *Jack*. Die gehäutete Leiche.«

Murray wand sich innerlich bei der Erinnerung an Jacks Abschlusspräsentation, aber jetzt erinnerte er sich wenigstens an Cressida. Damals war ihr Haar kürzer gewesen, ihr auf Secondhand gestyltes Outfit enger und dunkler als das, was sie heute trug. Jack war beeindruckt gewesen und vielleicht ein bisschen eifersüchtig. Sie hatte einen Preis gewonnen, einen großen Preis, obwohl Murray sich nicht daran erinnern konnte, was das für einer gewesen war. Er sah sich Steven genauer an.

»Er hat sich weiterentwickelt seitdem.«

»Schön zu hören.«

Murray verspürte das dringende Verlangen, Steven Hastings den Kopf aus dem hohen Kragen seines feschen Hemdes zu prügeln. Aber er unterdrückte den Impuls und vollführte stattdessen eine linkisch steife Verbeugung, soweit er sich erinnerte die erste seines Lebens.

»Ich bin gespannt auf deine Arbeit, Cressida.«

Er wandte sich zur Bar um, und Steven legte der Frau den Arm um die Schultern, drehte sie in Richtung der Ausstellungsräume und sagte gebieterisch: »Und nun erklärst du mir bis ins Kleinste, was das alles zu bedeuten hat.«

Cressida verdrehte die Augen, ließ sich aber dennoch entführen und schenkte Murray ein letztes Lächeln. Er hob zum Abschied die Hand, tauschte sein leeres Glas gegen ein volles und machte sich auf die Suche nach seinem Bruder.

Vorne hingen wuchtige bonbonfarbene Collagen, Mangas in pornografischen Posen. Murray nippte an seinem Wein und ließ das Bild eines rehäugigen Schulmädchens auf sich wirken, beim Verkehr mit einem schwarz-weiß gefleckten Hund, der die Augen ebenfalls weit aufgerissen hatte. Die Zeichnung war auf eine verwüstete Landschaft montiert, Nagasaki nach der Atombombe. Murray schaute auf den Namen des Künstlers, war erleichtert, dass es weder Jack noch Cressida war, und ging dann zur Treppe. Auch hier herrschte reger Betrieb, die Menschen strömten in beide Richtungen und umklammerten ihre Gläser, als wären sie lebenswichtige Accessoires. Er sah Lyn erst, als sie direkt vor ihm stand.

»Hey.« Sie blieb auf der Stufe über ihm stehen, sodass ihre Gesichter sich fast auf gleicher Höhe befanden. Murray küsste sie, er roch Wein, Zigaretten und Weichspüler.

»Und, wie geht's unserem Kleinen?«

»Unserem Kleinen.« Sie schüttelte den Kopf. »Der Kleine, wie du ihn nennst, hält sich blendend, wenn man bedenkt, dass er seit einem Monat praktisch jeden Tag bis drei Uhr morgens gearbeitet hat und mit der Hängung erst zehn Minuten vor Öffnung der Türen fertig geworden ist.«

Murray grinste.

»Warum hat er sich nicht gemeldet? Ich hätte ihm die Leiter gehalten.«

»Besser du als ich.«

Lyn lächelte, aber ihre Stimme klang ungewohnt hohl, sodass Murray sich fragte, ob sie und Jack sich gestritten hätten.

»Und wie geht's dir?«, fragte er. »Du siehst gut aus.«

Die Freundin seines Bruders hatte blasse, sommersprossige Haut, die kein Sonnenlicht vertrug. Vielleicht lag es am Kontrast zwischen der hellen Haut und dem ungewohnten roten Lippenstift, aber Murray hatte den Eindruck, als wäre sie einen Hauch blasser als sonst.

»Mir geht's blendend. Ich bin froh, dass es endlich so weit ist.« Sie lächelte einem Paar zu, das die Treppe hinaufging, und wandte sich dann wieder Murray zu. »Geh hoch, Jack freut sich bestimmt, wenn er dich sieht.«

»Da sind sicher haufenweise andere Leute, um die er sich jetzt kümmern muss. Ich hab nur reingeschaut, um Beistand zu signalisieren. Ich will ihn nicht stören.«

Lyn hob belustigt die Augenbrauen.

»Und du hast sicher noch mächtig viel zu arbeiten.«

»Ziemlich, ja.«

»Tja, dann ist es wohl besser, du gehst gleich rauf und sagst ihm Hallo.« Sie drückte sich an ihm vorbei. »Ich wollte mir gerade einen Schluck Wein besorgen, bevor alles weggesoffen ist. Willst du auch noch was?«

Murray schaute sein Glas an und war überrascht, dass es fast leer war.

»Warum nicht?«

»Gib mir dein Glas.« Sie zögerte. »Jack hat dir doch von der Ausstellung erzählt, oder?«

Er trank den letzten Schluck und gab ihr das leere Glas.

»Glaube schon, ist aber schon eine Zeit her.«

Lyn strich sich eine verirrte Haarsträhne aus dem Gesicht.

»Du hast keinen Schimmer, stimmt's?«

Er grinste, peinlich berührt, dass sie ihn ertappt hatte.

»Nicht wirklich.«

»Könnte sein, dass du es etwas …«, sie hielt inne und suchte nach dem passenden Wort, »… provozierend findest.«

Murray lachte.

»Wäre nicht das erste Mal.«

Lyn lächelte schwach.

»Denk immer dran, er hat es mit Liebe gemacht.«

»Kein Blut diesmal?«

»Kein Blut. Trotzdem, es war sehr schmerzlich für ihn, sei also nett.«

»Wann bin ich das nicht?«

»Immer.«

Sie berührte ihn sanft am Arm und ging dann die Treppe hinunter zur Bar.

Obwohl Jack inmitten einer kleinen Menschentraube stand, sah er Murray sofort, kam zu ihm und schlang ihm einen Arm um die Schulter. Murray wunderte sich über diese plötzliche Körperlichkeit. Er konnte sich nicht erinnern, dass sie sich als Jungen jemals berührt hätten. Außer wenn sie sich geprügelt hatten.

»Hi.«

»Hi, Jack.« Er umarmte seinen Bruder und spürte durch den Stoff seines Anzugs dessen Körperwärme. »Gratuliere.«

Jacks Gesicht glänzte, auf seiner Stirn standen Schweißperlen, die Augen leuchteten. Murray hörte Jacks Stimme auch noch von woanders, als Off-Stimme einer Videoinstallation, vermutete er.

Die Worte waren nicht zu verstehen, Jacks weicher Tonfall wurde von einer anderen, einer wilderen, höheren Stimme durchschnitten. Der Jack, der vor ihm stand, war unruhig. Er drückte Murrays Schulter und sagte: »Ich hab schon nach dir Ausschau gehalten. Hast du schon alles gesehen?«

»Nein, ich bin gerade erst gekommen. Bis jetzt habe ich nur diese japanischen Collagedinger gesehen.«

Jack schaute sich kurz um und flüsterte dann: »Ziemlicher Haufen Mist, was?«

Murray lachte.

»Ich kenne mich ja nicht aus mit Kunst, aber einen Haufen Mist kann ich schon noch erkennen.«

»Lass dich nicht abschrecken davon. Aber bitte keine Glückwünsche, bevor du das Zeug von mir nicht gesehen hast. Möglich, dass es dir nicht gefällt.«

»Also dann, lass mich mal einen Blick drauf werfen.«

An den Wänden hinter ihm hingen Fotos. Sie sahen weicher aus als die scharfen Farbfotos, die Jack sonst machte, aber sie waren zu weit weg, als dass Murray Einzelheiten hätte erkennen können.

»Einen Moment noch.« Jack hielt ihn am Ärmel fest, als ob er Angst hätte, dass sein Bruder sich aus dem Staub machen könnte. »Murray, die Arbeiten drehen sich alle um Dad.«

Murray löste sich behutsam aus Jacks Griff. Er traute sich nicht zu sprechen, sondern nickte nur und betrat das Herz der Ausstellung.

Ihr Vater sah ziemlich genauso aus, wie Murray ihn das letzte Mal gesehen hatte. Er saß aufrecht in seinem Sessel mit der hohen Rückenlehne und trug einen Schlafanzug mit braunem Paisleymuster. Seine Hände umklammerten die Armlehnen. Der Kopf hing nach hinten, das alte Gesicht verlor sich im verrückten Lächeln eines anderen. Jacks Kamera hatte ihn eingefangen, als er gerade etwas sagte, der Mund war offen, der feuchte Speichel benetzte seine Lippen. Die Augen geblendet.

Murray schloss die Augen, öffnete sie dann wieder, aber das Bild seines Vaters, den Blicken der Weintrinker ausgesetzt, war immer noch da. Er konnte jetzt die Stimme seines Vaters hören, er plauderte mit Jack. Murray ging zu dem mit einem Vorhang abgetrennten Raum in der Ecke der Galerie, wobei er die Schaukästen ignorierte und die anderen Fotografien auszublenden versuchte. Die zwei langen Bänke in dem völlig abgedunkelten Raum waren besetzt, sodass er sich neben die Leute stellte, die an der Rückwand lehnten. Die Großaufnahme vom Gesicht seines Vaters war zwei Meter hoch. Jacks Stimme kam von irgendwoher aus dem Off und fragte: »Mr Watson, können Sie mir sagen, ob Sie Kinder haben?«

Ihr Vater grinste.

»Ich hab zwei Jungs, zwei fantastische kleine Burschen. Sind sechs und elf.«

»Tolles Alter, und was machen die beiden jetzt gerade?«

Der alte Mann schaute verwirrt.

»Weiß nicht. Hab sie schon ziemlich lange nicht mehr gesehen.« Er quälte sich, seine Stimme wurde schriller. »Die sagen, es geht ihnen gut, aber was wissen die schon? Hast du sie gesehen, Sohnemann?«

»Ja, hab ich, ihnen geht's blendend.«

»Sicher?«

»Ganz sicher.«

»Gut, das ist gut. Die haben jetzt Ferien, oder?«

»Richtig. Sind mit der Boys' Brigade unterwegs.« Der alte Mann nickte beruhigt, und Jack fragte ihn: »Wissen Sie, wer ich bin?«

Das Quälerische kehrte ins Gesicht seines Vaters zurück.

»Wenn du's nicht weißt, ich kann dir da auch nicht helfen.«

Gemeinsam lachten der alte Mann und Jack.

»Keine Ahnung?«

Ihr Vater schaute den Jack-im-Off angestrengt an. Er starrte auch Murray an, die geplatzten Adern wund und rot. An seinem Kinn war eine graue stoppelige Stelle zu sehen, die der, der ihn rasierte hatte, vergessen hatte.

»Ich glaube nicht, dass ich dich kenne, Sohnemann.« Er zögerte, und ein Hauch von etwas, das Erkennen gewesen sein könnte, flackerte über sein Gesicht und ließ ihn lächeln. »Bist du der Bursche, der immer die Nachrichten vorliest?«

»Arme alte Seele«, flüsterte die Frau neben Murray ihrem Freund zu. »New York oder Neujahr, das ist doch alles gleich für den.«

Jack-im-Bild erzählte dem alten Fremden, der sich im Körper seines Vaters niedergelassen hatte: »Bingo, du hast mich durchschaut.« Und der alte Mann klatschte sich fröhlich aufs Knie.

Murray stieß den schwarzen Vorhang zur Seite und trat hinaus ins grelle Licht der weiß gestrichenen Galerie. Jack hatte sich nicht vom Fleck gerührt. Murray schüttelte den Kopf und lief schnell die Treppe hinunter. Lyn kam ihm entgegen, plaudernd mit einem anderen Mädchen, beide mit randvollen Gläsern in den Händen. Sie sagte seinen Namen, »Murray«, aber er lief einfach weiter, hinaus auf die Straße und dann weiter Richtung Waverley Station zu dem Zug, der ihn nach Hause bringen würde.

# 3

Murray betrachtete die akkuraten Papierstapel, die er aufgehäuft hatte, dann schaute er die Aufstellung durch, die er gemacht hatte.

*Schulhefte – 3*
*Adressbücher – 1*
*Lose Blätter – 325*
*Zeitungsausschnitte – 9*
*Busfahrkarten – 13*
*Zugfahrkarten – 8*
*Zeichnungen/Kritzeleien – 11*
*Tarot-Karten – 3*
*Briefe – 6*
*Fotografien – 1*

Die Schulhefte und das Adressbuch waren die wertvollsten Funde, aber die Fotografie gefiel ihm besser. Archie und Christie, auf einem Felsen sitzend, lachend, die Haare vom Wind zerzaust, mit zusammengekniffenen Augen. Archie trug eine alte Harris-Tweed-Jacke, die aussah, als wäre sie ihm zu groß. Sein Haar war lang und strähnig, sein Lachen krönte ein wilder Schnauzbart. Christie trug ihre Haare auch lang, mit Mittelscheitel. Ihr weiter Mantel mit dem breiten Revers sah aus, als stammte er aus der Zeit von Edward VII. Schon damals war »Retro« in, vielleicht war er gerade der letzte Schrei. Sie hatte die Hände in die Taschen vergraben und schob sie mit dem Stoff zusammen, sodass es aussah, als umarmte sie sich selbst. Archies eine Hand lag auf seinem Knie. Die andere Hand war nicht zu sehen. War sie um Christies Taille gelegt oder, so eng wie sie für das Foto posierten, einfach unsichtbar? Schwer zu sagen. Archies Gesicht verschwand halb unter Haaren und Schnauzbart, aber er wirkte auf eine Art lebendig, die so auf keinem der anderen Fotos zu sehen war. Murray fragte sich, wann es aufgenommen worden war. In jenem letzten Sommer auf Lismore? Die Details stimmten. Haare und nachlässige Kleidung passten zu den Siebzigern, im Hintergrund Heidegestrüpp, aber keine Bäume. Er würde einen Abzug mitnehmen, wenn er Christie Graves besuchte. Vielleicht erinnerte sie sich an den Zeitpunkt, und vielleicht würde die Erinnerung daran auch andere Erinnerungen zutage fördern.

Er nahm sich die Schulhefte vor. Sie ähnelten denen, die er von seiner Volksschulzeit kannte. Mit einem linierten Etikett auf dem Einband, wo man Name, Fach und Klasse eintrug, das Archie aber leer gelassen hatte. Er hob eins hoch und schüttelte es leicht. Zwei getrocknete Blätter rutschten heraus. Murray legte sie behutsam zur Seite und trug sie in seine Liste ein.

*Getrocknete Blätter – 2*

Die Worte sahen albern aus. Er strich sie durch, nahm dann eins der Blätter zwischen Daumen und Zeigefinger, hielt es gegen das Licht und sah die Adern, die sich immer noch unter der spröden Oberfläche verästelten. Es war keine geheime Botschaft in dessen verdorrtes Fleisch geritzt. Er legte es behutsam wieder auf die Schreibtischplatte und öffnete das Heft. Eine Wortreihe verlief dicht am linken Rand der ersten Seite von oben nach unten, ein Wortverzeichnis oder Notizen für ein Gedicht in Archies enger, nun schon vertrauter Schrift.

*Düne*
*Dämmerung*
*Dom*
*Diadem*

Er konnte keinen Zusammenhang zwischen den Worten und irgendeinem der Gedichte aus *Moontide* erkennen. Murray lehnte sich auf seinem Stuhl zurück, fing an zu lesen und machte sich währenddessen Anmerkungen in sein Moleskin-Notizbuch. Nach etwa einem Drittel des Heftes stieß er auf eine Eintragung in einer anderen Handschrift.

*Ich liebe dich, und sie wird dich auch lieben.*

Darunter hatte Archie notiert:

*Sie liebt mich! Aber wie kann sie so sicher sein, dass*
*meine neue Liebe eine »Sie« sein wird?*

Murray notierte sich den kurzen Wortwechsel und fragte sich, ob er irgendeine Art von Erkenntnis beinhaltete oder ob er nur ein Witz war. Er war davon ausgegangen, dass Archies sexuelle Orientierung unstrittig hetero gewesen war, andererseits waren die Siebziger eine Zeit gewesen, in der man Grenzen infrage gestellt hatte, sogar in Schottland. Und wegen seiner Liebe zum Alkohol hatte er ständig zwischen allen Matratzen gelegen. Vielleicht war er hin und wieder auf die gleiche Art in die Betten von Männern gestolpert (ein Wort, stellte Murray sich vor, das wohl oft ziemlich treffend war), wie er ständig in die von Frauen gestolpert war. Der Gedanke war eine Überlegung wert. In diesem Stadium war fast alles eine Überlegung wert.

Murray hatte das Foto an die Schreibtischlampe gestellt. Er schaute es wieder an, das grinsende Gesicht, die flatternden Haare. Wie lange nach der Aufnahme war Archie ertrunken?

Er arbeitete bis zwei, dann beschloss er, bei der Buchausgabe ein paar Nachschlagewerke zu bestellen. Und er beschloss, dass er etwas essen müsse. Er war mit Kopfschmerzen und einem leichten Gefühl von Übelkeit aufgewacht, eine Folge des Weins, den er bei der Vernissage getrunken hatte, und einer Nacht, in der er nicht richtig geschlafen hatte. Er sollte Jack anrufen und ihm sagen, dass … tja, was sollte er ihm sagen?

Murray füllte sorgfältig den Bestellschein aus, ging hinaus auf den Gang und schloss leise die Tür. Er hörte die joviale Stimme von Mr Moffat, noch bevor er ihn sehen konnte. Der Bibliotheksleiter trug wie immer seinen Politikeranzug mit Krawatte. Das schüttere weiße Haar war auf eine Art kurz geschoren, die mit einem weniger freundlichen Gesicht rabaukig ausgesehen hätte, Mr Moffat jedoch ein heiteres, mönchartiges Aussehen verlieh. Er lief schnell neben einem älteren, dünneren Mann her, der Khakihosen, ein kariertes Hemd und eine schlabberige Strickjacke trug und mit dem er sich angeregt unterhielt.

Murray wäre es recht gewesen, wenn er sich mit einem freundlichen Nicken an dem Paar hätte vorbeidrücken können, aber der Bibliothekar, dessen rundes Gesicht Zeugnis ablegte von seiner Freude an Büchern und ausgedehnten Mittagspausen, begrüßte ihn herzlich.

»Guten Tag, Dr. Watson.« Er schüttelte Murray die Hand. »Alles in Ordnung?«

Murrays Stimme fühlte sich an wie eingerostet. Er hatte den ganzen Morgen Zwiesprache mit Archie Lunans Hinterlassenschaft gehalten und öffnete jetzt zum ersten Mal an diesem Tag den Mund, um mit den Lebenden zu sprechen.

»Bestens, danke. Ich bin mir zwar noch nicht sicher, auf was ich da genau gestoßen bin, aber es sieht vielversprechend aus.«

»Sehr schön.« Mr Moffat wandte sich an seinen Begleiter. »George, das ist Dr. Watson. Ist aus Glasgow rübergekommen wegen ein paar Sachen aus dem Nachlass von Archie Lunan, von denen wir nicht mal wussten, dass wir sie hatten.«

»Ah so.«

Der ältere Mann schien unbeeindruckt, hielt ihm aber dennoch die rechte Hand hin. Während sie sich die Hand gaben, stand Mr Moffat vor ihnen, und einen bizarren Augenblick lang glaubte Murray, er werde gleich ihre Hände umfassen wie ein Priester bei einer Hochzeitszeremonie. Aber der Bibliothekar beließ es bei dem für ihn typischen freundlichen Grinsen.

»George Meikle ist unser leitender Archivar, er findet alles.«

Murray dachte kurz daran, dem Archivar das Du anzubieten, fand das dann aber doch zu plump. Stattdessen deutete er auf die Bestellscheine in seiner Hand.

»Zu Ihnen wollte ich gerade.«

Meikles Gesicht blieb griesgrämig.

»Dann kommen Sie mal mit zu meinem Schreibtisch.«

Georges Übellaunigkeit stand in Widerspruch zu seinem Angebot, und Murray fragte sich, ob er nicht nur die Gelegenheit nutzte, um Mr Moffats lästiger Fröhlichkeit zu entkommen.

»Ausgezeichnet.« Der Bibliothekar hätte nicht glücklicher dreinschauen können, wenn er Lord Byron mit Percy Shelley bekannt gemacht hätte. »Trotzdem, ist schon schade, dass wir nicht mehr für Sie da haben, Dr. Watson. Oft wünsche ich mir, manche Dichter würden mit ihrem Nachlass etwas gewissenhafter umgehen.«

Meikle ließ ein Brummen hören, das sowohl Ausdruck von Belustigung wie Ungeduld sein konnte.

»Manche sind auch zu gewissenhaft.«

»Da ist was dran.« Mr Moffat senkte die Stimme, als wolle er uns einen schlüpfrigen Witz erzählen. »Man hat uns schon handsignierte Bestellungen für den Milchmann überlassen, aber Ihr Mann … ein schmales Büchlein und ein Pappkarton voller Papiere. Tragisch. Wird keine leichte Aufgabe.«

»Es ist mehr da, als man glauben könnte, Hinweise in anderen

Texten, Briefen und so was. Ich hoffe, dass noch mehr auftaucht, wenn ich erst mal anfange mit Menschen zu sprechen, die ihn gekannt haben.«

»Ich glaube fest an die Kraft des Optimismus.« Mr Moffat hatte sich schon halb umgedreht. »Außerdem haben Sie immer noch George. Er wird Ihnen behilflich sein, wo immer er kann.«

Murray suchte nach den passenden Worten, um ihm zu sagen, dass er außer dem Raum, den er ihm ja schon zur Verfügung gestellt habe, keine weitere Hilfe brauche. Aber da blickte er schon auf den breiten blauen Anzugrücken von Mr Moffat, der den Gang hinunter seinem Büro zustrebte.

George ließ wieder jenes halb belustigte, halb ungeduldige Schnauben hören.

»Hier entlang.«

Er ging in die entgegengesetzte Richtung den Flur entlang, und Murray folgte ihm, zu höflich, um ihm mitzuteilen, dass er den Weg schon kannte. Ihm fiel nichts ein, was er hätte sagen können. Das passierte ihm manchmal, wenn er in eine Arbeit vertieft war. Als klemmten seine Gedanken im falschen Gang fest, als sei er in den Papieren gefangen, die er unter dem Arm trug.

Lunan hatte versucht, einen Science-Fiction-Roman zu schreiben. Murray musste über die Ironie lächeln. Er hatte gehofft, verlorene Verse eines vernachlässigten Poeten auszugraben, und war stattdessen über Notizen für ein rein kommerzielles Projekt gestolpert. Vielleicht hatte sich Lunan gelangweilt, vielleicht hatte er aber auch beschlossen, seine Geldnot mit Schund zu beheben. Die Notizen für das Buch waren oberflächlich, der Einstieg in die Handlung – eine kleine Menschenkolonie versuchte sich einen Weg durch eine post-apokalyptische Landschaft zu bahnen – war wenig originell. Murray vermutete, dass der Ort der Handlung durch die Abgeschiedenheit von Archies letztem Wohnort inspiriert gewesen sein könnte.

George durchbrach die Stille und katapultierte Murray in die

Gegenwart und den leeren Gang zurück, der nach Büchern und Lernen roch.

»Dann sind die Großschriftsteller wohl schon alle bearbeitet?«

Die Frage war ihm schon öfter gestellt worden, vor allem von Fergus Baine, dem Leiter von Murrays Fachbereich, als er seinen Antrag für ein Forschungsjahr gestellt hatte. Er hatte alle Register gezogen, hatte seine Sichtweise erläutert, dass der Dichter nicht den ihm zustehenden Platz im Kanon einnehme, dass seine Geschichte nicht nur hinsichtlich seines Stils Grenzen überschreite, sondern auch hinsichtlich eines durch Geografie, Industrie und Klassen geteilten Landes. Er verbannte seine Liebe für Lunans Poesie soweit irgend möglich aus seiner Stimme und präsentierte eine Beweisführung, die sich auf Wissenschaft und Fakten stützte. Murray war so leidenschaftlich gewesen wie ein Handelsvertreter, der zu hundert Prozent auf Provision arbeitete. Er hatte jedes Wort seines Sermons geglaubt, aber inzwischen hatten ihn die Stunden mit Archies spärlicher Hinterlassenschaft in dem kleinen Raum entmutigt. Als hätte der Handelsvertreter allein in einem Hotelzimmer seinen Musterkoffer geöffnet und wäre mit den Mängeln seiner Ware konfrontiert worden. Er ärgerte sich plötzlich. Wer war dieser Kerl überhaupt? Ein Hüter der Papierberge, ein besserer Hausmeister mit Altherrenstrickjacke und verwelkten Gesichtszügen.

»Ich verstehe nicht.«

»Archie Lunan, ich hätte gedacht, Sie würden Ihre Zeit auf bessere Leute verwenden als auf den.«

»Ich verstehe immer noch nicht.«

George wandte Murray das Gesicht zu und schaute ihn mit unbewegter Miene an.

»Der Kerl war doch ein Nichts. Kein richtiger Dichter und auch kein richtiger Mann. So wie ich das sehe.«

»Und Sie können das beurteilen?«

»Ich bin kein Professor für englische Literatur.«

Murray bezweifelte, dass seine Beförderung zum Professor ein

Zufall war, und verzichtete auf eine Berichtigung. Er erinnerte sich an seine Bemerkung vom Abend zuvor.

»Aber Sie erkennen, wenn Poesie nur ein Haufen Mist ist.«

»Einen Schaumschläger erkenne ich sofort.«

Die Worte hätten gegen Murray, Lunan oder beide gerichtet sein können. Vor ihnen lag der Flur. Auf diese trübsinnige Begleitung konnte er gut verzichten. Er wusste, wo er hinmusste, er brauchte nur schneller gehen und das alte Arschloch stehen und weiter in seiner Ignoranz schmoren lassen. Stattdessen fragte er ihn mit unverändert gleichgültiger Stimme: »Haben Sie Lunan oft gesehen?«

»In den Siebzigern gab es keinen Abend in der Woche, an dem man Archie Lunan nicht in irgendeinem Pub von Edinburgh hat rumhängen sehen.«

»Und Sie haben ihn gesehen, nehme ich mal an, weil Sie draußen auf der Straße gestanden haben und sich die Nase an der christlichen Seite des Fensters platt gedrückt haben?«

George Meikles Lachen klang schroff.

»Nein, hab ich nicht. Aber hier geht's ja nicht um mich, oder?«

Murray war es leid, Lunan zu verteidigen, einen Mann, so seine Vermutung, der wahrscheinlich genau das große Arschloch war, als das George ihn darstellte. Aber der Mann brauchte ja nicht verteidigt zu werden. Er sagte: »Archie Lunan war vielleicht nicht Schottlands Lieblingssohn, aber er schuf eine der bemerkenswertesten und unterschätztesten Gedichtsammlungen, die dieses Land jemals hervorgebracht hat.«

Sie waren inzwischen im Foyer angelangt. George drehte sich zu ihm um.

»Und das werden sie richtigstellen?«

»Ich werde es versuchen.«

Die Stimme des älteren Mannes triefte vor Sarkasmus.

»Ein großes, dickes Buch über einen kleinen, dünnen Dichter und sein einziges, sogar noch dünneres Büchlein?«

»Wenn ich kann.«

»Und der ausführlichere Teil handelt von seinem Abgang.«

»Er wird ein Teil davon sein, aber nicht der Hauptteil. Ich schreibe für die *Edinburgh University Press*, nicht für die *News of the World*.«

»Ja, richtig, Mr Moffat hat das erwähnt.« George zögerte, als wolle er sich über etwas klar werden. »Sie hatten gefragt, wo ich war, als ich Lunan im Pub gesehen habe. Die Hälfte der Zeit habe ich ihm gegenübergesessen, die andere Hälfte neben ihm auf der Bank.«

»Sie waren Freunde?«

»Saufkumpane, eine Zeit lang.« Meikle holte tief Luft. »Was glauben Sie, warum Moffat mich mit Ihnen bekannt gemacht hat? Den Weg zu meinem Schreibtisch hätten sie auch ohne mich gefunden. Er dachte, ich könnte vielleicht ein paar Wissenslücken füllen.«

»Und, können Sie?«

»Das bezweifle ich. Das Einzige, was wir zusammen gemacht haben, war in Pubs rumhängen und über lausige Gedichte reden. Die Sorte, für die man zweifellos gutes Geld bezahlt.«

Murray grinste gegen die Ungerechtigkeit an, dass George Meikle über Erfahrungen mit Lunan aus erster Hand verfügte.

»Ich würde mir Ihre Erinnerungen an Archie gerne anhören, das könnte mir eine große Hilfe sein. Darf ich Sie auf einen Drink einladen?«

»Ich trinke nicht.«

Wurden aus Abstinenzlern automatisch deprimierende Arschlöcher? Er fragte sich, ob schon mal jemand eine Untersuchung darüber gemacht hatte. Doch dann schenkte ihm der Alte sein erstes aufrichtiges Lächeln.

»Sie können mir nach Feierabend einen Kaffee im Elephant House spendieren.«

Murray kaufte sich am Zeitungskiosk gegenüber der Bibliothek ein Schinken-Tomaten-Sandwich und aß es auf der Straße. Das Brot war durchweicht, die Tomate pappte an dem grausilbrigen Fleisch. Er musste sich zwingen, die Hälfte zu essen, dann warf er den Rest und die Plastikbox in den Abfalleimer. Er schaltete sein Handy, das er am Morgen beim Betreten der Bibliothek ausgeschaltet hatte, wieder ein und überprüfte, ob Nachrichten gekommen waren. Zwei Anrufer. Er drückte den Menüknopf und rief die Anrufliste auf. Jack hatte einmal, Lyn zweimal angerufen. Er schaltete das Telefon wieder aus und ging zurück in die Bibliothek. Er hatte noch jede Menge zu tun, bevor er sich mit George Meikle treffen würde.

Das Elephant House war gerammelt voll, aber Meikle hatte es geschafft, genau den Platz zu ergattern, den sich auch ein ängstlicher Mafiaboss ausgesucht hätte, fast im hintersten Eck des zweiten, größeren Gastraums, wo man einen guten Überblick über das Café und nur ein paar Schritte zum Notausgang hatte. Murray schob sich zwischen den Tischen hindurch, begrüßte Meikle, fragte, was er trinken wolle, drängelte sich unter vielen Entschuldigungen wieder zurück, vorbei an den Glasschaukästen voller Elefantenfiguren, und reihte sich in die lange Schlange vor dem Tresen ein. Als er an der Reihe war, bestellte er einen Americano, einen Café Latte und zwei elefantenförmige Shortbreads und kurvte dann zurück zu dem Ecktisch, das Tablett vorsichtig vor sich hertragend, betend, dass er es nicht umkippen würde, und wenn doch, dann wenigstens nicht über einen der Insassen der dreirädrigen Buggys, die den Weg so gefährlich machten.

Meikle rollte die *Evening News* zusammen, in der er gelesen hatte, und schob sie in eine Tasche des Anoraks, der über seiner Stuhllehne hing. Murray stellte erst das Tablett ab und dann die Tassen auf den Tisch, wobei etwas von dem schwarzen Kaffee auf die Untertassen schwappte.

»Tut mir leid, dass es so lange gedauert hat, Riesenschlange.«

Meikle warf einen strengen Blick auf die Shortbreads. »Wenn eins von denen für mich sein soll, dann haben Sie Ihr Geld zum Fenster rausgeworfen.«

»Figurprobleme?«

»Diabetes. Seit drei Jahren.«

Ein Bild von seinem Vater schoss kurz durch Murrays Kopf. Er wickelte eins der Biskuits in eine Serviette und schob es in seine Jackentasche.

»Kein Vergnügen.«

»Essen Sie schon Ihr verdammtes Biskuit.« Die Unduldsamkeit ließ Georges Stimme laut werden. Eine der knackigen Mamis warf ihm einen bösen Blick zu, aber er achtete nicht darauf. »Biskuits machen mir nichts. Den Leuten beim Trinken zuzuschauen, das ist hart, dabei bin ich schon seit zwanzig Jahren trocken.«

»Seit Archies Tod?«

Meikle schüttelte den Kopf.

»Sie legen sich ja ganz schön ins Zeug.« Er beugte sich vor. »Eine ungesunde Besessenheit vom Forschungsobjekt mag ja in Ihrem Fachgebiet von Vorteil sein, aber Sie dürfen nicht vergessen, dass Lunan in meinem Leben nur kurze Zeit eine Rolle gespielt hat. Ich bin jetzt vierundsechzig, Ende des Jahres gehe ich in Rente. Ich habe Archie das letzte Mal gesehen, da war ich knapp sechsundzwanzig. Dass ich das Trinken aufgegeben habe, hatte nichts mit ihm zu tun. Es war notwendig, das ist alles.«

Murray hob kapitulierend die Hände.

»Wie Sie sagen, ein bisschen Besessenheit ist dabei.« Er nahm sein Tonbandgerät aus dem Rucksack und stellte es auf den Tisch. »Haben Sie was dagegen, wenn ich unsere Unterhaltung aufzeichne?«

»Nur zu.«

Murray drückte auf *Record*, und unter dem Sichtfenster des

kleinen Apparats setzten sich Zahnräder in Bewegung und beförderten ihre Stimmen auf das Band.

»Also, was war er für ein Mensch?«

George runzelte die Stirn, er sah aus wie ein Gentleman aus den Zeiten Edwards VII., der auf den Blitz aus der Kamera wartet.

»Damals war er ein fabelhafter Bursche.«

Murray spulte das Band zurück und drückte auf *Play*. Unterlegt von den Café-Geräuschen sagte Georges Stimme: *Damals war er ein fabelhafter Bursche.*

»Gottogott, ich hoffe, das machen Sie jetzt nicht jedes Mal, wenn ich was sage.«

Die junge Mutter warf George wieder einen strengen Blick zu. Diesmal hielt er stand, bis sie wegschaute. »Man könnte meinen, die wären die Ersten, die jemals ein Scheißbaby zur Welt gebracht haben«, flüsterte er.

Murray biss seinem Elefanten den Kopf ab und drückte wieder auf *Record*.

»Also, warum war er ein so fabelhafter Bursche?«

Meikle beantwortete die Frage seinerseits mit einer Frage.

»Was wissen Sie von Archie?«

»Ich kenne seine Arbeit. Dann noch ein paar Eckdaten, Geburtsort, Tod, ein paar Sachen dazwischen. Ich interessiere mich für ihn, seit ich sechzehn bin, aber mit der ernsthaften Erforschung seines Lebens fange ich gerade erst an.«

»Haben Sie schon mit Christie gesprochen?«

»Wir hatten Briefkontakt. Sie hat mir versprochen, dass wir uns mal treffen können.«

»Und, Sie glauben, dass sie das ernst meint?«

»Ich hoffe.«

George nickte.

»Na gut.« Er zögerte. »Ich weiß nicht recht, was Sie von mir wissen wollen.«

»Alles, was Sie mir erzählen wollen. Ihre ersten Eindrücke. Sie haben gesagt, dass er ein fabelhafter Bursche war. Was war so fabelhaft an ihm? Hat er sich damals, als Sie ihn kannten, für einen Dichter gehalten?«

George führte langsam seine Tasse zum Mund, so als wollte er nicht so sehr einen Schluck Kaffee trinken als vielmehr ein bisschen mehr Zeit zum Nachdenken schinden. Er umfasste die Tasse mit beiden Händen, stellte sie dann gleich wieder ab, fuhr mit einem Finger nachdenklich am Rand entlang, wischte einen dünnen braunen Kaffeefleck weg.

»Als ich Archie kennenlernte, wusste er noch nicht, was er war. Ich meine, ich glaube schon, dass er von klein auf wusste, dass er ein Dichter sein wollte. Da hat er nie einen Zweifel dran gelassen, aber er war sich nicht im Klaren darüber, wer er war. Er stammte von der Westküste, wie Sie, aber er hat hier in Edinburgh gelebt. Aufgewachsen ist er auf einer der Inseln, und sein Akzent sprang immer hin und her, zwischen Norden, Osten und Westen.«

»Alles außer Süden.«

Meikle lachte.

»Immer das Gleiche. Gibt nicht viele Schotten, die aus dem Süden kommen wollen, wenigstens nicht unter denen, die hier bleiben. Aber ich meinte was anderes: Seine Stimme spiegelte sein Wesen wider, er war unstet, versuchte ständig, neue Rollen auszuprobieren.«

»Heißt das, Sie haben ihn für eine gespaltene Persönlichkeit gehalten?«

»Jekyll und Hyde? Das käme Ihnen für Ihr Buch gerade recht, was? Nein, so dramatisch war es nun auch wieder nicht, wenigstens nicht, als ich ihn kannte.« Er machte eine Pause und nippte an seinem Kaffee. Mehr Zeit zum Nachdenken. »Aber man könnte sagen, dass Archie zwei Seiten hatte: den Glasgower, der sich keinen Scheiß gefallen ließ, und den mystischen Inselbewohner. Beides passte nicht richtig.«

Murray schrieb in sein Notizbuch:

»Ich weiß nicht, was ich Ihnen sonst noch sagen kann. Wir waren einfach zwei junge Burschen, die gerne einen gehoben und die Sau rausgelassen haben.«

»Auf die Gefahr hin, dass ich mich wie Julie Andrews anhöre, aber fangen wir doch ganz von vorne an. Wie haben sie sich kennengelernt?«

Meikle schüttelte den Kopf. Sein Gesichtsausdruck war immer noch ernst, aber Murray glaubte an den Mundwinkeln den Hauch eines Lächelns zu erkennen.

»Das war typisch Archie. Damals hatte ich ein Zimmer oben in Newington, gar nicht so weit von hier. Studentenbude, mit Kochplatte, einem Witz von einem winzigen Waschbecken und Gemeinschaftstoilette im Treppenhaus. Ich war gerade auf dem Nachhauseweg, auf der Nicholson Street. Es war schon spät, aber noch keine Sperrstunde in den Pubs. Die Straße sieht auch heute noch genauso aus wie damals, anders als der Rest von Edinburgh. Der sieht jetzt aus wie ein beschissener Vergnügungspark.« Meikle nippte wieder an seinem Kaffee und warf Murray einen halb entschuldigenden Blick zu, als verabscheute er diese Abschweifung genauso wie sein Zuhörer. »Tja, wie gesagt, typisch Archie, aber das habe ich damals noch nicht gewusst.«

George grinste, kam langsam in Schwung, und Murray erkannte, dass es sich um eine Geschichte handelte, die er nicht zum ersten Mal erzählte. Er schrieb in sein Notizbuch: *Allgemein bekannte Anekdote.*

»Ich bin in die Rankeillor Street eingebogen. Die Nacht war außergewöhnlich, kalt aber klar, und Vollmond. Hinter dem Ende der Straße konnte ich die Umrisse der Salisbury Crags erkennen. Ich kann mich daran noch genau erinnern, weil es Freitagabend war und ich vorhatte, am nächsten Morgen zum Klettern zu gehen. Vielleicht lag es am Vollmond, es heißt ja, dass man da auf komische Ideen kommt. Jedenfalls fühlte ich mich plötzlich so stark, dass ich dran dachte, gleich jetzt zum Klettern zu gehen. Ich habe noch überlegt, ob ich weitergehen sollte oder ob der Alkohol für mich dachte und ich dann vielleicht kopfüber von einem Felsen stürzen oder mir durch Unterkühlung den Tod holen würde. Vielleicht waren mir die Burschen am anderen Ende der Straße aufgefallen, aber richtig wahrgenommen habe ich sie nicht in meiner Vorstellung, wie das wär, im Dunkeln da oben auf einem der Hügel, ganz allein mit dem Mond und den Schafen. Ich hatte mich schon halb entschieden, jetzt gleich klettern zu gehen, als ich jemanden rufen hörte. Das war Archie, was ich da natürlich noch nicht wusste. Was er da brüllte, hab ich nicht verstanden, aber ich konnte sehen, dass drei andere Burschen ihn verprügelten. Ich bin nie ein großer Kämpfer gewesen, aber es waren drei gegen einen, und sogar aus der Entfernung, im Dunkeln, konnte ich erkennen, dass Archies Körper mehr für einen Federhalter als für ein Paar Boxhandschuhe gemacht war. Gerade war ich noch völlig in Gedanken versunken, und schon rannte ich auf die vier zu und schrie mir dabei die Lunge aus dem Hals. Sie hatten Archie jetzt am Boden und traten auf ihn ein. Keine Ahnung, warum ich dachte, dass mein Auftauchen irgendwas ändern würde. Wir wären immer noch in der Unterzahl gewesen, außerdem krümmte sich Archie schon auf dem Boden. Vielleicht waren sie ja schon fertig mit ihm, oder sie bekamen es mit der Angst, jedenfalls hauten sie ab, sie rannten nicht, sie joggten locker weg, bisschen schneller als Gehen. Sie pöbelten noch etwas rum, aber das war mir egal. Ehrlich gesagt, als ich dann stehen geblieben bin und aufhörte rumzuschreien, da habe ich ganz schön angefangen zu zittern. Trotzdem, ich glaube, ich war ziemlich zufrieden mit mir, ein bisschen blasiert, wenn Sie wissen, was ich meine? Archie war immer noch am Boden. Ich bückte mich runter zu ihm und streckte die Hand aus, um ihm aufzuhelfen, und da ist es dann passiert. Bamm, er hat mir voll eine reingehauen.« George lachte und schüttelte den Kopf, als ob er es immer noch nicht glauben könnte. »Bevor ich wusste, wie mir geschah, haben wir uns schon auf der Straße rumgewälzt. Dann tauchte das Blaulicht auf. Schätze, dass einer aus den Wohnungen da die Polizei gerufen hatte, als die erste Prügelei angefangen hatte. Die kassierten uns wegen Trunkenheit und ungebührlichen Benehmens ein und steckten uns für den Rest der Nacht in getrennte Zellen. Das erste und einzige Mal, dass ich im Knast gesessen habe.«

Meikle lachte und schüttelte wieder den Kopf.

»Hört sich nicht nach einer vielversprechenden Basis für eine Freundschaft an.«

»Nein, wirklich nicht. Aber irgendwer auf dem Revier muss da einen Wurm reingebracht haben, denn am nächsten Morgen haben sie uns beide genau zur gleichen Zeit wieder rausgeschmissen. Ich wollte natürlich nichts mit ihm zu schaffen haben. Ich meine, eben denke ich noch über eine Kletterpartie im Mondschein nach, und im nächsten Augenblick sitze ich in einer Zelle vom Revier St. Leonard's.«

»Wie sind Sie beide dann doch noch Kumpels geworden?«

»Archie war ein Charmeur. Er entschuldigte sich formvollendet, und ein paar Minuten später saßen wir schon in einem Café und erzählten uns bei Schinkensandwiches und Kaffee unsere Lebensgeschichten. Dann machten die Pubs auf, und wir wechselten die Örtlichkeit.«

»Erst haut er den Leuten aufs Maul, dann geht er ihnen um den Bart, und das soll kein Jekyll-und-Hyde-Typ sein?«

»Das hätten Sie wohl gern, was?« Meikles Streitlust war im Laufe der Geschichte verpufft. »Er war unglaublich vital, und manchmal schwappte seine Energie eben etwas über.«

Murray warf einen kurzen Blick auf den Recorder, der ihre Worte auf Band spulte, und überlegte, wie hartnäckig er nachfragen sollte.

»Klingt für mich wie ein gewalttätiger Alkoholiker.«

Meikle verzog das Gesicht, aber seine Stimme blieb leise und ruhig.

»Von Alkoholismus weiß ich nichts. Gut, er trank ganz gern mal einen, aber er war jung, das hätte so oder so ausgehen können. Ich persönlich glaube, dass eine große Rolle spielt, ob das Suchtverhalten in der Persönlichkeit angelegt ist oder nicht. Bei mir war das so, bei meinem Vater auch, aber ich stelle keine Mutmaßungen über andere Leute an, vor allem nicht über tote. Ob er gewalttätig war? Nun ja, er geriet in Prügeleien, wie viele junge Menschen, aber ich glaube nicht, dass Archie gewalttätig per se war. Früher dachte ich das, aber inzwischen hatte ich genug Zeit, darüber nachzudenken. Ich vermute, wenn er trank, kamen all seine Unsicherheiten raus. Archie schlug zu, stimmt, aber dann gab er die Deckung auf und ließ sich von dir richtig vermöbeln. In jener Nacht damals, bevor die Polizei mich von ihm runtergezogen hat, da habe ich ihm ein paar ordentliche Dinger verpasst. Das war auch ein Grund dafür, dass ich am nächsten Tag mit ihm ausgegangen bin. Ich konnte einfach nicht glauben, wie übel ich sein Gesicht zugerichtet hatte.«

Meikle fuhr sich mit der Hand über sein schütteres Haar. Murray beugte sich vor und schaltete das Tonbandgerät aus. Ihre Tassen waren leer, vom Elefant nur noch Krümel übrig. »Noch einen Kaffee?«, fragte er.

»Lieber eine Diet Coke.« Der ältere Mann lächelte ihn müde an. »Mehr als einen Kaffee vertrage ich nicht.«

Als Murray zurückkam, sprach Meikle in sein Handy. Er schaute zur Seite, als ob er seine Intimsphäre schützen wolle, aber am Telefon war er genauso laut wie beim Fluchen.

»Ja, in ungefähr einer halben Stunde. Nein, mach dir keine Sorgen. Ich kann mir selbst was machen. Ja, ist gut, bis dann. Du auch.« Er unterbrach die Verbindung und schaute Murray an. »Ich muss bald weg.«

»Sie haben mir ohnehin schon sehr viel von Ihrer Zeit geopfert. Sie sagten, Sie und Archie hätten sich viel über Gedichte unterhalten.«

»Na ja, da habe ich wohl den Mund etwas zu voll genommen. Er hat geredet, ich hab zugehört. Ich hatte es mehr mit Politik. Ich wollte Archie ›anturnen‹.« Meikle schnaubte verächtlich. »So haben wir damals geredet, man hat jemanden nicht für etwas begeistert, man hat ihn ›angeturnt‹.«

»Hat was Sexuelles, der Ausdruck.«

»Damals ging's immer um Sex, na ja, eigentlich nicht. In London vielleicht, aber leider nicht hier oben. Archie beharrte darauf, dass Dichtung und Politik nichts miteinander zu tun haben. Wir haben oft darüber gestritten. Es waren glückliche Zeiten, man könnte sogar sagen, die besten überhaupt. Aber wenn Sie mich fragen, was wir getan haben: alle so ziemlich das Gleiche. Keith Richards ist nicht der Einzige, der sich nicht an die Siebziger erinnern kann. Ich meine, wie gut erinnern Sie sich an Ihre Studentenzeit?«

»Ziemlich gut.«

Meikle lachte.

»Typisch. Nehmen Sie es mir nicht übel, aber schauen Sie sich doch an. Wahrscheinlich haben Sie die Hälfte der Zeit über Ihren Büchern gehockt, und die andere Hälfte haben Sie in Vorlesungen gesessen.«

»Mehr oder weniger.«

»Tja, wir nicht. Woran ich mich erinnere, das ist Remmidemmi, ab und zu ein One-Night-Stand, jede Menge Partys, Gelächter, Spaß ohne Ende. Archie war für mich nur ein Teil von dieser ganzen Chose. Was man so vergeudete Jugend nennt.«

»Was sie aber nicht war, oder?«

Meikle lächelte traurig.

»Nein, glaube nicht. Das, was später kam, das war vergeudet.«

# 4

Das größte Gedränge der Rushhour war zwar schon vorüber, aber die meisten Plätze im Edinburgh-Glasgow-Express waren trotzdem besetzt. Murray quetschte sich auf einen freien Platz an einem Vierertisch und lächelte dem ihm gegenübersitzenden Geschäftsmann entschuldigend zu, als er einen von dessen eleganten weichen Schuhen unter der Sohle seines abgewetzten Turnschuhs spürte. Der Mann verzog das Gesicht, nickte aber beifällig, ohne den Blick von den vor ihm liegenden Tabellen zu heben. Murray schaute den Gang hinunter und sah müde Augen und schlaffe Krägen, halb gelesene Romane und leuchtende Laptopbildschirme. Das war also, was die Leute die reale Welt nannten, dachte er: Darlehen, Kinder und ein Weg zur Arbeit, der jeder Arbeitswoche noch einen vollen Tag hinzufügte. Das wäre gar nicht so schlimm. Er könnte die Zeit zum Lesen nutzen, scheiß auf Tabellen.

Während der Zug aus dem Bahnhof glitt, verkündete eine Tonbandstimme die fahrplanmäßigen Haltestellen. Murray lehnte sich zurück und zog die Beine an, um seinem Gegenüber nicht in die Quere zu kommen.

Am Ende ihres Gesprächs hatte Meikle müde ausgesehen. Murray hatte dem Archivar angeboten, ein Taxi zu rufen, doch der hatte nur mit einer schwungvoll ironischen Geste seinen Freifahrtschein für den Bus aus der Brieftasche gezogen.

»Nicht nötig. Ich hab das hier, die Lizenz zum Fahren.«

»Sehr schlau.«

Die Griesgrämigkeit des Älteren war zurückgekehrt.

»Ja, fabelhafter Ausgleich für die beschissene Rente. Hören Sie auf meinen Rat. Wenn Sie Geld haben, geben Sie es jetzt aus, solange Sie noch jung sind, dann haben Sie was davon. Lassen Sie sich nicht beschwatzen, Ihre Kohle für Banker zu sparen, die es dann zum Schornstein rausjagen, wie's uns gegangen ist. Das Alter ist kein Spaß, wenn man pleite ist.«

Fast hätte Murray ihm erzählt, dass das Alter ihn schon früh in seine zweifelhaften Freuden eingeweiht hatte und dass das wirklich kein Spaß war. Aber warum hätte er das tun sollen? Stattdessen bekundete er mit einem Lächeln seine Zustimmung und verbannte jedes Mitgefühl aus seiner Stimme, weil das dem älteren Mann sicher nicht gefallen hätte.

»Besser als die Alternative.«

Meikle schaute Murray streng an und gewährte ihm dann ein Grinsen.

»Gut möglich. Na ja, am Ende kriegen wir es ja alle raus.«

Er drehte sich um, hob die Hand zu einem wortlosen Abschiedsgruß und machte sich auf den Weg zur Bushaltestelle, wo immer die auch sein mochte.

Murray hatte sich von Meikles Überdruss anstecken lassen. Während der Zug an den Häusern von Broomhouse vorbeirollte, betrachtete er die leuchtenden Vierecke der Fenster. Dabei musste er an die Zeit denken, als er und Jack noch Kinder waren. An das dampfbeschlagene Küchenfenster, wenn ihr Vater das Essen kochte, während Jack sich *Vision On* oder *Blue Peter* anschaute und Murray am Tisch in der Ecke des Wohnzimmers seine Hausaufgaben machte. Später hatten sie in ihrem gemeinsamen Kinderzimmer einen gebrauchten Petroleumofen gehabt, sodass Murray, von den Ausdünstungen benebelt, ungestört lernen konnte.

Die Frau neben ihm blätterte in einem Klatschmagazin: Fotos mit Promis beim Shoppen auf gleißend hellen Straßen, große schwarze Sonnenbrillen, gequälte Gesichtszüge. Er schaute zu ihr hinüber und erwartete irgendwie eine Sparversion der Mädchen auf den Fotos. Aber sie war in den Vierzigern, mehr elegant als modisch, mit sorgfältig gewählter Garderobe. Wäre sie gern jung und in LA? Er schon, weiß Gott, auch wenn ihm der Gedanke nie zuvor gekommen war. Vielleicht könnte er nach L.A. gehen und ein Filmstar werden. Damit würde er es ihnen zeigen. Aber hallo.

Die Frau warf ihm einen strengen Blick zu und blätterte demonstrativ um. Er schaute weg. Die Stadt lag jetzt hinter ihnen, jenseits davon nichts als Dunkelheit. Er konnte im Fenster sein Spiegelbild sehen, die glänzenden Brillengläser über den Gräben und Buckeln der Mondlandschaft seiner Haut. Vielleicht sollte er die Filmstarkarriere doch lieber abhaken.

Murray zog den Reißverschluss seines Rucksacks auf und holte die Aktenmappe mit dem Brief von Christies Agenten heraus.

*Lieber Dr. Watson,*
*Ich habe Ihren Brief an Ms Graves weitergeleitet. Sie hat mich gebeten, Ihnen mitzuteilen, dass sie Ihre Bitte um ein Interview ernsthaft in Erwägung zieht. Um ihr die Entscheidung zu erleichtern, bittet sie Sie, ihr über mich eine Kopie Ihres Lebenslaufs, eine Liste früherer Veröffentlichungen und ein Exposé der geplanten Biografie von Archibald Lunan zukommen zu lassen.*
*Mit freundlichen Grüßen*
*Foster James*
*Niles, James and Worthing*

Er fragte sich, warum er George Meikle angelogen und gesagt hatte, dass Christie ihm schon ein Interview zugesagt hätte. Er hatte die erbetenen Unterlagen schon vor sechs Wochen abgeschickt. Sie bestätigten seine Qualifikation und den wissenschaftlichen Charakter seines Interesses. Würde das reichen?

Murrays Handy piepste, eine neue Nachricht. Er zog es aus der Tasche und sah, wie der winzige flatternde Briefumschlag sich öffnete. Fast rechnete er damit, dass es sich um eine Rechtfertigungsnachricht seines Bruders handelte.

*Wo bist du?*

Weiter vorn im Wagen standen Leute im Gang. Wenn er jetzt aufstehen würde, wäre er seinen Platz los. Also wählte er, wo er saß. Er war auf die Mailbox gefasst, aber beim dritten Klingeln hob Rachel ab. »Hi, ich bin's«, sagte er.

»Ich habe mich gefragt, ob du meine Nachricht bekommen hast. Ich möchte dich sehen.«

»Ich dich auch.«

»Gut.« Ihre Stimme klang durch und durch geschäftsmäßig. »Wo bist du?«

»Möchte ich lieber nicht sagen.«

»Ich habe nicht viel Zeit, Murray. Fergus hat nachher noch eine große Abendgesellschaft.«

»Ich sitze im Zug.«

»Wohin?«

»Nach Hause.«

»Können wir uns in deinem Büro treffen?«

Er hasste es, sie dort zu treffen, das Risiko, die mit diesem Ort verbundenen Assoziationen.

»Okay, wann?«

»Bis wann schaffst du es?«

Murray schaute auf die Anzeige über der Wagentür. Sie waren gleich in Croy.

»Ich springe am Bahnhof Queen Street ins Taxi und bin in einer halben Stunde da.«

»Gut.«

Sie legte auf, ohne sich zu verabschieden. Erste Regentropfen klatschten gegen das Zugfenster.

# 5

Murrays winziges Büro war fast, aber nicht ganz dunkel. Von der Straßenlampe hinter den Bäumen schien so viel Licht herein, dass er sehen konnte, wie Rachel Houghtons Gesichtszüge weicher wurden. Hagel prasselte ans Fenster, Rachels Augen weiteten sich, sie drängte näher an ihn heran, war sich ihrer selbst aber noch zu bewusst, war noch nicht ganz da. Murray passte seinen Rhythmus den Schatten an, die das Zimmer durchzuckten, und er pries den Büroraumausstatter, der ihm einen Schreibtisch in genau der richtigen Höhe beschert hatte. Er packte Rachels nackten Hintern, ihre Arme hielten ihn umklammert, und hob sie vom Schreibtisch. Keuchend drückte sie ihre Lippen auf seine. Ihre Nippel rieben sich an seiner Brust, glatt und hart, schweißnass. Rachel stöhnte. Ihr Körper versteifte sich, ihr Becken drückte sich gegen ihn. Murray spürte das weiche Leder ihrer Schuhe, spürte die Spitzen ihrer Stöckelabsätze, die ihn aufstachelten.

»Nein«, sagte er. »Nicht, sonst ...«

Ihre Beine umschlangen ihn fester. Dann spürte Murray einen leichten Luftzug auf seinem entblößten Hintern, ein dünner Lichtstrahl durchschnitt den Raum und fiel auf Rachels Gesicht. Sie kniff die Augen vor dem plötzlichen Licht zusammen und schaute an ihm vorbei zu der aufschwingenden Tür. Murray spürte, wie Rachels Hände ihn wegstießen. Verwirrt folgte er ihrem Blick und sah den Eindringling in der Tür stehen. Sein Gesicht lag im Schatten. Murray hörte, wie er einen leise bebenden Seufzer ausstieß, ganz ähnlich dem Stöhnen, das ihm selbst erst Sekunden zuvor über die Lippen gekommen war.

»Scheiße!« Murrays Fluch wirkte wie der Fehlschuss eines Heckenschützen. Die Gestalt verschwand blitzschnell. Murray entzog sich Rachel, stolperte zur Tür, die er fast noch vor dem Zuschlagen erwischt hätte, und rannte hinaus in den Gang. Mit offenem, flatterndem Hemd, die kühle Luft auf der Brust, lief er durch den dunklen Flur und rief noch etwas, aber wer immer das gewesen war, er war schon in den düsteren Korridoren des alten Gebäudes verschwunden. Murray konnte sich nur damit trösten, dass er wenigstens daran gedacht hatte, seine Hose festzuhalten, sodass sie sich nicht heimtückisch um seine Knöchel wickeln und ihn zu Fall bringen konnte, wie den lächerlichen Liebhaber, der er ganz offensichtlich war.

»Keine Ahnung, wer das war. Wahrscheinlich der Nachtwächter, der seine Runde gedreht hat.« Rachel ging hinter den Schreibtisch und zog sich ihre Strumpfhose wieder an. »Der hatte mehr Angst vor uns als wir vor ihm.«

Vor ein paar Jahren hätten sie sich noch an eine Zigarette klammern können, um die post-koitale Verlegenheit erträglicher zu machen. Aber heutzutage war Rauchen in Universitätsgebäuden ein Entlassungsgrund. Glücklicherweise setzte Vögeln nicht das Sprinklersystem in Betrieb. Murray rückte seine Gürtelschnalle zurecht und ließ sich auf den normalerweise seinen Studenten vorbehaltenen Stuhl sinken. Er nahm die Arbeit eines Erstsemesters vom Tisch, die eben noch unter Rachels Hintern geraschelt hatte, und versuchte das Papier glattzustreichen.

*… hatte er allen Widrigkeiten zum Trotz Erfolg. Obwohl sein Lebensstil für den Mainstream der Gesellschaft inakzeptabel war, konnte er …*

Die Seite bog sich störrisch immer wieder nach oben. Murray legte die Arbeit wieder auf den Schreibtisch und stellte eine Tasse auf die umgeknickte Ecke. Dabei verschüttete er etwas kalten Kaffee über die sauber getippten Zeilen.

»Scheiße.« Er drückte die Titelseite des *Guardian* auf den Fleck. »Hatte er eine Nachtwächteruniform an?« Murray löste die Zeitung wieder ab. Ein dunkler Schatten Druckerschwärze blieb zurück, quer über das brav ausgearbeitete Papier, wie ein Stempel. »Verdammt.«

»Ich hab's dir doch gesagt, ich konnte ihn nicht erkennen. Es war dunkel und ich war ... nun ja, etwas abgelenkt eben.«

Murray fragte sich, ob er den Eindringling nicht doch hätte weiter verfolgen sollen. Er hatte den unverwechselbaren Geruch der Bücher, der aufmüpfigen Studenten und frustrierten Lehrer eingeatmet, seit er selbst als Siebzehnjähriger in dieses Institut eingetreten war. Das Labyrinth der Korridore war in seinem Gehirn exakt verzeichnet. Er kannte jedes Kämmerchen und jede selbstmörderische Treppenstufe. Die mit Stühlen vollgepfropften Vorlesungssäle, die unlogischen Treppenhäuser, die den Uneingeweihten zum Narren hielten und schließlich auf verbotene Dachböden führten, wo ein Mann sich so verirren konnte, dass er auf der gegenüberliegenden Seite des alten Campus' wieder herauskam. Die Chance, da wen auch immer einzuholen, war ziemlich gering. Die, hinterher als atemloser Idiot dazustehen, dagegen ziemlich groß. Doch der Teil von ihm, der sich vorstellte, wie er den Spanner am Kragen packte und ihm die Stiefelspitze in den Hintern rammte, wünschte sich, er hätte es auf einen Versuch ankommen lassen.

Rachel zog ihren Rock zurecht. Normalerweise trug sie Hosen. Ihm fiel auf, dass sie sehr schöne Beine hatte.

»Du siehst gut aus.«

Rachel strahlte ihn mit dem gleichen Lächeln an, das sie auch Verkäufern, Studenten, Dozentenkollegen, Portiers, ihrem Ehemann, jedem zukommen ließ, der ihr über den Weg lief, wenn sie mit ihren Gedanken ganz woanders war. Sie nahm einen kleinen

Spiegel aus ihrer Handtasche. Ihre Lippen waren kaum verschmiert, aber sie setzte sich auf die Schreibtischkante und zog sie trotzdem nach. Murray musste an ein frühes Autorenfoto von Christie Graves denken: lange Beine, scharfe Kurven, rote Lippen. Ein schöner Anblick.

Die Erinnerung an die aufschwingende Tür und den Lichtstreifen, der auf Rachels Gesicht gefallen war, kehrte zurück und verdarb ihm den Gedanken, dass sie sich für ihn herausgeputzt hatte. Er schätzte über den Daumen die Entfernung zwischen der Tür und der Stelle ihrer Umklammerung ab.

»Was meinst du, ob das jemand aus dem Fachbereich war?«

Rachels Lächeln wurde angespannt. Sie ließ den Spiegel in die Handtasche fallen und zog den Reißverschluss zu.

»Es ist Freitagabend. Um diese Zeit ist doch niemand mehr in seinem Büro. Die meisten haben ja noch so was Ähnliches wie ein Leben außerhalb der Uni. Mach dir keine Sorgen. Schätze, wir haben dem Burschen seinen Abend versüßt. Der hockt jetzt sicher wieder in seinem Wachhäuschen und berauscht sich an dem, was er gesehen hat.«

»An meinem weißen Arsch? Scheiße, hoffentlich nicht.«

»Hundertprozentig. Nachher zu Hause besorgt er es seiner müden, aber angenehm überraschten alten Dame zum ersten Mal seit Monaten, und dann spielt dein weißer Arsch die Hauptrolle in dem Filmchen, das da vor seinem geistigen Auge abläuft.«

Rachel stand jetzt auf seiner Seite des Schreibtischs. Ihr Rock war aus einem glänzenden, silbergrauen Stoff, der sich eng um ihre Hüften schmiegte. Murray fuhr mit dem Finger an ihrem Bein entlang und spürte das seidige Material. Sie legte ihre Hand auf den Finger und stoppte den Vormarsch. Er lehnte sich auf seinem Stuhl zurück.

»Was ist eigentlich der Anlass?« Er wollte, dass sie noch ein bisschen blieb oder vielleicht noch woanders mit ihm hinging. Irgendwohin, wo es gedämpftes Licht, Kerzen und leise Musik gab. Was für ein Klischee. Es war Freitagabend, und die meisten Menschen hatten ein Leben. »Führt Fergus dich groß aus?«

»Fergus führt mich nie irgendwohin aus. Wir gehen zusammen.«

Murray stützte einen Fuß gegen die Schreibtischkante. Wenn er ein Cowboy wäre, hätte er jetzt seinen Hut nach vorn geschoben. Für ihn hatte sie sich jedenfalls nicht herausgeputzt. Er versuchte es auf die spielerische Tour und verbockte es.

»Wir könnten das besser.«

Rachel bückte sich zu ihm herunter. Er spürte ihren Atem, warm und süß, mit einem Hauch Pfefferminz. Sie hatte wieder zu rauchen angefangen.

»Was ich an Fergus immer geschätzt habe, er ist nie langweilig.«

»Auf der letzten Sitzung des Fachbereichs hat er mich tödlich gelangweilt.« Murray zog die Schreibtischschublade auf und holte die Flasche Malt heraus, die er vor ein paar Wochen in der Hoffnung gekauft hatte, er könnte Rachel dazu verleiten, länger zu bleiben als die Zeit, die sie dafür brauchte, um ihre Garderobe wieder in Ordnung zu bringen. »Ich glaube, ich kann jetzt einen Schluck vertragen. Was ist mit dir?« Er hielt inne. »Wenn dir mehr nach Wein ist, wir können auch noch woanders hingehen.«

Rachel schaute zur Uhr über der Bürotür. Murray fragte sich, ob sie sie auch im Auge behalten hatte, als sie sich eben geliebt hatten.

»Ich hab's dir doch gesagt, ich kann nicht lange bleiben. Wir haben Gäste zum Abendessen. Fergus macht seinen berühmten *Shepherd's Pie.*«

»Proletarische Herzhaftigkeit, ist das der letzte Schrei?«

»Hoffentlich. Jedenfalls ist es kostengünstiger als manche seiner anderen Liebhabereien. Hier.« Sie griff in ihre Tasche und zog eine Flasche Blackwood's heraus. »Ich nehme davon ein Schlückchen. Mein Alibi.«

*Alibi.* Das Wort irritierte ihn.

»Für wie lange?«

»Lange genug. Fergus hatte sich darauf versteift, als Aperitif Gin von den Shetlands zu servieren. Den gibt's nicht überall. Warum?« Sie hatte ein spitzes Gesicht, wie ein durchtriebener kleiner Fuchs. Manchmal, wenn sie lächelte, rechnete man jede Sekunde damit, dass sie zuschnappte. »Hast du Angst, dass er mir hinterherschnüffelt?«

Murray stand auf und spülte seine Kaffeetasse aus. Der in den Raum fallende Lichtstreifen ging ihm nicht aus dem Kopf. Fergus war etwa zwanzig Jahre älter als Rachel, er ging auf die Sechzig zu, aber er war im letzten Jahr die zehn Kilometer gelaufen. Hatte er in der Zeit, die Murray bis zur Tür gebraucht hatte, den Gang hinunterlaufen können? Aber warum sollte Fergus überhaupt abhauen? Er war mächtig genug, Murray zu erledigen, ohne die Faust zu heben. Er ignorierte Rachels Frage, nahm ihr die Flasche aus der Hand und goss etwas Gin in die saubere Tasse.

»Entschuldige die Tasse, nicht sehr kultiviert.«

»Das ist doch Teil deines Charmes, der gewisse Mangel an Kultur.«

»Dann wird's dich nicht überraschen, dass ich dir weder Eis noch Zitrone anbieten kann.«

»Ein Tropfen Wasser wäre nett.«

Das gehörte zu dem, was ihm an ihr gefiel, die schneidige Noblesse. In einer anderen Zeit hätte sie eine großartige Forscherin abgegeben. Er konnte sich gut vorstellen, wie sie eine Mannschaft eingeborener Träger schmeichlerisch durch den Dschungel dirigierte, sich nachts einen von ihnen mit ins Zelt nahm und ihm am nächsten Morgen befahl, ihre Sachen zusammenzupacken und sie sich wieder auf den Rücken zu schnallen.

Murray ging zum Waschbecken. Normalerweise trank er nur Wasser aus der Flasche, weil er davon überzeugt war, er könne den Lakritzgeschmack des bleihaltigen Leitungswassers der Uni herausschmecken. Aber die Flasche Strathmore in seinem Rucksack war fast leer. Er drehte den Kaltwasserhahn auf, ließ das Wasser kurz laufen und schenkte ihr dann einen Schuss ein.

»Danke.«

Rachel lächelte und hielt sich die Tasse vor die Brust, während er sich einen Schluck von dem Whisky einschenkte. Er wollte mit ihr anstoßen, aber sie nippte schon an ihrem Gin, verzog das Gesicht und hustete.

Murray lachte.

»Kerniger Menschenschlag, diese Shetlander.« Er nippte an seinem Whisky. »Beunruhigt dich das gar nicht? Unser Besucher eben?«

»Du hast mich doch abgeschirmt.«

Er prostete ihr zu.

»Instinktive Ritterlichkeit.«

»Natürlich beunruhigt es mich.« Sie schaute wieder zur Uhr. »Aber was sollen wir uns deshalb verrückt machen, bringt sowieso nichts. Ein Gerücht kommt auf oder nicht. Wenn ja, kümmern wir uns dann drum. Wofür wir sorgen müssen, ist, dass es nicht noch mal vorkommt.«

»Du hast recht. Es war dumm, es hier zu tun.«

»Das habe ich nicht gemeint.« Sie sah seinen Gesichtsausdruck und lächelte. »Wir wissen doch beide, dass das ein Ende haben muss.«

Er traute seiner Stimme nicht. Er hatte es nicht gewusst, wusste es auch jetzt nicht.

»Und dann dein Forschungsjahr.« Ihr Gesicht hellte sich auf wie das einer Kinderschwester, die ein aufgeschürftes Knie mit Jod betupft hatte und jetzt ein Bonbon zückte, um ihren Schützling von den Schmerzen abzulenken. »Du hast doch gar keine Zeit mehr dafür.«

Er versuchte, einen lockeren Ton anzuschlagen.

»Ich kann ja nicht rund um die Uhr forschen, für dich schaufel ich immer ein Stündchen frei.«

Sie schaute weg. Einen Augenblick lang glaubte er, dass sie einlenken würde, aber dann schaute sie ihn mit ihren hellen Augen an.

»Wir waren uns einig, dass wir nur ein bisschen Spaß haben wollten. Was soll's, das Semester ist fast rum, Fergus und ich fahren für zwei Monate nach Umbrien, und für dich fängt das Forschungsjahr an. Passt alles zusammen.«

»Und wenn man uns nicht überrascht hätte?«

»Das ist doch unwichtig jetzt.« Sie beugte sich vor und küsste ihn sanft auf die Lippen. »Wir hatten unseren Spaß. Wir mögen uns. Und so soll es bleiben, okay?«

Seine Stimme war fest. Er hatte mal gelesen, dass bestens integrierte Autisten über jede ihrer Gesten nachdenken mussten: *lächeln, Augenkontakt herstellen.* Er formte seine Lippen zu einem Grinsen.

»Du hast recht. Es hat immer Spaß gemacht.«

Rachel berührte seinen Arm.

*Keine Miene verziehen, keinen Streit anfangen, keine unbedachte Handbewegung.*

»Das Buch wird fabelhaft. Du hast immer gesagt, wie unterschätzt Lunan ist. Das ist deine große Chance, ihn bekannt zu machen.«

»Hoffentlich.«

»Da bin ich mir ganz sicher. Und Fergus auch.«

Die beiden redeten über ihn. Wo? Beim Essen? Im Bett? Spielte er die Hauptrolle in dem Filmchen, das vor ihrem geistigen Auge ablief, wenn Fergus sie vögelte?

»Rachel, Fergus kann mich nicht ausstehen«, sagte er.

Sie nahm ihren Mantel vom Haken an der Bürotür.

»Sei nicht paranoid, Murray. Du kennst Fergus. Wenn er dich nicht für ein wertvolles Mitglied des Fachbereichs hielte, dann kämst du jetzt nicht in den Genuss eines Forschungsjahres, sondern wärst auf Jobsuche.«

Murray stand am Bürofenster. Draußen stürmte es immer noch. Der Wind fuhr in Rachels Haare und wirbelte sie ihr ins Gesicht. Sie zerrte kurz an der Wagentür, dann saß sie drin, schaltete die Scheinwerfer ein, setzte rückwärts auf die Straße und fuhr weg. Ihr einziger Blick zurück war der in den Rückspiegel. Es war das letzte Mal. Er fragte sich, ob es an dem Spanner gelegen hatte oder an seiner Einladung, noch auf einen Drink zu gehen, was Rachel abgelehnt hatte. Vielleicht hatte sie es von Anfang an auf diese Art beenden wollen. Murray stand am Fenster und beobachtete, wie die Zweige der Bäume den Himmel genauso abtasteten, wie wenn er nicht dagestanden hätte. Auf seinem Weg nach draußen hielt er am Wachhäuschen an und gab die noch fast volle Flasche Malt dem Nachtwächter, der sie mit dankbarer und geschmeichelter Überraschung entgegennahm.

# 6

Die Gründe, warum Murray das Fowlers normalerweise mied, scharten sich um ihren Stammtisch in der Ecke und sahen aus wie das Personal eines Eugenikeralbtraums. Das Pub war nur spärlich besucht, aber es füllte sich langsam mit Büroangestellten und Studenten, die aus angesagteren Etablissements herüberschwappten. Er war schon halb bis zur Bar vorgedrungen, bevor er Vic Costello, Lyle Joff und Phyllida McWilliams endeckte und ihm einfiel, dass sie sich freitags am Spätnachmittag immer hier versammelten, um einen auf Algonquin Club zu machen und das Elend des Wochenendes hinauszuzögern.

Vielleicht hätte ihn das Bedürfnis zu leiden, das so oft im Kielwasser von Kummer daherkommt, ohnehin in ihre Gesellschaft geführt. Vielleicht hätte er sich aber auch nur mit einem einsamen Bier und einem Nicken in ihre Richtung begnügt, wenn er nicht plötzlich eine Hand an seinem Ellbogen gespürt, sich umgedreht und in Rab Purvis' vor Schweiß und Gutmütigkeit glänzendes Gesicht geblickt hätte.

»Das geht auf mich, Moira.« Es war typisch für Rab, dass er mit der Managerin per Du war, und es war auch typisch für ihn, dass er Murrays Bier mit auf seine Runde nahm und auch noch das Trinkgeld aufstockte. Mrs Noon bedankte sich mit einem Nicken, und Rab drückte Murrays Ellbogen, was seinem Freund signalisierte, dass er schon mindestens drei Bier Vorsprung hatte. »Na los, mein Junge, komm in den Schoß der Gemeinde.«

Es war schon jenseits der Zeit, in der selbst späte Esser noch so tun konnten, als genehmigten sie sich nur ein appetitanregendes Schlückchen, und so wurde Murray von der schwächelnden Familie der Fachbereichsalkoholiker mit inniger Erleichterung willkommen geheißen. Er war das frische Blut, der Bote neuer Gesprächsthemen, die Entschuldigung, um sich noch eine Runde einzuverleiben und den Augenblick hinauszuschieben, wenn die Tür des Pubs sich zum letzen Mal öffnete und jeder von ihnen allein auf die Straße trat.

»Hallo, Fremder.« Phyllida McWilliams' Stimme hatte ihre übliche Schärfe verloren und schon den vielversprechend heiseren Klang einer Schachtel Camel ohne Filter angenommen. Sie beugte sich vor und gab Murray einen Kuss. »Warum sieht man dich nicht mehr?«

Murray schenkte sich den Hinweis, dass sie sich erst vor drei Tagen im Gang begegnet waren. Sie war mit gesenktem Kopf an ihm vorbeigelaufen und hatte ausgesehen wie Miss Marples verkaterte kleine Schwester.

»Du weißt ja, wie es ist, Phyllida. Ich bin ein kleines fleißiges Bienchen.«

Phyllida zupfte ein blondes Haar von Murrays Jackenaufschlag und hob die Augenbrauen.

»Lass ihn in Frieden, Phyl«, sagte Vic Costello. »Was geht dich das an?«

Phyllida ließ das Haar auf den Boden fallen. Sie nickte. »Wie wahr, wie wahr.«

»Er flattert von Blüte zu Blüte.«

Rab dirigierte mit einer Hand ein kleines Menuett.

Phyllida lachte ihr Bardamenlachen und fing an zu rezitieren:

*»Wo die Biene trinkt, dort trink ich,*
*In den Kelch der Primel sink ich.*

*Bis Eulen schrein, ruh ich dort aus,*
*Dann flieg ich auf der Fledermaus …«*

Es war schlimmer, als er gedacht hatte. Sie mussten schon seit Stunden da sein. Murray fragte sich, ob sie etwas von Rachel ahnten. Besser, er ginge nach Hause, machte sich etwas zu essen und dächte gründlich über alles nach.

Lyle Joff fing an, eine Geschichte über eine Konferenz in Toronto zu erzählen, an der er teilgenommen hatte. Phyllida setzte ein interessiertes Gesicht auf, und Vic drehte sein Bierglas in den Händen, wobei er traurig ins Nichts schaute. Hinter der Bar drehte Mrs Noon die Musik lauter, Willie Nelson sang »Whisky River«. Vic legte seine Hand auf die von Phyllida. Sie ließ ihn einen Augenblick lang gewähren und zog dann ihre Hand weg. Murray fragte sich, ob Vics Scheidung durch und er schon ausgezogen war oder ob er noch in dem Raum kampierte, der früher mal sein Arbeitszimmer gewesen war.

Phyllida lehnte sich an Murray und fragte: »Im Ernst, wo bist du gewesen?«

Sie nahm seine Hand und fing an, seine Finger zu streicheln.

»Gleich um die Ecke.« Murray versuchte ihr Flirten zu erwidern, sah dann aber die völlig entglittenen Gesichtszüge von Vic, der auf der anderen Seite von Phyllida saß. Trotz der Risse im Stoff musste er beim Anblick der Sitzbank, auf der sie alle drei saßen, an ein Bett denken, und das rief unliebsame Gedanken an eine ménage à trois in ihm hervor. »Ich war in der National Library und habe mich durch die Überreste von Archies Hinterlassenschaft gewühlt.«

»Oh.« Phyllidas Begeisterung hätte kaum gelangweilter ausfallen können. »Irgendwelche fabelhaften neuen Gedichte aufgetan?«

»Nein, aber ich bin über ein paar Notizen für einen Science-Fiction-Roman gestolpert.«

»Ausgezogen, um ein Werk großer Dichtkunst wiederauferstehen zu lassen, heimgekehrt mit einem Stück halbgarer Genre-Literatur. Armer Murray.«

Er lachte mit, aber die Spitze tat ihm weh. Er zog sein Notizbuch aus dem Rucksack und blätterte zu den Seiten, wo er notiert hatte, was Archie in das Schulheft geschrieben hatte.

»Das hier habe ich gefunden, Namenslisten.«

Phyllida schaute auf die vollgekritzelte Seite.

»Hat offensichtlich nach Namen für seine Charaktere gesucht. Der Ärmste, ziemlich lausig.«

Murray fragte sich, warum er nicht selbst darauf gekommen war. Die Enttäuschung war ihm anzuhören.

»Glaubst du?«

Sie drückte mitfühlend seine Hand.

»Na sicher.«

»Scheiße, und ich habe gedacht, ich wäre da auf etwas gestoßen.«

Er klappte das Notizbuch wieder zu.

Murrays Fluch schien Vic aus seiner Trance aufgeschreckt zu haben. Er kippte die Handbreit Bier hinunter, die noch in seinem Glas war.

»Die nächste geht auf mich.«

»Mir reicht's, danke.« Lyle hob sein Glas an die Lippen und ließ sich den Rest von seinem Ale gleichmäßig in die Kehle laufen. »Hab meine Sperrstunde sowieso schon gerissen.« Er warf Murray einen komplizenhaften Blick zu. »Antreten zur Gute-Nacht-Geschichte. *Pu der Bär* – ein herrliches Gegenmittel gegen einen harten Tag als Galeerensklave.«

So grotesk das Bild vom pummeligen Joff auf einer Galeere auch war, es schien immer noch plausibler als die Vorstellung, dass er neben einem frisch gebadeten Knirps im Schlafanzug auf einer Bettkante saß und Geschichten über einen unterbelichteten Bären vorlas. Auf einer Party des Fachbereichs war Murray Joffs Frau einmal vorgestellt worden. Sie war hübscher, als er erwartet hatte. Er fragte sich, wie sie sich kennengelernt hatten und warum Joff sich so oft zur Dämmerschoppenzeit in Gesellschaft von Leuten herumtrieb, deren einzige Alternative zum Pub die leere Wohnung, der von Brandlöchern verunstaltete Sessel und eine Büchersammlung war, die auch nur begrenzt Trost spenden konnte.

Vic Costello schaute auf seine Uhr.

»Ist schon nach halb neun. Die ratzen sicher schon, Lyle. Auf deine Bierfahne müssen die heute wohl verzichten.«

Lyle Joff schaute auf seine eigene Uhr und schien erstaunt, dass die Zeiger sich weiterbewegt hatten. Er zögerte, schaute dann sein Glas an und schien ebenso verblüfft, dass es leer war.

»Du kostest mich Kopf und Kragen, Costello.« Er grinste. »Also dann, noch eins für den Weg.«

Vic hielt sein leeres Glas hoch, bis er Mrs Noons Aufmerksamkeit hatte. Dann hielt er die fünf Finger seiner anderen Hand hoch, und die Managerin signalisierte mit einem Nicken, dass sie zu Diensten sei, aber nur für den Augenblick.

Phyllida lehnte sich zur Seite und flüsterte: »Du bist ein Arsch, Vic. Du bist erst dann zufrieden, wenn die Ehe von dem Jungen genauso den Bach runtergegangen ist, wie deine eigene und du endlich einen Fulltime-Saufkumpanen hast.«

»Aber den brauche ich doch gar nicht, Phyl, ich hab doch dich.«

Costello legte ihr den Arm um die Schulter. Phyllida stieß ihn weg.

»Manchmal vergisst du dich wirklich.«

Der Alkohol nahm ihrem Vorwurf die Spitze, aber in ihrer Stimme lauerte die Saat der Bitterkeit, die beim nächsten Tropfen Wasser aufgehen würde, und als Vic Costello wieder versuchte, den Arm um sie zu legen, stieß sie ihn ungehalten weg.

Das Tablett mit den Gläsern kam, und Lyle Joff versorgte sich mit einem frischen Bier. Er trank einen Schluck und wischte sich den Schaum von der Oberlippe.

»In meiner Ehe steht alles zum Besten.«

»Na klar, steht bombensicher.« Rab tätschelte Lyles Arm und fragte Murray: »Kennst du Lyles Frau? Wunderhübsches Mädchen, klassisches Profil, ein Hauch Venus von Milo.«

Er zwinkerte und Murray nahm den Faden gelangweilt auf.

»Sie hat keine Arme?«

»Kann keiner Fliege was zuleide tun.«

Phyllida lachte, und Lyle sagte: »Steht auf starken Fundamenten. Liebe, Zuneigung, gemeinsame Werte.«

Er schaute in die Ferne, als versuchte er sich weitere Gründe dafür in Erinnerung zu rufen, dass seine Ehe halten würde.

»Kinder«, sagte Phyllida, »Kinder sind ein Segen.« Vic Costello entschuldigte sich und ging zur Toilette.

Als er sich Murray zuwandte, sprach Rab mit ungewohnt leiser Stimme, und kapselte dadurch die beiden vom Rest der Gruppe ab.

»Ich bin froh, dass du gekommen bist.« Die Redewendung klang altmodisch, als hätte Murray eine Einladung zum Nachmittagstee wahrgenommen. »Ich muss mich bei dir entschuldigen. Neulich, das war unverschämt von mir. Nur weil ich nicht zum Schuss komme, hab ich nicht das Recht, mich wie ein Vertreter der moralischen Mehrheit aufzuführen.« Rab schaute ihn an, mit strengem, wissbegierigem Gesicht, die Augenbrauen gelupft bis zum Haaransatz. Er schauspielerte. Das war sein Blick für nervöse Studenten, wenn er sie ermuntern wollte, den Mund aufzumachen. Er streckte die Hand aus. »Schlag ein!«

Murray war das mit Rachel herausgerutscht, als ihre Affäre ungefähr einen Monat alt war. Die beiden Männer hatten mit einem Gastredner zu Abend gegessen und waren danach noch einen trinken gegangen, um den Vortrag ohne seinen Verfasser zu diskutieren. Vielleicht lag es an der Kombination aus Wein und Bier, vielleicht an dem in Rosa getauchten Abend. Vielleicht hatte er sich aufgespielt, oder vielleicht hatte Murray genau in diesem einen Augenblick geglaubt, sein Freund könne ihm einen Rat geben. Was auch immer der Grund war, als sie das Pub verließen und sich um die auf den Gehweg verbannten Raucher herumdrückten und in das roséfarbene Zwielicht hinaustraten, hatte Murray plötzlich gesagt: »Ich hab da was mit Rachel Houghton laufen.«

Rab Purvis' Reaktion war unverblümter gewesen, als der gelegentliche Hörer eines Professors, der über den höfischen Roman las, vielleicht erwartet hätte.

»Das ist eine Kampfemanze, an die würde ich mich nicht mal mit der Kneifzange rantrauen.«

Murray hatte auf den Kugelbauch seines Freundes geschaut und versucht sich vorzustellen, wie Rachel Rab scharfmachte, so wie sie ihn scharfgemacht hatte. Es war ein Mittwoch gewesen, Sportnachmittag, als sie die Tür seines Büros geschlossen, die Referate, die er gerade durchackerte, zur Seite geschoben und sich auf die Kante seines Schreibtischs gesetzt hatte, so dicht vor ihn, dass er sich gewundert hatte. Und dann hatte sie seine Hand unter ihren Pullover geführt, sodass sich das Ausmaß seiner Verwunderung verlagert und vergrößert hatte.

»Na ja, an eine Kneifzange hatte ich auch nicht gedacht.«

»Egal, woran du gedacht hast. Wenn du weißt, was gut für dich ist, dann lass die Finger davon.«

»Was, wenn das meine letzte große Chance auf die wahre Liebe ist?«

»Dann lauf um dein Leben. Rachel Houghton sucht nicht nach Liebe, Murray. Sie ist glücklich mit Fergus. Sie will einfach ein bisschen Pfeffer in ihrem Leben, deshalb vögelt sie rum.«

»Und was ist falsch daran?«

»Nichts, wenn es dich nicht stört, dass es die Frau deines Fachbereichsleiters ist, die du da nagelst.«

»Warum sollte es?«

»Soll ich dir eine Liste machen?«

»Schon gut.«

Trotzdem hatte sein Freund angefangen, einen langen, durchweg derben, aber höchst vernünftigen Katalog an Gründen vorzutragen, warum Murray Watson sich besser von Rachel Houghton fernhalten solle. Die Wirkung war gleich null. Die Affäre blieb eingestanden, aber fortan wieder unerwähnt, bis heute.

Murray schüttelte Rabs ausgestreckte Hand.

»Sie hat mir gerade den Laufpass gegeben.«

»Ah.« Rab schlürfte einen Fingerbreit Bier aus seinem Glas. »In diesem Fall nehme ich meine Entschuldigung zurück. So bist du besser dran. Du kennst doch unseren Laden. Ein emsiger kleiner Bienenstock, überall rumwuselnde Bienen, und mittendrin Fergus, der jedes goldene Honigkügelchen runterschlingt, das wir ihm zu Füßen legen.«

»Blütenstaub.«

»Was?«

»Blütenstaub. Die Bienen bringen der Königin den Blütenstaub, und sie macht Honig draus.«

»Blütenstaub, Honig, ist doch alles dasselbe.« Rab kümmerte sich nicht weiter um die Analogie. »Der Laden ist eine giftige Gerüchteküche. Jetzt hör mir mal zu.« Der väterliche Ton in seiner Stimme kündigte an, dass er einen guten Rat parat hatte. »Unser Arbeitsplatz ist ein ziemlich heikler. Ist wie bei einem Diabetiker, der in einem Süßigkeitenladen arbeitet. Jeden Tag fasst man all die köstlichen Sachen an, und dann darf man nicht mal dran lecken.« Er lachte. »War nicht so schlüpfrig gemeint, wie es sich anhört.«

»Schon gut, hab kapiert.«

»Mir brauchst du nicht zu erzählen, wie frustrierend das alles sein kann. Als ich angefangen habe, war das anders, aber …« Rabs Gedanken verloren sich für einen Augenblick in das glückliche Land, wo Lehrende und Lernende noch auf einer Wellenlänge lagen. »Aber die Zeiten ändern sich.« Er seufzte und starrte ins Leere. »Ich sitze hier gemütlich bei meinem Bier, und dann kommst du rein wie der leibhaftige Geist Banquos und erinnerst mich daran, wie alles den Bach runtergegangen ist. Du hattest deinen Spaß, und jetzt ist es vorbei. Welch archaischen Gottheiten du auch huldigst, sag einfach danke, dass man euch nicht erwischt hat.«

»Hat man. Einer hat uns gesehen.«

»Ah.« Rab seufzte. »Schätze, das rückt die Dinge in ein anderes Licht.« Er trank einen Schluck Bier. »Also los, spann mich nicht auf die Folter. Wer?«

»Keine Ahnung. Irgendwer. Vielleicht der Nachtwächter. Ich stand mit dem Rücken zu ihm.«

»Erspar mir die schmutzigen Details«, brummte Rab. »Ich hoffe bei Gott, dass es nicht der Nachtwächter war. Der erzählt es nämlich den Putzen, und die stecken es den Frauen in der Kantine, und wenn es da erst mal angekommen bist, bist du am Arsch. Könntest genauso gut eine ganzseitige Anzeige im *Glasgow Herald* schalten, was aber völlig überflüssig wäre.« Er schüttelte den Kopf. »Allerdings, wenn du nicht weißt, wer euch gesehen hat, gibt es vielleicht gar keinen Ärger.«

»Wir haben nicht etwas zu eng in der Cafeteria rumgestanden oder haben Zettelchen auf dem Hof ausgetauscht, ich hab sie auf dem Schreibtisch in meinem Büro gevögelt.«

»Gevögelt?«

»Das Tier mit den zwei Rücken gemacht, dem alten Fergus Hörner aufgesetzt. Oder wie nennt man so was bei euch in der höfischen Literatur?«

»Nageln.«

»Was soll ich jetzt machen?«

»Was kannst du schon machen?« Rab tätschelte ihm den Arm. »Noch eine Runde springen lassen.«

Das Fowlers löschte schon seit mindestens hundert Jahren durstige Kehlen. Die hohe Decke war mit verschnörkelten Friesen verziert, die Fenster waren mit ins Glas geätzten Namen von Whisky- und Biersorten bedeckt, sodass genügend Licht in die Bar drang und man gleichzeitig vor den Blicken der Passanten geschützt blieb. Priester und Dichter, Blaumacher und Bummelstudenten, Väter, die mal kurz was erledigen, Männer, die mal kurz ihren Hund Gassi führen mussten, Liebespaare, die planten, ihre Partner zu verlassen, sie alle hatten hier ihre Ruhe. Mrs Noon hielt die Zügel straff in der Hand, selten wartete man lange auf seine Bestellung oder wurde Zeuge einer Prügelei, die nicht schon vor dem dritten Faustschlag geschlichtet war. Das Fowlers hätte eigentlich ein gemütlicher Laden sein können, war aber dennoch eine Kaschemme, für die Brauerei ein heißer Kandidat, um zu einer Themenkneipe aufgemotzt zu werden. Die Decke war noch nikotinfarben, obwohl auf den Tischen keine Aschenbecher mehr standen, und es gab auch keinen Zigarettenqualm mehr, der den Geruch nach alten, ungewaschenen Männern, abgestandenem Bier und billigem Kloputzmittel überlagerte. Die Barhocker, die von Männern besetzt waren, die noch die Zeiten kannten, als die Stadt in Ruß und Pferdescheiße versank, waren so speckig und standen so wackelig auf ihren Beinen, wie die, die auf ihnen saßen. Der Teppich, dessen orange-blaues Muster so schreiend gewesen war, dass er die Samstagabendmeute überdröhnen konnte, sah jetzt aus wie schlammige Brühe. Murray kippte das fünfte Halbe des Abends und sagte sich, dass er genau hierher gehörte.

Phyllida McWilliams und Vic Costello waren vor etwa einer Stunde gegangen und hatten ihr Gezänk in eines der West-End-Restaurants verlagert, wo man sie kannte und fürchtete. Murray hatte Phyllida, die Schwierigkeiten gehabt hatte, ihren Arm in den Ärmel ihrer Jacke zu stecken, die Hand in das Armloch geführt, während Vic mit der Zielstrebigkeit des geübten Trinkers zur Tür geschritten war.

»Du bist ein reizender Mensch, Murray, ich gebe dir jetzt einen Rat.« Sie hatte ihre Einkaufstaschen mit den Zutaten für ein Freitagabendessen zusammengeklaubt, das sie nie kochen würde. »Lass dich nie mit jemandem ein, der schon vergeben ist.«

»Warum sagst du das, Phyllida?«

Sie hatte die Achseln gezuckt und ihn dämlich angegrinst. »Nur so, ich hab schon wieder zu viel heute.«

Jetzt waren sie noch zu dritt. Lyle Joff, der nach seinem Telefongespräch stiller geworden war, Rab und Murray. Sie saßen immer noch an dem Ecktisch, aber in den Stunden, die sie jetzt dasaßen, hatte sich der friedliche Laden verwandelt, aus den vertraulich plauschenden Männerrunden war eine rotgesichtige Radautruppe geworden. Die Thekentrinker standen schon in drei Reihen hintereinander, die Bedienungen schenkten jetzt im Eiltempo mehr Wein und Hochprozentiges aus als früher am Abend, aber Bier hattte immer noch die Oberherrschaft: ein leuchtendes Spektrum aus Gold, Gelb, Braun und Lakritzschwarz. Nicht dass irgendwer sich Schranken auferlegte. Die Leute kippten den Stoff schneller in sich hinein, als Nachschub kam, und von Zeit zu Zeit stürzte sich eine Kellnerin in das Gedränge und kehrte kurz darauf mit einer hohen Gläsersäule zurück, als beschaffte sie Munition für eine Belagerung.

Zwei Gedanken flipperten durch Murrays Kopf. Der erste war das Verlangen nach dem nächsten Bier, dem magischen Glas, das dafür sorgen würde, dass sich alle losen Fäden zusammenfinden würden. Der zweite war, dass er schon zu viel getrunken hatte und besser nach Hause ginge, bevor er selbst strandete.

Vielleicht war es die Glocke, die ihn an gestrandete Schiffe denken ließ. Sie war laut und scheppernd und sprach zu ihm von heimtückischen Felsen und zerschmetterten Schiffsrümpfen. Wie fühlte sich das an, wenn man ertrank?

»Und, geht's heute Nacht noch raus?«

Das war genau das, was sie taten. Sie wagten sich raus in gefährliche Gewässer, aber keiner von ihnen verfügte noch über einen seefesten Gang. Murray hob den Kopf. Mrs Noon hielt ein Blechtablett, beladen mit leeren Gläsern, an deren Rändern tote Schaumkronen klebten. Er war sich nicht sicher, ob er die Managerin schon jemals vor der Theke gesehen hatte.

»Ich wusste gar nicht, dass Sie Beine haben, Mrs Noon.« Er grinste. »Ich hab Sie immer für eine Meerjungfrau gehalten. Können fabelhaft singen, diese Meerjungfrauen. Locken arme Seefahrer in den Tod, einfach so, nur aus Spaß. Herrliche Wesen, wunderschön und grausam.«

»Ich und singen. Glaube kaum, dass Sie das hören wollen.« Mrs Noon stellte sein halbvolles Glas zwischen die leeren auf ihr Tablett. »Das wäre dann wirklich grausam.« Sie wartete, bis Rab den letzten Rest ausgetrunken hatte, dann nahm sie ihm das Glas aus der Hand. »Zeit zum Abmarsch, meine Herren.«

Sie hatte recht. Sie hätten schon vor Stunden gehen sollen. Und jetzt saß er da, betrunken und gleichzeitig nüchtern. Und jede Hälfte ekelte sich vor der anderen.

Irgendwer hatte die Türen geöffnet und festgeklemmt. Das Pub leerte sich, die Leute tranken ihre Gläser aus und griffen nach ihren Jacken, Wellen aus Hitze und Geplapper schwappten hinaus in die Nacht. Er streckte die Hand nach seinem Glas aus, aber Mrs Noons Tablett schaukelte in die Höhe und segelte auf und davon.

»Darf man jetzt nicht mal mehr austrinken, oder was?«

Er war zu laut. Er sah, dass der Barkeeper Mrs Noon einen fragenden Blick zuwarf, den diese mit einem Kopfschütteln beantwortete.

»Sie haben die Glocke gehört, das heißt, die Zeit zum Austrinken ist vorbei. Wollen Sie mich in Schwierigkeiten bringen?«

Er war Dozent für Englische Literatur an einer renommierten und sehr alten Universität. Er drückte das Kreuz durch und sammelte sich im Geiste Oscar Wildes.

»Dafür, dass ich Sie in Schwierigkeiten bringen könnte, sind Sie schon ein bisschen zu alt, Mrs Noon, oder?«

»Das reicht jetzt.« Rab zog seine Jacke an. »Sie müssen meinen Kollegen entschuldigen. Er hat heute schlechte Nachrichten bekommen.«

Murray stand schwerfällig auf. Die Schlacht war verloren, es gab keinen Tropfen mehr, keine Möglichkeit, hier den erwünschten Zustand noch zu erreichen. Die Hausherrin überging Rabs Entschuldigung und wandte sich mit ihrem routinierten Lächeln an Murray: eiskalt und schneidend. Sie hatte ihm mal erzählt, dass sie eine Tochter auf der Uni hätte.

»Genau das habe ich gerade von Ihnen beiden gedacht. Zu alt, um noch in Schwierigkeiten geraten zu können. Gehen Sie nach Hause, meine Herren.«

Draußen schoben sich *Black Cabs* und private Taxis durch die Straße, begleitet vom Beat der Bässe und von den grellen Halogensuchscheinwerfern der coolen, nüchternen Jungs mit ihren frisierten Wagen. Das war eine andere Sorte Rushhour als bei den Rein-in-die-Arbeit-ab-nach-Hause-Angestellten. Jetzt war die Freitagabend-Sperrstunden-Meute unterwegs, lauter, jünger, chaotischer. Jetzt waren zerschlagene Scheiben und verschüttete Nudeln, verlorene Schuhe und Schnapskotze geboten, Taubenfrühstück und Blutschlieren.

Zwei halbwüchsige Mädchen hockten mit einer Flasche auf der Fensterbank des 24-Stunden-SPAR-Supermarkts, während einen Meter daneben ihre Freundin mit einem Jungen im Jogginganzug rumknutschte. Ihre Münder waren luftdicht aneinander gesaugt, eine Hand des Jungen schob sich unter ihr bauchfreies Top. Eins der Mädchen nahm einen Schluck aus der Flasche, bog dabei den Körper nach hinten, ihr kurzer Rock rutschte über die Oberschenkel. Einen Augenblick lang sah sie aus wie eine Werbefigur für den Zaubertrunk der Jugend. Dann verlor sie das Gleichgewicht und kippte gegen ihre Freundin. Die beiden Mädchen kicherten, und die, die gerade fast umgefallen wäre, rief: »Jetzt besorg's ihm halt, wenn du so scharf drauf bist, sonst verpassen wir noch den Bus.«

Der Junge löste sich aus der Umklammerung und grinste sein Publikum an, zog das Mädchen wieder zu sich und flüsterte ihr etwas ins Ohr, das sie zum Lachen brachte. Dann machte sie sich von ihm los und stöckelte leicht schwankend auf ihren Highheels zu ihren Freundinnen.

»Jungfrau«, stichelten die beiden Mädchen und gaben ihr die Flasche.

Lyle Joff warf ihnen einen strengen Blick zu. »Das will ich doch hoffen.« Die Mädchen gickelten und stupsten sich an, und Lyle steckte die Nase in seinen Döner. Er machte erst wieder den Mund auf, als sie an der Gruppe vorbeigegangen waren.

»Wenn ich Sarah oder Emma bei so was erwischen würde, dann würde ich sie bis zu ihrem Dreißigsten einsperren. Scheiße, bis zum Fünfunddreißigsten. Ich würde sie bis fünfunddreißig wegsperren, und auch für danach würde ich mir noch ein paar Sicherungsmaßnahmen einfallen lassen.«

Murray schaute sich zu den Mädchen um. Sie standen jetzt an der Bushaltestelle. Eins von ihnen – er war sich nicht sicher, ob es die Knutscherin war – stieß den Jungen weg. Der Bursche fing langsam an zu laufen und rief ihnen noch was zu. Die Mädchen brüllten zurück und rannten alle zusammen hinter ihm her, mit klackernden Highheels, lachend, siegessicher, während der Junge sich aus dem Staub machte.

Murray fing auch an zu lachen. Manche Menschen wussten eben besser, wie man das Leben anpackte.

»Unheimliche Begegnung der dritten Art.«

»Das ist nicht lustig, Murray«, sagte Lyle. »Solche Burschen nutzen junge Mädchen nur aus.«

»Wie alt sind Sarah und Emma jetzt?«, fragte Rab. »Fünf und

sieben? Da hast du noch ein paar Jahre, bis du dir über so was einen Kopf machen musst.«

»Drei und sechs. Erinnere mich morgen früh, dass ich aus den *Gelben Seiten* ein paar Klosterschulen raussuche. Hier, halt mal eben.«

Lyle drückte Murray seinen halb aufgegessenen Döner in die Hand und verdrückte sich in eine Gasse. Murray hob das eingewickelte Fleisch mit Salat an seinen Mund und biss in Essig, Gewürze, Hitze. Wann hatte er zuletzt etwas gegessen? Vorhin im Pub eine Tüte Kartoffelchips. Und davor? Soße sickerte aus dem Papier und lief ihm übers Kinn.

»Hey.« Lyle kam wieder aus der Gasse. »Ich hab halten gesagt, nicht essen.«

»'Tschuldige.« Murray wischte sich das Kinn ab. Er biss noch einmal in den Döner und gab ihn zurück. »Kapier nicht, wie dein Magen das aushält.«

Lyle schob sich den Rest seines Döners in den Mund und fing an, die übrig gebliebenen Salat- und Zwiebelreste aus dem Papier zu picken. »Bevor Marcella mich in die Fänge kriegte, habe ich von dem Zeug gelebt.«

Lyle sah aus, als würden ihm gleich die Gesichtszüge entgleisen. Er vergrub die Zähne in seinem Döner, als suchte er Trost darin.

Sie gingen jetzt an der Schlange vor dem Eingang des *Viper Clubs* vorbei. Murray erkannte ein Mädchen aus dem dritten Studienjahr, das in seinem Seminar saß. Ihr langes, glattes Haar wurde von einem Haarreif gehalten, sie trug einen kurzen Rock und hohe weiße Stiefel. Sie erinnerte ihn an das Testbildmädchen der BBC, inzwischen erwachsen und ziemlich verkorkst.

»Hallo, Dr. Watson.«

Er nickte und versuchte, nicht zu schwanken. Ach was, scheiß drauf. War ihm etwa kein Privatleben gestattet?

Rab sprach seine Gedanken aus.

»Man muss manchmal abschalten, sich wieder an das Elementare ankoppeln, sich der Schönheit der eigenen Existenz besinnen.«

Lyle knüllte das Dönerpapier zu einem Knäuel zusammen und warf es in einen schon überquellenden Abfallkorb.

»Vielleicht sind wir morgen schon tot.«

Die Papierkugel hielt sich zitternd einen Augenblick lang auf dem Abfallgipfel und fiel dann herunter. Rab bückte sich, hob sie auf und stopfte sie gewissenhaft in den Korb. In seinem Gesicht stand die Befriedigung über eine ordentlich erledigte Arbeit.

»Also, welche Lasterhöhle steht jetzt auf dem Programm?«

* * *

Der dünne Mann mit den langen Haaren und dem Stirnband wollte ein Pfund Eintritt. Rab ließ drei Münzen in den alten Eiscrèmebecher fallen, der als Kasse diente, und dann stiegen sie die Treppe hinauf in das grelle elektrische Licht des Billardsaals.

»Ich sollte nach Hause gehen.« Das war Lyle Joffs Mantra, seit er vor zwei Stunden mit seiner Frau telefoniert hatte. Trotzdem reihte er sich in die Schlange vor der Bar ein und nahm bereitwillig sein Glas Bier entgegen. »Nur noch eins, danke. Wird Zeit, dass ich langsam nach Hause komme.«

Der Saal war erfüllt von dem sanften Klacken der Billardkugeln und dem leisen Gemurmel der Unterhaltungen. Sie gehörten zur ersten Welle der Pub-Exilanten. Noch waren die ernsthaften Poolspieler in der Überzahl gegenüber denen, für die der Billardsaal nur ein weiterer Zwischenstopp auf dem nächtlichen Highway in den Rausch war. Es war etwa ein Jahr her, als Murray das letzte Mal hier gewesen war, bei einem Zug um die Häuser mit seinem Bruder Jack. Aber es kam ihm vor, als sei er nur mal kurz zum Pissen rausgegangen. Die gleichen Gesichter, die gleichen verschlossenen Blicke und Poker-Mienen, die gleiche Mischung aus Schmuddeligkeit und Cowboy-Coolness. Klobürstenbärte, arschenge Jeans, Stiefel mit Blockabsätzen, eng anliegende Westen. Scheiße, wenn man in Glasgow mit solchen Klamotten rumlief, musste man wirklich hart sein.

Rab ließ sich an einem freien Tisch nieder.

»Willkommen im Indianerland. Wie lange haben die auf hier?«

»Drei.«

Rab seufzte zufrieden, zwei Stunden lang Ruhe.

Lyle schaute stumm sein Glas an, als erhoffe er sich Erleuchtung. Langsam sank ihm der Kopf auf die Brust, schlossen sich seine Augen.

Eine Frau beugte sich über den grünen Filz und sondierte ihre Möglichkeiten. Unwillkürlich tasteten sich Murrays Augen an den Innennähten ihrer Jeans, an dem in die Höhe gereckten Oberschenkel empor bis zu dem Punkt, wo sie in einem Kreuz zusammenliefen. Er schaute weg. Würde die Tyrannei des Sex nie aufhören?

Er nickte zu Lyle hin.

»Alles klar mit ihm?«

Die Frau fuhr das Queue in Richtung ihres Tisches nach hinten aus, worauf Rab sein Glas in Sicherheit brachte.

»Alles bestens, der wacht gleich wieder auf.« Rab deutete auf ein Frauenpärchen, das weiter hinten im Raum saß. »Warum gehst du nicht rüber und fragst, ob sie was trinken wollen?«

Die Frauen hätten Schwestern sein können, aber vielleicht täuschte das, weil sie ähnlich gekleidet waren. Trägertops, kurze federnartige Haare, deren kupferfarbene Strähnen im grellen Licht der Lampen glänzten. Sie waren erwachsene Versionen der Mädchen, mit denen er zur Schule gegangen war. Damals hatten sie ihn nie angeschaut. Und jetzt?

Das war albern. Er war auf keine von beiden scharf, und außerdem war er nicht in der Verfassung für den aggressiven Tanz aus

Anmache und milden Unverschämtheiten, den es für einen Aufriss brauchte.

»Die haben schon was zu trinken.«

»Los, steh auf! Tu so, als wolltest du aufs Klo, und im Vorbeigehen fragst du, ob sie noch was trinken wollen.«

»Ist das die Masche von James Bond? ›Hallo, meine Damen, ich wollte mal eben mein Wasser abschlagen gehen und hab mich gefragt, ob ich euch auf dem Rückweg was mitbringen darf?‹ Schon mal drüber nachgedacht, warum in deiner Todesanzeige stehen wird: ›Eingefleischter Junggeselle‹?«

»Immer noch besser, als Ms Houghton hinterherzuschmachten.«

Lyle Joff kam langsam wieder zu sich, wie ein hässliches Spielzeug, das in einem verlassenen Kinderzimmer zitternd zum Leben erwacht. Das Fleisch unter seinen Augen zuckte, dann öffneten sich die Augen. Er blinzelte und richtete seinen verhangenen Blick auf Murray.

»Rachel Houghton.« Er lächelte verträumt. »Klasse Arsch. Auch alles andere klasse.«

»Lyle.« Rabs Stimme hatte einen warnenden Unterton. »Wir reden über eine Kollegin.«

Das kurze Nickerchen schien Lyle erfrischt zu haben. Er wischte sich den klebrigen Speichel weg, der sich in den Mundwinkeln gesammelt hatte, und nahm einen Schluck von seinem Bier. »Hört, hört, Professor PC.«

»Halt's Maul, Lyle, du bist betrunken«, sagte Rab.

Ein paar von den Poolspielern schauten herüber. Murray hob sein Bier an die Lippen. Es schmeckte nach nichts.

»Wir sind alle betrunken. Also, Lyle, was wolltest du sagen?«

»Lyle, ich warne dich.«

Rab redete leise, der Tonfall war herrisch. Aber Lyle war zu benebelt, als dass ihm das noch aufgefallen wäre. Er tätschelte Rabs Schulter.

»Murray ist einer von uns, einer der drei Musketiere.« Er kicherte. »Das ist top-secret. Rab meint, Fergus würde ihm die Eier verknoten und als Managerspielzeug auf seinen Schreibtisch stellen, wenn er das rausfände.«

»Ja, ja, die drei Musketiere. Die wussten mit ihren Schwertern umzugehen.« Murray wandte sich an Rab. »Was ist denn jetzt so top-secret?«

»Nichts. Lyle will bloß provozieren, stimmt's, Lyle?«

»Lange nicht so, wie Rachel.« Lyle legte seinen Arm um Rab. »Hätte nicht gedacht, dass du das draufhast.«

Rab nahm Lyles Arm von seiner Schulter. Er schaute Murray an, und in seinem Blick offenbarte sich das ganze desaströse Abenteuer. Die Frage, was passiert war, erübrigte sich, aber Murray sagte: »Los, raus damit.«

Lyle schaute erst den einen, dann den anderen an. Sein Blick war so argwöhnisch wie der eines Stammtischhundes, dessen Herrchen gerade sein viertes Bier kippt.

Rab seufzte müde.

»Was soll das alles? Sie sieht das nicht so eng, Murray, sie ist eben eine generöse Frau.«

»Raus damit!«

Rab stippte einen Finger in eine kleine Bierlache auf dem Tisch und malte einen feuchten Kreis auf das Resopal. Er sah so alt aus, wie er war.

»Ein Mitleidsquickie, das war alles. Mehr war da nicht.«

»Wann?«

»Ende letzten Semesters. Erinnerst du dich noch an den Rummel um mein Vorwort für die neue Anthologie schottischer Dichtung?«

Murray erinnerte sich. Rab hatte unverblümt seiner Einschätzung Ausdruck verliehen, dass eine neue Welle schottischer Dichter das Klassenbewusstein, die Ich-Bezogenheit und das unpoetische Themenspektrum der vorherigen Generation über Bord geworfen und die Tür zu einem goldenen Zeitalter aufgestoßen hätte. Die neue Welle war ihren Vorgängern verteidigend zur Seite gesprungen, hatte sich aber gleichzeitig dagegen verwahrt, von Rab als unpolitisch bezeichnet zu werden. Die alten Platzhirsche hatten gegen Akademiker im Allgemeinen gegiftet und gegen Rab im Besonderen. Es muss wohl eine Nachrichtenwoche ohne Krieg und Katastrophen gewesen sein, denn der Streit war von den seriösen Blättern aufgegriffen worden. Gelehrte und Experten nördlich der englischen Grenze hatten Rab verhöhnt, die aus dem Süden hatten sich über ihn lustig gemacht.

»Das war mir alles ein bisschen zu viel. Manche Leute blühen ja auf, wenn es richtig Streit gibt, Fergus zum Beispiel, ich nicht. Mich hat das fertiggemacht. Eines Nachmittags ist Rachel bei mir im Büro aufgetaucht und wollte mich trösten. Wir sind auf ein paar Drinks gegangen, na ja, waren wohl mehr als nur ein paar. Und dann, als das Pub dichtgemacht hat, noch eine Flasche bei mir zu Hause, soweit ich mich erinnere. Bei mir zu Hause ist immer noch eine Flasche fällig.« Er lächelte traurig. »Ich hatte nicht damit gerechnet, dass sie mitkommt, und als sie dann doch mitkam, hatte ich nicht damit gerechnet, dass da noch mehr passieren würde. Ich wollte es dir ja erzählen.« Er lachte etwas schüchtern. »Aber ein Gentleman schweigt.«

»Bei Lyle hast du aber nicht geschwiegen.«

»Jetzt komm schon, Murray. Ich bin fünfundfünfzig, ein etwas aus dem Leim gegangener Literaturdozent, und Rachel ist knackige fünfunddreißig. Ich musste es einfach jemandem erzählen. Außerdem hatte ich ziemlich was intus.«

»Du hast meistens ziemlich was intus.«

»Das ist genau ein Grund, warum ich dir nichts erzählt habe. Du bist manchmal so beschissen puritanisch. Ich wusste, dass dir das stinken würde.« Er lachte leise. »Und dann hast du erzählt, dass du mit ihr … Ich war eifersüchtig, gebe ich ja zu, aber nicht eifersüchtig genug, um es dir um die Ohren zu hauen.« Rab hob sein Glas, trank und wischte sich mit dem Handrücken den Mund ab. Sein Tonfall wechselte von entschuldigend zu verteidigend. »Ich kapier gar nicht, warum du so sauer bist. Sie ist die Frau eines andern. Sie gehört weder dir noch mir noch sonst jemandem im Fachbereich, der sie möglicherweise auch gevögelt hat, außer vielleicht Fergus. Der passt dann allerdings nicht gerade gut auf sein Eigentum auf.«

Die Poolspielerin war wieder an der Reihe. Rab schob sein Glas zur Seite, als sie das Queue zurückzog und dann die weiße Kugel über das Filztuch jagte. Murray sah, wie sie die Kugel bombensicher in den Tiefen einer Ecktasche versenkte.

Er stellte sich vor, wie er ihr das Queue aus der Hand nahm und in Rab Purvis' glänzende Biervisage rammte. Erst zwischen die Zähne, dann auf die Nase. Nicht in die Augen. Dafür war er immer ein bisschen zu zart besaitet gewesen.

»Alles in Ordnung, Murray?«, sagte Lyle.

Er sagte nichts. Er stand nur auf und ging, bevor es zu größeren Ausschreitungen kommen konnte.

Murray war lange marschiert. Einmal bremste ein Streifenwagen neben ihm, der Polizist schaute herüber, aber als Murray nicht reagierte, beschleunigte der Wagen wieder. Trotzdem schlugen daraufhin seine Füße einen verschlungenen Weg nach Hause ein. Er verließ die Hauptstraße und wanderte bergauf in das Gewirr der einsamen breiten Straßen von Park Circus, dem Juwel in der Krone von Glasgows West End. Irgendwann nachdem die Stubenmädchen und Diener beschlossen hatten, ihre Gesundheit lieber in Munitionsfabriken oder auf Schlachtfeldern zu riskieren, waren die eleganten Villen in Hotels und Bürogebäude umgewandelt worden. Jetzt standen sie leer, und Bauspekulanten nahmen sie langsam wieder in Besitz, um sie in Innenstadtwohnungen umzuwandeln. Murray schlenderte an verwitterten *Zu-Vermieten*-Schildern vorbei, wobei er beiläufig die aus vergammelten Regenrinnen sprießenden Ahorntriebe, die zerbrochenen Geländer und die zersplitterten Stufen wahrnahm, von denen der Arglose in die feuchten kleinen Vorgärten der mit Gitterfenstern bewehrten Kellerwohnungen stürzen konnte. Die Seuchenstadt-Atmosphäre der verrammelten Häuser und leeren Straßen passte zu seiner Stimmung.

Er zog sein Handy aus der Tasche und holte sich eine Nummer aufs Display, die er im Sekretariat von einer Liste abgeschrieben hatte. Idiotischerweise hatte er sich geschworen, dass er sie nie wählen würde. Die Nacht stand auf der Kippe. Er hatte das obere Tor zum Kelvingrove Park erreicht. Unten im grünen Tal der Parklandschaft fingen schon die ersten Vögel an zu zwitschern. Murray drückte auf *Anrufen* und wartete, während oben am Firmament das Signal von einem Satelliten zum nächsten hüpfte oder was es auch immer tat in der Zeit, bis die Verbindung hergestellt war. Er ließ es klingeln, bis ihm eine automatische Stimme sagte, dass die Person, die er zu sprechen wünschte, nicht erreichbar sei. Dann unterbrach er die Verbindung und drückte auf *Wahlwiederholung*. Diesmal wurde abgenommen und Professor Baines Stimme fragte schroff: »Wissen Sie, wie spät es ist?«

Murray unterbrach den Anruf. Er saß auf einer Mauer und lauschte den Vögeln, die die Rückkehr der Sonne feierten, bis ein oder zwei Minuten später der dämliche Klingelton ertönte, den er sich nie die Mühe gemacht hatte zu ändern. Er zog das Handy wieder aus der Tasche, blickte auf das Display und sah die ungewohnte Nummer aufleuchten.

»Ja?«, sagte er mit lallender Stimme.

»Sind Sie das, Murray?« Fergus klang hellwach. Schlief der nie? »Was wollen Sie? Irgendwas Dringendes, nehme ich doch an?«

»Ich wollte mit Rachel sprechen.«

Das war vollkommen lächerlich und dumm.

»Sie schläft. Es ist wohl besser, Sie rufen morgen früh wieder an.« Die Höflichkeit des Professors war vernichtend.

Irgendwo in den hinteren Regionen von Murrays Gehirn blitzte die Erkenntnis auf, dass jetzt noch Zeit war, die Sache abzublasen. Noch hatte er die leise Chance, den Anruf als die Taktlosigkeit eines Betrunkenen abzutun. Am Morgen würde er sich nicht mehr trauen.

»Ich muss jetzt mit ihr sprechen.«

»Tja, das geht nicht. Rufen Sie zu gesitteter Stunde wieder an.«

Dann war die Leitung tot.

Murray stand auf und begutachtete ernüchtert den Sonnenaufgang. In der leeren Straße ging eine Tür auf, durch die ein paar schrill und aufgeregt plappernde Partygäste schwankten. Ein junges Mädchen torkelte auf ihn zu und legte ihm den Arm um die Schulter.

»Schauen Sie doch, Dr. Watson.« Sie deutete schwankend auf die Parklandschaft. »Ist das nicht wunderschön?«

Die Sonne stand jetzt voll am Himmel, nur noch wenige rosafarbene Streifen verschmierten das Blau. Das Morgenlicht glitzerte auf dem Kelvin River und fing sich in den Bäumen, deren Blätter in allen Facetten von Grün und Gelb leuchteten. Die Vögel hatten ihr Morgenkonzert beendet, Stille war eingekehrt. Sogar die Betonmasse der Krankenhausbauten in der Ferne schien eins mit dem Tag zu sein. Murray betrachtete den frisch erwachten Morgen und stimmte zu, ja, es war wirklich wunderschön.

# 7

Murray wachte früh auf. Was ihn geweckt hatte, wusste er nicht. Das Rollo war halb unten, das Tageslicht drang nur schwach ins Zimmer. Er schaute auf den Radiowecker, aber der Stecker war herausgezogen, die sonst leuchtenden Zahlen waren tot. Samstag oder nicht, er hatte eigentlich zur Öffnungszeit in der Bibliothek in Edinburgh sein wollen, doch sein betrunkenes Ego hatte sich für ungestörten Schlaf entschieden. Seine Klamotten hingen ordentlich über dem Stuhl im Schlafzimmer, so wie immer, wenn er zu viel getrunken hatte. Die Armbanduhr lag auf der Kommode, drum herum das Kleingeld, das sich bei einem Mann auf Sauftour so ansammelt. Fünf nach zwölf. Er fühlte sich wie Dr. Jekyll, seine wissenschaftlichen Absichten ruiniert von einem Teufel aus seinem eigenen Fleisch. Murray kroch unter der Daunendecke hervor, fand seine Boxershorts und zog sie an. Er blieb auf der Bettkante sitzen und lauschte.

Irgendwo in der Ferne dröhnte ein Presslufthammer, ansonsten war es still. Er ging barfuß in den Flur und öffnete die Haustür, wobei er seinen halbnackten Körper dahinter versteckte. Er hatte vergessen abzuschließen, aber der Schlüssel baumelte nicht im Schloss. Murray zog leise die Tür zu. Der Luftzug zupfte an den Haaren seiner Beine, und er merkte, dass ihm kalt war. Plötzlich hörte er im Treppenhaus Schritte. Nur bekleidet mit seinen Boxershorts fühlte er sich idiotischerweise verletzlich. Murray wandte sich zum Bad um, aber das Klappern des Briefschlitzes trieb ihn zurück in den Flur, wo gerade die Briefe auf die Matte fielen.

Er nahm seinen Morgenmantel vom Haken an der Badtür und ging in die Küche. Da kein Mineralwasser im Kühlschrank war, ließ er eine Tasse mit Leitungswasser volllaufen, trank sie hastig aus und füllte sie nochmal auf. Gott, fühlte es sich so an, wenn man Alkoholiker war? Wenn Archie sich jeden Morgen so gefühlt hatte, dann war es kein Wunder, dass sein veröffentlichtes Werk nur einen einzigen Gedichtband umfasste.

Über die vergangene Nacht wollte Murray nicht nachdenken – den Streit mit Rab, den Anruf bei Rachel, Rab und Rachel. Von Anfang an war die Romanze ein Knoten in Murrays Magen gewesen, doch jetzt, da sie vorbei war – schlimmer als vorbei, da sie ruiniert war –, war der Knoten durch eine bleierne Ödnis ersetzt worden. Er erkannte, dass ihn der Gedanke aufrechterhalten hatte, dass Rachel sich ihn ausgesucht hatte – Rachel, für die er Gedichte geschrieben hätte, wenn er hätte schreiben können. Die Fingerknöchel kribbelten genau an der Stelle, wo er Rab seine Faust mitten ins Gesicht hätte schlagen sollen. Er wünschte, er hätte es getan.

Es war nicht Rabs Schuld. Er sollte ihm eine E-Mail schicken, sich entschuldigen.

Das änderte alles: Das Wissen, dass Rachel auch mit ihm geschlafen hatte; Rabs Mund hatte sie da geküsst, wo auch er sie geküsst hatte; Rabs Hände auf ihrem Körper. Der Gedanke widerte ihn an, obwohl er davon ausgegangen war, dass sie immer noch mit Fergus schlief.

Fergus.

Der Anruf fiel ihm wieder ein, die Erinnerung an die vor Ärger aalglatte Stimme des Professors. Er stöhnte laut auf. Das Forschungsjahr dehnte sich vor ihm – zwölf Monate, in denen der Leiter des Fachbereichs seinen Zorn pflegen und Murrays Nachfolger aufhetzen konnte.

Am liebsten hätte er sich wieder ins Bett verkrochen, sich die Decke über den Kopf gezogen und das Post-Suff-Bedürfnis, sich umzubringen, durch einen vorübergehenden Tod erstickt. Stattdessen setzte er sich mit seiner Wassertasse auf das Sofa. Draußen rumpelte ein Doppeldeckerbus vorbei. Murray schaute auf die kleinen Wellen, die das Wasser in seiner Tasse kräuselten.

Hatte es einen Augenblick gegeben, ein kurzes Aufflackern geistiger Klarheit mitten im Sturm, als Archie gewusst hatte, dass er sterben würde? Er musste schon nass gewesen sein, durchweicht vom Regen und den über ihm zusammenschlagenden Wellen. Aber der Schock des Wassers, als das Boot kenterte, muss ihm den Atem geraubt haben. Wie oft war er untergetaucht, bevor er zum letzten Mal untergegangen war? Wie lange hatte es gedauert? Das Meer hatte ihn hinabgezogen, wieder an die Oberfläche gespuckt. Er hatte sich verzweifelt über Wasser zu halten versucht, hatte in Schaum und Gischt panisch nach einer Talje geschnappt. Oder war er schon bewusstlos gewesen, bevor er ins Wasser stürzte? Möglich. Es war eine stürmische Nacht gewesen, Archie war allein gesegelt. Vielleicht war er gestürzt und mit dem Kopf an die Reling geschlagen, oder der Auslegerbaum hatte ihn erwischt. Es war leichtsinnig gewesen, bei Sturm in See zu stechen, lebensgefährlich. Vielleicht war er auch ein leichtsinniger Segler gewesen. Seinen Körper hatte man nie gefunden. Keine Anhaltspunkte für den Leichenbeschauer. Es gab auch kein Bündel frisch geschmiedeter Verse, das praktischerweise in einem wasserdichten Umschlag in seiner Jeans steckte. Auch für den Biografen keine Anhaltspunkte.

Murray schlurfte durch die Küche und schaute hinunter in den Hinterhof. Ein alter Mann in Hausschlappen stocherte in den Mülltonnen herum. Er schaute ihm eine Zeit lang zu, ging dann in den Flur, hob den Hörer ab und rief die Polizei an. Es klingelte lange, dann sagte eine dunkle Stimme: »Polizeirevier Sandyford.«

»Tag, bei mir im Hinterhof stochert ein alter Mann im Müll

rum. Er hat Hausschuhe an, könnte sein, dass er verwirrt ist, Altersdemenz oder so was.«

»Haben Sie mit ihm gesprochen?«

»Ich bin noch nicht angezogen.«

Die Stimme am anderen Ende der Leitung klang überdrüssig.

»Glauben Sie, dass er nach Kreditkartenbelegen oder so was sucht?«

»Kreditkartenbelegen?«

Es klang wie ein Fremdwort. Murray wusste nicht, was das mit ihrem Gespräch zu tun haben sollte.

»Identitätsbetrug.«

Der Gedanke schoss ihm durch den Kopf, dass es dem Alten wahrscheinlich ganz recht wäre, über seine Identität Bescheid zu wissen, aber er sagte: »Nein, ich glaube nicht, dass er irgendwelchen Schaden anrichtet. Ich dachte bloß, er ist vielleicht verwirrt.«

»Okay«, sagte der Polizist genervt. »Geben Sie mir Ihren Namen und Ihre Adresse, wir schicken dann jemanden vorbei.«

»Wie lange dauert das ungefähr?«

Aus der Stimme sprach die ganze Verachtung, zu der ein Frühaufsteher in Uniform gegenüber einem Zivilisten fähig war, der gerade erst aus dem Bett gekrochen war.

»Kann ich Ihnen nicht sagen, Sir.«

Murray machte die gewünschten Angaben, legte auf und ging wieder zum Fenster. Der alte Mann war verschwunden. Er stand eine Weile da und stritt mit sich, ob er noch einmal die Polizei anrufen oder sich anziehen und selbst die Hinterhöfe durchkämmen sollte. Schließlich tat er weder das eine noch das andere, sondern setzte nur den Teekessel auf und nahm seine Post vom Tisch.

Eine Rechnung von der Hausverwaltung; Werbung vom Supermarkt um die Ecke, der seine Angebote in so grellen Farben anpries, dass selbst den Hungernden schlecht geworden wäre; ein Bankauszug, der ihm beweisen würde, dass er mehr verdiente als nötig, ein gewöhnliches weißes Kuvert und ein Brief mit dem gestempelten Logo von Christies Agenten. Er schwankte kurz zwischen den beiden letzten und riss dann den Brief des Agenten auf.

*Lieber Dr. Watson,*
*Ms Graves hat mich gebeten, Ihnen mitzuteilen, dass sie nach reiflicher Überlegung Ihrer Bitte bedauerlicherweise nicht entsprechen kann. Ms Graves hat eine eindeutige Meinung bezüglich der Privatsphäre von Künstlern, und obwohl sie Ihnen bei Ihrer kritischen Analyse von Archie Lunans dichterischem Werk allen erdenklichen Erfolg wünscht, kann sie nicht erkennen, von welchem Nutzen eine Erörterung ihrer gemeinsamen Zeit sein sollte. Sie betrachtet diese Korrespondenz hiermit als beendet und bittet mich, Sie auf die erst kürzlich verabschiedete Anti-Stalking-Gesetzgebung der Regierung hinzuweisen.*
*Hochachtungsvoll*
*Foster James*
*Niles, James and Worthing*

Murray fluchte und zerknüllte den Brief.

Der Äther war verstopft mit quatschenden Menschen. Kindermörder und Drogenopfer, Leute, die im Bus einmal neben irgendeiner Berühmtheit gesessen hatten, sogar die Toten mischten mit und enthüllten über den Tod hinaus Skandale. Überall bloggten, twitterten und beichteten die Menschen. Fernsehshows sezierten bis spät in die Nacht private Schicksale, die besser privat geblieben wären. Aber Archies verflossene Liebe betrachtete einen zweiten Annäherungsversuch als Klagegrund.

Er strich den Brief wieder glatt und las ihn noch einmal. Er müsste es so drehen, dass er Christie zufällig über den Weg lief, bei einer Lesung vielleicht. Irgendwo bei einem Glas Wein in ungezwungener Gesellschaft, wo er seinen Charme ausspielen und sie dazu bringen konnte, über die alten Zeiten zu plaudern, bevor er einräumte, dass, ja, stimmt, er derjenige sei, der Archies Biografie schreibe.

Irgendeine Gelegenheit.

Er strich das Papier noch einmal glatt, er wusste jetzt, dass es Bestandteil seines Dossiers werden würde. Verriet es ihm irgendetwas, das über den Inhalt hinausging?

»Du hast ihn nie verlassen, hast nie Abstand gewonnen. Deshalb nimmst du das so wichtig«, flüsterte Murray.

Während er mit dem Daumen den zweiten Umschlag aufriss, fragte er sich, welche Strafen auf Stalking standen und ob man Stalker noch unterrichten ließ. Das grüne Blatt Papier, das in dem Umschlag steckte, war in der Mitte akkurat gefaltet. Nach den Schrifttypen zu urteilen, war der Absender erst seit Kurzem Besitzer eines Textverarbeitungsprogramms. Die Schriften prügelten sich um Aufmerksamkeit, die fetteste hatte es in die Überschrift geschafft: *Also hat Gott die Welt geliebt, dass er seinen eingeborenen Sohn gab, auf dass jeder, der an ihn glaubt, nicht verloren gehe, sondern ewiges Leben habe.* Darunter waren die Gottesdienstzeiten aufgelistet.

Murray zerknüllte das Blatt, warf die Kugel in den Wertstoffbeutel und versuchte sich an einem Lächeln. Mal abgesehen von Rachel war dies das beste Angebot, das man ihm seit Langem gemacht hatte.

# 8

Murray kam es vor, als wartete er schon ewig. Er beschloss, bis hundert zu zählen und dann noch einmal zu klingeln. Er war bei fünfundachtzig, als sich hinter dem dicken Sicherheitsglas langsam ein Schatten auf ihn zubewegte.

»Ja, ja, ich komm ja schon.«

Professor James' Stimme klang gebrochen und scharf, vom Alter und vor Ärger. Murray dachte an Macbeths Pförtner, vom Klopfen am Burgtor gereizt, komisch in seinem Zorn, der Augenblick der Ruhe vor der Entdeckung des Grauens.

James klapperte mit einem Schlüsselbund herum, sein Ächzen war durch die geschlossene Tür zu hören. Aber erst als der Professor die Tür weit aufmachte, erkannte Murray, wie sehr das Alter ihn mitgenommen hatte. Es war fast zwanzig Jahre her, als er ihn zum ersten Mal gesehen hatte. Doch irgendwie hatte er immer noch den Dozenten mit dem ernsten Gesicht erwartet, als der er damals zum Rednerpult geschritten war wie ein Priester der United Free Church of Scotland, der gleich einer der Verdammnis harrenden Kirchengemeinde eine Predigt halten würde. Als galliger, Pfeife rauchender Brillenträger, dessen stämmiger Rumpf in einer alten Tweed-Jacke steckte, hatte James all das verkörpert, was Murray, der frisch von einer Gesamtschule mit progressiver, ganz in Cord gekleideter Lehrerschaft kam, sich von einem Universitätsprofessor erwünscht hatte.

James gab ihm die Hand. »Kommen Sie rein.«

Der Professor hatte nie gut ausgesehen, war jedoch mit dem bulligen Brustkorb und kleinen runden Kopf eines Boxers eine kraftstrotzende Erscheinung gewesen. Das Alter hatte den Körper schrumpfen lassen und die Wirbelsäule gekrümmt, weshalb sein Gesicht spitz und zu groß geraten wirkte. Der Rand seines Schädels war mit einer Patina aus Sommersprossen und ehrwürdigen Flecken überzogen. Die Wirkung war grotesk, er sah aus wie ein gierig grinsendes, steinaltes Kleinkind mit einem Wackelkopf.

»Was für ein seltenes Vergnügen. Zwei Namen aus der Vergangenheit an einem Tag.«

Murray folgte James durch einen schmalen Flur, der mit Fotos von den Kindern und Enkeln des Professors geschmückt war. Die verglaste Wohnungstür hatte vermutlich für Licht im Flur sorgen sollen, aber vielleicht war das Haus zur falschen Seite ausgerichtet oder der Tag war zu trübe. Jedenfalls lagen der Gang und die lächelnden Gesichter auf den Bildern im Dunkeln.

»Zwei Namen?«

»Sie und Lunan, und beide waren sie herausragende Studenten.«

In einem Atemzug mit dem Dichter genannt zu werden, empfand er als seltsam.

»Kommt mir vor, als gehörte meine Studentenzeit zu einer weit zurückliegenden Vergangenheit.«

»Wenn sie vorbei ist, sind Sie einer von Millionen aus der Vergangenheit. Als Lehrendem fällt einem eine ganz spezielle Sorte Berühmtheit zu. Man wird begeistert begrüßt von Leuten, an die man keinerlei Erinnerung hat. Mein Rat ist: Lass sie reden und lass dir nicht anmerken, dass du keine Ahnung hast, wer sie sind.« James führte Murray in ein Wohnzimmer, das aussah, als hätte man gerade erst eingebrochen. Er ließ sich vorsichtig in einem Armsessel mit hoher Lehne nieder und nickte zu einem Chintzsofa. »Räumen Sie die Papiere zur Seite und machen Sie es sich bequem. Wie Sie sehen, habe ich mich wieder im Junggesellenstand eingerichtet.«

Murray hob einen Packen handgeschriebener Notizen hoch und legte ihn auf einen Stapel Bücher aus der Bibliothek.

»Da besser nicht. Helen kommt später vorbei, sie bringt die Bücher für mich zurück. Wenn sie da drunter liegen, übersieht sie sie.« James schaute sich um und suchte nach einem passenden Lagerplatz inmitten der Bücher und Dokumente, die überall herumlagen. »Warum legen wir sie nicht …« Er hielt inne, während Murray unschlüssig mit dem Packen dastand. »Warum legen wir sie nicht da hin?« Er deutete mit dem Kopf auf den Boden vor seinen Füßen. »Wenn ich sie vergesse, dann stolpere ich drüber, und das Problem erledigt sich von selbst.«

»Sind Sie sicher?«

»Wäre doch ein passendes Ende für einen betagten Wissenschaftler: von Worten zu Fall gebracht.«

Im Haus waren noch Spuren von James' toter Frau präsent. Der Professor hätte sicher nie die geblümten Vorhänge ausgesucht, die vor dem kleinen Fenster in der Diele hingen, und auch nicht die Nippesfiguren, die unbeachtet hinter dem stumpfen Glas der Porzellanvitrine dümpelten. Dennoch hatte sich der Charakter des Hauses gewandelt, vom respektablen, weiblich geprägten Familienheim zum möblierten Zimmer eines alten Junggesellen.

Der Teekessel befand sich im Wohnzimmer, wo er immer zur Hand war. Daneben standen eine offene Packung Würfelzucker, eine Pappschachtel mit Teebeuteln und eine Milchtüte mit fragwürdigem Inhalt. Auf dem Couchtisch türmten sich Bücher. Jeder Stapel war mit der Präzision eines römischen Mosaiks zusammengefügt. Neben James auf einem kleineren Beistelltischchen befanden sich ein Glas Wasser, eine Auswahl an Medikamenten und noch mehr Bücher. Murray fiel auf, dass obenauf, in Reichweite von James' rechter Hand, eine Ausgabe von Lunans *Moontide* lag.

Sie parlierten ein bisschen über den Fachbereich, aber Murray spürte, dass der ältere Mann nur der Form halber fragte. Das Interesse, das früher der Universität gegolten hatte, galt nun den im Zimmer verteilten Büchern und Unterlagen. Murrays Anwesenheit bildete eine kurze Zerstreuung, ein Treffen am Strand, bevor die Welle der Wörter ihn wieder zurückzerrte.

Murray nahm das Bandgerät aus seinem Rucksack, stellte es auf einen der Bücherstapel und drückte auf *Record.* James räusperte sich, und seine Stimme verlangsamte sich zu Hörsaaltempo.

»Ich habe immer nur einen Terminkalender geführt, mit großartigen Einblicken werde ich Ihnen also leider nicht dienen können. Aber ich habe in dem fraglichen Jahr nachgeschaut und einen Hinweis auf ein Treffen mit Lunan gefunden. Das war kurz nachdem man ihm mitgeteilt hatte, dass seine Anwesenheit in unserem Grundkurs nicht mehr erwünscht sei.« James zückte einen Kalender mit der eingeprägten Zahl 1970, öffnete ihn an der Stelle, wo ein Lesezeichen herausschaute, und gab ihn Murray. Es war eine hektische Woche gewesen. James' Vorlesungen waren deutlich mit schwarzer Tinte vermerkt, aber der Rest war ein einziges Gekritzel in mehreren verschiedenen Farben. Das Schwarz kämpfte gegen Blau und Rot, gegen Bleistiftnotizen und Unterstreichungen. »Er hatte einen Termin am Dienstag, natürlich nachmittags. Ich glaube nicht, dass Archibald Lunan jemals ein Freund des frühen Morgens war.«

Murray sah das am Rand eines geschäftigen Tages notierte *AL 2:30.* »Wie hatte Lunan auf die Relegation reagiert?«

»Relegation?« Sein Tonfall war milde. »Ist mir nie aufgefallen, dass wir in Oxford oder Cambridge waren.«

»Nein, natürlich.« Murray lehnte sich auf der Couch zurück und fragte sich, wie er trotz all seiner Vorbereitungen die Pedanterie hatte vergessen können, die sich hinter James' Lächeln verbarg. »War er sauer?«

»Möglich. Aber soweit ich das beurteilen kann, hat er es genommen wie ein Mann.«

»Der normale Ablauf wäre gewesen, dass man es Lunan schriftlich mitgeteilt hätte. Warum hatten Sie das Bedürfnis, ihn persönlich zu informieren.«

»Als ich den Termin gefunden hatte, habe ich mich genau das auch gefragt.«

James' Verhalten änderte sich. Murray erkannte, dass die Frage den alten Mann auch beschäftigte. Er erinnerte sich an dieses Muster aus James' Seminaren im Grundstudium. Wenn er zum Kern einer Sache vordrang, verschwand seine anfängliche Unduldsamkeit, als betrachtete er die verbalen Scharmützel als eine Art Selbstverteidigung gegen die Langeweile.

»Sagen wir mal so: Was immer der Grund war, zu der Zeit wollte ich Lunan niemandem sonst im Fachbereich anvertrauen. Sogar mir war klar, dass wir ein Haufen aufgeblasener Wichtigtuer waren.« James rutschte ein bisschen auf dem Sitzpolster herum, als wollte er seine Knochen ordnen. »Möglich, dass das etwas über meine eigenen Vorurteile aussagt, aber Archie sah streitlustig aus. Lange Haare, Cowboyschnäuzer, schmuddelige Kleidung … an eine bestimmte Lederjacke kann ich mich besonders gut erinnern.« James lächelte abgeklärt in sich hinein. »Zehn Jahre später hatten Lehrer und Dozenten den Stil übernommen, mit Ausnahme von ein paar Sturköpfen wie mir selbst, der Tweed-und-Wildleder-Brigade. Aber damals assoziierte man ein derartiges Erscheinungsbild, jedenfalls in Schottland, mit Gegenkultur. Das zusammen mit Lunans nur sporadischer Anwesenheit … vielleicht hatte ich Angst, dass sie ihn fertigmachen könnten. Trotz seiner Allüren hatte ich immer den Eindruck, dass er ein zartbesaiteter Bursche war.«

»Inwiefern?«

»Er war empfindsam, keine Vorbedingung, um Gedichte zu verfassen, wie Sie zweifellos wissen. Wie gesagt, er spielte seine

Rolle: Lederjacke, jederzeit bereit zu einer Prügelei, ein bisschen zu oft eine aufgeplatzte Lippe und ein blaues Auge. Aber er war nicht so stark, wie er tat.«

»Wie meinen Sie das?«, fragte Murray.

James zögerte und schaute zur Decke hoch, als suchte er dort in den dunklen Ecken nach einer Erklärung.

»Damals hatte ich eine kleine Gruppe, die sich einmal im Monat traf, um über ihre Gedichte zu diskutieren.« James war bescheiden. Seine »kleine Gruppe« hatte eine Schule von Schriftstellern begründet, deren Reputation weit über die literarischen Zirkel der Stadt hinausreichte. Einige ihrer Mitglieder hatten später ihren Beitrag geleistet, der Welt ihr Land zu erklären. »Das erste Gedicht, das Lunan vorstellte, war ein Plagiat. Es war so schlecht geschrieben, dass es ganz gut zu einem Studenten im ersten Jahr gepasst hätte. Gut möglich, dass ich ihm gar nicht draufgekommen wäre, wenn er es nicht ausgerechnet aus der älteren Ausgabe einer Zeitschrift geklaut hätte, in der ich selbst ein Gedicht veröffentlicht hatte.« James schüttelte erstaunt den Kopf. »Unglaublich.«

»Was haben Sie gemacht?«

»Mein erster Gedanke war, ihn vor der Gruppe zur Rede zu stellen. Aber ich hielt mich zurück. Ich bin mir nicht sicher, warum. Vielleicht weil mir Archies Verletzlichkeit schon bewusst war. Ich habe ihn einfach beiseite genommen und ihm gesagt, dass ich Bescheid wüsste. Ich glaube, ich habe damals erwartet, dass wir ihn nie wiedersehen würden. Aber so schwach Archie war, so zäh war er auch . Er kam zum nächsten Treffen, und diesmal hatte er etwas Eigenes dabei. Ich muss wohl ziemlich neugierig gewesen sein, denn ich sagte zu, es zu lesen.« James verzog das Gesicht. »Die Gedichte, die er mir gegeben hat, waren gut. Nicht perfekt, aber eigenständig.«

Murray deutete mit dem Kopf auf Lunans Buch, das oben auf dem Bücherstapel neben dem Ellbogen des Professors lag.

»Sind welche von den Gedichten in *Moontide* erschienen?«

»Eins. ›Vorbereitungen für eine Totenwache.‹ Als die Sammlung veröffentlicht wurde, ist es natürlich überarbeitet und gestrafft worden, aber das Konzept war von Anfang da: Die Auferstehung eines toten Mannes; das Spiel mit den Worten *Wache* und *wach sein*; das Entsetzen, das seine Trinkkumpane überkommt, als ihr toter Kumpel sich aufsetzt und bei dem fröhlichen Gelage mittun will. Der lyrische Ton war nicht so kraftvoll wie in der veröffentlichten Fassung, aber er war schon damals bemerkenswert.«

»Wie hat der Rest der Gruppe reagiert?«

»Ich kann mich an keine besondere Debatte erinnern. Sie dürfen nicht vergessen, dass das alles lange her ist und wir damals das Privileg hatten, die Geburt von vielen bemerkenswerten Arbeiten miterleben zu dürfen.«

James schaute Murray in die Augen. Es war wie das Zuschlagen einer Tür.

»Wie ist Archie ganz allgemein mit der Gruppe ausgekommen?«

»Soweit ich mich erinnere, gut. Aber wie gesagt, das ist alles lange her.«

Wieder fiel eine Tür zu.

James lächelte das Lächeln, das amerikanische Präsidenten vorzugsweise auf Lager haben, nur dass die Zähne des Professors gelb waren und sein Zahnfleisch rosa und schon auf dem Rückzug.

»Wie haben Sie selbst auf seine Arbeit reagiert?«

»Wie ich reagiert habe?«

So wie der Professor die Frage betonte, klang sie absurd.

Murray lächelte entschuldigend.

»Was war Ihre erste Reaktion, als Sie schließlich etwas von ihm in der Hand hielten?«

Draußen schien die Sonne, aber da das Glas der Wohnzimmerfenster nach ein oder zwei Jahren mangelnder Pflege mit einem rauchigen Schleier überzogen war, saßen die beiden in düsterem Schatten. Der Staub von James und seiner Frau lag in der Luft. Er hatte sich vermischt und roch nach Verwesung. Murray verspürte den Drang, ihn sich vom Körper zu klopfen, aber stattdessen lächelte er und wartete.

James fuhr mit einer Hand über die Armlehne seines Sessels. Es schien, als versuchte er einen Entschluss zu fassen. Als er dann sprach, klang seine Stimme gefährlich sanft.

»Fragen Sie mich, ob ich eifersüchtig auf Lunans Begabung war?«

Murray war überrascht von der Enthüllung, die sich in der Frage des alten Mannes verbarg. Er zögerte.

»Ihre fachliche Qualifikation ist über jede Kritik erhaben.«

James nahm die *Moontide*-Ausgabe von dem Beistelltisch und blickte in Lunans Rasputingesicht. Irgendwo tickte eine Uhr.

»Natürlich war ich eifersüchtig, aber das war ich auch auf andere. Vielleicht war jeder auf jeden eifersüchtig damals, jenseits der Kameradschaft. Ich bin der aufrichtigen Ansicht, dass das mein Verhalten ihm gegenüber nie beinflusst hat, und außerdem … nun ja … wie kann man auf einen Toten eifersüchtig sein?« Er legte das Buch wieder auf das Tischchen und lächelte Murray an. »Aber wenn ich seine Gedichte lese, bin ich es natürlich jedes Mal wieder.« Er lachte und schlug leicht auf die beiden Armlehnen, als wollte er sich dazu ermuntern, wieder zur Tagesordnung überzugehen. »Das Merkwürdige war, dass das geklaute Gedicht weit unter seinen Möglichkeiten war. Das meine ich mit der verletzlichen Ader. Archie war überempfindlich. Es mangelte ihm an Selbstvertrauen, gleichzeitig war er mit einem übersteigerten Ego geschlagen.«

»Nicht gerade die anziehendste Mischung.«

»Nein, aber Lunan konnte schon anziehend sein. Er war nicht auf den Mund gefallen, und er hatte einen Sinn fürs Absurde.

Wenn er in der richtigen seelischen Verfassung war, dann fühlte man sich wohl in seiner Gesellschaft.

»Und wenn nicht?«

»Dann war er übellaunig, sarkastisch und neigte dazu, sich volllaufen zu lassen. Zweimal musste ich ihn auffordern, unsere Versammlung zu verlassen. Jedem anderen hätte ich gesagt, dass er nicht mehr wiederzukommen brauche. Es gab Präzedenzfälle: Ich weiß von wenigstens einem Schriftsteller, den man ausgeschlossen hat.«

»Aber für einen Rausschmiss war er zu begabt.«

James lehnte sich zurück und schaute wieder zur Decke. Das war eine theatralische Geste, eine Pause, um die kommende Feststellung hervorzuheben.

»Mit der Begabung ist das eine merkwürdige Sache. Von entscheidender Bedeutung, sicher, aber keine Garantie für irgendetwas. Ganz ehrlich, ich hatte meine Zweifel, ob er die für den Erfolg nötige Disziplin aufbringen würde. Meiner Meinung nach war er mehr in die Vorstellung verliebt, ein Schriftsteller zu sein, als davon getrieben, zu schreiben.«

»Wie sind Sie darauf gekommen?«

»Zum Teil, nehme ich an, weil ich das früher schon erlebt hatte. Wir haben nie einen nüchternen Gast von unseren Zusammenkünften ausgeschlossen. Wir haben natürlich keine Werbung gemacht, das lief ausschließlich über Mundpropaganda, aber gelegentlich kam so ein romantischer Held reingeschneit. Sie konnten kein Instrument spielen, also haben sie gedacht, schwing ich die Feder. Das ist ein sehr mächtiges Bild. Der junge Thomas Chatterton, Percy Shelley, Jack Kerouac, der desillusionierte Held kämpft gegen die Welt und stirbt jung und schön.« Er lachte. »Nun ja, in Kerouacs Fall vielleicht nicht ganz so schön. Wenn man sich mit Alkohol umbringt, das bläht doch ziemlich auf. Aber Sie wissen, was ich meine.« Der Professor seufzte. »Wenn man so lange mit jungen Menschen zusammenarbeitet, ist es unausweichlich, dass man mit vorzeitigen Todesfällen in Berührung kommt: Autounfall, Überdosis, Unfall beim Bergsteigen.« Er hielt inne. »Oder es ertrinkt jemand. Natürlich ist es ein Klischee, wenn man sagt, ›Was für ein Verlust‹, aber was ist es denn sonst? Ein verdammter Verlust.« Er hielt wieder inne, als betrauerte er schweigend die jungen Menschen, die vor ihrer Zeit hatten sterben müssen. »Um Ihre Frage zu beantworten: Ja, ich war mir schon früh seiner Begabung bewusst, aber ich dachte, er verschleudert sie. Vergessen Sie nicht, dass die Gedichte, die er mir zeigte, zwar Potential hatten, aber noch waren sie nicht da.« Er grinste. »Und ich mit all meiner Disziplin und all dem mühsam erarbeiteten Wissen war unfähig zu der Magie, die er erschaffen konnte.« James schüttelte den Kopf. »Mein Gott, ich war wirklich reif für einen faustischen Pakt.« James' und Murrays Blicke trafen sich. »Aber ich war nicht der Einzige.«

Der Professor lachte, und ein Hauch von Verfall mischte sich unter die tote Luft des düsteren Raumes. Murray räusperte sich und fragte: »Wie hat er denn nun auf seinen Rausschmiss reagiert?«

»Hab ich doch gesagt: stoisch.« Der alte Mann schüttelte den Kopf. »Nein, nicht stoisch, locker. Er hat mir die Hand geschüttelt und mir alles Gute gewünscht. Ich wollte unbedingt, dass er das Jahr wiederholt, und er hat gesagt, er würde drüber nachdenken. Aber ich hatte den Eindruck, dass er mir nur nachgeben wollte. Es war ausgesprochen ärgerlich. Ich weiß noch, dass ich seine Bierfahne roch und mir dachte, wenn ich sein Vater wäre, dann würde ich ihm die Vernunft schon einbläuen.« James kicherte wieder, aber diesmal klang es hohl. »So haben wir damals gedacht. Wir waren von Männern erzogen worden, die im Krieg gewesen waren, und waren selbst im Krieg gewesen.« James seufzte. »Lunan glich einem Mann, der sein Erbe verschleuderte. Er hatte die Intelligenz, um was aus sich zu machen, aber er hat sie vergeudet. Genauso wie er sein Talent und letztlich auch sein Leben vergeudet hat. Er hat das alles so locker sausen lassen wie er seine Uni-

Laufbahn vertrödelt hat.« Professor James schaute Murray an, sein zu groß geratener Kopf sah aus wie eine Halloween-Maske. »Ich bin froh, dass Sie dieses Buch schreiben. Die von uns, die ihn überlebt haben, hätten seinem Werk besser dienen können. Die Schuld gegenüber den Toten scheint mit der Zeit immer schwerer zu wiegen.«

Murray nickte, obwohl ihm nichts einfiel, was der alte Mann dem toten Dichter schulden sollte.

Der Professor fing an zu rezitieren, seine Stimme fiel in einen Singsang.

*Meine Kerze brennt an beiden Enden;*
*Sie dauert nicht die ganze Nacht;*
*Doch sei's gesagt all meinen Feinden, all meinen Freunden,*
*Ein schönes Licht sie macht!*

»Archie verabscheute gereimte Gedichte, aber das hier beschreibt ihn perfekt: Ein zartes Licht, das zwar hell brennt, aber viel zu kurz.«

»Dann hat sein Tod Sie also gar nicht überrascht?«

»Überrascht?« James' Stimme wurde eine Oktave tiefer, als ob ein Teil des Schocks in seiner Erinnerung noch nachhallte. »Natürlich war ich überrascht. Ich erinnere mich noch genau an den Augenblick, als ich erfuhr, dass er ertrunken war.«

Der Kopf des alten Mannes sank nach vorn, der Mund war leicht geöffnet, hinter den ochsenblutroten Lippen schimmerte feucht Speichel. Der Raum versank in ein langes Schweigen. Murrays Blick fiel auf die Brust des Professors. Sie ruhte schmal und regungslos unter seinem fleckigen Wollpullover. Als James schließlich wieder sprach, waren seine Worte langsam und gemessen, als hätte der alte Mann die Vergangenheit heraufbeschworen und erzählte nun von Ereignissen, die sich zeitgleich vor seinem geistigen Auge abspulten.

»Valerie und ich haben uns ein Rugbymatch angeschaut, bei dem unser Sohn Alexander mitspielte. Wir haben ihn zum Sportplatz gefahren. Das muss also gewesen sein, bevor er den Führerschein hatte. Meine Tochter hatte eine Verabredung, und Valerie wollte auf keinen Fall aus dem Haus, bevor ihr Verehrer sie nicht abgeholt hatte. Sie wollte nicht, dass sie allein im Haus waren. Na ja, Sie wissen schon, nicht dass da was Unschickliches passiert.« James machte eine Pause. Murray hatte den Eindruck, als schrecke der Professor vor einer Enthüllung zurück, aber dann fuhr er doch fort. »Der besagte junge Mann rief an, um zu sagen, dass es später werden würde. Kein harmonischer Sonntagmorgen also. Helen sauer, weil ihre Mutter ihr nicht vertraute, Sandy wie auf Kohlen, weil er zum Spiel wollte. Und Val fiel immer wieder was Neues ein, um unsere Abfahrt hinauszuzögern. Sind Sie verheiratet?«

Die Frage kam überraschend, und Murray stotterte leicht.

»Nein, noch nicht.«

»Kann ich nur empfehlen, wenn Sie wie ich das Glück haben und es schaffen, die richtige Frau zu finden. Aber es ist nicht alles eitel Sonnenschein. Nach einer gewissen Zeit bekommt man ein Gespür dafür, wann man sich verdrücken muss, und jener Morgen war so einer. Ich habe mir einen Kaffee gemacht, habe die *Sunday Times* vom Küchentisch genommen und mich ins Auto gesetzt, wo ich in Ruhe lesen konnte.« James räusperte sich. »Es war eine winzige Meldung, nur ein paar Zeilen: ›Mann vermisst, vermutlich ertrunken.‹ Ich weiß nicht, warum mir die Meldung überhaupt aufgefallen ist. Ich war nie segeln, außer Sie zählen eine Ruderpartie auf dem Dunsapie Loch dazu, mit Val, als ich noch um sie geworben habe. Ich bin nicht sonderlich vertraut mit dem Teil der Welt, wo Archie gelandet war, aber aus irgendeinem Grund habe ich die Notiz gelesen. Als ich gelesen habe, ›Archie Lunan, Alter 25‹, habe ich gewusst, dass er tot ist.«

»Warum waren Sie sich so sicher?«

Professor James zögerte.

»Keine Ahnung. Ich habe Archie nie für selbstmordgefährdet gehalten. Ganz im Gegenteil. Ich bin auch heute noch der Meinung, dass er ein Mensch mit einer ausgesprochenen Wertschätzung für das Leben war. Seine Naturgedichte sind voller Staunen über die Welt. Er war einfach nicht der Typ für übertriebenes Pathos. Und das letzte Mal, als ich ihn gesehen habe, da war er …« James hielt wieder inne, als suchte er nach den passenden Worten, die Archies Zustand beschrieben, ohne ihn zu verleumden. »Er war in einer überdrehten, abgehobenen Stimmung.«

»Drogen?«

»Ich weiß nicht, ob ich damals überhaupt imstande gewesen wäre, das zu bemerken. Aber ich glaube nicht. Eher die Art von Verzückung wie in den Gesichtern von Frischbekehrten. Erinnern Sie sich noch an die Hare Krishna?«

»Hare, Hare, Rama, Rama?«

»Damals hat man die in Edinburgh überall gesehen. Helen hat sich immer vor ihnen gefürchtet, als sie noch klein war. Zu lärmig, nehme ich an, dieser Leiergesang und die Glöckchen, aber mir haben sie gefallen. Hat ein bisschen Farbe in die damals noch trostlose Stadt gebracht. Daran hat Archie mich erinnert, als ich ihn das letzte Mal gesehen habe, an einen frisch angeworbenen Hare-Krishna-Jünger. An einen, der mit seinem geschorenen Schädel und der orangenen Kutte, die so dünn war wie ein Bettlaken, noch keinen schottischen Winter durchgemacht hatte. Die Konvention verlangte, dass ich ihm einen Vortrag hielt und er dabei den Kopf senkte. Aber dabei kam er mir vor, als könnte er kaum still sitzen. Ich weiß noch, dass er ein Foto von Helen und Sandy, als sie noch ganz klein waren, in die Hand genommen und gefragt hat, wie sie heißen. Ich war so überrascht, dass ich es ihm sagte. Er nickte, als wollte er sagen, ›Gar nicht so schlecht‹. Und dann wollte er wissen, wie wir bei all den Namen, die es auf der Welt gibt, gerade auf die gekommen wären.«

»Haben Sie ihm nicht gesagt, dass er sich um seinen eigenen Kram kümmern soll?«

»Nein, es war die Frage eines Dichters. Plötzlich waren wir nicht mehr Lehrer und Schüler, sondern zwei Schriftsteller. Vielleicht hatte ich schon erkannt, dass er mir auf diesem Gebiet überlegen war. Ich sagte ihm, es seien Namen aus unserer Familie. Archie lachte und sagte, das käme für ihn nie infrage. Aber er klang nicht bitter, einfach nur gücklich, als sähe er für sich eine Zukunft voraus, in der er vielleicht Kinder zeugen und ihnen Namen geben würde, die ihnen bei der Gestaltung ihrer eigenen Zukunft nützlich wären.« James versagte die Stimme, er fragte: »Haben Sie etwas dagegen, wenn wir eine Pause machen?«

Murray klappte sein Notizbuch zu, obwohl er den alten Mann gern noch weiter ausgefragt hätte.

»Natürlich. Wäre es Ihnen lieber, wenn ich später noch mal wiederkomme?«

»Es ist Ihnen sicher lieber, wenn Sie das alles aufgeschrieben hätten, bevor ich den Löffel abgebe.«

Murray blickte in die wässrigen Augen und log.

»Sie bleiben uns sicher noch eine Zeit lang erhalten.«

James schnaubte.

»Ich bin siebenundachtzig. Mein Vater ist mit sechsundachtzig, mein Großvater mit zweiundachtzig gestorben. Ich schalte im Zimmer nach vorne raus jeden Morgen und Abend um halb acht das Licht an. Da ist es so duster, das sieht man sogar in unserem sogenannten Sommer. Wenn meine Nachbarin von gegenüber aus dem Fenster schaut und alles ist dunkel, dann hat sie Anweisung, sich ganz vorsichtig zu nähern.« Er seufzte. »Trinken wir einen Kaffee. Meine Geschmacksnerven sind ruiniert, also den Kaffee bitte stark.«

Murray füllte den Wasserkessel in einer Küche, in der sich das dreckige Geschirr stapelte. Er sah die Mikrowelle und die leeren Pappschachteln der Fertiggerichte. Ein Bild wie aus seinem eigenen Leben.

James rief von nebenan: »Kümmern Sie sich nicht um das Chaos. Irene rückt morgen mit Schrubber und Bürste an und bringt das alles in Ordnung.«

Murray trug den Kessel ins Wohnzimmer, stellte ihn auf den Esstisch und stöpselte ihn ein. Er wünschte, er hätte daran gedacht, eine Packung Gebäck mitzubringen.

»Vielleicht sollte ich mir Irenes Nummer besorgen.«

»Die ist streng geheim. Sie kämen mit weniger Ärger davon, wenn Sie heiraten würden. Allerdings würde das, nach allem, was ich heutzutage so sehe, nicht notwendigerweise ihre häuslichen Probleme lösen.«

Das Wasser fing an zu kochen. Murray goss heißes Wasser über das braune Instantpulver, das er in ihre Tassen gelöffelt hatte.

»Traurig, aber wahr.«

»Versuchen Sie nicht, sich mit frauenfeindlichen Sprüchen bei mir einzuschmeicheln. Die Zeiten haben sich geändert, zum Besseren. Nehmen Sie Ihren Fachbereichsleiter und seine Frau, erstklassige Wissenschaftler, beide, obwohl Rachel fachlich natürlich die Bessere ist.« Der alte Mann schaute ihn verschlagen an. »Was halten Sie von Fergus Baine als Fachbereichsleiter?«

Murray fragte sich, ob die Kunde von seiner Affäre mit Rachel so weit vorgedrungen war – bis in dieses abgeschiedene möblierte Zimmer inmitten eines Hauses, das mal einer ganzen Familie als Heim gedient hatte. Er trank einen Schluck. Er hatte zu viel Pulver genommen, der Kaffee schmeckte bitter.

»Sehr effizient.«

»Ja. Mit Effizienz bringt es ein Mann schnell an die Spitze.«

Die Müdigkeit ließ das Gesicht des Professors erschlaffen. Wenn Lunan eine helle, kurzlebige Flamme gewesen war, dann war James Wachs. Die Zeit ließ seine Züge schmelzen. Murray schaltete das Bandgerät wieder ein.

»Erzählen Sie mir von Christie Graves. Haben Sie sie oft getroffen?«

James seufzte, als wäre er enttäuscht, das Thema von Murrays Fachbereichsleiter fallen lassen zu müssen.

»Am Anfang nicht, aber dann gehörte sie ziemlich schnell dazu. Christie war Archies Schatten, oder vielleicht war er auch ihrer, wer weiß? Sie war sehr schön, auf eine Weise, die damals Mode war: große Augen, blasse Haut und dann diese roten Haare, sehr präraffaelitisch. Sie wurde immer als Teil der Gruppe betrachtet, und in gewisser Weise, nehme ich an, war sie das auch. Sie war jedenfalls in jenem Jahr oft dabei. Aber sie hat nie irgendetwas beigesteuert, sie saß mit ihrem Mona-Lisa-Lächeln einfach nur stumm da. Das hat mich mächtig durcheinandergebracht.«

»Später muss sie Sie dann ziemlich überrascht haben?«

»Und ob, Christie war eine große Überraschung. Natürlich hat Lunans Tod sie in gewisser Weise erst hervorgebracht. Vielleicht war das so eine Art Auferstehung, obwohl das damals gar nicht so auffiel.« James trank einen Schluck Kaffee. Die uralten koboldartigen Gesichtszüge hingen unter der Last der Erinnerung schlaff herunter. »Lunans Körper war verschollen, es gab also keine Beerdigung. Aber irgendwer hatte im *Mather's* eine Totenwache organisiert, und einer leistete sich die Rührseligkeit, ›Vorbereitungen für eine Totenwache‹ vorzutragen. Selbstredend ist Archie nicht auferstanden wie ein durstiger Messias, um einen mitzutrinken. Alle, die an der Totenwache teilnahmen, ließen sich furchtbar volllaufen, ich auch. Christie war nicht dabei. Konnte ich ihr nicht verübeln. Nachdem Lunan ertrunken war, habe ich sie nur noch einmal gesehen, kurz danach. Da ging sie die Bridges runter. Sie hatte sich die Haare abgeschnitten. Ich weiß noch, dass mich das schrecklich aufgewühlt hat. Sie hatte so wunderschöne Haare, und das wusste sie auch. Aber sie waren ab, einfach abgesäbelt. Ich bin über die Straße gegangen, um ihr mein Beileid auszusprechen. Sie hatte mich gesehen, unsere Blicke trafen sich. Sie hat genickt, ist aber nicht stehen geblieben. Dann habe ich erst ein paar Jahre später wieder von ihr gehört, als ihr Buch rauskam.«

»Wie fanden Sie es?«

»Wie schon? Es war gut. Ein komisches Wort für so ein Buch, aber so war es. Es war grässlich und gut.«

»Glauben Sie, dass irgendwas darin auf Tatsachen beruhte?«

»Was spielt das für eine Rolle? Würde es das zu einem besseren Buch machen?«

»Nicht unbedingt besser, aber aus meinem Blickwinkel ist das eine interessante Frage.«

James lehnte sich zurück, wandte sein verwelkendes Gesicht einmal mehr der Decke zu und entblößte die ganze Länge seines Schildkrötenhalses.

»Authentizität … was ist authentisch? Es existierte, ich habe es in meinen Händen gehalten, und es hat mich beeindruckt. Ich glaube, es hatte etwas, das besser war als Authentizität. Es hatte Integrität, auf mehr Wahrheit können wir nicht hoffen.«

Murray sagte, er fände schon allein hinaus, aber James bestand darauf, ihn zur Haustür zu begleiten. Sie gaben sich auf der Türschwelle die Hand, und James fragte: »Werden Sie sie interviewen? Christie, meine ich?«

»Wie es aussieht, nein. Sie hat meine Anfrage abgelehnt.«

»Schade. Das wäre ein Coup gewesen.«

Er war den Plattenweg schon halb hinuntergegangen, als James ihn noch einmal zurückrief.

»Es ist natürlich Ihre Entscheidung, was für ein Buch Sie schreiben wollen. Aber ich glaube, dass Sie einen Weg finden sollten, mit ihr zu sprechen.«

Der alte Mann war einen Kopf kleiner. Murray schaute hinunter in jugendlich funkelnde Augen. Er erinnerte sich an James' Beschreibung Lunans als einen überdrehten und abgehobenen religiösen Konvertiten und dachte, die gleiche Beschreibung würde auch auf dieses alte, vor Überzeugung sprühende Gesicht passen.

»Leichter gesagt als getan. Sie hat mir mit Strafverfolgung gedroht, wenn ich es versuchen sollte.«

Professor James schnaubte.

»Und davon lassen Sie sich aufhalten?«

Er zuckte mit den Achseln, und der Professor schüttelte in gespielter Verzweiflung den Kopf.

»Ich erzähle Ihnen mal was. Mein Vater war Ingenieur bei *Barr & Strouds*. Ein alter Gewerkschafter, der nie ein Blatt vor den Mund nahm, außer beim Thema Sex. Auf dem Gebiet hat er mir nur einen einzigen Rat mitgegeben. Eine Frau, der man nicht nachlaufen muss, ist es auch nicht wert, dass man sie kriegt.«

Aus schuldigem Respekt vor toten Vätern senkte Murray seine Stimme.

»Ich bin sicher, dass Ihr Vater ein intelligenter Mann war, aber dieser spezielle Ratschlag ist so überholt wie die Massenproduktion. Außerdem: Ich will mit ihr über eine schwierige Phase in ihrer Vergangenheit sprechen, ich will sie nicht heiraten.«

»Was, wenn sie sich nur ziert?«

»Warum sollte sie?«

»Keine Ahnung. Gewohnheit? Sie hatte vernünftige Gründe, nie über Archie zu reden. Aber es ist viel Zeit vergangen, und die Zeiten ändern sich. Vielleicht muss man sie nur daran erinnern.« James legte seine Hand auf Murrays Arm. »Sie sind ein schlauer Bursche. Ich bin sicher, wenn Sie sich da richtig reinknien, dann schaffen Sie das.«

# 9

Murray stopfte die Plastiktasche voller Bücher in seinen Rucksack, schwang ihn sich über die Schulter und trat aus dem Secondhand-Buchladen auf die West Port in Edinburgh. In den Poesiezeitschriften, von denen ihm der Buchhändler am Telefon erzählt hatte, hatte er keinen Hinweis auf Lunan gefunden. Aber die aufgeblasenen Großbuchstaben und der Schwarz-Weiß-Satz der Anzeigen für inzwischen eingegangene Magazine und längst vergangene Lesungen hatten eine kurz aufflackernde Verbindung zur Ära des Dichters hergestellt. Zeitreise per Schriftart. Bei dem Gedanken musste er lächeln.

Er wartete an der Ampel, und während er die Straße überquerte, wandten sich seine Gedanken dem Mittagessen zu. Vielleicht einen Teller Suppe irgendwo in Grassmarket, wobei er ein paar Punkte notieren konnte, die ihm durch den Kopf gegangen waren, während er in den Bücherregalen gestöbert hatte. Ihm fiel ein ruhiges Café ein, wo die Bedienungen langsam waren und man die Gäste in Ruhe ließ. Vielleicht gönnte er sich die Zeit, noch ein bisschen in den Zeitschriften zu schmökern, die er gekauft hatte, bevor er in die Bibliothek zurückkehrte. Vielleicht stieß er dabei auf einen flüchtigen Hinweis auf Lunan und seinen Kreis und könnte so seinen bleischweren Einkauf vor sich selbst rechtfertigen. Der Tag nahm Gestalt an.

Er zerbrach sich gerade den Kopf, wo der nächste Geldautomat war, als er die Freundin seines Bruders um eine Ecke biegen sah. Lyn trug ihre Arbeitsklamotten: flache Schuhe, weite Jeans, T-Shirt, darüber eine langärmelige Bluse. Murray fiel ein, dass sie mal gewitzelt hatte, wenn man sie ließe, würde sie bei der Arbeit Burka tragen.

»Nur dass die Schmutzfinken sich dann vorstellen würden, dass ich darunter von Kopf bis Fuß in *Ann-Summers*-Reizwäsche stecken würde.«

Jack hatte sie gefragt, ob *Ann Summers* überhaupt Ganzkörper-Outfits im Angebot hätte, worauf sie ihm zugezwinkert hatte.

»Du würdest Augen machen.«

Lyn hatte Murray noch nicht bemerkt. Sie war zu sehr in ein Gespräch mit einem ungepflegten Mann vertieft, der in einem elektrischen Rollstuhl neben ihr herfuhr. Der Buchladen lag drei Straßen zurück. Die nächste Abbiegemöglichkeit war noch einen Block entfernt, aber er hatte nur noch ein paar Schritte bis zu einem Pub. Murray ging schneller und schlüpfte elegant durch die Tür.

Es war dunkel, Musik lief, und es roch nach abgestandenem Bier und etwas Beißendem, das stark an Schweiß erinnerte. Die Sofas in dem Raum waren leer, nur ein paar Barhocker waren besetzt. Entweder gehörte das Klientel des Pubs zu jenem, das spät zu Mittag aß, oder das Management war einfach optimistisch und setzte darauf, dass das Unterhaltungsprogramm das Geschäft schon anschieben würde.

Auf einer Bühne im hinteren Teil wand sich eine große Frau in einem String-Tanga träge um eine silberne Tanzstange.

Das Gesicht der Tänzerin blieb zwar ausdruckslos, aber Murrays Auftauchen schien sie zum Anlass zu nehmen, sich etwas flotter zu bewegen. Sie umfasste die Stange mit beiden Händen, schwang ihren Körper um sie herum, ihre Füße lösten sich vom Boden, und sie verwandelte sich in ein kreiselndes Kaleidoskop aus

*Brüsten*
*Hintern*
*Brüsten*
*Hintern*
*Brüsten*
*Hintern*

Sie hakte ein Bein um den Pfosten, verlangsamte ihre Bewegungen und ließ ihren Körper im Spagat zu Boden sinken. Murray widerstand dem Verlangen, höflich zu klatschen. Niemand sonst schien beeindruckt zu sein. Der Barkeeper warf Murray über seine an den Zapfhähnen lehnende Zeitung einen kurzen Blick zu, und die Männer auf den Barhockern starrten weiter in ihre Biergläser. Nur ein bulliger Mann in grauem Jogginganzug drehte sich um und schaute ihm mitten ins Gesicht.

Die Tänzerin nahm wieder ihre langsamen, rotierenden Bewegungen auf, während Murray seinen Rucksack zurechtrückte und zur Theke ging. Er hatte Lyn immer gemocht. Wäre ein Zusammentreffen mit ihr nach seinem überstürzten Abgang aus der Ausstellung wirklich schlimmer als ein Bier in dieser Kaschemme? Allerdings würde ein Gespräch mit ihr bedeuten, dass er auch über seinen Bruder sprechen müsste, und dazu war er noch nicht fähig.

Die CD blieb hängen und die Musik fing an zu stottern. Die Tänzerin ignorierte es ein paar Sekunden, rief dann aber, als niemand sich anschickte, den Krach abzustellen: »Was ist, Malky, kümmerst du dich mal um die CD, oder soll ich hier jetzt einen beschissenen Breakdance hinlegen?«

Der Barkeeper riss sich von seiner Zeitung los, nahm die CD aus dem Gerät und wischte sie mit dem Geschirrtuch ab.

»Kannst es ja mal mit einem Moonwalk versuchen, hätte nichts dagegen ... aber auf dem Mond.«

Er sprach zu leise, als dass man es auf der Bühne hätte hören können. Aber einer der Männer lachte, und das Mädchen warf dem Barkeeper einen Blick zu, der ihm für später Vergeltung versprach.

»Tja, da bist du wohl ins Fettnäpfchen getappt«, sagte der Mann.

Der Barkeeper zuckte mit den Achseln und schob die CD wieder ins Gerät. Sade fing an über einen *Smooth Operator* zu singen, und das Mädchen begann seine Hüften hin und her zu schwingen, knappe, sparsame Bewegungen, als tanzte es in einem unsichtbaren Kasten.

Murray schob eine Hand in eine Hosentasche seiner Jeans und fand eine Zweipfundmünze.

»Eine Cola, bitte.«

Der graue Mann auf dem Barhocker drehte sich zu ihm um und bedachte ihn mit seinem dünnsten Lächeln. Er sprach leise, aber Murray konnte ihn trotz der Musik mühelos verstehen.

»Sind Sie Clubmitglied, Sir?«

Murray betrachtete den nackten Fußboden, die billigen Baumwollüberwürfe auf den Sofas, das stoppelbärtige, wieder in die Sportseite des Boulevardblatts vertiefte Gesicht des Barkeepers.

»Leider nein.«

»Kein Problem, ich kann Sie eintragen.«

»Danke.«

Murray hoffte, der Mann würde keinen Drink dafür erwarten.

»Macht für Nichtmitglieder zehn Pfund Eintritt.«

Murray spürte, wie sein Blick zurück Richtung Bühne drängte. Aber er zwang sich, den Rausschmeißer anzuschauen.

»Ich habe nicht vor zu bleiben.«

»Auch gut.« Der Mann rutschte von seinem Hocker und packte mit festem Griff Murrays Ellbogen, aber sein Tonfall war so höflich wie der von Professor Fergus Baine, wenn er einen Konkurrenten im Fachbereich auf einen Lapsus in Literaturtheorie hinwies. »Ich begleite Sie zur Tür.«

»Ich meine, ich bleibe nur eine Minute.«

»Dann macht's einen Zehner.«

»Die Sache ist die«, sagte Murray und löste sich sanft aus dem Griff des Mannes. Er lehnte sich an die Theke und bemühte sich um einen kumpelhaften Ton, von dem er schon lange wusste, dass er in seinem Repertoire fehlte. »Da draußen ist ein Mädchen, dem würde ich jetzt lieber nicht begegnen.«

Der Barkeeper hob den Blick von der Zeitung.

»Kenn ich, das Gefühl.«

Murray lächelte ihn an, in der Hoffnung, einen Verbündeten zu gewinnen.

»Wenn Sie mich also kurz hier warten lassen könnten, dauert höchstens drei Minuten. Sie würden mir einen Riesengefallen tun. Ich trinke natürlich was.«

Er öffnete seine Hand und zeigte die Zweipfundmünze. Das sah so erbärmlich aus, dass er die Finger wieder schloss.

»Kein Problem.« Die Stimme des Rausschmeißers troff vor Selbstgefälligkeit, wie bei einem Klassentyrannen, der einem Streber das Essensgeld abpresst. »Sie können so lange oder so kurz bleiben, wie Sie wollen. Der Eintrittspreis bleibt der gleiche: zehn Pfund.« Sein Lächeln entblößte erstaunlich weiße Zähne. »Wir akzeptieren alle gängigen Kreditkarten.«

Murray fragte sich, ob Lyn und ihr Begleiter wohl schon vorbeigegangen waren. Allerdings war ihm zwischen ihnen und dem Pub ein Laden für alte Vinylschallplatten aufgefallen, und der Mann im Rollstuhl hatte so ausgesehen, als sei er genau der Typ, der vor so einem Schaufenster stehen blieb.

»Ich trinke gern was, aber Sie können doch nicht wirklich erwarten, dass ich für einen Drink einen Zehner hinlege?«

Der Rausschmeißer fasste Murray wieder am Ellbogen.

»Vierzehn, Kumpel, vierzehn, hier gibt's nämlich keine Gratisdrinks. Außerdem, kommt doch ganz drauf an, was Ihnen das wert ist, der Kleinen nicht über den Weg zu laufen.«

Sie gingen nun auf den Ausgang zu. Murray startete einen letzten Versuch.

»Kommen Sie, kostet Sie doch nichts.«

»Und ob, Kumpel, kann mich jede Menge kosten.« Der Mann nickte zu dem Mädchen auf der Bühne. »Unser Supermodel da würde mich dem Boss melden, und schon sitze ich auf der Straße.« Er öffnete die Tür. »Nichts Persönliches.« Und dann schob er Murray sanft durch die Tür in den Sonnenschein.

Murray suchte die Straße ab. Lyn und ihr Begleiter entfernten sich vom Pub, sie wandten ihm den Rücken zu. Er war in Sicherheit. Er grinste den Rausschmeißer an. »Ich überlasse Sie jetzt wieder Ihren Pflichten im Ritz.«

Der Mann lächelte Murray gutmütig an.

»Die da hinten, ist sie das, die Dürre mit dem Rolli?«

»Nein.«

Murray ging los, und im selben Augenblick rief der Rausschmeißer: »Hey, Schätzchen, er ist hier!«

Lyn drehte sich um. Ein verwirrter Blick huschte über ihr Gesicht, aber sie hob die Hand und winkte. Dann sagte sie etwas zu ihrem Begleiter und ging auf Murray zu.

Der graue Mann grinste. »Also, nächstes Mal Eintritt zahlen.« Die Schwingtür schloss sich hinter ihm, knipste Dunkelheit und Musik aus und ließ Murray stehen, auf dass er sich der Freundin seines Bruders stellte.

»Hallo, Fremder.«

Lyns Gesichtsausdruck passte nicht zu der munteren Begrüßung, und Murray fragte sich, ob sie gesehen hatte, in welcher Art von Pub er gewesen war. Normalerweise küssten sie sich, wenn sie sich trafen, aber keiner von beiden machte den ersten Schritt, und dann war der Augenblick verpasst.

»Hi.« Er rückte den schweren Rucksack zurecht, widerstand aber der Versuchung, ihn abzunehmen. »Wie geht's?«

»Gut.« Lyn wischte sich eine verirrte Haarsträhne weg. Die Sonne schien ihr ins Gesicht. Sie kniff die Augen zusammen, als sie zu ihm hochschaute. Murray musste an ein Foto denken, das Jack mal von ihr gemacht hatte, auf dem auch das Licht blendete und sie genau den gleichen Ausdruck im Gesicht hatte. »Ich wusste nicht, dass du in Edinburgh bist.«

Ihrer Stimme war kein Vorwurf anzumerken, aber er spürte ihn trotzdem.

»Momentan bin ich fast jeden Tag da. Ich arbeite in der Bibliothek.«

»Und, kommst du voran?«

»Ja, bestens.« Er wusste nicht, was er sagen wollte. »Ich komme langsam rein.«

Lyn drehte sich zu dem Mann im Rollstuhl um.

»Frankie, das ist mein Schwager, Murray. Murray, das ist Frankie. Wir wollten gerade einkaufen.«

Frankie schob sich die Kappe aus der Stirn und starrte Murray an.

»Und, irgendwas Gutes da drin gesehen?« Er nickte in Richtung des Pubs.

»Frankie«, sagte Lyn halb bittend, halb warnend. Sein Besuch war also kein Geheimnis mehr.

»Nein.« Er bemühte sich um einen beiläufigen Tonfall. »Zehn Pfund Eintritt, und die Musik war zu laut.« Er schaute Lyn an. »Ich bin da versehentlich reingegangen.«

Sie schaute auf die Plakatwand: *Lapdance, Erotikshows, Multi-Video-Kabinen, VIP Lounges, Geschäftsfeiern und Junggesellenabschiede willkommen.*

»Kann leicht passieren.«

»Kein Behindertenzugang.« Frankie drückte auf einen Knopf, und der Rollstuhl erwachte surrend zum Leben. »Das ist illegal.« Er rollte vor und zurück und ließ die Reifen ungeduldig fauchen. *Vorwärts, vorwärts, vorwärts.*

Ein Reifen stupste Murrays Fuß an, worauf Murray einen schnellen Schritt zurück machte.

»Frankie.« Lyns Stimme klang ungewohnt, sie hatte einen scharf tadelnden Unterton. »Wir gehen zum Lidl, okay? Der ist auch noch da, wenn wir eine Sekunde stehen bleiben, um ›Hallo‹ sagen.«

»Aber ein paar von den Superangeboten sind dann nicht mehr da, Lyn.« Frankie schaute hoch zu Murray. Stehend wäre er vielleicht der Größere der beiden gewesen. »Nichts für ungut, Chef, aber Sie wissen ja, wie's ist?«

Murray wusste es nicht, aber er nickte trotzdem.

»Ich will Sie nicht aufhalten.«

»Da machen Sie sich mal keinen Kopf drum.« Dann riss Frankie seinen elektrischen Rollstuhl herum und schnurrte davon.

»Verdammte Scheiße.« Durch Lyns Stimme ging ein Riss, der für Belustigung oder Verzweiflung stehen konnte. »Da fährt er hin. Das Genie, das ihm das Ding besorgt hat, würde ich gern mal in die Finger kriegen.«

»Die Angebote müssen wirklich super sein. Solltest du nicht hinterher?«

»Er ist ein erwachsener Mann.«

»Schwieriger Kunde?«

»Leichte Kunden nehmen wir gar nicht.«

»Tja, richtig.« Er nickte zum Pub hin. »Ich habe nicht gewusst, dass das eine Go-go-Bar ist, erst als ich schon drin war.«

»Go-go-Bar.« Lyn lachte. »Du hast schon eine Art, dich auszudrücken.« Sie schaute an ihm vorbei und verfolgte Frankies Vormarsch. Dann wandte sie ihre Aufmerksamkeit wieder Murray zu. »Und wenn, dann ginge mich das ja wohl nichts an, oder?«

»Aber ich hab's nicht gewusst.«

»Muss ja ein ziemlicher Schock gewesen sein.«

»Tja, ein bisschen schon. Ich habe nach einem Laden gesucht, wo ich eine Suppe essen kann.« Sie fingen beide an zu lachen, und jetzt war er froh, dass er sie getroffen hatte. Lyn schaute wieder in die Richtung, in die Frankie davongerollt war. Er war jetzt einen

Block weiter und redete mit einem *Big-Issue*-Verkäufer. Frankie zog eine Schachtel Zigaretten aus der Tasche, und der Verkäufer gab ihnen Feuer.

»Ich mache mich besser auf den Weg, der Bus muss gleich kommen. Hast du noch Zeit, bis zur Haltestelle mitzukommen?«

Es war die entgegengesetzte Richtung, in die er eigentlich gewollt hatte. Aber Murray nickte, und so schlenderten sie in Frankies Schlepptau dahin wie ein Ehepaar, dessen Kinder beim Sonntagsspaziergang vorauslaufen.

»Dann ist Frankie also dein wichtigster Mann im Augenblick?«

»Ein schrecklicher Gedanke, aber jetzt, wo du es sagst, scheint es ganz so, als verbrächte ich mehr Zeit mit ihm als mit irgendwem sonst, Jack eingeschlossen.«

»Wie geht's Jack?«

»Warum fragst du ihn nicht selbst?«

»Das werde ich, wenn es sich ergibt.«

Lyn seufzte.

»Ich werde ihm ausrichten, dass du nach ihm gefragt hast.«

»Danke.« Murray zögerte. »Könntest du ihm ausrichten, dass ich ihn demnächst …«

»Oh, Scheiße.«

»Was?«

Lyn rannte los.

»Das ist unser Bus.«

Frankie streckte seinen Arm aus, und der sich nähernde rotbraune Doppeldeckerbus bremste ab. Lyn war zwar schnell, für eine Sprinterin hatte sie aber zu kurze Beine. Murray schulterte seinen verfluchten Rucksack und fing ebenfalls an zu laufen. Der Boden des Busses senkte sich ab, bis die Rollstuhlrampe auf Gehweghöhe war, dann glitt die Ziehharmonikatür auseinander. Frankie winkte seinem neuen Freund zum Abschied zu und machte sich bereit, sein Gefährt in den Bus zu manövrieren. Murray brüllte: »Halt!«

Der Verkäufer sah Murray und stellte einen Fuß auf die Hubplattform, damit sie nicht wieder zurückschwang.

»Danke«, flüsterte Murray. Er griff in die Hosentasche und fand die Zweipfundmünze, mit der er sich gerade noch eine Cola hatte kaufen wollen. Zu viel, aber er drückte sie dem Verkäufer trotzdem in die Hand.

»Keine Ursache.« Der Mann nahm den Fuß von der Rampe. »Der fährt schon nicht ohne sie.« Er bot ihm eine Zeitung an, aber Murray schüttelte den Kopf und stieg ein.

Der Busfahrer versuchte die Tür der Fahrerkabine einen Spalt weit aufzuschieben, ohne Erfolg. Frankie war mit seinem Rollstuhl direkt davor stehen geblieben. Murray roch Rauch, sah die brennende Zigarette in Frankies Hand und verstand. Der Fahrer ließ sich wieder auf seinen Sitz fallen und warf einen neidischen Blick auf Frankie's Mayfair.

»Hör zu, Kumpel, ich hab um fünf Schichtende, egal ob ich es bis dahin ins Depot schaffe oder nicht. Aber ich hab hier Leute im Bus, die haben auch noch ein paar Dinge vor, und die hinderst du daran, dass sie die erledigen können. Also, warum lässt du uns nicht weiterfahren?«

»Sie haben gehört, was der Fahrer gesagt hat.« Eine ältere Frau beugte sich von ihrem Platz in den Gang. »Machen Sie Ihre Kippe aus oder ziehen Sie Leine.«

Frankie drehte den Rollstuhl seinem Publikum zu.

»Wissen Sie, wer der erste Mensch war, der Tabak verboten hat? Adolf Hitler.« Frankie zückte seine Schachtel Mayfairs und schüttelte noch eine Zigarette heraus. »Manchmal sind die Menschen einfach zu gehorsam.«

Ein alter Mann stand auf. »Ich wette, genau wegen solcher Unverschämtheiten sitzen Sie jetzt in dem Rollstuhl da.« Er stellte seine Einkaufstüten ab und schien nach vorne kommen zu wollen. Aber als ein paar alte Frauen ihm mit »Vollkommen richtig, Mr Prentice« und »Sagen Sie's ihm, Jim« beisprangen, blieb er stehen, wo er war, die Brust aufgepumpt unter seinem Anorak. Ein betagter Pascha, umringt von seinen gut verpackten Haremsdamen.

»Was ist hier los?«

Beim Laufen hatten sich Lyns Haare aus ihrer Spange gelöst. Sie hingen ihr wirr ins Gesicht. Die Wangen waren gerötet, ob vor Anstrengung oder Ärger war schwer zu sagen.

Murray drehte sich zu ihr um, aber es war Frankie, der das Reden übernahm.

»Ich hab den Bus für dich aufgehalten.«

Er nahm die Zigarette aus dem Mund, zwickte mit geübten Fingern das brennende Ende ab und schob sie zurück in die Schachtel.

Der Fahrer schloss die Tür und ließ den Motor wieder an.

»Herrgott noch mal, ich hätte gewartet, wenn Sie was gesagt hätten.«

»Schon klar.« Frankie setzte seinen Rollstuhl rückwärts in die freie Lücke neben der Tür, direkt neben ein Kleinkind in seinem Buggy. Das Kind schaute ihn bösartig an, und Frankie grüßte mit einem Nicken. »Alles klar, Kleiner?«

»Entschuldigung.« Lyn kramte in ihrer Handtasche und warf das Fahrgeld in den Schlitz.

»Schon gut, Schätzchen.« Der Fahrer gab ihr die Fahrscheine, traurig lächelnd, wie ein Mann, dem jetzt alles klar war. »An so einen Burschen gefesselt zu sein … Sie haben mein Mitgefühl.«

Murray sagte: »Sie ist nicht seine …«

Aber der Fahrer schaute schon wieder auf die Straße und lenkte den Bus aus der Haltebucht, als Murray einfiel, dass er eigentlich in die Bibliothek gewollt hatte.

Am Ende begleitete er die beiden auch noch in den Supermarkt und diskutierte mit Lyn und Frankie die jeweiligen Vorzüge der angebotenen Waren. Lyn fragte ihn, ob er nicht gleich auch für sich einkaufen wolle, aber er schüttelte nur den Kopf. Er hätte gar nicht gewusst, womit anfangen. Frankie hingegen schien genau zu wissen, was er wollte.

Er ließ sein Gefährt vor dem Weinregal ausrollen und inspizierte mit Kennermiene die Etiketten. »Ich glaube, wir nehmen ein paar Fläschchen von diesem süffigen Burgunder. Der ist im Angebot. Würdest du bitte mal, Lyn?«

Murray fiel auf, dass Frankie Lyns Hintern begutachtete, als sie ins oberste Regal griff, um die Flaschen herunterzuholen.

»Kochen Sie gerne?«

»Besser als hungern.«

Lyn stellte die Flaschen zu den anderen Sachen im Wagen, dann setzten sie ihren langsamen Patrouillengang entlang der Regale fort.

»Frankie ist ein kleiner Gourmet.«

»Essen ist eins der wenigen Vergnügungen, die mir geblieben sind.«

Lyn schnaubte. »Plus Schnaps, Zigaretten und der ganze andere Rest.«

»Der ganze andere Rest? Soll das ein Angebot sein?«

Lyn gab dem Rollstuhl einen kleinen Schubser, der, da war sich Murray sicher, gegen die Richtlinien ihres Berufs verstieß. Sie schaute Murray an.

»Also los, erzähl mir, wie es mit deinen Recherchen steht.«

Ihm kam der Gedanke, dass sie ihn genauso geduldig ertrug wie Frankie und wahrscheinlich auch Jack.

»Trostlos. Du weißt ja, wie ich dann bin: ein Briefmarken sammelnder Erbsenzähler.«

Murray nahm eine Flasche Speiseöl aus dem Regal. Rote und schwarze Pfefferkörner sammelten sich auf dem Boden. Er drehte die Flasche auf die Seite und beobachtete, wie die Körner träge durch die gelbe zähe Flüssigkeit schwebten, wie wandernde Sterne an einem reglosen Firmament.

»Komm schon, du weißt doch, wie gern ich Geschichten über deinen verrückten Dichter höre.«

Das Öl hatte die gleiche blassgelbe Farbe wie Bier. Er erinnerte sich an den Abend im Pub vor vielen Jahren. Lyn hatte Jack – als Antwort auf eine in ihren Augen sexistische Bemerkung – ihr Bier über den Kopf geschüttet. Er erinnerte sich an die Überraschung, an Jacks verblüfften Gesichtsausdruck und an seine eigene schockierte Bewunderung. Er erinnerte sich, wie er gelacht hatte, wie er einen großen Schluck aus seinem Glas getrunken und dann den Rest über seinem Bruder ausgekippt hatte. Und daran, wie sie betrunken vor dem fluchenden Barkeeper zur Tür geflüchtet waren – ›Ihr habt alle Hausverbot!‹

Er stellte das Öl wieder ins Regal.

»Ich glaube nicht, dass Archie verrückt war, jedenfalls nicht am Anfang. Klar, er hat sich manchmal abgedreht aufgeführt, nach allem, was ich so höre, hat er ziemlich gesoffen. Würde mich nicht wundern, wenn da nicht auch noch Drogen im Spiel gewesen wären.«

»Klingt ja beinahe hoffnungsvoll.«

»Das ist alles Vergangenheit. Ich kann daran nichts ändern. Ich kann nur noch dafür sorgen, dass die Fakten stimmen.«

Lyns Stimme war sanft.

»Kannst du bei der Ausstellung deines Bruders nicht die gleiche Nachsicht walten lassen?«

Der Vergleich brachte ihn durcheinander.

»Solange ich noch da bin, ist unser Dad nicht Vergangenheit. Mich überrascht, dass Jack das nicht genauso empfindet.«

»Das tut er ja. Er bringt das nur anders zum Ausdruck.«

Vielleicht ahnte Lyn, dass ihm fast schon die Tränen in den Augen standen, denn sie nahm eine Konservenbüchse aus dem Regal und fragte ihn noch einmal, ob er sicher sei, dass er nichts brauche.

* * *

An der Kasse standen dic drei hinter einem älteren Ehepaar. Der Mann stellte den Drahtkorb mit den Einkäufen auf das Ende der Ladentheke, und seine Frau legte vier Dosen Hundefutter, eine Packung Cornflakes und eine Flasche Three Barrels Brandy auf das Laufband. Es glitt vorwärts, und Lyn begann Frankies Einkaufswagen auszuladen.

»Du wolltest mir vorhin doch was erzählen.«

»Ja?«

In Gegenwart des fremden Mannes wollte er gar nichts erzählen.

»Doch, gerade als der Bus kam. In dem ganzen Trubel ist es dann untergegangen.«

»War nichts Wichtiges.«

Die Kassiererin scannte ihre Sachen, und Lyn und Frankie packten sie in Tüten. Murray wollte helfen, aber Frankie sagte: »Schon gut, Kumpel. Lyn und ich haben unser System.«

Lyn warf ihm einen entschuldigenden Blick zu.

»Wochenlange Übung. Frankie und ich müssen das jetzt alles noch zurückschaffen, aber dann habe ich Feierabend. Wenn du Zeit hast, können wir noch irgendwo einen Kaffee trinken?«

Er wusste, dass Kaffee das Codewort für Pub war. Er hätte leicht mitgehen können, hätte sich der Behaglichkeit des Alkohols und ihrer Gesellschaft hingeben können, bis seine Gegenwehr so weit geschwächt und er bereit gewesen wäre, sich mit Jacks Verrat an der Würde ihres Vaters auszusöhnen.

»Tut mir leid, ich sollte gar nicht hier sein. Ich habe noch jede Menge Arbeit zu erledigen, und dann muss ich auch noch packen.«

»War es das, was du mir sagen wolltest?«

»Was?«

»Dass du weggehst.«

»Für eine Woche, nach Lismore.«

Sie lachte.

»Einen Augenblick lang habe ich geglaubt, du würdest mir sagen, du wanderst aus.«

»Ach was, nur ein kleiner Ausflug, um ein paar Hintergrundinformationen zu sammeln. Da, wo es Archie hin verschlagen hat.«

»Wo er ertrunken ist?«

»Ja, ich habe mir gedacht, ich fahr mit meinen Unterlagen nach Lismore, damit ich ein Gefühl für den Ort bekomme.«

Er meinte, ein Gefühl für Archie, aber so direkt ausgesprochen hätte das albern geklungen.

Die Einkaufstaschen waren vollgepackt. Lyn hängte eine hinten an den Rollstuhl. Frankie schnurrte vor und zurück und sagte dann: »Häng da noch zwei dran.«

»Damit du wieder umkippst, oder was?«

»Ach was, das passiert mir nicht noch mal. Ich hab das jetzt raus.«

Lyn schnitt hinter seinem Rücken eine Grimasse, tat aber, was er gesagt hatte, und dann verließen die drei langsam den Supermarkt. Während der Zeit, in der sie einkaufen waren, hatte es sich zugezogen. Es roch nach Regen. Die Verheißung des Tages war dahin. Autos schoben sich durch die Hauptstraße, und die Betonlandschaft jenseits des Supermarkts war von einer Trostlosigkeit, die es einem leicht machte, sich die ausgebombte Welt aus Archies Science-Fiction-Roman vorzustellen. Lyn hielt mit sanftem Druck die Einkaufstaschen fest, die an der Rückseite von Frankies Rollstuhl hingen. Ihr lockiges Haar saß wieder fest unter der Spange, doch der Wind, der über den Parkplatz fegte, drohte es wieder hervorzuzerren. Sie strich sich eine Strähne aus dem Gesicht und lächelte Murray an.

»Bist du sicher, dass du keinen Kaffee willst?«

»Ich muss zurück.«

»Zu deinem toten Dichter?«

»Ich sehe ihn zwischen den Wellen, wie er mich lockt.«

Und einen Augenblick lang meinte Murray tatsächlich, Lunan sehen zu können. In der öden Weite des Meeres, die zerzausten Haare auf dem Wasser schwebend, mit ausgebreiteten Armen auf der Strömung dahintreibend.

»Dürfte ich dich kurz mal stören, Lyn.« Frankies Stimme war von ausgesuchter Höflichkeit. »Ich müsste mal auf die Toilette.«

»Kein Problem.« Sie war jetzt wieder ganz die geschäftsmäßig Forsche. »Die Personaltoiletten sind hier gut zugänglich. Hältst du es noch aus, bis ich jemanden geholt habe, der uns reinlässt?«

»Ist nicht dringend.« Auf der anderen Seite des grauen Parkplatzes leuchtete das rote Burger-King-Logo. Frankie nickte in die Richtung. »Warum gehen wir nicht da rüber, dann könnt ihr auch gleich euren Kaffee trinken?«

»Na ja, ich weiß nicht, Frank …«

»Wenn du mir die *Evening News* besorgst, verziehe ich mich in eine Ecke, und ihr könnt euer kleines Wiedersehen feiern. Macht mir nix.«

Lyn schaute Murray an. Er zuckte mit den Achseln: geschlagen. Es war jetzt fast vierzig Jahre her, dass Archie ertrunken war. Seine Leiche war seit Langem verschollen, und das Äußerste, was Murray jetzt noch erreichen würde, war die Wiederherstellung seines Rufs. Das konnte auch noch eine Stunde warten, oder zwei.

»Warum nicht?«

Murray ging mit Frankie und den Einkaufstüten in den Burger King, während Lyn sich auf die Suche nach einem Zeitschriftenladen machte. Murray folgte Frankie verlegen bis zur Tür der Behindertentoilette. Frankie hielt den Rollstuhl an.

»Wollen Sie zuschauen?«

»Nein.«

»Dann hauen Sie ab. Ich kann vielleicht nicht mehr im Stehen pissen, aber ich bin immer noch imstande, mir allein den Arsch abzuwischen.«

»Eine der wenigen Vergnügungen, die Ihnen noch geblieben sind?«

»Weit daneben, Kumpel, weit daneben.« Er winkte Murray mit dem Finger zu sich heran, und als er ganz nah vor ihm stand, hauchte er ihm seinen nach Rauch und Zwiebeln riechenden Atem ins Gesicht und flüsterte: »Sagen Sie Ihrem Bruder, dass er sich ein bisschen besser um sie kümmern soll, sonst hab ich sie schneller am Haken, als er bis drei zählen kann.«

Murrays Lachanfall überraschte sie beide.

»Ich werd's ausrichten.«

»Da gibt's nix zu lachen, Kumpel. Sie ist zu gut für diesen verschwuchtelten Penner. Einer wie ich ist heutzutage eine gute Partie.«

»Schätze, die Zeiten sind hart.«

»Nicht für mich, ganz und gar nicht. Ich krieg' anständig Kohle, ich hab' meine eigene Wohnung, und ich bin von den Drogen weg. Aber wissen Sie, was mein größtes Pfund ist?«

»Was?«

»Ich bin ein Projekt. Das mögen die jungen Mädchen, ein Projekt. Ich lass mich von ihr resozialisieren, keine Sorge.«

Er schaute ihn lüstern an, wendete und schnurrte in die Kabine.

Murray holte drei Kaffee und garnierte das Tablett mit ein paar Zuckertütchen und kleinen Döschen, die eine als Milch deklarierte Flüssigkeit enthielten. Er stellte das Tablett auf einen Tisch am Fenster und zog dann sein Handy aus der Tasche. Keine Nachrichten. Er fing an, eine SMS für Rachel zu basteln, kam aber nur bis »Es tut mir leid«, weil in diesem Augenblick Lyn mit Frankies Zeitung hereinkam. Murray schaltete das Handy aus, ohne die SMS abzuschicken. Er wusste ohnehin nicht, was er ihr hätte sagen sollen. Schließlich konnte er sich selbst kaum als gute Partie darstellen.

Frankie saß auf der anderen Seite des Lokals, er hatte darauf bestanden. »Ihr braucht euren Freiraum.« Allerdings bemerkte Murray, dass er sich einen Platz ausgesucht hatte, von dem er freie Sicht auf ihren Tisch hatte. Lyn nippte an ihrem Kaffee.

»Wir machen besser nicht zu lange. Also, was hast du in letzter Zeit so getrieben?«

»Nichts. Das Übliche, arbeiten eben.«

»Arbeiten eben. Du solltest eine von Frankies Weisheiten beherzigen: Geh mehr unter Leute.«

»Ich bin heute schon den ganzen Tag unter Leuten.«

»In Strip-Clubs und Supermärkten. Ihr Literaturdozenten führt vielleicht ein Leben.«

»Ist immer was los.«

Murray trank einen Schluck Kaffee. Es war ein Fehler gewesen, hierherzukommen. Je eher er das Gespräch abwürgen konnte, desto eher konnte er gehen.

»Schaust du noch mal bei uns vorbei, bevor du fährst?«

Es war, als hätte Lyn seine Gedanken gelesen.

»Klar, wenn ich es einrichten kann.«

Sie nickte. Beide wussten, dass das nicht der Fall sein würde. Murray spürte, dass Frankie sie anschaute. War es mitleiderregend, wenn man eifersüchtig auf einen Querschnittsgelähmten war? Einen, auch wenn er sich jetzt in Lyns Obhut befand, bis vor Kurzem noch obdachlosen Querschnittsgelähmten.

Lyn schaute ihn über den Rand ihres Pappbechers an.

»Jacks Ausstellung hatte gute Besprechungen.«

»Fabelhaft.«

Der Verrat seines Bruders vergällte ihm die Freude, die er sonst über dessen Erfolg empfunden hätte.

Lyns Augen ließen ihn nicht los.

»Ist das alles, was du zu sagen hast?«

Er zuckte mit den Achseln, übellaunig wie ein störrischer Erstsemestler, der genau weiß, dass er seine schlechte Note verdient hat.

»Ich habe mit einem von den anderen Künstlern gesprochen. Eine Cressida irgendwas. Ist die gut?«

Lyn hob den Becher an die Lippen.

»Cressida Reeves? Sie ist mehr Jacks Freundin als meine. Sie war mit ihm an der Kunstakademie.«

»Das warst du auch.«

»Ja, aber die beiden sind im selben Jahr aufgenommen worden. Ich bin erst dazugekommen, als Jack schon im dritten Jahr war. Vor der Ausstellung hatte ich sie schon Jahre nicht mehr gesehen.« Sie schaute Murray an. »Hast du ihre Arbeiten gesehen?«

»Nein.«

»Solltest du vielleicht«, sagte sie trocken. »Cressida steckt jede Menge von sich selbst in ihre Arbeit.«

»Besser als die Schwächen anderer auszubeuten.«

Lyn seufzte. Sie nippte wieder an ihrem Kaffee, wobei sie den Pappbecher fest umschlossen hielt. Als wollte sie ihre Hände auftauen, obwohl es nach der Kälte draußen in dem Fastfoodladen warm war.

»Jack hätte dir sagen sollen, worum es bei der Ausstellung geht. Aber du kannst ihm nicht vorwerfen, dass er etwas geschaffen hat.«

»Er hat nichts geschaffen, er hat einfach die Kamera drauf gehalten und abgedrückt.« Murray zielte wie mit einer Pistole auf sie und krümmte den Zeigefinger. »Peng, du bist tot.«

»Wie du meinst.« Lyns Gesicht war rot angelaufen. Sie stellte den Becher ab und schaute hinüber zu Frankie. »Ich gehe dann wohl besser.«

Er wollte sich entschuldigen, fragte aber stattdessen: »Sind jetzt Behinderte deine Klienten?«

In ihren Augen war ein Schimmern zu sehen, aber ihre Stimme blieb fest.

»Nein, immer noch der gleiche Job mit der gleichen miesen Bezahlung. Zufall, dass Frankie auch noch im Rollstuhl gelandet ist.«

Was war mit ihm los, dass er kein Mitgefühl für einen Obdachlosen im Rollstuhl empfinden konnte?

»In seinem Zustand auf der Straße zu leben, muss hart sein.«

»Er lebt nicht mehr auf der Straße. Deshalb bin ich ja da, damit er es vom Obdachlosenasyl ins selbstständige Leben schafft.«

»Ein glücklicher Zufall also.«

Sie warf ihm einen Blick zu, biss aber nicht an.

»Das war weniger ein Zufall als … ich bin mir nicht sicher, wie man das nennen soll. Einen Hilferuf vielleicht. Oder eine durch Drogenkonsum begünstigte psychotische Reaktion. Frankie marschiert eines Tages an der M8 lang, hat keine Ahnung, wie er da hingekommen ist. Ist einfach da und sieht, wie die Scheinwerfer der Autos an ihm vorbeirauschen. Es ist dunkel, Winter, so fünf Uhr nachmittags, jede Menge Verkehr. Alle fahren von der Arbeit nach Hause. Er sieht eine Brücke, klettert hoch und stürzt sich von oben runter.«

»Scheiße.«

»Ja, Scheiße.«

»Und dann, hat's Auffahrunfälle gegeben?«

»Nein. Jack hat Frankie den Titel ›Größter Glückspilz in der Selbstmordbranche‹ verliehen. Er ist auf ein Lastwagendach geknallt, an der Seite runtergestürzt und direkt auf den Mittelstreifen gefallen. Eigentlich hätte er tot sein müssen, stattdessen ist er im Rollstuhl gelandet. Das Komische ist, wir hatten schon vorher versucht, Frankie wieder ins normale Leben einzugliedern, mit katastrophalem Ergebnis. Die Verantwortung war einfach zu viel für ihn. Jetzt, nach der Entlassung aus dem Krankenhaus, kommt er anscheinend viel besser klar. Natürlich hat er noch seine Probleme, manchmal ist er wirklich sturzbesoffen, aber er versucht, für sich selbst zu sorgen. Er kocht sich was – er war Koch bei der Armee – und versucht, seine Wohnung in Ordnung zu halten. Er hat noch keinen einzigen Termin bei mir verpasst. Klar, er kann einem manchmal höllisch auf die Nerven gehen. Aber es hat ganz den Anschein, als hätte er sich für das Leben entschieden. Als hätte ihm der Selbstmordversuch den letzten Kick gegeben.«

»Er steht tierisch auf dich.«

»Die stehen alle auf mich. Ich bin die einzige Frau, die mit ihnen spricht und keine Bardame ist.«

»Dann beruht die Wertschätzung nicht auf Gegenseitigkeit?«

»Herrgott, Murray, Jack hat wirklich recht. Du bist nicht von dieser Welt.« Lyn schaute wieder hinüber zu Frankie. »Ich muss jetzt los.«

»Tja, also dann, die Welt wartet schon.«

Lyns Gesicht lief rot an. Sie wischte sich eine Locke aus den Augen und beugte sich so weit über den Tisch, dass er ihre Worte auf der Haut spüren konnte.

»Das ist mein Scheißjob, Murray, und der ist genauso wichtig wie dein Buch oder Jacks verdammte Kunst.«

»Das weiß ich.«

Sie sah aus, als wollte sie ihm eine reinhauen, stattdessen küsste sie ihn. »Nein, eben nicht.« Sie drückte seinen Arm, stand auf und ging.

Während sie den Taxistand ansteuerten, sah er ihnen durchs Fenster hinterher. Frankie sagte irgendetwas, worauf Lyn lachte und den Kopf schüttelte, als amüsiere sie sich wider Willen.

Murray schüttete noch etwas Zucker in seinen kalten Kaffee und rührte um. Lyn hatte natürlich recht, ihre Arbeit war unverzichtbar, gerade er müsste das wissen. Trotzdem, er konnte sich nicht mit dem Gedanken abfinden, dass Einkaufen mit Frankie genauso wichtig war wie die Entschlüsselung von Archie Lunans Leben. Es gab eine Million Alkoholiker in der Stadt; Archie war selbst einer gewesen. Aber er war auch ein Dichter gewesen, und von denen gab es nur herzlich wenige auf der Welt.

Er holte sein Moleskin-Notizbuch heraus und schaute sich wieder die Namensliste an, die er aus Archies Schulheft abgeschrieben hatte:

*Danny*
*Denny*
*Bobby Boy*
*Ruby!*
*Ich dachte, ich hätte dich am Strand spazieren gehen sehen.*
*Ramie*
*Moon*
*Jessa ****
*Tamsker*
*Saffron*
*Ray – wirst du mein Sonnenschein sein?*

Vielleicht hatte Lunan sich die Zeit damit vertrieben, Namen für die Protagonisten seines Science-Fiction-Romans auszutüfteln. Die unbeschwerten Sätze darunter deuteten allerdings auf etwas anderes hin. Murray las die Liste noch einmal durch und fragte sich, was sie bedeuten könnte.

# 10

Auf der Mailbox seines Handys war eine Nachricht eingegangen. Er rief die Anrufliste auf und sah eine unbekannte Nummer aus Glasgow. Wie hatte es so weit kommen können, dass er eine unbekannte Nummer als Erleichterung empfand? Die Stimme war weiblich und erfüllt von dem selbstsicheren Tonfall, der die Korridore und Vorlesungssäle der Universität beherrschte.

»Hallo, ich rufe an wegen Ihrer Anzeige im *Times Literary Supplement.* Mein verstorbener Mann Alan Garrett hat ein paar Nachforschungen zu Archie Lunans Tod angestellt.« Die Frau machte eine Pause, als erwartete sie, dass jemand abhob, und fuhr dann mit etwas weniger selbstsicherer Stimme fort. »Wenn Sie mehr wissen wollen, können Sie mich ja zurückrufen.« Es folgten eine Telefonnummer, eine E-Mail-Adresse und ein Knacken in der Leitung, als die verwitwete Mrs Garrett wieder auflegte.

Rachel hatte die Idee mit der Anzeige gehabt, bei einer ihrer ersten Verabredungen. Sie hatte am Steuer gesessen, als sie schnell über die unbeleuchtete Straße gefahren waren. Unter ihnen das dunkle Nichts des Wasserspeichers, jenseits davon die zitternden Lichter der Stadt. Rachel hatte den Wagen sicher durch die heiklen Kurven gesteuert, und Murray hatte sich Anmerkungen darüber verkniffen, wie gut sie doch die Straße kannte. Als sie sich ihrem Ziel näherten, war sie etwas langsamer gefahren, da sie nicht mehr genau wusste, wo die Abzweigung war, als ein Hirsch ins grelle Licht der Schweinwerfer gesprungen war. Für den Bruchteil einer Sekunde sah Murray das Leuchten schwarz glänzender Augen und einen Kandelaber aus Horn. Dann hatte die Nacht das Tier schon wieder verschluckt. Er erinnerte sich an einen Zeitungsbericht über den Zusammenstoß eines Autos mit einem Hirsch. Das Geweih hatte die Windschutzscheibe zersplittert und sich in die Brust des Fahrers gebohrt. Beim Versuch sich loszureißen, hatte das verwundete Tier wie rasend den Kopf hin- und hergeworfen. Stunden später hatte man die zerfetzten Leiber gefunden.

»Alles in Ordnung?«, fragte er.

»Ja«, sagte Rachel lachend. »Das war knapp.« Dann gab sie wieder Gas. Kurz darauf tauchte links die Abzweigung auf, und sie lenkte den Wagen vorsichtig auf den holperigen Parkplatz. »Da wären wir.«

Er schob seinen Sitz nach hinten. Rachel stellte den Motor ab und krabbelte hastig vom Fahrersitz auf seinen Schoß. Sie küssten sich, ihre Hand fuhr begierig hinunter zu seinem Hosenschlitz, seine Finger öffneten ihre Bluse und strichen über den Spitzenstoff ihres BHs und ihre ihm damals noch nicht so vertrauten Brüste, als Murray die undeutlichen Umrisse eines anderen Autos sah, das stumm im Dunkeln stand. Seine Hand verharrte regungslos.

»Da ist jemand.«

»Mmm.« Rachel hatte seine Hose geöffnet und rieb sich an ihm. Sie trug keinen Slip. Der Gedanke, dass sie während der ganzen Fahrt unter ihrem Rock nackt gewesen war, sandte einen kurzen Schauer der Erregung durch seinen Körper. Aber das andere Auto beunruhigte ihn.

»Glaubst du, dass der uns sehen kann?«

Rachel beugte sich zurück und schaltete die Innenleuchte an. Ihre Brüste glänzten weiß unter dem Spitzenstoff.

»Jetzt bestimmt.«

Er griff nach oben und schaltete das Licht wieder aus.

»Du bist ein Spielverderber, Murray.«

»Ich will kein Publikum.«

»Schade.«

Sie hakte ihren BH auf und drückte ihre Brüste sanft gegen sein Gesicht. Sie küssten sich und setzten ihr Spiel fort, aber das Wissen um das Auto, das in der Parkbucht gegenüber auf der Lauer lag, konnte er nicht mehr abschütteln, und so blieb ihr Liebesspiel linkisch und überstürzt.

Sie waren schweigend zurückgefahren. Rachel nahm die Kurven des Parks diesmal langsamer und fuhr erst wieder schneller, als sie in die gerade Straße eingebogen war, die am Wasserspeicher entlangführte.

Der Tacho hatte fünfundsiebzig angezeigt, als hinter ihnen ein anderes Auto auftauchte, dessen Scheinwerferlicht das Wageninnere bis nach vorn zum Armaturenbrett erleuchtete. Murray schaute Rachel von der Seite an. Ihr Gesicht bestand aus Licht und Schatten, wie eine Schwarz-Weiß-Fotografie, ihr Lächeln zur Grimasse erstarrt. Er erkannte, dass sie das näher kommende Auto schon im Rückspiegel gesehen haben musste, und er fragte sich, ob das und nicht die gerade Strecke sie veranlasst hatte, das Tempo zu erhöhen.

Es war ein Saab. Er setzte zum Überholen an, worauf Rachel Gas gab und dagegenhielt. Ein Stück weiter machte die gerade Straße eine Kurve. Murrays rechter Fuß stieg auf eine imaginäre Bremse, der Saab wurde schneller, Rachel nahm den Fuß vom Gas und ließ ihn vorbeiziehen. Dann sahen sie die Bremslichter des Saabs rot aufleuchten. Rachel folgte ihm bis zur Kreuzung, wo der Saab bei Gelb noch durchrutschte. Einen Augenblick lang glaubte Murray, Rachel würde wieder Gas geben und ebenfalls über die Kreuzung rauschen, aber im letzten Moment trat sie auf die Bremse. Murray wurde nach vorn gerissen. Der Sicherheitsgurt rastete ein und hielt ihn fest in seinem Sitz.

»Entschuldige.« Rachel schaute ihn an. »Bisschen holperig, ich weiß.«

Murray versuchte, sich die Umrisse des Wagens auf dem Parkplatz in Erinnerung zu rufen, aber er war nicht mehr als eine Form in der Dunkelheit gewesen. Nichts außer Intuition – oder Paranoia – stützte seine Vermutung, dass es der Saab gewesen war, gegen den Rachel ihr Rennen veranstaltet hatte.

»Für einen Moment hast du mir ganz schön Angst eingejagt.«

»Du bist immer ängstlich, Murray, das ist dein Standardmodus.«

»Das ist nicht fair.«

Sie tätschelte ihm besänftigend das Knie.

»Du bist eben ›Alte Schule‹, das mag ich ja so an dir.« Rachel wandte den Blick von der Straße und schaute ihm kurz in die Augen. »Wie geht es mit Archie Lunan voran, dem nicht zu Fassenden?«

»Nicht zu fassen, das passt genau.« Murrays Stimme wurde wieder wärmer. Sie hatte ihm noch nie gesagt, dass sie ihn mochte. »Ich habe mit der National Library telefoniert. Die haben ein paar Kartons mit irgendwelchem Krimskrams, die kann ich mir mal anschauen. Was mir wirklich fehlt, sind Zeugnisse aus erster Hand, Kontakt mit Leuten, die Lunan kannten. Es ist schon erstaunlich, wie viele aus dieser Generation nicht mehr leben.«

»Dieser Generation.« Sie lachte. »Er war nicht viel älter als Fergus. Vielleicht solltest du mit ihm sprechen.«

»Ich bezweifle, dass sie in denselben Kreisen verkehrten.«

»Du wärst überrascht, in welchen Kreisen Fergus verkehrt hat.«

Ihre Durchtriebenheit und sein missgünstiger Tonfall passten zusammen.

Sie fuhren schweigend weiter. Je näher sie der Universität kamen, desto mehr nahm die Stadt für Murray Gestalt an. Er betrachtete wieder die klaren Linien von Rachels Profil und fragte sich, warum sie Fergus mit ihm und ihn mit Fergus betrog.

Auf der Great Western Road mussten sie an der Fußgängerampel halten. Im erleuchteten Fenster vom *Philadelphia* sah er den Fischbrater, der frische Pommes frites in einen Kessel mit heißem Öl schaufelte. Vielleicht sollte er Rachel zum Fischessen einladen, damit der frittierte Kabeljau und der Essig den Sexgeruch aus dem Wagen vertrieben. Die Ampel sprang um, und sie umkurvte einen trödelnden Fußgänger.

»Du solltest sie ausfindig machen.«

»Wen?«

»Archies alte Bekannte.«

»Das habe ich auch vor.«

»Wie ein Detektiv, macht vielleicht sogar Spaß. Undercover, du könntest in eine fremde Rolle schlüpfen.«

Er legte seine Hand auf ihr Knie.

»Ich würde lieber mit dir unter die Decke schlüpfen.«

»Dein natürlicher Lebensraum ist mir lieber.« Sie schob seine Hand weg und schaltete einen Gang herunter.

»Die Bibliothek?«

»Hey, keine schlechte Idee, zwischen den Magazinregalen.«

Sie stellte die Warnblinkanlage an und hielt in zweiter Reihe, er sprang aus dem Wagen und nahm für den Rest des Heimwegs die U-Bahn.

Am nächsten Tag gab er im *Herald*, im *Scotsman*, im *Times Literary Supplement* und im *Scots Magazine* die gleiche Kleinanzeige auf.

*Doctor Murray Watson vom Fachbereich für Englische Literatur an der University of Glasgow sucht Personen, die den Dichter Archie Lunan gekannt haben.*

Bis zu jener Nachricht auf der Mailbox war das Ergebnis gleich null gewesen. Er drückte auf *Rückruf* und lauschte dem Klingeln am anderen Ende der Leitung. Er zählte bis zwanzig, unterbrach die Verbindung und wählte noch einmal. Das Klingeln hatte seinen eigenen Klang, seinen eigenen Rhythmus, so regelmäßig wie ein schlagendes Herz. Er legte auf.

Er dachte wieder an die Heimfahrt, an Rachel neben ihm auf dem Fahrersitz, an ihre die Gänge herunterschaltende Hand auf dem Weg hinunter in die Stadt. In letzter Zeit erinnerte er sich manchmal an ihre gemeinsamen Momente. Als beobachte er sie von außen, wie ein Mann, der sich einen Film anschaut, oder ein Mann, der auf einem dunklen Parkplatz hinter dem Steuer eines Wagens sitzt.

# II

Murray war sich nicht sicher, was mit Witwen in den ersten drei Jahren nach dem Tod ihres Mannes geschah. Aber wenn er sich überhaupt ein Bild von Audrey Garrett gemacht hatte, dann das von einer stoischen und untergewichtigen Person, einer Dame, die verbraucht, wenn nicht gar zerstört war.

Die Frau, die ihm die Haustür öffnete und dann in der Tür ihrer Mietwohnung im dritten Stock stand, war wohlgenährt, hatte blasse, leicht gerötete Haut und rotblonde Haare, die fest zu einem dicken Pferdeschwanz zusammengebunden waren. Die schwarze Jogginghose, das weiße Adidas-Top und die nüchterne Vitalität, die sie ausstrahlte, erinnerten ihn an die Mitglieder des *Officer Training Corps*, die er manchmal beim Beladen der Uni-Kleinbusse sah. Dann lächelte sie, und der Eindruck verflüchtigte sich.

Er gab ihr an der Tür die Hand. Sie fühlte sich warm an. Murray bemerkte den Geruch nach frischem Schweiß, sie musste gerade vom Training gekommen sein. Er hatte ihr Blumen mitgebracht, einen kleinen Strauß gelber Rosen, wobei er bewusst alles Knallige oder Düstere vermieden hatte. Nervös wie ein tapsiger Verehrer hielt er ihr den Strauß hin.

»Danke, das wäre nicht nötig gewesen.« Sie milderte die Worte mit einem Lächeln ab. »Es ist mir eine Freude, Alans Arbeit jemandem zu zeigen, der vielleicht etwas Nützliches damit anfangen kann.« Als Audrey den Blumenstrauß an ihre Nase hob, um pflichtgemäß vom Duft der mit Zellophan umwickelten Blüten zu kosten, sah Murray, dass er vergessen hatte, das Preisschild von der Tankstelle abzureißen. »Kommen Sie rein.« Sie führte ihn in einen rechteckigen Flur, der ein einziges Chaos aus offenen Pappkartons, Tüten und Fahrrädern war.

Er hatte sie für eine Engländerin gehalten, aus London vielleicht. Aber jetzt bemerkte er einen Zungenschlag, der auf ein Land auf der anderen Seite der Weltkugel hindeutete: Australien, Neuseeland? Er wusste es nicht.

»Entschuldigen Sie das Durcheinander. Wie Sie sehen, sind wir gerade erst eingezogen. Normalerweise ist unser Haushalt natürlich tipptopp.«

Sie drehte sich um, um sich zu vergewissern, dass er den Witz verstanden hatte. Murray schaute ihr schuldbewusst in die Augen und fragte sich, ob sie gemerkt hatte, dass er instinktiv auf die Rundung ihres Hinterns geschaut hatte. Er wandte den Blick ab, der auf ein anderes Augenpaar traf, das ihn durch eine offene Tür im Flur anschaute. Es gehörte zu einem kleinen Jungen mit ernsthaftem Gesicht und wuscheligem, dunklem Haarschopf. Murray konnte sein Alter nur schwer schätzen: Älter als fünf, aber jünger als zehn, nahm er an.

»Hallo, ich bin Murray.«

Der Gesichtsausdruck des Jungen blieb ernst. Schweigend zog er die Tür zu.

»Sie müssen Lewis entschuldigen. Fremden gegenüber ist er immer schüchtern. Meine Schwägerin kommt gleich vorbei und holt ihn zum Schwimmen ab.« Audrey Garrett schaute auf ihre Uhr. »Sie müsste eigentlich schon da sein, aber wie Sie sehen, bei uns geht nichts pünktlich – wie immer. Ich wollte eigentlich schon geduscht und umgezogen sein.«

»Ich bin Ihnen dankbar, dass Sie sich überhaupt die Zeit nehmen.«

Murray wandte den Kopf um, schaute zum Zimmer des Jungen und sah Lewis Garrett wieder durch den Türspalt spähen. Er fragte sich, ob er den Onkel spielen und ihm ein Pfund zustecken sollte. Der Junge sah, dass Murray ihn sah, und diesmal knallte er die Tür zu.

»Lewis, das ist nicht sehr höflich«, sagte Audrey, beließ es aber dabei. Sie führte Murray in ein Wohnzimmer mit einem großen Panoramafenster. Überall stapelten sich Kartons, es sah aus wie das geheime Warenlager eines Hehlers.

»Hier herrscht das reine Chaos.« Sie ließ sich auf das einzige Möbelstück in dem Raum fallen: Eine große rechtwinklige Couch, bei der Murray an Flughäfen und lange Verspätungen denken musste. »Lewis war drei, als sein Vater gestorben ist. Leider fürchtet er sich ein bisschen vor Männern. Gleichzeitig findet er sie natürlich total faszinierend. Im Moment ist er ganz hingerissen von Mr Sidique, der auf dem Gang gegenüber wohnt. Ich glaube, sein Bart macht den Großteil der Faszination aus, erinnert ihn offenbar an den Weihnachtsmann. Wenn Lisa nicht bald auftaucht, fasst er sich vielleicht ein Herz und kommt rüber, um Sie ein bisschen auszufragen.«

Murray hockte sich ins hinterste Eck des Sofas und rieb sich das Kinn.

»Kein Bart.«

»Tja, da haben Sie möglicherweise etwas schlechtere Karten.«

Er lächelte. Er wusste nicht recht, ob er sich nun erleichtert oder enttäuscht geben sollte. Stattdessen sagte er: »Lewis wie RLS?«

»Nein, die Schreibweise ist anders. Den Namen für ein Kind auszusuchen ist eine unerwartete Heimsuchung. Alan und ich hatten eine ewig lange Liste. Am Ende haben wir uns für einen entschieden, den wir für originell hielten, nur um einen Monat später festzustellen, dass er ganz oben auf der Liste der beliebtesten Jungennamen in Schottland steht.« Sie lachte. »Was soll's, er passt zu ihm.«

Murray musste an die Namenssammlung denken, die er unter

Archies Habseligkeiten gefunden hatte, und fragte sich, ob sie der Liste ähnelte, die Audrey Garrett und ihr Mann aufgestellt hatten. Er dachte darüber nach, sie Audrey zu zeigen, aber sie wechselte das Thema. »Ich setze uns gleich einen Kessel Tee auf. Ich bin total fertig. Normalerweise arbeite ich, während Lewis in der Schule ist, aber heute Nachmittag habe ich blaugemacht und bin laufen gegangen, bevor ich ihn abgeholt habe. Fürchte, ich hab's übertrieben.«

Sie streckte ein Bein aus. Ihre Füße waren nackt, die Fußsohlen schmutzig, als wäre sie barfuß durch die Stadt gesprintet.

Murray fand ihre Freundlichkeit entwaffnend. Er fragte sich, ob das typisch für sie war oder ob ihr Geplauder eine Verzögerungstaktik darstellte, ein Mittel, um sich davor zu drücken, mit einem Fremden über die Arbeit ihres Mannes zu sprechen.

Er beugte sich vor.

»Es ist nicht nötig, dass Sie extra wegen mir Tee machen. Sie haben genug zu tun mit ihrem Jungen und dem allem hier.«

Er machte eine unbestimmte Handbewegung zu den Kartons hin.

Audrey Garrett lächelte. »Sie fragen sich, ›wann hält die ihren Mund, damit wir endlich mal zum Thema kommen können‹.«

»Nein, überhaupt nicht.«

»Schätze, ich sollte Ihnen das gleich sagen. Er war in Lismore und stellte Nachforschungen über Archie Lunan an, als er starb.«

Eine Sekunde lang wusste Murray nicht, wen sie meinte: Archie oder ihren Mann. Dann wurde es ihm klar, und er sagte: »Das tut mir leid.«

Sie zuckte mit den Achseln, womit sie gleichzeitig sein Beileid zur Kenntnis nahm und dessen Sinnlosigkeit bekundete.

»Ich dachte, ich sage es Ihnen gleich, dann verstehen Sie besser, wenn ich ein bisschen … nun ja …« Sie lächelte. »Selbst nach so langer Zeit bin ich mir nicht immer sicher, wie ich reagiere, wenn ich darüber rede.«

»Verstehe.« Er schaute zu den wie eine Abwehrmauer aufgestapelten Pappkartons und suchte nach einer passenden Antwort. »Vielleicht möchten Sie, dass noch jemand anderes bei dem Gespräch dabei ist. Ihre Schwägerin vielleicht?«

»Lisa?« Audrey Garrett lachte. »Sie ist schlimmer als ich. Nein, ist schon gut so.« Es klingelte an der Tür, und sie stand auf. »Wenn man vom Teufel spricht. Entschuldigen Sie mich eine Sekunde.«

Er hörte das fröhliche Plaudern von Frauen, Gelächter, die aufgeregte, hohe Stimme eines Kindes. Dann fiel die Vordertür ins Schloss, und es war still. Er stellte sich vor, wie sie barfuß im plötzlich ruhigen Flur stand und ihre Kräfte sammelte. Man spürte eine Atmosphäre zerbrechlicher Tapferkeit in der neuen Wohnung. Murray drückte die Hände aneinander und steckte sie zwischen seine Knie. Irgendwann würde sein eigenes Leben kippen und die Abwesenden würden ihm wichtiger als die Lebenden sein.

»Frieden, himmlischer Frieden.« Audrey ließ sich wieder auf das Sofa fallen, das unter ihrem Gewicht ein wenig zur Seite rutschte. »Lisa nimmt ihn einmal die Woche über Nacht, damit ich auch mal zur Ruhe komme.«

Er breitete die Arme aus und lehnte sich zurück.

»Ich störe Ihren freien Abend.«

»Ach was. Aber Sie haben recht, wir sollten jetzt zur Sache kommen.« Sie setzte sich auf, schaute ihm ins Gesicht und strich sich eine verirrte Haarsträhne aus den Augen. »Das meiste von Alans Fachliteratur habe ich der Bibliothek seines Instituts vermacht. Und einige seiner Kollegen waren nach dem Unfall so freundlich, nach einer Anstandspause die Sachen in seinem Büro für mich zusammenzupacken.« Sie lächelte ironisch. »Wie Sie wissen, ist Raum in der Uni kostbar. Das meiste von dem, was die eingepackt haben, ist noch in den Kartons. Ich habe beim Umzug alles mitgenommen. Von mir aus können Sie sich da gerne durchwühlen …«

Sie zögerte, und er sagte: »Aber?«

»War allerdings nicht zu vermeiden, dass ich inzwischen andere Sachen schon weggeworfen habe. Es ist wichtig, dass es weitergeht. Ich will nichts verdrängen, nur …« Sie suchte nach einem anderen Wort, fand aber keins und sagte lächelnd: »Na ja, es muss eben weitergehen.«

»Natürlich.« Er fragte sich, welche Erkenntnisse über Archies Leben in der Wertstofftonne gelandet waren. »Soweit ich weiß, war Dr. Garrett Sozialwissenschaftler.«

»Alan hatte einen Doppelabschluss in Psychologie und Soziologie. Bei seiner Arbeit spielte beides eine Rolle.«

»Und bei seinen letzten Nachforschungen ging es um Künstler, die jung gestorben sind, richtig?«

»Eigentlich war es etwas spezifischer. Alan interessierte sich für Künstler, die Selbstmord begangen hatten.«

In der Art, wie sie das sagte, lag etwas Verschämtes. Murray wollte ihr sagen, dass sie sich nichts denken solle. Er habe schon Forschungsentwürfe gelesen, die waren so schräg, dass sie als Bewerbungsschreiben für die Gummi- oder Gefängniszelle durchgegangen wären. Aber er nickte nur und sagte: »Und er glaubte, dass Archie zu dieser Kategorie gehörte?«

»Muss er wohl. Über diesen Aspekt seiner Arbeit haben wir nicht oft gesprochen. Mir war das zu morbid.«

»Das kann ich gut nachempfinden, aber wenn man Nachforschungen anstellt, kommt es vor, dass …« Er machte eine Pause, suchte nach der richtigen Erklärung. »Die Dinge verlieren ihre Fähigkeit, einen aufzuwühlen. Man ist so fasziniert von den Einzelheiten, dass das Thema selbst abstrakt wird.«

»Vielleicht ist das genau das, was mich beunruhigt hat: die Desensibilisierung.«

Sie wackelte mit ihrem Fuß und schaute ihre Zehen an, als sähe sie diese gerade zum ersten Mal. »Es ist traurig, dass etwas, das ihm so wichtig war, fast zu einem Tabu zwischen uns geworden war. Das ist eine von den Sachen, die ich bereue. Wenn ich vielleicht Archie Lunans Tod und all den Todesfällen, die er untersucht hat, mehr Aufmerksamkeit geschenkt hätte, dann hätte ich Alans Tod vielleicht besser verstanden.«

Murray spürte die Last der leeren Wohnung und wünschte, der Junge wäre noch da. Er rollte den Stift, den er aus der Tasche gezogen hatte, zwischen seinen Handflächen hin und her. Als sie stumm blieb, fragte er: »Was meinen Sie damit?«

Es war, als hätten die Worte nur darauf gewartet, aus ihr herauszusprudeln.

»Wenn ein nüchterner Mann, der fasziniert ist vom Phänomen Selbstmord, mit seinem Wagen, dessen Bremsen perfekt funktionieren, gegen einen Baum rast, dann stellt man sich unweigerlich die Frage, ob das Absicht war.« Sie schaute auf. »Ich habe mit seinem Arzt gesprochen und habe seine Sachen, alle seine persönlichen Dinge durchsucht. Aber Alan hatte keine verborgene Geschichte einer Depression, keinen Geheimvorrat an Glückspillen, die er plötzlich nicht mehr eingenommen hat. Das Ergebnis der gerichtlichen Untersuchung lautete: Tod durch Unfall. Eine höfliche Umschreibung dafür, dass sein eigener Leichtsinn schuld war. Vielleicht war er müde, vielleicht hat er versucht, alles in viel zu kurzer Zeit zu erledigen, damit er so schnell wie möglich zu uns nach Hause fahren konnte – es sei denn, das stimmt alles nicht.« Audrey stand auf. »Entschuldigen Sie, genau das hatte ich vermeiden wollen.« Sie war extrem angespannt. »Ich habe alle seine Kartons zusammengestellt und mit einem X gekennzeichnet. Ich weiß nicht, ob Sie viel finden werden. Ich weiß auch nicht, wie lange er sich schon mit Ihrem gemeinsamen Freund beschäftigt hat. Aber ich weiß sicher, dass er ein paar der diesbezüglichen Notizen mitgenommen hatte. Wahrscheinlich waren sie bei dem Unfall im Wagen. Ich habe sie nicht zurückbekommen.«

Sie verstummte. Blut und zersplittertes Glas lagen in ihrem Schweigen.

Murray stellte sich die Unfallszene vor: Der tote Fahrer vornübergebeugt auf dem Lenkrad, die pausenlos heulende Hupe, die wertvollen Blätter durch ein zersplittertes Fenster flatternd, hinaus auf die Felder, hinunter bis zum Ozean, wo Archie ertrunken war.

»Den Computer habe ich einer Hilfsaktion für Malawi geschenkt. Schätze, ich hätte ihn behalten sollen, aber Sie wissen ja, wie das ist.«

»Ja«, sagte Murray, obwohl er sich nicht sicher war, ob er es wirklich wusste.

»Der war sowieso im Eimer, uraltes Ding. Die Malawier sind wahrscheinlich erschrocken, als sie die Kiste bekommen haben. Schätze, der hängt jetzt an einer Solaranlage, und die Leute da unten surfen damit durch die Pornoseiten wie der Rest der Welt auch.« Sie zupfte am Saum ihres Tops, zog den Stoff glatt, der aber gleich wieder Falten warf. »Bin ich jetzt eine Rassistin? War jedenfalls nicht so gemeint.«

»Nein, natürlich nicht. Sollte wohl bloß heißen, dass wir unseren Müll nicht bei der Caritas abladen sollten.« Er merkte, was er gesagt hatte, und wurde rot. »Damit wollte ich nicht sagen …«

Aber Audrey lachte nur, und die Spannung lockerte sich etwas.

»Ich weiß.« Sie lächelte immer noch. »Ich lass Sie jetzt mit dem Zeug allein. Ich habe selbst noch genug zu tun. Rufen Sie, wenn Sie fertig sind.«

* * *

Es waren sechs Kartons, weniger als er erwartet hatte. Es war immer weniger, als er erwartete. Aber als Murray anfing, den Inhalt durchzusehen, stellte er fest, dass es sich nicht um Unterrichtsnotizen oder aufgeschobenen Verwaltungskram, um verworfene Forschungsvorhaben oder halbfertige Vorlesungen handelte. Alles drehte sich um die Selbstmordstudien des Doktors. Der Gedanke, dass sich Audrey Garrett trotz des Jungen, ihrer Arbeit und einer Wohnung voller unausgepackter Umzugskisten die Zeit genommen hatte, die richtigen Kartons auszusortieren, rührte ihn. Aber vielleicht hatte sie das ja auch nur getan, damit er schneller wieder verschwand.

Sie hatte die Tür zum Wohnzimmer angelehnt gelassen. Murray konnte von irgendwo jenseits des Flurs hören, wie eine Dusche aufgedreht wurde. Er stand auf und schloss die Tür, um das ungebetene Bild zu verscheuchen, auf dem er dampfbeschlagene Badezimmerspiegel und die nackt unter die Dusche steigende Audrey sah.

Er zog seine Jacke aus und legte sie auf die Couch, kniete sich dann auf die nackten Fußbodendielen und öffnete den ersten Karton. Der oberste Ordner enthielt statistische Tabellen, die ihm nichts sagten. Er legte ihn zur Seite, zog einen Packen vom *Bulletin of Suicidology* heraus und blätterte durch ein paar Nummern. Sie waren so wie andere Fachmagazine oder Hobbyzeitschriften, die ihm bis jetzt untergekommen waren: Von keinerlei Interesse für jemanden außerhalb der Zielgruppe, aber Manna für die Eingeweihten. Die Unzahl an Anzeigen für Bücher, Seminare und Konferenzen legte nahe, dass es sich um eine Boomindustrie handelte. Wie hatte man sich eine Konferenz zum Thema *Suizid* vorzustellen? Wie eine wilde Party, mit lautem Gelächter an der Bar, russischem Roulette in den Fluren und jeden Morgen beim Frühstück einem weniger?

Er konnte Audreys Empfindlichkeit verstehen. Aber wenn Archie sich selbst um die Ecke gebracht hatte, dann könnte es ganz sinnvoll sein, sich etwas Wissen zum Thema *Suizidtheorien* anzueignen. *Um die Ecke gebracht.* Das war zu flapsig. Er konnte sich nicht erinnern, diese Wendung jemals gebraucht zu haben. Vielleicht zeigte die Nüchternheit der vor ihm liegenden Zeitschriften schon Wirkung, wie bei einem Trauernden, der auf einer Beerdigung plötzlich einen Kicheranfall bekommt.

Murray zog ein paar lose Blätter aus dem Karton und begann

sie durchzusehen, wobei er sorgfältig darauf achtete, die Reihenfolge nicht durcheinanderzubringen. Eine ausgedruckte Liste von irgendeiner Website fesselte seine Aufmerksamkeit.

*Zog sich seinen besten Anzug an und erschoss sich.*
*Drehte nach den schlechten Besprechungen ihrer letzten Ausstellung den Gashahn auf.*
*Brachte sich in Bagdad mit einer Überdosis Schlaftabletten um.*
*Stürzte sich in ein Zeremonienschwert, lebte noch vierundzwanzig Stunden.*
*Beging in einem psychotischen Anfall Selbstmord, tötete zuvor seine Familie.*
*Sprang in Rom aus einem Fenster.*
*Brachte sich mit einer Überdosis Barbiturate um. Machte, solange sie noch bei Bewusstsein war, Notizen darüber, wie es sich anfühlte.*
*Jagte sich eine Kugel in die Brust und schnitt sich danach die Pulsadern auf.*
*Erhängte sich am Türrahmen des Schlafzimmers seines Vaters.*

Die knappen Einzelheiten schienen beliebig zu sein: Methode, Ort, Grund. Konnte es jemals einen guten Grund geben? Er stellte sich Archies Eintrag vor.

*Segelte als schlechter Segler auf einem schlecht ausgestatteten Boot in das Auge eines Sturms.*

Extremer Schmerz wäre ein vertretbares Motiv. Aber das, vermutete er, würde man eher mit Euthanasie verbinden, nicht mit Suizid. Bei dem Gedanken hielt er kurz inne und starrte ins Nichts. Schmerz, von dem du weißt, dass er nur schlimmer werden kann. Das wäre ein triftiger Grund.

Im Raum wurde es dunkler, draußen zeigten sich rosa Streifen am Himmel. Tagsüber hatte es immer wieder geregnet. Aber der Abend, der Übergang in die Nacht, war herrlich, Ruhe nach dem Sturm. Murray stand auf und schaltete das Licht an, aber der

Raum blieb dunkel. Die Fassung für die Glühbirne war leer, im ganzen Raum gab es keine Lampe.

»Scheiße.«

Er zog den Karton zum Fenster und setzte seine Arbeit im uringelben Schein der Straßenlaterne fort.

Alan Garrett war ein Biograf des Todes gewesen. Jeder Schritt der Lebenden, denen er nachforschte, führte zu deren letzten Augenblicken: Der gespannten Pistole, dem geknüpften Seil, den bereitgelegten Pillen, der wartenden Klippe. Genau das war Biografie, das Papierfaksimile eines Lebens, das dem Tod entgegenrast. Murrays Buch konnte nur in Lismore enden, unter den Wellen der eiskalten Gewässer, die Archie die Atemluft aus den Lungen gepresst hatten.

Hatte er schon mal daran gedacht, dass Archie seinen Tod mit Absicht herbeigeführt haben könnte? Garretts Hypothese überraschte ihn nicht. Aber Murray hatte sie vorher nie so unverblümt in Betracht gezogen. Für das Buch, nahm er an, wäre das nur gut. Elend und Selbstmord waren dramatischer als Zügellosigkeit und Dummheit. Vielleicht konnte Murrays Arbeit als eine von nur wenigen wissenschaftlichen Arbeiten in den kulturellen Mainstream eingehen. Kurz sah er sich schon in *Newsnight Review,* wie er seine Methodik erläuterte: Er sah aus wie ein Arsch, war so beeindruckt von sich, dass er keinen Ton herausbrachte, und versuchte, nicht dauernd auf Kirsty Warks freizügiges Dekolleté zu starren.

Konnte Archie sicher sein, dass das Boot sinken würde? Wie hoch die Wahrscheinlichkeit auch immer war, bei starkem Sturm, seiner Unerfahrenheit auf See und seiner spärlichen Segelkunst, die Möglichkeit, dass er davonkommen und das Boot in ruhige Gewässer hätte steuern können, hatte es sicher gegeben. Sich seinem Schicksal zu überlassen, konnte man das Selbstmord nennen? Murray war sich nicht sicher. Aber es musste eine herrliche Freiheit darin liegen, es einfach geschehen zu lassen.

Murray schaute hinunter auf die Straße und fragte sich, wer

ihn vermissen würde, wenn er seinen gebildeten Schädel auf dem Gehweg zerschmettern würde. Auf Rachel hätte die Nachricht wahrscheinlich die Wirkung eines Aphrodisiakums. Rab Purvis würde ein Besäufnis organisieren, und Jacks Trauer würde zweifellos gemildert durch die Aussicht auf eine neue Ausstellung: *Der Selbstmord meines einzigen Bruders – Film, Fotografien und Multimedia.*

Er wurde rührselig. Vielleicht lag das an dem unerbittlichen Aufmarsch junger Selbstmordopfer, vielleicht aber auch daran, dass er jetzt schon bei Karton drei angelangt und Archie immer noch mit keinem Wort erwähnt worden war. Möglicherweise, dachte er, sind alle Notizen über Archie Lunan mit Garretts Tod verloren gegangen.

Archie mochte ihm noch ausweichen, aber er bekam doch allmählich ein Gespür für Garrett. Er war ein disziplinierter Wissenschaftler gewesen, gründlich, und er hatte sich nicht gescheut, die für die Primärforschung erforderliche Kleinarbeit zu erledigen. Murray sicherte die Ergebnisse seiner eigenen Nachforschungen auf einem Memorystick, den er so hütete wie seine Brieftasche. Vielleicht sollte er Audrey fragen, ob sie etwas Ähnliches in den Sachen ihres Mannes gefunden hatte. Er könnte seine eigenen Erfahrungen bei der Durchsicht von Archies hinterlassenem Krimskrams erwähnen und so das Gespräch in diese Richtung lenken.

Nein, das wäre grob und unsensibel. Er verwarf den Gedanken genau in dem Augenblick, als es klopfte und Audrey den Kopf zur Wohnzimmertür hereinsteckte. Ihr Haar war feucht, und sie roch nach etwas Würzigem. Sie trug jetzt einen ausgeleierten Pullover mit V-Ausschnitt und eine weite Baumwollhose. Er konnte sich nicht vorstellen, dass Rachel jemals so etwas anzog, aber vielleicht tat sie es in der Privatsphäre ihres Hauses manchmal doch. Sie und Fergus vor dem Fernseher, eine Flasche Wein, eine DVD, ihre nackten Füße, die sich gelegentlich berührten, Augen, in denen die Vorfreude auf das Bett schimmerte.

Audrey lächelte.

»Wie wär's jetzt mit einer Tasse Tee?«

»Für mich nicht, danke.«

»Ein Schluck Wein?«

Auch darauf hatte er keine Lust, aber er lächelte und sagte ja. Er wollte nicht, dass sie allein trank und sich dabei einsam fühlte. Audrey verschwand in die Dunkelheit der Wohnung und kam mit einem großen Glas Rotwein zurück.

»Haben Sie genügend Licht da drüben?«

»Ja«, log er. »Kein Problem.«

»Die Leute, die uns die Wohnung verkauft haben, haben sämtliche Glühbirnen mitgenommen. Bei dem Preis, den ich denen bezahlt habe, müssen die sich wälzen in der Kohle. Wie kann man sich überhaupt die Mühe machen, so fies zu sein?«

»Die Reichen sind anders als wir.«

»Arschlöcher sind das.« Sie gab ihm das Glas. »Ich werde Sie jetzt nicht mehr stören.«

»Ich vertreibe Sie aus Ihrem eigenen Zuhause.«

»Noch ist es kein Zuhause.« Audrey grinste. »Aber bald.«

Sie schloss vorsichtig die Tür. Murray wandte sich wieder den Unterlagen ihres Mannes zu und nahm sich ein paar Zeitungsausschnitte vor.

Ein vielversprechender Künstler verlässt am Vorabend seiner Ausstellungseröffnung sein Studio und wird zwei Wochen später aufgefunden, erhängt an einem Baum auf einem nahe gelegenen Landgut. Ein Dichter bringt seine Angelegenheiten in Ordnung und reist nach London, wo er sich ein Hotelzimmer nimmt, das *Bitte-nicht-stören*-Schild vor die Tür hängt und sich durch das geschlossene Fenster aus dem zwölften Stock auf die Straße stürzt. Mann und Frau, beide Performance-Künstler, begehen binnen einer Woche Selbstmord. Sie als Erste, mit Netz und doppeltem Boden: Tabletten, Alkohol, ein warmes Bad, aufgeschlitzte Pulsadern. Er springt von der Humber Bridge, wobei er sich auch nicht von einem Passanten beirren lässt, der ihm die Tat ausreden will. Wenn das keine Performance war.

Er wünschte, Garrett hätte etwas dazu geschrieben, was die Künstler zu ihren Lebzeiten produziert hatten. Die Zeitungsausschnitte schienen jeden von ihnen über ihren Selbstmord zu definieren. Als wäre das Einzige, was sie jemals erschaffen hätten, ihr eigener Tod gewesen, mit einem unglückseligen Zimmermädchen oder einem schockierten Mann, der gerade mit seinem Hund Gassi ging, als letztem Publikum.

Er las die Abschrift eines Interviews, das Garrett mit einem Bekannten von einem der Suizidopfer geführt hatte.

*Er war immer fröhlich, auf eine irgendwie depressive Art, wenn Sie wissen, was ich meine. Zynisch, immer Vollgas gegen alles, aber auf die komische Tour. Ich hätte nie behauptet, dass er depressiver ist als irgendwer sonst. Jeder ist doch depressiv, oder? Ich bin's jedenfalls, das weiß ich. Vor allem, seit ich ihn kannte. Ich krieg das einfach nicht aus meinem Kopf raus, den Geruch, meine ich. Ich kann mich nicht erinnern, dass er irgendwann mal über Selbstmord geredet hätte. Ich wünschte, er hätte. Heißt ja immer, die, die drüber reden, die tun's nie, stimmt doch, oder?*

Murray würde drauf wetten, dass das nicht stimmte.

Er nahm sein Glas und trank einen Schluck. Das führte zu nichts. Er stapelte die Papiere wieder zurück in den leeren Karton und öffnete den nächsten. Wieder Zahlen und Tabellen, Todesstatistiken und Selbstmordtagebücher. Er hatte vergessen, wie wissenschaftlich Sozialwissenschaftler waren. Es gab natürlich Dinge, die man nicht vermessen konnte. Eins davon war vielleicht das, was Garrett dazu getrieben hatte, gegen einen Baum zu rasen.

Murray hatte den halben Karton durchgeschaut, als er auf einen Stoß Schnellhefter aus Pappe stieß, von denen jeder einen

Namen trug. Er blätterte sie durch: Ein unbekannter Name nach dem anderen, bis …

»Bingo.«

Er zog den mit A. LUNAN beschrifteten, graublauen Hefter aus dem Stapel. Murray kippte noch einen Schluck Wein hinunter, dann klappte er den Deckel auf und zog ein paar DIN-A4-Blätter heraus.

Eine Fotokopie des Umschlags von *Moontide*, eine Fotokopie des Murray schon bekannten Zeitungsausschnitts mit dem kleinen Bericht über Archies Verschwinden, ein knapper Nachruf aus einem Poesie-Magazin und eine kurze handgeschriebene Liste:

*Vater abwesend*
*Mutter möglicherweise agoraphobisch*
*Universitätsstudium abgebrochen*
*Anfällig für Stimmungsschwankungen*
*Äußerst kreativ*
*Intensive Beziehung zu Freundin?*
*Entwurzelung als Erwachsener, die Entwurzelung als Kind spiegelt – Katalysator?*
*Interessiert am Jenseits*

Er fragte sich, wie viel Garrett über Archies Kindheit und Jugend gewusst hatte? Er hätte gewettet, dass die Liste eine Zusammenfassung stundenlanger Interviews war, die er mit Menschen geführt hatte, die Murray erst noch treffen musste – deren Existenz er erst einmal in Erfahrung bringen musste. Vielleicht hätte er sich darüber freuen sollen, dass er einen Toten nicht als Ko-Autor nennen musste. Aber der Verlust der Rechercheergebnisse des Soziologen machte ihm doch schwer zu schaffen.

*Interessiert am Jenseits.*

Archies Poesie pendelte zwischen der anarchischen Freude an Sex, schweren Gelagen und einer pantheistischen Verzückung.

Murray fragte sich, ob Alan Garrett damit auf den Wunsch des Dichters angespielt hatte, die Grenzen des Bewusstseins zu erweitern, oder ob es da noch etwas anderes gab, eine religiöse Wendung im Leben des Dichters, von der er nichts wusste. Vielleicht hatte er dabei an Archies Beschäftigung mit Science-Fiction gedacht. Wurde das Weltall nicht manchmal als das Jenseits bezeichnet?

Es war nach neun, als Murray alle Kartons durchgesehen hatte. Seine Beine waren steif, als er sich aufrichtete. Er verschloss die Kartons und schob sie genauso wieder zusammen, wie er sie vorgefunden hatte. Im Flur war es dunkel, bis auf einen Lichtstreifen an der Unterkante einer geschlossenen Tür am Ende des Flurs. Murray klopfte leise.

»Herein.«

Der Raum sah schon eingerichteter aus als der, aus dem er gerade kam. Ein Teppich in warmen Farben lag auf den glänzenden Bodendielen, und an der gegenüberliegenden Wand standen Bücherregale, die schon voller Bücher waren. Eine Leselampe warf einen einzelnen hellen Lichtkegel auf Audrey, die in der Mitte des ansonsten dunklen Zimmers auf dem Boden saß und sich mit dem Rücken an eine elegante, moderne Chaiselongue aus Chrom und schwarzem Leder lehnte. Neben ihr auf dem Boden standen ein Karton voller Papiere, ein voller Müllsack und ein halbvolles Glas Wein.

»Wäre schlauer gewesen, wenn ich das schon vor dem Umzug aussortiert hätte. Aber da ist mir einfach alles über den Kopf gewachsen.« Sie lachte. »Schon ein bisschen ärgerlich, wenn ich bedenke, dass ich der Umzugsfirma ein Vermögen dafür bezahlt habe, einen Haufen Müll durch die Gegend zu kutschieren.«

»Ich bin sicher, dass Sie da nicht die Erste waren«, sagte Murray, und weil er nicht wusste, was er noch sagen sollte, setzte er hinzu: »Schönes Zimmer.«

»Das größte in der Wohnung und ganz allein für mich.« Sie stand auf und setzte sich auf die Couch. »Hört sich eigennützig an, ist es aber nicht. Das wird mein Sprechzimmer.« Er muss verwirrt ausgesehen haben, weil sie hinzufügte: »Ich bin Psychologin. Das ist der eigentliche Grund für den Umzug. Ich habe einen Raum, wo ich mich um meine Patienten kümmern kann, und ich bin da, wenn Lewis von der Schule nach Hause kommt.« Sie nippte an ihrem Wein. »Wie ist es gelaufen? Haben Sie was Brauchbares gefunden?«

»Möglicherweise, ja.«

Er gab ihr das einzelne Blatt Papier.

Audrey trank ihr Glas aus.

»Typisch Alan, Listen über Listen. Irgendwas, das Sie vorher noch nicht wussten?«

»Ich weiß eigentlich gar nichts über Archies Kindheit, außer dass er ein paarmal umgezogen ist. Faszinierend finde ich den letzten Punkt. Archie hat an einem Science-Fiction-Roman gearbeitet. Ich frage mich, ob das damit zu tun hat.«

Audrey schaute wieder auf das Blatt. Zwischen ihren Augenbrauen erschien eine schmale Falte.

»Sie meinen nach dem Motto ›irgendwohin vorstoßen, wo noch nie jemand gewesen ist‹?«

»In der Art, ja.«

»Könnte sein. Aber ich muss bei ›Jenseits‹ an etwas anderes denken.«

»Woran?«

»Das Leben nach dem Tod.« Sie verzog angewidert den Mund und gab Murray das Blatt zurück. »Das können Sie behalten.«

In der Küche kam wieder das Umzugschaos zum Vorschein. Der Kieferntisch war an die Wand geschoben. Darauf stapelten sich randvolle Kartons, und darauf lagen vier Stühle, bedenklich instabil, mit den geflochtenen Sitzflächen schräg nach unten und den Beinen hoch zur Decke. Das Gebilde sah aus wie eine baufällige Festung kurz vor dem endgültigen Zerfall. Für Beleuchtung sorgten kleine Lampen, die besser auf Nachttische gepasst hätten. Die aufeinandergestapelten Möbelstücke warfen verrückte Schatten gegen das dämmerige Licht.

Audrey nahm eine einzelne Riemchensandale von einem der Kartons.

»Seit Alan gestorben ist, habe ich die sicher nicht mehr getragen. Weiß Gott, wo die zweite ist.« Sie ließ sie auf den Boden fallen. »Als ich vorhin sagte, ich setze uns eine Kanne Tee auf, meinte ich, ich koche uns einen Topf Wasser. Der Kessel ist bis jetzt noch nicht aufgetaucht.«

Murray lachte.

»Wegen mir brauchen Sie sich keine Mühe machen, ich hatte meine Tagesration Tee schon.«

»Wenn das so ist, dann machen wir eben noch eine Flasche Wein auf.« Audrey nahm eine neue Flasche Rotwein aus dem Küchenschrank. »Schraubverschluss, Gott sei Dank! Der Korkenzieher ist nämlich auch noch verschollen.« Sie schraubte den Verschluss ab und feuerte ihn in eine Ecke. »Schätze, ich hätte ein Auge auf die Umzugsleute haben sollen. Alles liegt überall.«

»Danke.« Murray hob sein Glas an die Lippen und fragte sich, wie viel sie schon intus hatte. »Kann ich Ihnen mit irgendwas helfen?«

Sie schaute ihm direkt ins Gesicht, als versuchte sie abzuschätzen, ob das Angebot ernst gemeint oder nur der Höflichkeit geschuldet war, und so fügte er hinzu: »Mit den Kartons bin ich fertig, aber ich hätte da noch ein paar Fragen zu den Nachforschungen Ihres Mannes. Wenn Sie nichts dagegen haben.«

»Okay.« In ihrem Lächeln lag plötzlich Argwohn. »Aber ich bin mir nicht sicher, ob ich Ihnen noch viel erzählen kann.«

Murray stellte die Stühle auf den Boden und baute die Kartons feinsäuberlich nebeneinander an der gegenüberliegenden Wand auf, wo Audrey anfing sie auszupacken. Zusammen schoben sie den Tisch in die Mitte der Küche und platzierten die Stühle drum herum. Als Murray den letzten gerade gerückt hatte, fragte er: »Und was jetzt?«

Sie wühlte in einem Plastikwäschesack herum und fragte, ohne dass sie den Blick hob: »Wollten Sie mir nicht noch ein paar Fragen stellen?«

»Okay.« Er lehnte an einem der Küchenmöbel und wartete darauf, was sie zutage fördern würde. »Der Großteil der Nachforschungen, die Ihr Mann angestellt hat, scheint in persönlichen Gesprächen bestanden zu haben. Mit Leuten, die die verstorbenen Künstler gekannt haben.«

»Ja, das war Alans bevorzugte Methode.« Audrey zog eine Bohrmaschine aus dem Sack und kramte dann weiter. »Er hatte einen historischen Teil fertiggestellt, in dem es um Künstler aus der Vergangenheit ging: Leute, deren Zeitgenossen und Ärzte schon lange tot waren, die aber möglicherweise ihre Eindrücke über den Geisteszustand der betreffenden Personen aufgeschrieben haben. Jetzt wandte er sich zeitgenössischen Künstlern zu, einem viel größeren Betätigungsfeld. Sein Ziel war ein Vergleich. Er wollte herausfinden, ob das Bewusstsein der Gesellschaft, insbesondere das der Künstler, sich im Laufe der Zeit verändert hat.« Sie zog eine Papiertüte hervor. »Na also.« Sie kippte einen Satz Bohrspitzen auf den Tisch. »Ich lass' lieber die Finger davon. Sonst zerkratze ich bloß die Oberfläche.« Sie drehte sich um und zog eine große Einkaufstüte hinter der Tür hervor. »Sonst noch Fragen?«

»Wissen Sie, ob er mit Bekannten von Archie Lunan gesprochen hat, bevor er nach Lismore gefahren ist?«

»Nein.« Ihre Stimme klang ungehalten. »Wie gesagt, Genaueres über die Leute, die Alan interviewt hat, wollte ich gar nicht wissen. Ich kann Ihnen einen Überblick über seine Methoden geben. Was darüber hinausgeht, tut mir leid.«

»Okay.« Murray legte eine falsche Aufgekratzheit in seine Stimme. »Dann nehme ich den Überblick.«

Audrey warf ihm einen kurzen Blick zu.

»Die naheliegende Methode ist die, die Forschungsobjekte in Kategorien einzuteilen.«

»Welche Kategorien?«

»Die klassischen, würde ich sagen.« Murray muss sie ziemlich begriffsstutzig angeschaut haben, denn sie fing an zu erklären. »Die soziologische Theorie klassifiziert Suizid in drei Hauptkategorien: altruistisch, egoistisch und anomisch. Die beiden ersten erklären sich praktisch von selbst. Erstens, Selbsttötung für ein übergeordnetes Wohl. Das klassische Beispiel für die westliche Zivilisation ist Captain Oates. ›Ich gehe nur mal kurz raus, kann ein bisschen dauern.‹ Aber auch in Stammesgesellschaften kennt man es, dass alte Menschen sich ausklinken, anstatt dem Rest des Klans auf der Tasche zu liegen. Manchmal denke ich, unsere Rentner könnten was von denen lernen, anstatt bis hundert über die staatliche Krankenversicherung zu jammern und dabei deren Kassen auszuplündern.« Sie sah Murrays Gesichtsausdruck und lachte. »Hallo, das war ein Witz. Haben Sie Höhenangst?«

»Nicht, dass ich wüsste.«

»Gut, ich hab nämlich schreckliche.« Sie zog ein Rollo aus der Tüte. »Wie wär's, wenn Sie mir das jetzt aufhängen?«

Er schaute zum oberen Rand des Fensters hinauf, der sich etwa zwei Meter über ihren Köpfen befand.

»Haben Sie eine Leiter, die hoch genug ist?«

»Aber sicher.« Ihre Augen strahlten vor Freude über diesen kleinen Nervenkitzel. »Ich halt sie sogar fest.«

Die Leiter entpuppte sich als ein bisschen zu kurz für die Aufgabe. Also kletterte Murray bis zur obersten Sprosse, wo er mit seinen

Füßen einen Aufkleber verdeckte, auf dem stand: *Achtung! Nicht auf diese Stufe treten!* Er bohrte die Löcher für die Dübel, dann fragte er: »Und wie definieren sich die anderen Typen?«

»Suizidtypen?«

»Ja.«

Audrey schien weit weg unter ihm zu sein.

»Nun ja, egoistisch ist wohl auch ziemlich klar. Ein Individuum fühlt sich von der Gesellschaft ausgeschlossen und beschließt, sich das Leben zu nehmen. In gewissem Sinn das Gegenteil vom altruistischen Selbstmord. Die meisten von diesen Künstlerselbstmorden fallen in diese Kategorie, die romantische Pein und das alles.« Die Leiter wackelte ein bisschen, und sie fragte: »Alles okay da oben?«

»Ja, glaube schon.«

»Natürlich gibt's für Künstler noch eine zusätzliche Investition: Die Chance auf einen Platz in der Nachwelt, wenn sie es schaffen, einen unvergesslichen Tod hinzukriegen.«

»Zählt da auch der Sturz von einer hohen Leiter?«

»Nur wenn Sie vorher Absinth getrunken und Koks geschnupft haben, das mit der Asche ihres Vaters verschnitten war. Egal, ist doch sowieso Quatsch. Von der Hälfte der Selbstmörder, die Alan untersucht hat, hatte ich noch nie etwas gehört.«

Die Dübel steckten jetzt in den Löchern, und Murray fing an, die Halterungen für die Rollos hineinzudrehen. Er riskierte einen Blick nach unten.

»Und die letzte Kategorie?«

»Anomischer Suizid. Die Folge einer einschneidenden Veränderung im Leben einer Person: Scheidung, Tod eines geliebten Menschen, finanzieller Ruin. Alles wird zu viel, und sie machen dem ein Ende.«

»So einfach?«

»Nein, einfach ist das selten. Deshalb konnten Alan und seine Kollegen auch endlos darüber theoretisieren.«

Eine der Halterungen wollte sich nicht in den Dübel drehen lassen. Murray nahm den Schraubenzieher am Schaft und versuchte sie mit dem Griff hineinzuschlagen. Er hoffte, Audrey würde nicht merken, was er da machte.

»Haben Sie nicht gesagt, Sie wüssten nicht viel über die Nachforschungen Ihres Mannes? Dafür war das eine ziemlich beeindruckende Zusammenfassung.«

»Am Anfang war ich stärker involviert. Die alte Geschichte: Alan war mein Doktorvater. Rückblickend kann ich sagen, dass ich im Laufe seiner Forschungen immer empfindlicher geworden bin. Vielleicht hatte das was mit Lewis zu tun. Als Mutter sieht man manche Dinge anders. Ich konnte die endlosen Geschichten über junge Menschen, die ihr Leben ausgelöscht haben, einfach nicht mehr hören. Zu bedrohlich, nehme ich an, wenn man selbst für einen kleinen Jungen verantwortlich ist.«

»Spricht da jetzt die Psychologin?«

Er zog die nächste Schraube aus der Tasche und drehte sie in den Dübel. Sie ging rein wie Butter.

»Ich fürchte, zu der Zeit damals hab ich das nicht so psychologisch gesehen. Bei dem Thema konnte ich ziemlich bösartig werden.«

Er nahm sich die letzte Halterung vor.

»Schwer zu glauben.«

»Sie kennen mich eben nicht.« Sie schnaubte. »An einem Sonntagmorgen hatten wir einen ziemlich heftigen Krach. Sonntagmorgen, die Krönung der Woche im Königreich. Warmes Frühstück, im Radio alle Wochenfolgen der *Archers*, die Sonntagszeitung – Friede, Freude, Eierkuchen oder langweilig, langweilig, sturzlangweilig, je nachdem.«

Außer dass er am Sonntag nicht unterrichten musste, sahen Murrays Sonntage nicht viel anders aus als jeder andere Tag der Woche. Aber er sagte: »Tja, ist wohl so.«

»An diesem besagten Sonntag handelte die Titelstory im *Ob-*

*server* von einem jungen britischen Künstler, der mit einundvierzig Selbstmord begangen hatte. Ist im Wald verschwunden und nie mehr aufgetaucht. Die Leiche hat man ein paar Wochen später gefunden. Nicht dass Alan jubiliert hätte, er war ja kein kompletter Freak. Aber er war elektrisiert, ließ sein Frühstück stehen und verschwand ins Arbeitszimmer, um sich die Arbeiten des Künstlers herunterzuladen. Er flötete nicht gerade vor sich hin, aber er machte sich entschlossen ans Werk. Aus irgendeinem Grund hat mich das in Rage gebracht. Diese beschwingt professionelle Zielstrebigkeit, während irgendwo einer Mutter, Ehefrau oder Freundin das Herz brach.« Sie lachte etwas verlegen. »Ich weiß gar nicht, warum ich Ihnen das erzähle.«

»Vielleicht, weil ich Alan nicht gekannt habe.«

»Vielleicht.« Sie hatte ihr Gesicht von Murray abgewandt. Ihr rotblondes Haar glänzte im Licht der Straßenlaterne. »Die Geschichte trieb keinen Keil zwischen uns oder so. Aber im Nachhinein glaube ich, dass er mir nach diesem Krach nicht mehr so viel von seiner Arbeit erzählte. Und ich habe auch nicht gefragt.«

Sie reichte Murray das Rollo nach unten, und er hängte es ein. Er spürte einen Hauch von Stolz auf sein Werk. Vielleicht hätte er dieses Gefühl jeden Tag haben können, wenn er sich anstatt für die Uni für ein Handwerk entschieden hätte.

»Wie sieht es aus?«

»Perfekt, danke. Keine Chance mehr für Spanner.«

Sie hielt die Leiter fest, während er wieder zu ihr hinunterkletterte. Vor der letzten Sprosse drehte er sich um und blickte in die Vertiefung zwischen ihren Brüsten. Er stellte sich vor, wie sich jede von ihnen in ihr Spitzenkörbchen schmiegte. Manchmal wünschte er sich, er könnte seinen Sexualtrieb ersticken. Er war wie ein zweiter Pulsschlag, der das Blut stürmischer durch den Körper pumpte als sein Herz.

»Haben Sie schon gegessen?«

»Was?«

»Haben Sie schon zu Abend gegessen? ›Abendbrot‹, wie Alan gesagt hätte?«

»Nein.«

»Ich wollte mir was vom Chinesen kommen lassen. Wollen Sie mitessen?«

Wenn sie nicht ihren verstorbenen Ehemann erwähnt hätte, hätte er vielleicht abgelehnt, aber irgendwie machte seine Anwesenheit die Situation ungefährlicher. Während sie zum Telefon ging und das Essen bestellte, stieg er im Flur noch einmal auf die Leiter und schraubte eine Glühbirne in die Fassung.

Die Tür zu Lewis' Zimmer war angelehnt. Murray schaltete zur Kontrolle das Licht an und schob dann die Tür zum Zimmer des Jungen weit auf. Audrey musste hier mit dem Auspacken angefangen haben. Es herrschte ein Durcheinander, aber es war mehr die normale Schlamperei eines Jungen als die durch einen Umzug hervorgerufene Unordnung.

Poster mit wuscheligen Tieren und aufgepumpten Superhelden hingen an der Wand. Ein kleines vollgestopftes Bücherregal stand neben einem bequemen Lehnstuhl, der die perfekte Größe hatte, dass ein Erwachsener und ein Kind sich zum Geschichtenvorlesen zusammen hineinkuscheln konnten. Lewis' Bettdecke war bedruckt mit dem Bild einer Comicfigur mit weit aufgerissenen Augen, die Murray nicht kannte. Neben der Lampe auf dem Nachttisch stand das gerahmte Foto eines Mannes in Kletterausrüstung, der hoch über der Welt an einer Felswand hing. Das Grinsen von einem Ohr zum andern betonte die tiefen Falten, die wie Strahlen von den Augenwinkeln ausgingen. Murray konnte sich nicht erinnern, jemals jemanden so lebendig gesehen zu haben wie Alan Garrett.

»Haben Sie Kinder?«

Er hatte sie nicht kommen hören und schrak zusammen.

»Nein, noch nicht.« Er drehte sich zu ihr um. Die Glühbirne

hatte zu viel Watt, das Licht stach ihm in die Augen und schien ihre Haut auszubleichen. »Erst mal muss ich eine Frau finden.«

»Sehr korrekt von Ihnen.«

»Ich bin eben ein korrekter Typ.«

Sie stand jetzt dicht vor ihm.

Er war sich nicht sicher.

Dann war er es und sie küssten sich. Er fuhr mit den Händen abwärts über die weiche Rundung ihres Hinterns, ließ dann seine Finger wieder nach oben über die Höcker ihrer Wirbelsäule gleiten und schaffte es ausnahmsweise einmal, den BH mit einer einzigen fummeligen Bewegung zu öffnen. Er spürte ihr Keuchen und machte einen Schritt nach hinten ins Zimmer. Eng umschlungen, die Lippen fest verschlossen, bewegten sie sich auf die Comicbettdecke zu.

Sie machte sich los. »Nein, nicht hier.« Sie führte ihn ins Wohnzimmer.

Ihm fiel ein, dass er kein Kondom hatte, fragte sich schuldbewusst, ob sie in der Gegend rumvögelte, oder ob sie vielleicht sogar noch ein Kind wollte. Sie waren jetzt auf der Couch, seine Hand streunte unter ihrem Top herum, ihre Finger fuhren unter seinen Pullover, unter sein T-Shirt, Haut auf Haut.

»Ich hab nichts dabei … zum Schutz, meine ich.«

Sie zog sich das Top über den Kopf.

»Schon gut, ich hab was.«

Ihre Brüste waren fast so, wie er sie sich vorgestellt hatte. Hoch und rund, die Nippel steif und stolz.

Er senkte den Kopf.

»Warte.« Sie rutschte vom Sofa. »Bin gleich wieder da.«

Murray schaute ihr hinterher, betrachtete den glatten Rücken, die blasse Andeutung eines Bräunungsstreifens, Überbleibsel eines vergangenen Urlaubs. Die Tür schwang leise hinter ihr zu. Er war allein und fragte sich, was zum Teufel er da tat.

Er zog sich hastig die Schuhe aus, zerrte sich in einer einzigen schnellen Bewegung Pullover und T-Shirt über den Kopf, wandte den Blick von Alan Garretts Forschungskartons und verscheuchte den Ethikkodex der Universität aus seinem Kopf. Dann war sie wieder da, ausgezogen, mit einer Packung Kondome in der Hand. Murray dachte, dass er noch nie eine Frau gesehen hatte, die nackt so natürlich, so echt aussah. Er befreite sich von seinen restlichen Klamotten und zog sie zu sich herunter aufs Sofa.

Gerade als sie fertig waren, klingelte es an der Tür. Murray zuckte zusammen und Audrey lachte. »Perfektes Timing.« Sie ging nackt aus dem Zimmer. Es klingelte wieder, und er hörte sie rufen: »Moment noch, ich suche meinen Geldbeutel.«

Er zog sich wieder an und fragte sich, ob das Verlangen sich davonzuschleichen, sozialer Unbeholfenheit oder irgendeinem tieferen evolutionären Instinkt geschuldet war. Der Duft des chinesischen Essens wehte ins Zimmer. Ein süßer Geruch, durchdrungen von einem Hauch Schärfe, Jasmin und Chili. Seit dem Morgen hatte er nichts mehr gegessen und verspürte plötzlich einen Bärenhunger. Was war er eigentlich? Nur eine Kreatur, die ihren Trieben folgte?

Er fand Audrey, die sich einen langen Morgenrock aus Baumwolle übergezogen hatte, in der Küche. Sie nahm die Schachteln mit dem Essen aus der Tragetasche und verteilte sie auf dem Küchentisch. Sie sah wieder wie Lewis' Mama aus. Konnte sie ihren Sexappeal bewusst an- und ausknipsen, oder war das ein weiterer Trick der Natur? Er legte unbeholfen seinen Arm um sie und drückte sie kurz. Ihr Körper versteifte sich, und er ließ sie wieder los. Audrey zerknüllte die leere Plastiktasche und warf sie auf den Stapel Umzugskartons.

»Könnte ich mich dran gewöhnen, an dieses Schlamper-Leben.« Sie zog die Papierdeckel von den Schachteln, steckte in jede eine Gabel und schob Murray eine zu. »Mrs Wongs Spezialität. Hau rein.«

Es war zu dunkel, als dass sie genau hätten sehen können, was sie da aßen. Murray fiel auf, dass zwei Kerzen auf dem Tisch standen. Vielleicht waren die Streichhölzer auch verschollen, vielleicht im selben Karton wie der Teekessel und der Korkenzieher. Schweigend aßen sie, bis Audrey plötzlich aufsprang und die Weinflasche holte.

»Tut mir leid, hatte ich ganz vergessen.«

Murray spürte, wie nervös sie war. Er wusste, dass er etwas sagen sollte, um sie zu beruhigen. Mit den mitgelieferten Essstäbchen stocherte er an einem Stück Schweinefleisch herum.

»Klasse, das Essen ist wirklich gut.«

»Danke.« Sie lächelte, als hätte er etwas Lustiges gesagt. »Fährst du auf die Insel?«

»Lismore?«

»Welche sonst?«

»Ja.« Er hielt inne und schaute die nicht angezündeten Kerzen an. »Früher oder später.«

»Und, triffst du dich mit ihr?«

»Mit wem?«

»Christie Graves, seine alte Flamme.«

»Würde ich gern, aber sie scheint nicht sonderlich scharf drauf zu sein.«

»Das überrascht mich. Sie kam mir immer wie der Typ Frau vor, der mit Männern besonders gut kann.« Er schaute Audrey an, und sie sagte: »Hab ich erzählt, dass ich sie mal getroffen habe?«

»Nein.« Er fragte sich, ob sie sich darüber im Klaren war, wie wichtig Christie für Lunans Geschichte war. »Wie war sie?«

»Gruselig. Sie war bei Alans Beerdigung.«

»Hier in Glasgow?«

»Ich hätte ihn ja wohl kaum da oben begraben lassen.«

»Nein, natürlich nicht. Tut mir leid.«

Audrey seufzte.

»Ich müsste mich eigentlich entschuldigen. Manchmal bin ich

wirklich ein Stinkstiefel.« Sie rang sich ein freudloses Lächeln ab. »Ich habe sie nicht gemocht.«

»Christie?«

»Ja.«

»Warum?«

»Kann ich eigentlich gar nicht so genau sagen. Sie hat sich tadellos aufgeführt, ist pünktlich gekommen, hat wunderbare Sachen über Alan gesagt. Sie hat mir sogar ein paar Fotos von ihm mitgebracht. Von den letzten Tagen, wunderschöne Fotos, viel besser als alle, die ich selbst gemacht hatte. Aber ich mochte sie nicht. Sie kam mir durch und durch unaufrichtig vor. Ich hatte das Gefühl, sie spielt eine betroffene Bekannte. Ihre Worte waren gut gewählt, die Stimme war genauso, wie sie sein sollte, ihr Gesicht trug einen traurigen Ausdruck zur Schau. Aber ich bin das Gefühl nicht losgeworden, dass sie hinter meinem Rücken hämisch grinste. Das ist schrecklich, so was zu sagen, ich weiß, aber es ist die Wahrheit. Sie war mir einfach nicht geheuer.« Audrey hörte auf zu sprechen, und sie saßen kurz schweigend da und dachten nicht mehr ans Essen. »Sie hat gefragt, ob ich nicht Lust hätte, mal auf die Insel zu kommen. Sie hat mich zu sich eingeladen.«

»Und, bist du hingefahren?«

»Ja, aber nicht zu ihr. Ich bin mit meiner Mutter gefahren, und wir haben in einem kleinen Bed & Breakfast übernachtet. Ich muss gestehen, dass ich es unterlassen habe, Miss Graves einen Besuch abzustatten. Aber natürlich sind wir uns dann unweigerlich doch mal über den Weg gelaufen, im Dorfladen. Sie war die Liebenswürdigkeit in Person. Meine Mutter fand sie ganz reizend, aber mir haben sich alle Haare aufgestellt.« Audrey seufzte. »Vielleicht war auch das unvermeidlich. Ich meine, schließlich kam Alan gerade von ihrem Haus, als er den Unfall hatte.«

»Aber du glaubst nicht, dass der Unfall irgendwas mit ihr zu tun hatte, oder?«

»Nein, natürlich nicht.« Sie schloss für einen Augenblick die Augen, als wolle sie sich wieder sammeln. Dann sagte sie: »Am Anfang habe ich mich gefragt, ob sie vielleicht zusammen was getrunken hatten. Alan hat normalerweise nie was getrunken, wenn er danach noch fahren musste. Aber er war auch ein geselliger Mensch, immer darauf bedacht, dass sich die Menschen in seiner Gegenwart wohlfühlten, besonders wenn er sie interviewt hat. Außerdem, du weißt ja, wie das auf kleinen Inseln so ist, die normalen Regeln gelten da nicht unbedingt.«

Murray antwortete mit sanfter Stimme, um sie ja nicht zu provozieren.

»Aber er hatte nicht zu viel getrunken?«

»Nein, anscheinend nicht. Er hatte keine Spuren von Alkohol im Blut, auch nicht von anderen Drogen. Es ist eben einfach passiert, ein bedauernswerter Unfall. Schätze, Christie die Schuld zu geben ist leichter, als Alan oder mich verantwortlich zu machen.«

»Ich weiß, dass Unfälle Schuldgefühle hervorrufen, aber das war unmöglich deine Schuld. Du warst nicht mal da.«

»Genau das ist das Problem. Alan wollte, dass Lewis und ich mitkommen. Kleiner Kurzurlaub für die Familie, aber ich wollte nicht. Ich hatte zu arbeiten, und ich wollte auch keine Ferien, die um seine Forschungsarbeit kreisen. Um Selbstmorde.«

»Das heißt nicht, dass das irgendwas geändert hätte.«

»Mit Lewis im Wagen war er immer besonders vorsichtig, nie hätte er ihn oder mich einer Gefahr ausgesetzt.« Ihre Stimme klang brüchig. Sie machte eine Pause, räusperte sich und sprach mit weicherer Stimme weiter. »Es wäre der ideale Platz für ein paar Urlaubstage gewesen. Die Insel ist wunderschön, unglaublich schön, und alle waren sehr nett zu uns.« Sie lächelte ihn traurig an. »Aber hinfahren werde ich nie wieder.«

Es war Mitternacht, als sie ihn zur Tür brachte. Unschlüssig stand er im Flur und fragte sich, ob es ungehobelt wäre, sich bei ihr zu bedanken. Aber sie kam ihm zuvor.

»Danke für deine Hilfe.« Ihre Stimme war kaum mehr als ein Flüstern. »Für die Lampen und das Rollo. Jetzt hab ich's hell, und hinter dem Rollo kann ich mich verstecken.«

Auch er sprach leise, um ihre neuen Nachbarn nicht zu stören.

»Ich wollte mich bedanken.«

Audrey runzelte die Stirn. »Wofür?« Sie fingen beide an zu lachen. Sie hob einen Finger an die Lippen. »Psst.«

»Für einen wunderschönen Abend.« Er zögerte. »Kann ich dich mal anrufen?«

Sie lehnte sich gegen die Tür, halb drinnen, halb draußen, und lächelte sanft.

»Ich glaube, wir haben alles durch, oder?«

»Die Arbeit habe ich nicht gemeint.«

»Ich weiß«, sagte sie und lächelte. »Ich auch nicht.«

»Verstehe.«

»Nimm's bitte nicht persönlich. Schon vergessen, ich bin Psychologin. Meiner professionellen Meinung nach bin ich noch nicht bereit für irgendetwas Ernstes. Sex ist einfacher als der ganze Rest. Nicht dass ich das zur Gewohnheit werden lasse. Aber wenn ich Sex mit einem anderen Mann habe, komme ich mir nicht untreu vor. Eine Verabredung hingegen …« Sie ließ den Satz offen.

»Ich müsste mich jetzt eigentlich benutzt fühlen.«

»Und, tust du's?«

»Nein.« Er zögerte. »Ich habe auch nicht an irgendwas Besonderes gedacht. Nur an ein Abendessen, irgendwann, oder auf einen Drink, wenn dir das leichter fällt, keine Verpflichtungen.«

Audrey zupfte an der Türkette. Klirrend schlug sie gegen den Türpfosten.

»Vielleicht.«

Als Murray in die Jackentasche griff und Stift und Papier

herausholte, um seine Nummer aufzuschreiben, sagte sie: »Ich hab deine Nummer, schon vergessen? Ich hab dich angerufen.« Sie unterdrückte ein Gähnen. »Entschuldige, aber ich hatte einen langen Tag. Lewis scheucht mich immer in aller Herrgottsfrühe raus.«

»Okay, dann lass ich dich jetzt in Ruhe.«

Sie tauschten einen keuschen Kuss, dann lief er die Treppe hinunter. Noch bevor er das Stockwerk darunter erreicht hatte, hörte er, wie sich leise die Tür schloss.

# 12

Mit schnellen Schritten ging Murray durch den leeren Korridor, lautlos glitten die Turnschuhe über den Holzboden. Er hatte sich eine ruhige Tageszeit ausgesucht. Noch zu früh für Teepausen oder den Sturm auf die Sandwich-Bars. Eine Zwischenphase, während der die Kollegen, die unterrichteten, unsichtbar in Seminarräumen und Hörsälen hockten. Das Gebäude lag in emsiger Stille da. Nichts erinnerte mehr an das Getrampel der Studenten, die hier noch vor einer Viertelstunde herumgelaufen waren und die Ruhe schon bald wieder zerstören würden. Doch hinter einigen der geschlossenen Türen saßen auch Kollegen über Büchern oder vor Computern, und jede Sekunde konnte einem von ihnen einfallen, in der Bibliothek nach einem Text zu suchen, den sie brauchte, oder sich in die dunklen Innenhöfe zu begeben, um sich die Beine zu vertreten oder eine Zigarette zu rauchen.

Im Gehen holte Murray seine Schlüssel aus der Tasche und suchte den passenden heraus, um schnell und ohne langes Gefummel in sein Zimmer schlüpfen zu können. Es war ein komisches Gefühl, wie ein Dieb zu seinem eigenen Büro zu schleichen.

Er ging an Fergus Baines geschlossener Tür vorbei, hinter der Gott sei Dank kein Laut zu hören war. Dann an den Büros von Lyle Joff, Vic Costello, Phyllida McWilliams, alle geschlossen und totenstill. Rab Purvis' Tür war angelehnt – ein Zeichen dafür, dass er am Platz war, gegen eine Störung aber nichts einzuwenden hatte. Murray ging etwas schneller und huschte an der Tür vorbei, wobei er einen Blick auf Rabs Arm erwischte. Die Hand lag auf dem Schreibtisch, die Finger klopften nervös einen Takt, wie es Raucher oft unbewusst machen.

Rachels Büro lag am Ende des Gangs. Er nahm die Tür ins Visier und konzentrierte sich darauf, dass sie sich öffnete, dass Rachel, noch halb benommen von ihrer Lektüre, hinaustrat, sich die Haare aus den Augen strich und ihn anlächelte. Aber die Tür rührte sich nicht. Ob Rachel sich hinter der Tür befand oder sonstwo, er hatte sie hinter sich.

Auf dem Schwarzen Brett neben seinem Büro hingen neue Mitteilungen: Abgabetermine für Seminararbeiten, Ankündigungen für in Kürze stattfindende Vorlesungen, die Ausschreibung für einen Shelley/Keats-Referatswettbewerb, an dem er einst als Student selbst teilgenommen hatte. Er betrachtete die Totenmasken der beiden toten Dichter, die nebeneinander über den Teilnahmebedingungen hingen. Dann steckte er den Schlüssel ins Schloss, ging in sein Büro und schloss vorsichtig die Tür hinter sich.

Alles war so, wie er es zurückgelassen hatte. Der eingetrocknete Kaffeefleck auf dem Referat, das er schon vor einer Woche hätte zurückgeben sollen, die zwei leeren Whisky- und Gintassen, der ein Stück von seinem Schreibtisch zurückgeschobene Stuhl.

Er spülte die beiden Tassen aus und stellte sie zum Trocknen auf den Rand des Waschbeckens. Er schaute auf seine Uhr. Halb zwölf. Wenn er sich beeilte, dann könnte er vor Ende der Vorlesungsstunde wieder draußen sein.

Er fing an, die Bücher einzupacken, die er mitnehmen wollte: Eine Anthologie über schottische Dichtung, in der Lunan nicht vorkam, die ihm aber bei der Chronologie als Gedächtnisstütze von Nutzen sein konnte; die Biografie eines verstorbenen Zeitgenossen, der Lunan erwähnt hatte; eine Literaturkritik aus den Siebzigern, in der er als der kommende Mann bezeichnet wurde.

Murrays Ausgabe von *Moontide* stand mit dem Titel nach vorn auf einem hohen Regalbord. Er griff nach oben und stupste das Buch von seinem Hochsitz. Dabei rutschte es ihm durch die Finger und fiel mit einem klatschenden Geräusch auf den Boden. Lunan schaute vom Umschlag zu ihm hoch. Früher war Murray das Gesicht alt erschienen. Jetzt konnte er hinter den angeberischen langen Haaren und dem Bart die Jugend darin sehen. Er hob das Buch auf und schob es behutsam in die Vordertasche seines Rucksacks.

Dann kamen Christies Bücher dran. Die späteren waren weitgehend belanglos, aber er packte sie trotzdem ein. Seiner Meinung nach hatte sie sich festgefahren. Immer das gleiche Strickmuster: Horrorgeschichten mit einem Schuss keltischer Folklore, die manchmal gut in Schwung kamen, aber immer in ein Chaos aus Fantasy und falschen Verknüpfungen abglitten. Die Kritiker rümpften die Nase, aber ihre Fans kauften die Bücher. Murray auch. Er fraß sich durch sie hindurch, gierend nach einem flüchtigen Blick auf Lunan, wobei er den in seinen Augen immer gleichen Versatzstücken der Handlung kaum Beachtung schenkte.

Ihr Thema hatte Christie schon in *Sacrifice* gefunden, ihrem ersten Roman: Eine Gruppe junger, sich überschätzender Außenseiter, deren mangelnder Respekt vor der Natur ihren Untergang heraufbeschwört. Murray hatte für eine der etwas abseitigeren literarischen Websites einen Artikel über Christies spätere Romane geschrieben: *Schubi-duu und der Untergang: Paradies im Arsch*. Damals war er mit dem Titel zufrieden. Heute hoffte er, dass Christie ihn nicht gesehen hatte.

*Sacrifice* war das letzte Buch auf seinem Stapel. Auf der ersten Seite hatte er eine Stelle angestrichen, die er hoffte, in seiner Biografie verwenden zu können – falls er die Genehmigung erhielt. Er öffnete das Buch und las:

*Das Cottage lag etwa sechs Meilen außerhalb des Dorfs, an einem zerfurchten Weg abseits der Landstraße. In jenen Anfangstagen bekamen wir nie Besuch, und wenn wir unser winziges Cottage verließen, dann gingen wir gewöhnlich hinunter ans Ufer des Sees. Im Laufe des Sommers wucherte der Weg zu. Niemand hätte ahnen können, dass wir da draußen lebten. Aber natürlich wussten sie es. Vor den Kaminen und an den Esstischen, in den Kuhställen und auf den Feldwegen waren wir das Thema ihrer Gespräche. Nach dem Kirchgang sprachen die Inselbewohner über uns, mit der Selbstgerechtigkeit der Erwählten. Wenn sie an der einzigen Tankstelle mit ihren Lieferwagen und Traktoren vorfuhren, wenn sie bei den Treffen der Mothers' Union und im Ceilidh House zusammenkamen, überall zerbrachen sie sich die Köpfe über unsere Laster. Wenn wir hinunter ins Dorf gingen, um einzukaufen, was wir nicht selbst herstellen konnten, speicherten all jene Glücklichen, die uns zu Gesicht bekamen, jede noch so kleine Einzelheit unserer Kleidung, Gespräche und Einkäufe. Später lieferten wir ihnen dann tatsächlich Stoff für ihr Gerede.*

Murray klappte das Buch zu und steckte es zu den anderen. Die ganze Operation hatte weniger als eine Viertelstunde gedauert. Wenn er sich jetzt auf den Weg machte, würde er es aus dem Gebäude schaffen, ohne jemandem zu begegnen. Er warf sich den schweren Rucksack über die Schulter, schlüpfte hinaus in den Gang und schloss die Tür ab.

Murray hatte gerade die oberste Stufe der Wendeltreppe erreicht, als er vom Stockwerk darunter Fergus Baines Lachen heraufhallen hörte. Laut, mit falscher Herzlichkeit, das Lachen des Inquisitors vor der letzten Drehung an der Schraube.

»Scheiße.« Murray zögerte, ein Anflug von Scham befiel ihn. Er konnte sich immer noch aus dem Staub machen, entweder zurück in sein Büro oder ins Stockwerk darüber. Doch jetzt, da er Fergus fast gegenüberstand, war die ganze Albernheit seines

Versteckspiels offensichtlich. Er musste dem Professor ohnehin irgendwann gegenübertreten. Er ging die Treppe hinunter und zwang seine Füße zu einem forschen Gang. Wenn er Glück hatte, war Fergus in Eile und sie konnten sich mit einem wechselseitigen Nicken aneinander vorbeidrücken.

»Vom handwerklichen Standpunkt sind seine späteren Arbeiten natürlich besser.« Fergus machte seinem Gesprächspartner, wer immer das war, ein Zugeständnis. »Aber es fehlt das innere Feuer, das seine früheren Sachen ausgezeichnet hat.«

»Kommt nicht oft vor, dass du dich so leidenschaftlich für handwerkliches Können ins Zeug legst.«

Fergus lachte wieder, und Murray blieb abrupt stehen. Die zweite Stimme war die einzige, nach der er sich gesehnt hatte.

Rachel trug eine weiße Seidenbluse, die bis zum Hals zugeknöpft und obendrein mit einer Schleife zugebunden war. In dieser doppelten Absicherung lag etwas Provokantes, als sei sie extra zum Aufdröseln so entworfen worden. Die graue Leinenhose schmiegte sich eng um ihre Hüften und fiel in weiten Falten hinunter auf die vorne offenen Sandalen. Die Zehennägel waren rosa lackiert. Ihre ganze Aufmerksamkeit galt ihrem Mann. Sie berührte leicht seinen Arm, als sie um die Ecke bogen. Eine einfache Geste, und Murray fragte sich, ob es an seinem Wissensvorsprung lag, dass er sie für mehr als kollegial hielt.

»Murray.« Fergus' Stimme verlor nichts von ihrer Herzlichkeit und auch nichts von ihrem Anklang an die Inquisition. »Ich hatte gehofft, Sie noch zu treffen.«

Rachels und Murrays Blicke trafen sich. Er spürte, dass er rot wurde.

»Fergus, Rachel.« Er rang sich ein Lächeln ab.

Auf den Korridoren über und unter ihnen öffneten sich Türen, es wurde lauter, Studenten strömten aus den Unterrichtsräumen. Rachel runzelte die Stirn. »In genau einer Minute fängt mein Seminar an.«

Für den Bruchteil einer Sekunde hasste er sie. »Klar, bis dann mal.«

Fergus drückte leicht ihren Arm, auf die gleiche Art, wie sie ihn berührt hatte. »Wir sehen uns zu Hause.« Der Professor schaute Rachel hinterher, bis sie den Treppenabsatz erreicht hatte, und als er sich umdrehte, war es, als bewahrte er die schlanke, zwischen ihren Schülern im schwarzen Korridor verschwindende Figur noch immer in seinen Augen. »Sie gehen gerade?« Fergus lächelte ihn an, als hätte es den Anruf um fünf Uhr morgens, die betrunkene Frage, ob er mit seiner Frau sprechen könne, nie gegeben.

Murray verspürte den lächerlichen Drang, ihm mitzuteilen, dass er Audrey Garrett flachgelegt hatte. Stattdessen sagte er: »Ich habe nur noch ein paar Bücher geholt.«

»Sicher, Sie verlassen uns ja.«

»Vorübergehend. Sie kommen sicher auch ohne mich klar.«

Fergus lächelte zögernd.

»Ja, ich denke schon.« Im Treppenhaus herrschte reger Verkehr. Murray und Fergus standen wie ein Wellenbrecher im Strom der Studenten, die von oben und unten an ihnen vorbeidrängten. »Ich glaube, wir räumen besser das Feld.«

Der Professor drehte sich um und ging nach unten Richtung Ausgang, ohne Murrays Antwort abzuwarten.

Während der kurzen Zeit, die er drinnen gewesen war, hatte es geregnet. Die Luft draußen war frisch, die schwarzen Steinplatten klatschnass, und die kinetische Skulptur schwankte im Wind. Fergus ging voraus, als sie den Innenhof durchquerten. Es würde bald wieder anfangen zu regnen. Wie so oft warf Murray einen Blick auf die schmiedeeiserne Bank, die einem einundzwanzigjährigen Studenten gewidmet war, den er nie kennengelernt hatte. Sie war zu zierlich, um darauf zu sitzen, aber sie zog die Blicke auf sich.

»Mit dem Buch geht es voran?«, fragte Fergus.

»Ja, bestens.«

Der Anzug des Professors hatte fast die gleiche kühle, steingraue Farbe wie Rachels Leinenhose. Murray fragte sich, ob sie die Sachen zusammen gekauft hatten, auf ihrer Hochzeitsreise in Italien, im Hintergrund das glitzernde Mittelmeerblau am Horizont. Er stellte sie sich vor: Fergus mit weißem Hut, Rachel im Sommerkleid, und spürte eine brennende Eifersucht im Magen.

Sie stiegen eine Außentreppe hinunter, wo es durch den Regenguss nach feuchtem, altem Mauerwerk roch, und betraten dann einen breiten Tunnel. Fergus' Schritte klangen hohl auf dem Pflaster. Ein Bediensteter der Uni schob einen mit Kartons beladenen Handwagen durch einen breiten Bogengang. Sie traten zur Seite und ließen den Mann durch, wobei Fergus ihm zunickte wie ein Landedelmann, der auf der Straße einem seiner Pachtbauern begegnet. Der Angestellte erwiderte den Gruß, aber der Professor hatte sich schon wieder Murray zugewandt.

»Haben Sie es eilig?«

»Eigentlich nicht.«

»Schön. Begleiten Sie mich doch zu meinem Wagen und berichten Sie mir vom Stand Ihrer Arbeiten.«

Fergus ging jetzt langsamer.

»Ich mache Fortschritte.«

»Hervorragend. Schon mal dran gedacht, einen HiWi auf die Fährte zu setzen. Vielleicht kann der was für Sie ausgraben?«

»Ich mache die Nachforschungen lieber selber. Das dauert zwar länger, aber so habe ich wenigstens das Gefühl, dass mir nichts durch die Lappen geht.«

»Ja.« Fergus seufzte. »Die Zeiten sind wohl auch vorbei. Hab' ich Ihnen eigentlich erzählt, dass ich ihn kannte?«

»Rachel hat mal davon gesprochen.«

Die Dummheit der Antwort stieg ihm hoch wie Galle. Er wartete auf die Frage des Professors, wo sie denn da gewesen seien, als sie davon gesprochen habe. Aber er lächelte nur trocken und sagte: »Schön zu wissen, dass sie an mich denkt, wenn ich außer Sichtweite bin. Immer betrunken natürlich. Archie, meine ich, stinkbesoffen. Fürchte, ich habe ihn nicht sonderlich geschätzt. Bin auch nie mit seinen Gedichten klargekommen, zu todessüchtig für meinen Geschmack, die Romantik, nun ja.«

»Wo haben Sie ihn kennengelernt?«

»In einem Pub, nach einer Dichterlesung oder irgendwas in der Art.« Fergus lachte. »Wo sonst? Für mich war er der Inbegriff aller Klischees des Arbeiterdichters. Betrunken, ungewaschen, rüpelhaft, hinter jedem Rock her. Dylan Thomas konnte wenigstens noch mit seiner Genialität punkten. Aber Lunan? Nun ja ...« Er grinste Murray an. »Tut mir leid. Für die Ehrfurcht vor den Toten hat mir schon immer das rechte Gespür gefehlt. Ich wollte über Ihren Helden nicht verächtlich urteilen.«

»Ich bin mir nicht sicher, ob Held das richtige Wort ist.«

Fergus zuckte mit den Achseln. Sie hatten jetzt fast das Ende des Parkplatzes erreicht, die Buchten vor dem Anatomie-Gebäude, bevor der Weg abschüssig wurde und vom Universitätsgelände wegführte. Er holte den Autoschlüssel aus der Tasche, und die Lichter des schwarzen BMW blinkten auf. »Dann sagen wir so: Sie legen Wert darauf, Lunan seinen Platz in der Geschichte zu verschaffen.«

Es war der Wagen, mit dem Rachel ihn nach Hause gebracht hatte. Murray betrachtete die gediegenen Rundungen. Ihm wurde klar, dass er fast damit gerechnet hatte, dass Fergus einen Saab fuhr. Den Wagen, der sie am Wasserspeicher verfolgt hatte. Seine Stimme kam ihm selbst verschwommen vor: »Ich möchte seine Gedichte einem größeren Publikum zugänglich machen.«

»Und Sie glauben, dass Ihnen das mit seiner Biografie am besten gelingt? Mit seinem Leben, nicht mit seinem Werk?«

»Mit seinem Leben und seinem Werk.«

»Vielleicht haben Sie recht. Immerhin hat das Leben sein Werk zerstört.« Fergus öffnete die Fahrertür und lehnte sich dagegen. »Zugegeben, ich habe gesagt, dass mir Lunans Gedichte nicht gefallen haben, aber auch ich erkenne an, dass er Talent hatte. Das

Problem ist, dass er es versoffen hat.« Er schaute ihm in die Augen, und Murray wusste, wenn das eine Vorlesung wäre, dann käme als Nächstes die Kernthese, die Aussage, die man sich unterstreichen und in der Prüfung wieder ausspucken musste. »Das kommt vor bei solchen Energiebolzen. Sie brennen aus. Die Anstrengung, sich am eigenen Schopf aus dem Sumpf zu ziehen, ist anscheinend zu viel für sie.« Fergus zog die Mundwinkel nach unten, die Parodie eines traurigen Lächelns. »Sie machen irgendeine Dummheit, sabotieren ihre eigene harte Arbeit, und dann, wenn sie in Schwierigkeiten geraten, fehlt ihnen natürlich jede echte Unterstützung, weil sie sich den Zugang zum Netzwerk der alten Kommilitonen verbaut haben.« Er grinste. »Sie sind auf sich allein gestellt, und das kann ziemlich einsam werden. Egal in welchem Beruf, Verbündete sind immer wichtig.« Er schenkte Murray zum Abschied ein Lächeln, stieg in den BMW und schlug die Tür zu. Er ließ den Motor an, und Murray wandte sich schon ab, als das Seitenfenster nach unten glitt. »Eine Sache noch.«

Murray drehte sich wieder um.

»Ja?«

»Was immer zwischen Ihnen und meiner Frau gelaufen ist, es ist vorbei. Verstanden?«

»Ja.«

»Dachte ich mir.«

Der BMW rollte vom Parkplatz. Murray betrat den abschüssigen Weg und ging heimwärts. Auf der University Avenue fuhr Fergus an ihm vorbei. Keiner von beiden winkte.

# 13

George Meikle hatte nichts von seiner Bärbeißigkeit eingebüßt. Mit der feierlichen Miene eines Bestattungsunternehmers, der der Verwandtenschar die frisch einbalsamierte Leiche ihres Angehörigen präsentiert, nickte der Archivar nach unten zum Pflaster.

»Wenn Sie wissen wollen, wie es um die Straßeninstandsetzung in Edinburgh bestellt ist, das sagt alles. Fast vierzig Jahre ist das jetzt da.«

Murray konnte das grob in den Beton geritzte Wort *Christie* entziffern. Er zog sein Handy aus der Tasche, wählte die Kamerafunktion und machte ein Foto. Es sah beschissen aus. Die Buchstaben verloren sich im Grau des Betons und in der Nässe des Morgens. Ein ordentliches Foto würde sich im Buch gut machen. Sein Bruder würde wissen, wie man die Buchstaben scharf bekäme. Er verscheuchte den Gedanken.

»Waren Sie dabei, als er das da reingeritzt hat?«

»Ja, war ich.«

»Und Christie?«

»Christie? Nein, sie nicht.«

Meikle drehte sich um und ging die Straße hinunter. Murray machte noch ein nutzloses Foto mit seiner Handy-Kamera und lief dann hinter dem Archivar her.

»Anscheinend hat Archie jede Menge von ihr gehalten.«

»O ja, das hat er.«

Der alte Mann sprach, ohne ihn anzusehen, das Gesicht starr

geradeaus gerichtet. So in etwa stellte Murray sich Angeln vor: Man warf die Leine aus, schaute, wie sie in tiefes Wasser fiel, und dann wartete man geduldig, bis etwas am Köder zupfte.

»Und, wie hat er es gemacht? Gewartet, bis die Arbeiter weg waren und dann mit einem Stück Holz losgelegt?«

Meikle nickte knapp.

»So ungefähr.«

Sie gingen schweigend weiter, wobei der Ältere das Tempo vorgab. Ein Bus spülte eine Ladung Fahrgäste auf die Straße, und Murray drängelte sich mit einem geflüsterten Mantra aus »'Tschuldigung« »Darf ich mal«, »'Tschuldigung« durch die Warteschlange. Meikle hatte sich inzwischen etwas abgesetzt, während Murray noch einen Trupp Bierkutscher umkurven musste, die gerade ihren Laster entluden, bevor er wieder zu ihm aufschließen konnte.

»Haben Sie Zeit für einen Kaffee?«

Er kam sich vor wie ein verzweifelter Jugendlicher, der eine erste Verabredung ausmachen wollte, aber Meikle schaute nur auf seine Uhr.

»Ich hab' dreißig Minuten, bevor ich wieder zurück muss. Wenn Sie nicht pingelig sind, was Sauberkeit angeht, da drüben ist ein Laden.«

Meikle trat zwischen die Autos, die sich hinter einem in zweiter Reihe parkenden Lieferwagen stauten. Murray zögerte, dann lief er hastig, gerade als der Wagen wieder losfuhr, hinter ihm her. Der Fahrer des Lieferwagens hupte, und Murray hob halb gebieterisch, halb entschuldigend die Hand.

Meikle ging schon die Treppe zu dem Café hoch. Murray folgte ihm in die Dunstbrühe, die nach heißem Fett, Hamburgern und Fritten roch. Seine Eingeweide zogen sich zusammen, als wollten sie ihn vorwarnen, was geschähe, wenn er es wagen sollte, hier etwas zu essen. Eine mütterliche Kellnerin in einer blauen Kittelschürze lehnte an der Theke und plauderte mit einem alten Mann, der allein vor einer Tasse mit rostfarbenem Tee saß. »Lass mal, Schätzchen«, sagte der alte Mann. »Ich bin schon süß genug.« Sie lachten beide, und er sagte noch einmal, »süß genug«, obwohl es schon beim ersten Mal nicht lustig gewesen war. Der Gang war fast vollkommen blockiert von einem Kleinkind, das man so fest in seinen Buggy geschnallt hatte, als sei es ein gefährlicher Krimineller unter Arrest. Seine Mutter saß daneben am Tisch und las eine Klatschgeschichte im *Heat*. Vor ihr wurde ein Milchkaffee kalt, daneben ersoff ein Teller Pommes frites in Ketchup. Sie presste eine Fritte so in die rote Soße, als hätte sie das mit Zigarettenausdrücken ein Leben lang geübt, und legte sie in die ausgestreckte Hand des Kindes. Der Kleine zerquetschte sie zu Brei und ließ sie fallen. Die Frau brummelte, »Verdammte Scheiße, Liam«, und klaubte die Überreste von seiner Jacke.

Meikle zwängte sich in einen Plastikschalensitz an einem der freien Tische und stützte die Ellbogen auf die Resopalplatte.

»Noch fünfundzwanzig Minuten, die Uhr tickt.«

Wie ein Schneepflug, der frisch gefallenen Schnee vor sich herschob, wischte Murray mit der Handkante verstreuten Zucker zur Seite. Dann stellte er seinen Kassettenrecorder auf den Tisch.

»Ich wollte Ihnen ein paar Fragen zu Christie stellen.«

»Ich dachte, Sie wären an Archie interessiert.«

»Richtig, aber Christie spielt eine große Rolle in seiner Geschichte. Was haben Sie von ihr gehalten?«

»Über sie habe ich mir keine Gedanken gemacht. Sie war seine Freundin, sein »Chick«, wie wir das damals nannten, das ist alles. Man könnte sagen, sie war die Yoko Ono der Gruppe.«

»Sie hat Sie und Archie auseinandergebracht?«

»Wir waren Kumpel, keine Lebensgefährten.«

Die Kellnerin schlurfte zu ihnen herüber, lehnte sich mit dem Hintern an den Tisch gegenüber und fragte, was sie wollten. Als sie die Bestellung auf ihren Block kritzelte, fiel Murray das selbst gestochene Tattoo an ihrem Handgelenk auf: UDA für *Ulster Defence Association*. Zucker rieselte in Murrays Schoß, als sie mit ihrem Lappen nachlässig über den Tisch wischte. Meikle wartete, bis sie wieder gegangen war, dann sagte er: »Nicht dass ich irgendwas gegen Schwule hätte.«

Murray klopfte sich ab, bekam aber nicht alle Zuckerkörner heraus, die sich im Schritt seiner Hose verfangen hatten.

»Natürlich nicht.«

»Ich bin halt keiner, ganz einfach. Nicht dass ich irgendwas anderes in Ihrem Buch lese.«

»Botschaft empfangen und verstanden.«

Die Frau mit der Zeitschrift steckte sich selbst eine Fritte in den Mund, was der Kleine mit urschreiähnlichem Gezeter quittierte.

»Und auch nichts von wegen ›Seltsam, wie heftig er da protestiert?‹«, sagte Meikle. »Ich stelle nur ein paar Dinge klar.«

»Mein Ehrenwort, George.«

Der ältere Mann schaute ihn mit ernstem Blick an und fing dann an zu lachen. Die Kellnerin lächelte, als sie die beiden Tassen Kaffee zwischen ihnen auf den Tisch stellte.«

»Wenigstens einer, der fröhlich ist.« Sie zog die Rechnung aus der Tasche und legte sie zwischen die Tassen. »Auf wen geht das heute?«, fragte sie, als wären sie altbekannte Stammgäste.

Murray zückte seine Brieftasche und gab ihr einen Fünfpfundschein.

»Recht so. Ihr alter Herr hat über die Jahre sicher schon genug für Sie geblecht.«

»Er ist nicht mein …«

Aber da hatte sie schon das Wechselgeld auf den Tisch gezählt und sich zu drei Arbeitern in Leuchtwesten umgewandt.

»Neugierige Vettel. Da, die Burschen mit ihrer Diät-Cola fertigt sie ab wie nix. Da wird nicht lange rumgemacht.« Anscheinend hatte Meikle sein Gift versprüht, denn er wurde jetzt etwas umgänglicher. »Was mich angeht, war Christie in Ordnung. Ich meine, mit irgendeiner Nullachtfuffzehn-Lady hätte sich Archie erst gar nicht abgegeben. Attraktives Mädchen. Hat nicht viel geredet, war aber angenehm zum Haben. Dekorativ. Ich hab sie Yoko genannt, weil Archie und ich uns nicht mehr so oft gesehen haben, nachdem sie auf der Bildfläche erschienen war. Bei manchen Typen ist das eben so, wenn sie erst mal am Haken hängen. Sie lassen es nicht mehr so oft mit ihren Kumpels krachen. Ist ja vielleicht auch gut so. Ich jedenfalls hab es über die Jahre zu oft mit meinen Kumpels krachen lassen. Sieht man ja, wo das hingeführt hat.«

»Ich habe mit Professor James gesprochen. Er sagt, dass Christie in seinen Schreib-Workshops nie den Mund aufgemacht hat.«

Meikle sprach jetzt leise.

»Was hat er Ihnen sonst noch erzählt?«

»Dass Archie das Potential gehabt hätte, groß rauszukommen, dass es aber wohl an der Disziplin gehapert hätte.«

»Das hat sich früher aber ganz anders angehört.«

»Ach ja?«

Murray rührte in seinem Kaffee. Jetzt bloß keine falsche Frage stellen, dachte er.

»James konnte weder Archie noch seine Gedichte ausstehen. Er war es, der dafür gesorgt hat, dass sie Archie von der Uni geschmissen haben.«

»Wer hat Ihnen das gesagt?«

»Wer wohl? War ja nicht so, dass ich in meiner Freizeit mit Professoren rumgezogen bin.«

»Wenn man ihn nicht wollte, warum ist er dann weiter zu den Workshops gegangen?«

»Warum sollte er nicht?«

Aus der Stimme des alten Mannes hörte Murray die hitzigen Pub-Streitereien und uralten Groll heraus. »Weiß nicht, aber warum gehe ich irgendwohin, wenn ich nicht willkommen bin?«, sagte Murray.

Meikle seufzte. Der Zorn war immer noch da, aber seine Stimme klang jetzt resigniert.

»Die waren gut auf ihrem Gebiet, richtig?«

Murray nickte.

»Manche von ihnen sind Spitzenklasse geworden.«

»So wie ich das sehe, wollte Archie Teil der Gang sein. Aber die anderen wollten ihn nicht, aus welchem Grund auch immer. Möglich, dass der Grund folgender war: Sie kamen von der Uni. Nichts für ungut, aber Sie wissen, was ich meine. Ernsthafte Typen. Und Archie war wild, manchmal zu wild.«

»Laut James kam es gelegentlich vor, dass Archie betrunken war und dass er sich abscheulich aufgeführt hat. James sagt, dass er Archie ausgeschlossen hätte, wenn er nicht so talentiert gewesen wäre.«

Meikle nippte an seinem Kaffee. Er schaute mit starrem Blick an Murray vorbei, durch das ungeputzte Fenster des Cafés hinaus auf die belebte Straße oder in die Vergangenheit. »Dass er sich so benommen hat, war nicht ungewöhnlich. Aber da spielte noch mehr hinein als nur seine Sauferei. Archie hatte diesen Extraschuss Energie. Das ist schwer zu erklären. Als strömte zusammen mit seinem Blut noch Quecksilber durch seine Adern. Ich glaube, das war ein Grund dafür, dass er so viel trank. Er wollte seine Energie im Zaum halten.« Meikle schaute wieder auf seine Uhr. »Ich muss bald los. Sie haben mich gefragt, ob ich dabei war, als er Christies Namen in den Beton geritzt hat.«

»Ja.«

»Ich habe Ihnen das nicht gezeigt, damit Sie ein gutes Foto für Ihr Buch kriegen, sondern weil Christie ihm an jenem Abend Bobby Robb vorgestellt hat.«

Sie ließen das Trinkgeld neben dem kalten Kaffee auf dem Tisch liegen und gingen nach draußen. Diesmal hielt sich der Archivar dicht neben Murray.

»Viel mehr als Christie habe ich immer Bobby die Schuld an Archies Tod gegeben. Sie war nur ein junges Ding. Aber Bobby, der war alt genug, um zu wissen, was er tat.«

Der Name kam ihm irgendwie bekannt vor, aber Murray widerstand der Versuchung, zu fragen, wer Robb sei, weil er den Bann nicht brechen wollte. Meikle fuhr fort: »Wenn ich ehrlich bin, eine Zeit lang konnte ich Archie nicht mehr ertragen.« Er schaute Murray an. »Sie sind zu jung, um sich noch daran zu erinnern, wie es damals zuging in der Stadt. Worte wie ›Weinbar‹ waren noch nicht erfunden. Männer hatten sich noch wie Männer zu benehmen. Sie mussten trinken bis zum Anschlag, und Weinen war nur erlaubt, wenn deine Mannschaft das Pokal-Endspiel verloren hatte. Die Leute waren zwar an Typen mit langen Haaren gewöhnt, aber wenn man wusste, was gut für einen war, dann führte man sich besser auf wie ein Mann.«

»Und das hat Archie nicht getan?«

»Heutzutage würde er wahrscheinlich damit durchkommen. Alles ist erlaubt, richtig? Aber nicht damals. Archie war zu laut. Wenn er richtig in Fahrt kam, dann hat er sein Maul aufgerissen, über Sex, Religion, Politik, Dichtung – alles, womit man die Leute richtig in Rage bringen konnte. Er hat den Ärger angezogen, und jeder in seinem Umfeld wurde mit reingezogen. Und das ging mir allmählich auf die Eier.«

»Und Bobby?«

»Wo Bobby war, gab's Stunk. Ich hatte ein bisschen was über ihn gehört. Edinburgh ist eine kleine Stadt, solche Burschen fallen auf. Er war eine von den Kletten, die sich an Studenten festkrallen. Man kennt den Typ: Ein bisschen älter und mit der Sorte von Verbindungen, die bei Jungfüchsen Mordseindruck machen.«

»Drogen?«

»Drogen, kleine Schieber, weiß Gott, was sonst noch alles. Damals haben die Studenten noch anständige Stipendien bekommen, und Bobby Robb war genau der Bursche, der wusste, wofür sie ihre Kohle ausgeben konnten. Aber selbst wenn ich vorher noch nie was von ihm gehört hätte, in dem Augenblick, als er mit Christie in die Bar reinmarschiert ist, hätte ich sofort gewusst, der macht Ärger. Sie hat ihn angehimmelt wie den wiederauferstandenen Jesus Christus, der gleich Bier in Whisky verwandelt. Der Auftritt hatte was Viktorianisches: Das kleine Milchmädchen frisch vom Lande und der alte Bösewicht, der sie bescheißt und auf den Strich schickt.«

Sie näherten sich einem Gebäude, das gerade renoviert wurde, und betraten hintereinander den schmalen Durchgang unter dem Holzgerüst. Das Gestänge war auf Kopfhöhe mit Sackleinen umwickelt, damit sich kein schusseliger Schluckspecht den Schädel einrannte. Auf den Gerüstplanken über ihnen hämmerten Arbeiter mit Schutzhelmen auf dem Kopf auf das Mauerwerk ein. Steinstaub hing wie Puder in der Luft. Murray hielt den Atem an, bis sie auf der anderen Seite wieder herauskamen. Meikle fuhr mit der Geschichte fort.

»Archie bevorzugte Arbeiterkneipen. Wie gesagt, gab sonst nichts, außer man mochte Hotelbars. Aber er hatte es lieber ein bisschen derb. Das Pub, in dem wir an jenem Abend waren, war die Sorte, wo Christie mit dem einen oder anderen dummen Spruch rechnen musste. Und als wir reinkamen, wurde sie auch sofort angestarrt. Dann sahen sie Bobby und schauten sofort wieder in ihre Biergläser. Fand ich schon immer komisch, dass Leute mit Narben den Ruf haben, harte Burschen zu sein. Eigentlich sollte man sich doch vor denen in Acht nehmen, die denen die Narben verpassen, oder nicht?« Murray nickte, und Meikle redete weiter. »Bobby hatte eine Narbe, die von einem Mundwinkel hoch bis zum Augenlid ging. Sah aus, als hätte er Glück gehabt, dass er nicht sein Augenlicht verloren hat. Hat von der Seite ausgesehen, als ob er immer so ein grässliches, höhnisches Grinsen im Gesicht hätte, ein bisschen wie der Pinguin.«

Murray schaute begriffsstutzig. »Na, der Bösewicht aus *Batman*«, sagte Meikle.

»Ich glaube, Sie meinen Joker.«

»Scheiße.« Meikle schüttelte den Kopf. »Das nennt meine Frau mein Seniorengedächtnis. Von der Seite hat er wie Joker ausgesehen. Aber das Lustige daran war, er war die Sorte von Ekelbolzen, auf den die Frauen stehen.«

Murray kannte die Sorte, fragte aber trotzdem: »Warum?«

»Keine Ahnung. Hatte vielleicht irgendwas mit seiner Selbstsicherheit zu tun. Die Art, wie er sich gab; damit, dass er wie ein ausgemachtes Arschloch aussah. Manche Frauen mögen das.«

»Sie haben also geglaubt, dass Christie auf ihn abfährt?«

»Und ob, sie hatte jedes Mal ganz leuchtende Augen, wenn sie ihn nur angeschaut hat. Aber er hat sich, so war jedenfalls mein Eindruck, mehr für Archie interessiert. Hat sich gleich auf ihn gestürzt und ihm die Ohren vollgequasselt.«

»Ist Archie darauf angesprungen?«

»O ja, er war ziemlich angetan von ihm.«

Murray zögerte.

»Wollen Sie damit sagen, dass Archie homosexuell war?«

Der Archivar schaute ihn an.

»Wenn Sie mich damals gefragt hätten, ob ich Archie für schwul halte, hätte ich Sie, bloß wegen der Frage, selbst für eine Schwuchtel gehalten. Aber im Nachhinein, weiß nicht. Nein, glaube nicht. Bei mir jedenfalls hat er es nie versucht, aber wer weiß? Schätze, Archie war der Typ, dem alles ein oder zwei Versuche wert gewesen wäre, wenn er Lust drauf gehabt hätte.«

Sie hatten die Bibliothek fast erreicht. Murray schaute auf seine Uhr. Fünf vor.

»Also er und Bobby?«

»Da fragen Sie den Falschen.«

»Aber den Verdacht hatten Sie?«

»Nein, ich hatte keine Gelegenheit mehr für irgendeinen Verdacht. Nach jenem Abend habe ich weder ihn noch Christie je wiedergesehen.« Sie kamen an einem Pub vorbei und mussten wieder für ein paar Meter in den Gänsemarsch wechseln, um sich an den draußen herumlungernden Rauchern vorbeizudrücken.

Als sie wieder nebeneinander gingen, fragte Murray: »Was ist passiert?«

Meikle seufzte. »Wir waren mehrere an dem Abend, die da getrunken haben. Archie hatte einen Kumpel mitgebracht, einen Studenten, der sich zum Spaß ganz gern unters gemeine Volk mischte, und ich war mit ein paar Freunden aus der *Socialist Workers' Party* da. Sie haben Archie wegen mir toleriert und ich den kleinen Snob wegen Archie. Ziemlich heikel das Gleichgewicht, aber immerhin.«

»Und Bobby Robb hat das durcheinandergebracht.«

»Megamäßig, wie meine Enkelin sagen würde. Bobby hat den Charmebolzen gegeben, aber nicht mir gegenüber. Hat er gar nicht erst versucht. Es war, als würde er Archie und Christie eine Maske von sich zeigen. Aber von da, wo ich saß, konnte ich sehen, wo die Maske aufhörte und der wahre Bobby anfing. Und das wusste er. Hat sich immer wieder umgedreht und mir verschlagen zugenickt und zugezwinkert. Damit hätte ich leben können, schließlich war es Archies Sache, mit wem er rumhing. Aber dann hat Bobby ein Tarotspiel aus der Tasche gezogen und angefangen, Christie die Karten zu legen.« George schüttelte den Kopf. »Beim Thema Anbaggern gehört Wahrsagerei in die gleiche Schublade wie Füßerubbeln und Nackenmassage.«

Murray hatte noch nie darüber nachgedacht, aber er konnte sich vorstellen, wie die Taktik funktionierte.

»Weil es dabei ziemlich intim werden kann.«

»Exakt. Ich war ein bisschen angefressen, stellvertretend für Archie sozusagen. Trotzdem: War immer noch nicht mein Bier, und irgendwie hatte ich auch den Eindruck, Robb zieht das bloß ab, um Archies Aufmerksamkeit zu erregen. Also hab ich sie machen lassen.«

»Ist Archie darauf eingestiegen?«

»Und ob. Dauerte nicht lange, und er steckte mittendrin in dem ganzen Hokuspokus. Das machte alles noch schlimmer. Wir beide waren als Kumpels da, und jetzt machte er mich vor diesem ernsthaften Sozialisten zum Trottel. Als ich dann was aufgeschnappt habe von dem, was Bobby Robb gesagt hat, bin ich ausgerastet.«

Meikle machte eine Pause. Sein Gesicht wurde hart, als ob die Erinnerung den ganzen Zorn wieder hervorzerrte. Irgendwo kündigte ein plärrendes Autoradio die in Kürze anstehenden Ein-Uhr-Nachrichten an, und Murray fiel wieder ein, dass die Zeit gegen ihn spielte.

»Worüber hat er gesprochen?«

»Über Reinkarnation.«

»Diese Geschichten waren damals mächtig angesagt, oder?«

»Und ob. Hinduismus und das alles. Nicht meine Kiste, hatte allerdings auch keine Probleme damit. Bobby schwafelte was davon, wie man sich durch bestimmte Rituale Zugang zu anderen Welten, zu anderen Seelen verschaffen könnte. Wenn man die richtige Zauberformel erwischte, behauptete er, könnte man über seinen Tod hinausleben. Vielleicht lag es an den Drogen oder am Alkohol, wer weiß? Jedenfalls hatte er schon einige Gläser intus, hatten wir alle. Laut Robb war die wertvollste Ingredienz bei so einem Ritual das Blut eines unschuldigen Menschen, das einer Jungfrau. Man müsste das Mädchen nicht unbedingt töten, sagte Robb, ein kleiner Schnitt würde es auch tun. Er fragte Christie, ob sie dazu bereit sei, und als sie ihm sagte, dass sie die Grundvoraussetzung nicht erfüllte, quetschte er sie aus, ob sie irgendwelche Freundinnen hätte, die sie erfüllten. Ich wartete drauf, dass Archie ihm übers Maul fuhr, aber das tat er nicht. Also habe ich zu Robb gesagt, was er für einen Haufen Scheiße daherredet. Das Nächste, woran ich mich erinnere, ist, dass wir uns draußen auf dem Pflaster rumgewälzt haben.«

»Sie und Bobby?«

»Nein.« Meikle lachte bitter. »Bobby war nicht der Typ, der seine eigenen Schlachten schlug. Ich und Archie.« Sie standen jetzt vor dem Eingang zur Bibliothek. Irgendwo schlug eine Uhr eins, aber der Archivar machte keine Anstalten, an seinen Arbeitsplatz zu eilen. »Am nächsten Tag bin ich zu seiner Wohnung, aber entweder war er nicht da oder er hat nicht aufgemacht. Wenn er mich sprechen will, dachte ich mir, weiß er ja, wo er mich findet. Einen Monat später kam sein Buch heraus. Kein Zweifel, dass er das im Alkoholrausch geschrieben hat. Und schließlich habe ich gehört, dass Archie und Christie auf eine der Inseln gefahren sind, mit Robb.« Das Endgültige in der Stimme des Archivars stellte klar, dass er damit das Thema für abgeschlossen hielt. »Jetzt wissen Sie so viel wie ich.«

»Nur nicht, warum Sie Bobby Robb die Schuld an Archies Tod geben.«

»Das ist nur meine Meinung.«

»Aber Sie haben einen Grund dafür. Und den würde ich gern hören. Wenn Sie bereit sind, ihn mir mitzuteilen.«

Der alte Mann stand schweigend da und schaute die Straße hinunter Richtung Kreuzung.

»Ach, scheiß drauf.« Er zog sein Handy aus der Tasche und wählte. »Fiona? Ja, alles bestens. Du, ich komme ein bisschen später, okay?« Er hörte schweigend der Stimme am anderen Ende zu und sagte dann: »Nein, kein Problem. Ich muss nur noch was erledigen. Vergesse ich nicht, ich bin rechtzeitig zurück. Danke, Fiona, du hast was gut bei mir. Bis dann.«

Er schaltete das Handy aus, und Murray sagte: »Wollen wir irgendwo hingehen?«

»Nein, keine Zeit, ich habe gleich einen Termin. Lassen Sie uns nur hier vom Eingang weggehen. Ich will mein Glück nicht herausfordern.« Sie gingen ein Stück weit auf die Brücke und schauten hinunter auf das alte Edinburgh. Meikle nickte nach unten zu den dunklen Straßen. »Von hier oben sieht das aus wie vor hundert Jahren.« Er seufzte. »Sie haben recht. Archie führte sich manchmal auf wie ein dummes Arschloch, und ich habe keine Beweise dafür, dass Bobby irgendwas mit seinem Tod zu tun hatte. Aber es gab Gerüchte.«

»Was für Gerüchte?«

»Nichts Konkretes, nur dass gleich alles aus dem Ruder gelaufen ist, als sie auf die Insel kamen. Irgendwas ist passiert, was Archie raus aufs Meer getrieben hat. Irgendwas, bei dem Bobby Robb kein unschuldiger Zuschauer war.« Er schaute Murray in die Augen. »Danach ist er nach Edinburgh zurückgekommen, aber irgendwer hat ihm die Fresse poliert und er ist wieder abgehauen.«

»Sie?«

»Was spielt das für eine Rolle? Das ist schon lange her.« Unter ihnen schwankten zwei alte Männer mit Bierdosen in der Hand langsam die Straße entlang. »Klassisch Edinburgh: Hier oben Trubel und Hektik, da unten Suff und Zerfall. Wie wenn man einen Stein hochhebt.« Unter ihnen ließen sich die beiden Männer auf der Bordsteinkante nieder. Der eine fuchtelte mit den Armen herum und erging sich über irgendein Thema, während sein Gefährte die Bierdose an die Lippen hob. Schaff sie in ein Bistro, und sie gingen als zwei Professoren für Englische Literatur durch, die irgendwelche theoretischen Feinheiten diskutierten.

»Ich verstehe immer noch nicht, warum Sie Bobby mehr die Schuld geben als Christie«, sagte Murray.

Meikle schaute Murray herausfordernd an.

»Bobby Robb war eine Apotheke auf zwei Beinen. Archie hatte keine Selbstkontrolle. Setz ihn mit so jemandem auf einer Insel ab, und was dann passiert, ist fast unausweichlich.«

»Da ist doch mehr dahinter als nur das, oder?«

»Nein.« Der Archivar wandte den Kopf ab. »Außer …« Sein Handy klingelte, er zog es aus der Tasche. »Bin schon unterwegs.« Er verstaute das Handy und drehte sich wieder zu Murray um. »Bobby Robb war ein mit Drogen zugedröhnter Opportunist. Aber sogar mir ist aufgefallen, dass eine magnetische Anziehungskraft von ihm ausging. Und Lunan war auf der Suche nach einem Guru. Vielleicht war das auch der Grund, warum er sich mit mir angefreundet hat. Der Punkt war, dass ich selbst genug Probleme damit hatte, in der Spur zu bleiben.«

Er wandte sich zum Gehen.

»George.« Murray berührte den Arm des älteren Mannes. »Ich weiß zu schätzen, dass Sie so offen zu mir waren.«

Die Griesgrämigkeit des Archivars kehrte zurück. Er zögerte einen Augenblick verlegen, dann nahm er Murrays Hand und schüttelte sie.

»Ich habe fast vierzig Jahre über die Sache nachgedacht, und ich glaube, was immer da auf Lismore vorgefallen ist, Bobby Robb war der Hauptgrund dafür.«

»Haben Sie Christie jemals wiedergesehen?«, fragte Murray.

»Einmal habe ich sie auf der Straße gesehen, das war kurz nach Archies Tod.« Meikle schüttelte den Kopf. »Ich weiß noch, dass ich damals an jenem Abend im Pub dachte, wie schön sie doch ist. Sie strahlte, und dann ihr Haar ... na ja, es war immer wunderschön. Aber damals kam es mir so fest, so glänzend vor.« Er hielt inne, als überlegte er, was er sagen wollte. Dann fuhr er fort. »Als ich sie da auf der Straße gesehen habe, hatte ich den Eindruck, als wäre sie gealtert. Sie hatte abgenommen. Ihre Gesichtszüge sahen kantiger aus, irgendwie hexenartig. Plötzlich hatte ich das Gefühl, dass ich genauso gut mit dem Teufel reden könnte. Ich wechselte die Straßenseite, um nicht mit ihr sprechen zu müssen.«

Sie machten sich auf den Rückweg zur Bibliothek, und Meikle fragte: »Und, was haben Sie jetzt vor?«

»Im Moment kann ich nur einen kleinen Schritt nach dem andern machen. Ich habe vor, nach Lismore zu fahren. Mal sehen, vielleicht kann ich Christie dazu bewegen, mir ihre Seite der Geschichte zu erzählen. Und dann werde ich wohl versuchen, Bobby Robb aufzustöbern.« Er warf Meikle einen entschuldigenden Blick zu. »Selbst wenn sich rausstellt, dass er immer noch so ein

Arsch ist wie damals, als Sie ihn kannten, muss ich auch seine Version hören.«

Meikle nickte. Schweigend gingen sie weiter. Der Mittagstrubel hatte sich gelegt, aber heutzutage kam die Stadt nie ganz zur Ruhe. Immer noch kroch eine Autoschlange langsam über die George IV Bridge den Lichtern entgegen.

Meikle grinste müde. »Ich kenne sein Stammlokal.«

Murray schaute Meikle an und fragte sich, ob er vorgehabt hatte, ihm dieses letzte Detail vorzuenthalten.

Der Archivar missdeutete seine Reaktion.

»Keine Sorge, ich hab' nicht wieder angefangen zu saufen. Ich hab' ihn mal in der High Street gesehen, ist schon ein paar Jahre her.«

»Und haben ihn wiedererkannt? Nach so langer Zeit?«

»Eine hässliche Fratze wie die vergisst man nicht. Hin und wieder habe ich an ihn gedacht, und immer habe ich bedauert, dass ich ihm damals im Pub nicht Kontra gegeben habe. Aber als ich ihn dann wiedergesehen habe, da …« Er schüttelte den Kopf. »Da war ich irgendwie froh, ihn zu sehen, obwohl ich ehrlich behaupten kann, dass ich Bobby Robb hasse für das, was er Archie angetan hat. Das war um Weihnachten rum. Ich weiß das noch, weil ich in einem von den teuren Läden da was Hübsches, einen Schal oder so was, für meine Frau gesucht habe. Aber als ich Bobby dann gesehen habe, habe ich keine Sekunde gezögert und bin sofort hinter ihm her, wie dem Rattenfänger von Hameln. Ich hatte ganz schön zu hecheln, um ihn nicht zu verlieren. Er ist wahrscheinlich zehn Jahre älter als ich, aber ziemlich flott auf den Beinen, das muss man ihm lassen. Er ist die Cockburn Street runter ins *Geordie's*. Kennen Sie das?«

»Hab' mal ein Bier da getrunken.«

»Dann haben Sie ihn vielleicht auch gesehen.«

»Was haben Sie gemacht?«

»Nichts. Hab' mir eine Cola bestellt, an der Theke gestanden und Bobby im Spiegel beobachtet. Er war es tatsächlich. Seitdem habe ich noch ein paarmal reingeschaut, ob er noch da ist. Er war immer da. Immer auf dem gleichen Platz, keine Zeitung, kein Buch, keine Gesellschaft, nur das Bier auf dem Tisch.«

Irgendetwas am Tonfall des alten Mannes ließ Murray fragen: »Sie haben nicht vor, irgendwas zu unternehmen, George? Rache für Archie, irgendwas in der Richtung?«

Meikle lachte bitter.

»Nein, mein Junge. Gibt ein paar Dinge in meinem Leben, an denen ich sehr hänge: eine nette Frau, eine Familie, der es gut geht. Ich will ihn mir nur ab und zu anschauen, wie er da mutterseelenallein vor seinem Bier sitzt, was er anscheinend jeden Abend macht. Will mir die gruselig grinsende Narbe auf der einen und den schlaff runterhängenden Mund auf der anderen Seite anschauen. Kann mir keine bessere Rache vorstellen.«

# 14

Auf der obersten Treppenstufe saß ein Mann, der sich in eine braune Decke gewickelt hatte, und streckte ihm einen Starbucks-Becher entgegen. Murray ließ etwas Kleingeld hineinfallen und stieg dann hinunter in die Dunkelheit. *Fleshmarket Close* war eingezwängt zwischen dem Touristengedränge der Old Town und den Lautsprecheransagen der Waverley Station. Aber hier unten in dem nach Pisse stinkenden Halbdunkel war es, als gehörte der ganze Trubel zu einer anderen Stadt. Die Bar versteckte sich hinter der Kellerwand der hohen Mietskaserne, die die dunkle Gasse überschattete. Der Schritt durch die Tür beförderte ihn vierzig Jahre zurück.

Möglich, dass man mit dem Schottenkaro im Teppichboden und den gerahmten Porträts der Clan-Chiefs Touristen hatte anlocken wollen. Die Amerikaner und Skandinavier, die den Rest der Stadt überschwemmten, schien es aber in lebhaftere Kneipen zu ziehen, denn die grimmigen Gesichter auf den Gemälden starrten auf leere Tische hinunter.

Murray bezog an der schmalen Theke Stellung. Unter der Decke im hintersten Winkel hing ein Fernseher, auf dem die Höhepunkte der Rennen in Goodwood liefen. Er beobachtete die Pferde, die stumm der Ziellinie von Rennen entgegenliefen, die schon verloren und gewonnen waren.

Nach einer Weile tauchte aus dem Hinterzimmer die Barkellnerin auf, die ein Taschenbuch in der Hand hielt. Murray bestellte ein Lager. Das Mädchen legte das Buch auf die Theke, holte darunter ein Glas hervor und ging wortlos zum Zapfhahn.

Auf dem Titel des Taschenbuchs war ein barfüßiger Mann zu sehen, der sich mit einer Kiste auf dem Rücken eine steile Straße hinaufschleppte. Sein Gesichtsausdruck war schicksalsergeben, als wüsste er, dass sein Leben nichts anderes für ihn bereithielt. Als hätte er sich mit diesem endlosen Marsch abgefunden. Hohe Großbuchstaben, schwer wie Stein, verkündeten: *Der Mythos des Sisyphos.*

»Gutes Buch. Gefällt es Ihnen?«

Das Mädchen stellte das Bier vor ihm auf die Theke.

»Bin mir nicht sicher, worum es eigentlich geht.«

»Ja, ich weiß, was Sie meinen.«

Er sagte, sie solle sich auch eins zapfen, wie die Detektive in den Filmen, wenn sie auf Informationen aus waren.

»Danke, aber erst nach Feierabend.«

Sie steckte die Pfundnote in das Trinkgeldglas, nahm ihr Buch und verschwand wieder. So war das nicht geplant.

Jemand hatte die *Evening News* vom Vortag liegen gelassen. Murray breitete sie auf der Theke aus und trank einen Schluck.

Ein Mann hatte sich schuldig bekannt, seine fünfunddreißigjährige Frau erstochen zu haben, obwohl er sich nur noch an seine siebte Halbe erinnern konnte. Ein Teenager hatte sich nach einer Flut von Droh-SMS von seinen Klassenkameraden in seinem Zimmer aufgehängt. Eine an Krebs leidende Zehnjährige, für die die Zeitung Geld gesammelt hatte, war gestorben, bevor sie ihre Traumreise ins Disneyland nach Paris antreten konnte. Murray betrachtete das Foto des kleinen Mädchens, das eine geblümte Baseball-Kappe trug und von einem Ohr zum andern lächelte, und fragte sich, warum das Leben so beschissen war.

Er hatte sein Bier fast halb ausgetrunken, als ein alter, sich schwer auf einen Stock stützender Mann hereinkam.

»Tach.« Er nahm seine Mütze ab, klopfte sie aus und steckte sie sich in die Manteltasche. »Ist sie hinten?«

Murray faltete die Zeitung zusammen und legte sie beiseite.

»Ja, schätze, ich hab sie verjagt.«

»Hat immer die Nase in einem Buch.« Der alte Mann klopfte mit dem Stock auf die Theke. »Dauernd sag ich ihr, das ist keine Leihbücherei hier, das ist ein Pub. Kümmert sie aber nicht.«

Die Kellnerin tauchte wieder auf, und er bestellte ein Ale und einen Whisky. Murray überlegte, ob er ihn einladen solle, zögerte aber, weil er Angst hatte, der Rentner könnte sich beleidigt fühlen, und dann war der Augenblick verstrichen. Die Überlegung hätte er sich sparen können. Er war mit der Beschreibung von Bobby Robbs Narbe noch gar nicht fertig, da unterbrach ihn der Alte schon.

»So hat er also geheißen, Bobby Robb. Wir haben ihn immer Crippen genannt.« Er hielt sich die Hand vor den Mund. »Sind Sie etwa ein Verwandter?«

Murray zögerte.

»Ein Neffe.«

Der Rentner hielt ihm die Hand hin.

»Dann mein Beileid. Ich bin Wee Johnny.« Sie schüttelten sich die Hand, und der Ältere bedachte Murray mit einem Lächeln, das die ganze Breite seiner dritten Zähne entblößte. »Ich hoffe, ich habe Sie nicht beleidigt mit dem, was ich gesagt habe. Wir machen hier drin ganz gern einen kleinen Scherz. Stimmt's nicht, Lauren?«

Die Kellnerin nickte. »Klar, Johnny, kleiner Scherz geht immer.«

Sie verdrückte sich wieder in ihr Allerheiligstes und ließ sie allein in der leeren Bar zurück.

Murray kannte zwar die Antwort, aber er fragte trotzdem: »Heißt das, dass Bobby Robb tot ist?«

»O Gott, haben Sie das etwa noch gar nicht gewusst, mein Junge?«

Die dritten Zähne verschwanden, als er besorgt das Gesicht verzog.

»Keine Angst, wir standen uns nicht sonderlich nahe.«

Murray fühlte sich betrogen. Wieder eine Chance dahin, Archie auf die Spur zu kommen.

»Das ist ja ein Ding.« Johnny musterte ihn. »Jetzt wo ich Sie mir genauer anschaue, stimmt, Sie sehen ihm ähnlich. Sie haben zwar keine Narbe, aber um die Augen rum, da haben Sie was von ihm.«

»Das sagen alle.«

Murray nippte an seinem Bier. Gab keinen Grund mehr, hier noch weiter Zeit zu verplempern.

»Drei Tage früher, da hätten Sie ihn hier noch erwischt.« Wee Johnny nickte zu einem Ecktisch. »Konnte da den ganzen Abend sitzen. Hätte keinen Muckser gemacht, wenn Lauren nicht gemerkt hätte, dass er immer noch am ersten Bier rumnuckelt, wo er eigentlich schon längst beim dritten hätte sein müssen. Die Kleine hat ein großes Herz. Aber was die alles wegliest.« Er rief durch die Tür nach hinten: »Ein paar von Crippens Büchern hättest du ganz gern abgestaubt, was, Lauren?« Es kam keine Antwort, und es hatte den Anschein, als hätte der Alte auch gar keine erwartet, denn er redete sofort weiter: »Der hatte bergeweise von dem Zeug, dein Onkel. Bücher, meine ich, bergeweise. Mannomann.«

Verwundert schüttelte er den Kopf über den Umfang von Bobby Robbs Bibliothek und trank dann den Rest seines Biers.

Murray griff in seine Hosentasche.

»Wie wär's, geht noch eins?«

»Danke, nett von Ihnen. Ich nehme noch ein Bier.« Johnny kippte seinen Whisky hinunter. »Und zum Nachspülen, wenn's keine Umstände macht, noch einen Kleinen vom Malt des Monats.«

Er klopfte mit seinem Stock auf die Theke, und die genervte Lauren kam wieder in die Bar. Murray bestellte und fragte dann Johnny: »Woher wissen Sie das von der Büchersammlung?«

Die Antwort kam von Lauren.

»Mr Robb hatte von meinem Onkel Arthur eine Wohnung gemietet. Der ist auch der Geschäftsführer von dem Laden hier, und der hat es mir erzählt.« Sie zapfte zwei Lager. »Mein Beileid.«

»Danke.« Murray nahm ihr sein Bier ab. »Haben Sie eine Idee, was mit den Büchern passiert ist?«

Lauren wich seinem Blick aus.

»Onkel Arthur hat sie verbrannt. Hat er einen ganzen Nachmittag für gebraucht.«

»Tja, da kann ich nur sagen, gut so.« Wee Johnny strahlte, er hatte sichtlich Spaß an der Unterhaltung. »Alles hat seinen Ort und seine Zeit, auch Bücher.«

»Er ist ein Nazi. Erst sagt er noch, dass ich mir welche aussuchen kann, und dann kippt er auch schon Benzin drüber. Die Nachbarn waren nicht gerade erfreut, als sie hinterher den Rasen gesehen haben.« Sie schenkte einen Whisky ein. »Als Mr Robbs Ex-Frau aufgetaucht ist und seine Habseligkeiten abholen wollte, hat er aber dann doch einen roten Kopf bekommen. Das muss dann ja Ihre Tante gewesen sein.«

»Ex-Tante.« Johnny nahm Lauren seinen Whisky ab. »Er hat nicht mal gewusst, dass der alte Knabe gestorben ist.«

Lauren machte große Augen.

»Aber Sie wissen schon, dass heute Nachmittag die Beerdigung von Ihrem Onkel ist?« Sie wandte sich an Wee Johnny. »Du hast es ihm doch erzählt, oder?«

Der alte Mann umklammerte sein Whiskyglas, als hätte er Angst, es würde konfisziert.

»Hab' ich nicht dran gedacht.«

Lauren schaute auf die Uhr über der Bar, die fünf Minuten vorging.

»*Seafield Crematorium.* Wenn Sie sich ein Taxi schnappen, könnten Sie es gerade noch schaffen.«

Murray schob etwas Geld über die Theke und war schon an der Tür, als Wee Johnny sagte: »Sekunde noch, ich trinke eben aus, dann komme ich mit.«

Aber Murray ließ die Tür hinter sich zuschwingen, lief durch die düstere Gasse Richtung Taxistand am Bahnhof und hoffte, dass er es noch rechtzeitig schaffen würde, bevor Bobby Robb in Rauch aufging.

# 15

Murray spürte, wie der Taxifahrer seine abgewetzten Turnschuhe und zerschlissenen Jeans musterte, und versuchte es mit einem Scherz. »Meine Mutter hat mir schon immer prophezeit, dass ich mal zu meiner eigenen Beerdigung zu spät komme.« Er gab ihm einen Zehner. »Stimmt so.«

Der Fahrer ließ ein paar Münzen in die kleine Schale klimpern, die an dem Trenngitter zwischen vorn und hinten befestigt war.

»Kann nicht schaden, wenn man hin und wieder etwas Respekt zeigt.«

Er wartete, bis Murray die Tür zugeworfen hatte, dann machte er kehrt und raste mit angewidertem Gesichtsausdruck davon. Murray steckte das Wechselgeld in die Tasche. Was Beleidigungen anging, war »Behalten Sie Ihr Geld« ein Kracher. Allerdings fehlte etwas der Biss, wenn es sich bei der Summe um fünfzig Pence handelte.

Das Krematorium sah aus wie ein zuverlässiger Ort für die Verwandlung von Fleisch in Staub. Es war irgendwann in den 1930ern erbaut worden, als weiße Fassaden und Art-déco-Symmetrie in Mode waren. Fünf mattierte Fenster flankierten eine Tür, die breit genug war für Sarg und Sargträger – ein riesiges Maul, eingerahmt von milchigen Augen. Das ganze Arrangement hatte etwas düster Kinohaftes. Es war wie eine melancholische Einladung zu einer Vorführung, die man vielleicht lieber nicht sehen wollte. Wilder

Wein bedeckte die Vorderseite des Gebäudes, eine zottelige Frisur, die im Widerspruch zu den ansonsten würdevollen Zügen stand. Der Efeu wirkte geschmacklos auf Murray. Eine verwilderte Friedhofspflanze, deren Ranken nach den Lebenden schnappten, die nur gekommen waren, um Abschied zu nehmen.

Einige Trauergäste standen nicht weit von der Eingangstür entfernt und warteten schon auf den nächsten Termin. Mit ihren dunklen Anzügen, schwarzen Krawatten und den in der hohlen Hand verborgenen Zigaretten sahen die Männer aus wie Mitglieder einer bleichgesichtigen Mafiafamilie. Die Trauerkleidung der Frauen war weniger eindeutig: Kombinationen aus Grau, Marineblau und Schwarz. Garderobe, die weniger Betonung auf Stil als auf Farbe legte, als sei das Ereignis unerwartet über sie gekommen und hätte sie gezwungen, im letzten Augenblick ihre Kleiderschränke nach der passenden Garderobe zu durchwühlen, was, so Murrays Annahme, wahrscheinlich auch der Fall gewesen war.

Außen an der Kapelle hing ein kleiner Zettel, auf dem der Name *Robb* stand. Er schulterte seinen Rucksack, atmete tief durch und ging die Stufen zum Eingang hoch, wobei er die gleichgültigen Blicke der wartenden Trauergäste auf seinem Rücken spürte.

Nach dem Grau des Friedhofs war es innen merkwürdig hell. Lautlos glitten seine Turnschuhe über den glänzenden Eichenholzboden. Er schlüpfte in die letzte Bankreihe. Der Pfarrer sprach ein Gebet. Murray verstand nicht, was er sagte. Die zwei Halben, die er mit Wee Johnny gekippt hatte, schienen plötzlich Wirkung zu zeigen. Er senkte den Kopf, faltete die Hände und schaute konzentriert auf seine verschränkten Finger.

*Siehst du den Turm, siehst du die Kirche? Komm herein, dann siehst du die Menschen.*

Niemand sonst war gekommen, um von Robb Abschied zu nehmen. Murray schaute über die leeren Bankreihen nach vorn, wo der Sarg wartete. Darin lag Bobby, mit seiner noch im Tod grinsenden Narbe, mit seinen Geheimnissen, die mit ihm zusammen dazu bestimmt waren, dem Feuer übergeben zu werden.

Es war zu warm, und er hatte einen schlechten Geschmack im Mund. Murray war sich fast sicher, dass er neben dem schalen Geschmack nach Whisky auch verbrannte Schlacke schmeckte. Er fragte sich, ob das Krematorium die Leichen in seiner Heizanlage verfeuerte. Das wäre sinnvoll, allerdings vermutete er, dass man diesen ökologischen Erfolg nur ungern an die große Glocke zu hängen wünschte. Die Worte des Pfarrers waren ihm jetzt vertraut.

*Muss ich auch wandern in finsterer Schlucht,*
*ich fürchte kein Unheil; denn du bist bei mir,*
*dein Stock und dein Stab geben mir Zuversicht.*

Murrays Kopf sank nach vorn. Er drückte die Fingerknöchel gegen die Stirn und blinzelte, damit ihm die Augen nicht zufielen.

*Du deckst mir den Tisch vor den Augen meiner Feinde.*
*Du salbst mein Haupt mit Öl, du füllst mir reichlich den Becher.*

Hielt er Meikles Theorie für glaubwürdig? Der Archivar meinte es ernst, aber hatte er deshalb auch recht? Seine Geschichte gründete auf einem unguten Gefühl, dass er vor vierzig Jahren im betrunkenen Zustand gehabt hatte, und auf ein paar unbewiesenen Gerüchten. Wahrscheinlicher war, dass Bobby Robb nur einer von den vielen Versagern war, die im Alter als einsame Männer enden. Von denen gab es genug in der Stadt.

*Lauter Güte und Huld werden mir folgen mein Leben lang,*
*und im Haus des Herrn darf ich wohnen für lange Zeit.*

Der Pfarrer forderte ihn auf, sich zu erheben. Murray nahm die gefalteten Hände auseinander, und die Orgel spielte eine angemessen traurige Melodie. Murray spürte, wie ihn Selbstmitleid überkam. War das sein ›Geist der zukünftigen Weihnacht‹, ein Vorgeschmack auf sein eigenes Begräbnis: leere Bankreihen, ein gleichgültiger Pfarrer?

Als sich der samtene Quastenvorhang wie von Zauberhand in Bewegung setzte und den Sarg seinem Blickfeld entzog, stand er auf. Er musste eine Entscheidung treffen.

Es war dumm, Zeit mit Streitereien zu vergeuden. Er würde Jack anrufen.

In der ersten Reihe stand eine kleine Frau auf, die er bis jetzt nicht bemerkt hatte. Murray schlüpfte aus seiner Bank und verließ lautlos die Kapelle, während die Kiste mit Bobby Robbs Überresten in den Verbrennungsofen glitt.

Während er in der Kapelle gewesen war, hatte sich die Zahl der wartenden Trauergäste vergrößert. Murray überquerte den Weg und blieb etwas abseits der Gruppe stehen. Weit genug weg, um nicht als ungebetener Gast verdächtigt zu werden, aber doch nah genug, um von Außenstehenden irrtümlich für einen von ihnen gehalten zu werden.

Als die Frau aufgestanden war, hatte er nur kurz ihren Hinterkopf gesehen. Wenn Bobby Robb so übel gewesen war, wie Meikle ihn geschildert hatte, dann konnte es gut sein, dass die Trauernde irgendeine unglückliche Seele war, an die Bobby sich geklammert hatte, um in seinen letzten Jahren versorgt zu sein. Trotzdem hatte er ein Fünkchen Erregung verspürt, als er sie gesehen hatte.

Ein älterer Mann aus der wartenden Gruppe warf Murray einen fragenden Blick zu, als dächte er darüber nach, woher er ihn kannte. Murray strich sich die Jacke glatt und wünschte, er würde etwas weniger auffallen, so verlottert, wie er aussah. Dann zog er sein Handy aus der Tasche und hielt es sich ans Ohr. Das ideale Alibi.

Er drückte Jacks Kurzwahl, aber eine weibliche Roboterstimme teilte ihm förmlich mit, dass der Anschluss im Augenblick nicht erreichbar sei, und unterbrach dann die Verbindung, bevor er eine Nachricht hinterlassen konnte. Die Frau kam jetzt aus der Kapelle und ging hinkend, auf einen Gehstock gestützt und offensichtlich unter Schmerzen, die Stufen hinunter. Sie war kleiner, als er gedacht hatte. Dieser Umstand, so seine Vermutung, und die hohen Rückenlehnen der Bänke hatten dafür gesorgt, dass er sie nicht gesehen hatte. Jedenfalls lag es nicht an der Schlichtheit ihrer Kleidung.

Bobby Robbs einziger Trauergast trug einen blasslila Hosenanzug und einen locker um den Hals geschlungenen rosa Schal. Das hätte sich eigentlich mit ihren Haaren beißen müssen, aber die Eiscrèmefarbpalette hob deren rostrote Tönung aufs Raffinierteste hervor. Fehlte noch der Blumenstrauß, dann hätte sie wie eine reife, geschmackvoll gekleidete Braut ausgesehen. Murray schnappte den geflüsterten Kommentar von einem der wartenden weiblichen Trauergäste auf. »Die lustige Witwe.« Nach dem Tonfall zu urteilen, schienen sich Bewunderung und Missbilligung die Waage zu halten.

Er wäre geneigt gewesen, dem Urteil zuzustimmen, wenn da nicht der schiefe Gang und der harte Gesichtsausdruck gewesen wären – der einer Mutter, die fest entschlossen war, ihrem leidenden Kind die lebenserhaltenden Geräte abzuschalten.

Murray zückte wieder sein Handy, nahm sie so unauffällig wie möglich ins Visier, machte ein Foto und hoffte auf ein besseres Ergebnis als bei seinen früheren Versuchen. Seine Beute bewegte sich schwerfällig Richtung Parkplatz, wobei die rechte Schulter wegen des hinkenden Beins ein wenig nach unten hing. In der Hoffnung auf ein weiteres Foto folgte er ihr mit etwas Abstand, vorsichtig, damit sie ihn nicht entdeckte. Warum vorsichtig, das war ihm allerdings auch nicht klar. Schließlich wäre das jetzt, sollte seine Ahnung bezüglich der Identität der Frau zutreffen, die perfekte Gelegenheit sich vorzustellen. Er konnte sie formvollendet auf einen Kaffee einladen – zum Beispiel zum High Tea ins *George Hotel* – und ihr sein Projekt ausführlich erläutern.

Die Frau blieb stehen, zupfte sich den Schal zurecht und drehte sich dann um. Sie schaute zurück zur Kapelle, als suchte sie am Himmel nach einem Zeichen, dass es nun vollbracht sei. Das war seine Chance. Murray schritt entschlossen auf sie zu. Der Kies knirschte unter seinen Schuhen.

Grüne, bernsteingefleckte Augen blickten ihn flatternd an. Murray wollte weitergehen, wollte die Hand ausstrecken und ihr sein Beileid ausdrücken. Aber er blieb abrupt stehen. Die Frau musterte ihn von oben bis unten, dann ließ sie ihn stehen. Sie drehte sich um, ging zu einem roten Jeep Cherokee, stieg ein und knallte die Tür zu.

Murray atmete aus. Er kam sich vor wie eine erstarrte Maus, die einer Nachteule auf Erkundungsflug ins Visier geraten, dann aber unerklärlicherweise verschont geblieben war. Er schaute der Frau hinterher, die durch das Tor des Krematoriums fuhr und dann aus seinem Blickfeld verschwand. Er war sich fast sicher, dass es sich um Christie Graves handelte.

# 16

Irgendwo oben erzählte Murrays Vater mit einem Lächeln auf den Lippen Jack alles über seine zwei kleinen Jungs. Murray schaute kurz ins Café und in den Buchladen der *Fruitmarket Gallery* und fragte dann einen jungen Angestellten, ob Jack irgendwo sei.

»Jack wer?«

Der junge Bursche – Heroin-Chic-Blässe, hautenge schwarze Jeans mit zu breitem Nietengürtel – musterte Murray von oben bis unten und wandte dann den Blick ab, als hätte er genug gesehen.

»Watson, er ist einer der ausstellenden Künstler.«

Der Bursche zog eine Broschüre aus einem Plastikhalter an der Wand und klappte sie genervt auf.

»Sechs Uhr.«

Es war ein langer, von Enttäuschung und Einäscherung geprägter Tag gewesen. Murray zeigte Geduld.

»Was ist um sechs Uhr?«

Die ganze zermürbende Last der Zeit sprach aus der Stimme des Jungen.

»Jack Watsons Künstlergespräch.«

Murray fragte sich, ob der Termin für das Gespräch irgendwo in seinem Unterbewusstsein abgespeichert war. Der willigere Teil seines Ichs machte erste Schritte zur Aussöhnung, zu dem sein verbittertes Bewusstsein aber nicht bereit war.

Er schaute auf seine Uhr. Noch eine Stunde, bis Jack an der

Reihe war. Er würde sich nicht anhören, was Jack darüber zu sagen hatte, wie seine Kunst von der Krankheit ihres Vaters inspiriert worden war – allein bei dem Gedanken spürte er schon wieder bohrenden Ärger. Aber wenn er ihn vorher abpassen konnte, konnten sie vielleicht irgendwo zusammen ein Bier trinken und die Dinge wieder gerade rücken.

»Wenn Sie ihn sehen, würden Sie ihm bitte sagen, dass sein Bruder da ist?«

Der Bursche lehnte an der Wand, seine Augen waren auf etwas gerichtet, das außerhalb von Murrays Blickfeld lag.

»Klar.«

Das Versprechen klang aus seinem Mund so wahrscheinlich wie die Aussicht auf Weltfrieden.

Die Manga-Cartoons, über die er und Jack sich bei ihrer letzten Begegnung lustig gemacht hatten, beherrschten immer noch den ersten Galerieraum im Erdgeschoss. Die Farben waren immer noch kaugummiknallig, das glubschäugige Mädchen war immer noch überrascht von den Avancen des gefleckten Hundes. Aber jetzt schien der verwüstete Hintergrund das Bild zu beherrschen. Er spürte plötzlich eine Verwandtschaft mit den Bürgern von Nagasaki, die aus den Streichholzüberresten ihrer Häuser gekrochen kamen und feststellen mussten, dass ihre Stadt verschwunden war. Waren sie in dem Glauben aufgewacht, tot zu sein? Und als sie die Wahrheit erkannten, wie viele von ihnen begingen dann Selbstmord und überließen sich gesegnetem Vergessen.

Sein Lachen war falsch gewesen. Murray war sich nicht sicher, ob der Künstler andeuten wollte, die Atombombe habe zur Verrohung der Kultur geführt, oder Cartoons und Pornografie seien die Gesellschaft zersetzende Kräfte. Aber er war sich sicher, dass er die Welt für einen hoffnungslosen Fall hielt.

»Eine Jauchegrube.«

Die Worte waren nur ein Flüstern gewesen, aber er drehte sich trotzdem schuldbewusst um, bevor er zu Cressida Reeves' Ausstellungsbereich weiterging, und war erleichtert, dass ihn niemand gehört hatte.

Vielleicht lag es am Staub vom Seafield-Friedhof, der noch an seinen Sohlen hing, dass ihm der schwach beleuchtete Raum wie ein Grab vorkam. Oder es lag an den Hunderten von Gesichtern, die von den Wänden starrten, als erflehten sie Heilung von einem Heiligen, der erst daran erinnert werden musste, wie der Leidende aussah, bevor er einschreiten konnte.

Murray begann seine Runde da, wo er glaubte, dass der Anfang war: Bei einem Satz Babyfotografien, Kindern mit Gaumenspalten, die glücklich in die Kamera lächelten. Einige der Fotos waren offensichtlich im Krankenhaus gemacht worden, bei der klinischen Aufnahmediagnose vor der Operation, nahm er an. Die meisten waren allerdings die üblichen Babyfotos: Nackter-Hintern-auf-Bärenfell-Stil. Das entstellte Lachen strahlte unter leuchtenden, lebenslustigen Augen. Murray schämte sich angesichts des kurz aufflackernden Ekels, den er beim Anblick der verzerrten Lippen und des feuchten Zahnfleischs verspürte.

Die nächste Zusammenstellung zeigte Kindergeburtstage. Hier war keine Gaumenspalte zu sehen. Murray fragte sich, ob das die gleichen Kinder waren, nach der Operation. Da gerade Besucher die Galerie betraten, widerstand er der Versuchung, die strahlenden Gesichter genauer zu betrachten.

Die Fotoserien folgten wichtigen Erlebnissen im Leben eines Kindes: Das Auspacken der Weihnachtsgeschenke, der erste Schultag, Freunde und Freundinnen im Teenageralter. Die Serien wurden kleiner, einige der Gesichter tauchten wiederholt auf. Murray ging zu der Informationstafel zurück, die er beim Hineingehen keines Blicks gewürdigt hatte.

*Cressida Reeves' Arbeit beschäftigt sich mit Anonymität, Identität, Erwachsenwerden. Zu Beginn ihrer von der Fruitmarket Gallery in*

*Auftrag gegebenen Installation mit dem Titel ›Now You See Me‹ fügt sie ein Babyfoto von sich selbst in eine anonyme Auswahl von einhundert Kindern ein, die wie sie mit einer Gaumenspalte oder ›Hasenscharte‹ geboren wurden. Dieses Merkmal fehlt in den folgenden Fotoserien, wodurch reflektiert wird, wie leicht diese Missbildung zu korrigieren ist. Jede der folgenden Serien bebildert Erfahrungen, die allen Kindern gemein sind: Geburtstagspartys, der Weihnachtsmorgen, der erste Schultag, Teenager-Discos, die erste Liebe, das College usw. In jeder Serie fügt Reeves in zunehmender Zahl Fotos von ihren Freunden und Familienangehörigen hinzu, bis sie nicht mehr länger ein anonymes, entstelltes Kind inmitten anderer ebenso anonymer Kinder ist, sondern eine Erwachsene, umgeben von Menschen, mit denen zu leben sie sich selbst entschieden hat.*

Er ging zurück zu den Geburtstagsfotos und fragte sich, ob er in der aufgekratzten Kinderschar Cressida identifizieren könnte. Die Fotos waren einfach. Schnappschüsse ohne große Finesse, für jemanden außerhalb der Familie bedeutungslos. Aber sie gehörten wahrscheinlich zu den ersten Dingen, die Menschen bei einem Feuer aus ihren Häusern mitnehmen, Habseligkeiten, deren Verlust sie bei einer Flut am meisten betrauern würden.

Die Wohnzimmertapete im Haus seiner Kindheit war genauso aufdringlich und braun gewesen wie die Tapete auf dem Foto, das er sich gerade anschaute. Er erinnerte sich auch an ein paar der Spielzeuge, mit denen die Kinder spielten. Eine Aufnahme von einem Weihnachtsmorgen zeigte einen kleinen Jungen, der die Verpackung von einer Transformer-Figur zerriss, auf die auch Jack immer ganz scharf gewesen war. Ein Kleinkind in einem Kung-Fu-Pyjama posierte martialisch mit einem Lichtschwert. Murray fiel wieder ein, wie er und Jack mit den leuchtenden Plastikstäben durch ihr gemeinsames Schlafzimmer getobt waren und darum gekämpft hatten, wer Han Solo sein durfte. Er würde Jack später auf die Lichtschwerter ansprechen. Und noch später würden sie sich dann vielleicht zusammen ein paar von den alten Fotos anschauen. Zeit wurde es.

Murray übersprang den ersten Schultag und die Schnappschüsse mit den Schuluniformen und ging direkt zu den Teenagerjahren. Jetzt konnte er Cressida in der Menge der Gesichter erkennen. Die spiralenförmigen Schleifen in ihrem langen Haar und der schwarze Fedorahut, der die Aufmachung krönte, wiesen sie als Fan von Boy George aus. Also war sie jünger als Murray, aber nur ein paar Jahre.

Er konnte die winzige Narbe erkennen, die unter dem dicken Make-up gerade noch zu sehen war. Als Teenager hatte sie höchstwahrscheinlich darunter gelitten, aber sie verlieh ihrem Gesicht, das ansonsten vielleicht zu goldig gewesen wäre, um Eindruck zu hinterlassen, schon damals Charakter. Wie würde sich das anfühlen, wenn man sie auf diese kleine Falte über ihrer Lippe küsste? Er ging schnell zu den College-Schnappschüssen weiter, die den nächsten Abschnitt bildeten, und schämte sich seines plötzlichen Verlangens, das sich von der erwachsenen Cressida auf ihr Teenager-Pendant übertragen hatte.

Die Leute von der Kunstschule, mit denen sie später herumhing, sahen trendiger und modebewusster aus, als er sich und seine Uni-Freunde in Erinnerung hatte. Trotzdem konnte Murray die Kameradschaft in den Bildern nachempfinden. Er suchte jetzt nach seinem Bruder und fand ihn auch, eine Bierflasche am Mund, mit gegeltem Entenschwanz im Nacken, den Kragen seiner Lederjacke hochgeschlagen.

Murray musste lächeln. Er dachte an den Wutausbruch seines Vaters, als Jack sich den Wagen geliehen und damit immer wieder über die quietschneue Lederjacke gefahren war. Aber hinterher hatte es gut ausgesehen, das abgewetzte Leder mit dem Muster aus Affen, Totenschädeln und Rosen in Rot und Schwarz.

Damals hatten sie sich nicht oft gesehen. Jeder ging seiner eigenen Wege. Gelegentlich trafen sie sich zu Hause bei ihrem Vater oder gingen auf ein Bier, wenn sie sich zufällig trafen. Aber mehr war da nicht. Die Nähe war erst später wieder zurückgekehrt.

Jack tauchte wieder auf, auf einem Gruppenfoto mit anderen aus seinem Jahrgang der Kunstschule. Er sah sehr jung aus. Rechts von ihm stand ein Bursche mit einem grünen Irokesen, an den Murray sich dunkel erinnerte. Links von ihm Cressida, die ihn mit ihrem Arm um seiner Hüfte eng an sich drückte. Auch sie sah so jung aus. Sie hatte ihre Haare zu einer wallenden Mähne zurückgekämmt. Die schwarzen Leggings steckten auf eine Art in ihren Doc-Martens-Stiefeln, die ihn immer an den Komödianten Max Wall erinnert hatte. Am Abend der Vernissage hatte sie besser ausgesehen, älter, aber weltgewandter, selbstsicherer.

Als er die restlichen Bilder der Serie überflog, erkannte er, dass sich – abgesehen von den wechselnden Modestilen – die Aufnahmen von den College-Erlebnissen und den Kindergeburtstagen sehr ähnlich waren. Als ob auch das Biertrinken, das Klettern auf Laternenpfähle, das Grimassenschneiden und Knutschen einer Tradition folgten.

Er schaute auf seine Uhr. Halb sechs. Vielleicht sollte er kurz rausgehen und nachschauen, ob Jack schon gekommen war. Murray wandte sich zum Gehen, als etwas am Rand seines Blickfelds ihn zurückhielt. Er drehte sich wieder um und ging zurück zu dem Schaukasten. Man konnte leicht daran vorbeigehen, und doch fragte er sich, wie er das hatte übersehen können: ein Streifen Schwarz-Weiß-Bilder aus einem Passfoto-Automaten. Die Serienschnappschüsse schafften es, den Augenblick festzuhalten und ihn gleichzeitig mit Leben zu erfüllen: Sein Bruder und Cressida, einander zugewandt, lachend, die Berührungen ihrer Lippen, ihrer Zungen. Dann, immer noch lachend, sich wieder voneinander lösend.

Im Ausstellungsraum nebenan blieb er kurz stehen und betrachtete noch einmal Nagasaki. Er fragte sich, ob Lyn die Fotos gesehen hatte, erinnerte sich an ihren angespannten Blick am Abend der Vernissage, an ihre Einsilbigkeit im Burger King, als er sie nach Cressida gefragt hatte. Eine Erinnerung auszuschlachten, die besser privat geblieben wäre, war genau das, was er Jack vorgeworfen hatte. Er fragte sich, ob seinen Bruder das überhaupt kümmerte. Ihm ging auf, dass er das hoffte.

Murray war schon fast auf der Straße, als ihm ins Bewusstsein drang, dass der junge Galerieangestellte etwas gesagt hatte, als er gerade an ihm vorbeigegangen war. Er ging wieder zurück, und der Bursche wiederholte seine Worte.

»Ihr Bruder ist im Café.«

»Danke.«

Seine Stimme klang heiser, der Tag war anstrengend gewesen, und er hatte zu viel geredet. Aber anscheinend hatte er unbeabsichtigt den richtigen Ton getroffen, denn die Streitlust des jungen Mannes war Beflissenheit gewichen.

»Ich wollte Jack sagen, dass Sie da sind, aber er und seine Freundin sind so schnell vorbeigerauscht, dass ich sie nicht mehr erwischt habe.«

Murray lag die Frage auf den Lippen, ob sein Arsch auf dem Stuhl festgeklebt sei, aber er widerstand der Versuchung und eilte Richtung Café davon, erleichtert darüber, dass er Lyn auch noch sprechen konnte, bevor Jacks Show auf Tournee ging.

Im Café herrschte Hochbetrieb. Murray ließ den Blick durch den Raum schweifen, konnte Jack und Lyn an den voll besetzten Tischen aber nicht entdecken. Und dann schien die Passfotoserie plötzlich zum Leben zu erwachen.

Jack und Cressida saßen an einem Ecktisch und küssten sich.

»Jesus.«

Murray machte einen Schritt vorwärts. Was sollte er sagen?

Es gab nichts, was er sagen konnte.

Eine Kellnerin kam mit einer Speisekarte auf ihn zu, worauf er sich sofort umdrehte. Er musste hier raus, bevor sie ihn sahen. Er spürte, wie sein Rucksack gegen den Tresen stieß, hörte das Stöhnen der Kellnerin und dann, so laut wie ein plötzlicher Pistolenschuss, auf Beton knallendes, splitterndes Glas. Wasser schoss über den Boden, und ein wuchtiges Arrangement Stargazer-Lilien klatschte auf den Boden.

Cressida und Jack lösten sich aus ihrer Umarmung. Dirigenten einer perfekt choreografierten Bewegung, in der sich jeder Kopf in vollkommener Harmonie dem Krach zuwandte. Murray sah, wie sein Bruder aufstand, hörte, wie die summende Konversation nach kurzer Stille wieder einsetzte. Er drehte sich um und verließ das Gebäude. Zurück blieb eine Spur nasser Schuhabdrücke, wie ein Wegweiser zur Katastrophe.

»Murray, warte.«

Die Stiefel seines Bruders machten laute, knallende Geräusche auf dem Pflaster. Wer zum Henker trug heute noch mit Eisen beschlagene Schuhe? Auch so eine affektierte Marotte, die zu dieser Mehr-Schein-als-Sein-Scheiße gehörte, die für Jack gerade typisch war.

»Warte.«

»Fick dich ins Knie.«

Die Schulkinder, die vor dem Edinburgh Dungeon auf Einlass warteten, schauten Murray neugierig an. Der gelangweilt dreinblickende Geist am Eingang sagte: »Na, na, achten Sie auf Ihre Sprache, sonst gibt's was mit dem Stock.« Die Schlange kicherte, der Lehrer schaute missbilligend.

Murray spürte eine Hand auf seiner Schulter und drehte sich mit geballten Fäusten um.

»Verpiss dich, Jack.«

»Herrgott, eine Sekunde, okay?«

Jack war das Hemd aus der Hose gerutscht. Er atmete schwer,

auf seiner Oberlippe leuchtete Cressidas verschmierter Lippenstift. Eins der wartenden Kinder öffnete eine Tüte und verteilte in Erwartung einer unterhaltsamen Show Süßigkeiten an seine Freunde.

Murray bog um die Ecke auf die Waverley Bridge Richtung Princes Street.

»Warum? Willst du mir etwa erzählen, die Dinge sind nicht so, wie sie scheinen?«

Jack packte ihn am Arm und zwang ihn stehenzubleiben. Er schaute Murray in die Augen. Er war nicht mehr so jung wie auf Cressidas Fotos, aber noch genauso gut aussehend. Vielleicht sogar noch gut aussehender. Der Gedanke überraschte Murray. Er hatte seinen Bruder vorher nie für attraktiv gehalten.

»Nein, die Dinge sind genauso, wie sie scheinen.«

Das schockierte Murray fast ebenso wie die Tatsache, dass er sie zusammen gesehen hatte. Der Zorn verrauchte für einen kurzen Augenblick, und er fragte: »Weiß Lyn Bescheid?«

»Noch nicht.«

Jack fuhr sich mit der Hand übers Gesicht. Er sah den roten Lippenstift auf seinen Fingern, zog ein Taschentuch aus der Tasche und wischte sich den Mund ab.

»Was für ein Sauerei.«

Er schaute die roten Flecken und dann Murray an. Es war nicht klar, ob er den Lippenstift auf seinem Gesicht oder den Zustand seines Liebeslebens meinte.

»Wirst du es ihr sagen?«

»Ja.«

»Herrgott, Jack.«

»Ich liebe Cressida.«

»Einfach so. Nach zwölf Jahren hast du plötzlich eine andere gefunden?«

»Wir kannten uns schon vorher.«

»Das habe ich gesehen, aber die Zeit ist nicht stehen geblieben.«

Murray machte sich von seinem Bruder los. Jack hob die Hand, als wollte er ihn wieder packen, ließ sie aber dann herunterfallen.

»Das Leben ist zu kurz, Murray, um es einfach so laufen zu lassen. Das müsstest du eigentlich wissen.«

Ein paar Jugendliche gingen an ihnen vorbei. Einer rief: »Hey, was ist, wollt ihr nicht noch ein bisschen knutschen und grapschen?« Die anderen lachten. Murray verspürte den Drang, sich auf sie zu stürzen und ihnen eins aufs Maul zu hauen, bevor sie dann ihn bewusstlos schlagen würden. Stattdessen fragte er mit leiser Stimme: »Und, was ist jetzt mit Lyn?«

»Ich werde mich um sie kümmern. Sie kommt schon drüber hinweg. Sie ist ein Steher.«

Murray schüttelte den Kopf.

»Du bist ein Arschloch, Jack.«

Er wandte sich von seinem Bruder ab und ging weg. Diesmal folgte ihm niemand.

TEIL II

# AUF LISMORE

# 17

Es war schon eine Zeit lang her, dass Murray Auto gefahren war. Die kurvenreiche Fahrt rund um Loch Lomond war anstrengend, und er war erleichtert, als er Oban vor sich sah. Erste Regentropfen fielen auf die Windschutzscheibe, als er hinunter in die Stadt fuhr. Über dem Meer lugte die Sonne zwischen vom Wind zerrissenen Wolken hervor. Aber er wusste aus Erfahrung, dass das keine Garantie war, dass darauf blauer Himmel folgte.

Murray folgte den Hinweisschildern zum Fährhafen, fand die Ablegestelle nach Lismore und reihte sich in die Schlange wartender Wagen ein. Das Schiff sollte in fünfzehn Minuten ablegen, aber auf dem grauen Wasser war noch nichts von einem Schiff zu sehen. Er stellte den Motor ab, schloss die Augen und versuchte einen klaren Kopf zu bekommen.

Der anspringende Motor des Lastwagens vor ihm weckte ihn. Die kleine Fähre hatte angelegt, und die Wagen von der Insel fuhren an Land. Murray ließ den Motor an und wartete, bis der große, mit Baumaterial beladene Lastwagen rückwärts über die winzige Rampe an Bord gefahren war. Murray bewegte sich langsam im Rückwärtsgang hinter ihm her. Dann sah er im Rückspiegel, dass der Fährmann die Hand hob, und er würgte den Motor ab. Murray kurbelte das Seitenfenster hinunter, während der Mann mit ernstem Gesicht auf ihn zuging.

»Die nächste geht um vier.«

Murray schaute zu der Fähre. Auf Deck standen zwei Autos,

der Laster und ein Lieferwagen von der Post. Neben dem Lieferwagen lockte noch ein freier Platz.

»Der Platz da rechts, der ist doch groß genug.«

Der Fährmann rückte seine Mütze zurecht. »Vier Uhr.« Er ging zurück an Deck, die Rampe glitt nach oben, und das Boot tuckerte tatsächlich hinaus auf See.

Am Kai stand ein alter Mann, der seine Kippe ins Meer schnippte, dann zu Murrays Wagen schlenderte und sich leutselig ans Dach lehnte.

»Das ist ein Sonnenscheinchen, was?«

Murray spürte, wie sein Gesicht warm wurde.

»Was hat der für ein Problem?«

»Wenn Sie mich nach seinem Naturell fragen, dann würde ich sagen, zu wenig Vaterliebe kombiniert mit zu viel *United Free Church* und zu hohem Blutdruck. Wenn Sie mich aber fragen, warum er Sie nicht an Bord gelassen hat, dann würde ich sagen, dass er mit dem Laster voller Baumaterialien wahrscheinlich schon am Gewichtslimit war. Holen Sie sich da drüben im Büro eine Fahrkarte für die Vier-Uhr-Fähre. Die Insel läuft Ihnen nicht weg.«

Der Fremde klatschte mit der Hand aufs Dach und ging weiter.

Der Schalterangestellte grinste vergnügt, als er eine Fahrkarte nach Lismore verlangte.

»Lebensmüde?«

Murray versuchte das Lächeln zu erwidern, aber der Angestellte wurde plötzlich wieder ernst und stellte ihm ohne weitere Sticheleien die Fahrkarte aus.

Er hatte fünf Stunden totzuschlagen. Er rief das Fremdenverkehrsamt an und buchte auf der Insel ein Zimmer in einem Bed & Breakfast, stellte dann auf dem Langzeitparkplatz den Wagen ab und machte einen Spaziergang am Wasser. Immerhin waren noch nicht alle Möwen nach Glasgow übergesiedelt, um dort von weggeworfenem chinesischem Fast Food und toten Ratten zu leben. Das Gekreisch ihrer Verwandten aus der Provinz klang wie knatterndes Maschinengewehrfeuer, während sie über den Fischerbooten in der Bucht kreisten und von zu Zeit zu Zeit herabschwebten, um von den Fischern verschmähte Delikatessen aufzupicken. Der mit dem bitteren Gestank nach fauligem Tang vermischte Salzwassergeruch stach ihm in die Nase. Vom Meer wehte ein kalter Wind an Land, der Regen oder Gischt mit sich führte, jedenfalls eine fein sprühende Nässe, die ihm verdeutlichte, wie mangelhaft vorbereitet er war.

Murray ging in einen Outdoor-Shop und kaufte eine Wollmütze, eine wasserdichte Jacke, drei Schottenkaro-Hemden aus einem warmen, flauschigen Material, drei Paar dicke Socken und Wanderstiefel, von denen der Verkäufer behauptete, die würden sie beide überleben. Er zog sich in der winzigen Ankleidekabine des Ladens um und begutachtete sich im Spiegel. Er sah aus wie eine ältere Müßiggängerversion von sich selbst – oder wie ein Penner, den das Sozialamt in die Badewanne gesteckt und so ausgestattet hatte, dass er wieder ein paar Monate auf der Straße durchhielt.

Die Saison ging zwar schon zu Ende, aber die Straßen waren noch voller Touristen aus dem Umland. Frisches Futter für *Clan Kitchen* und *Edinburgh Woollen Mill.* Er begegnete einem Ehepaar in mittleren Jahren mit zwei untröstlichen Halbwüchsigen im Schlepptau. Er und Jack waren vor Jahren mit ihrem Vater hier durchgekommen, auf dem Weg weiß Gott wohin. Er konnte sich kaum noch daran erinnern.

Er ging in ein Café, in dem es nach billigem Raumspray mit einem Hauch heißem Schweinefett und *Sarson's*-Essig roch. Der Raum war gemütlich, aber schäbig, als hätte der Besitzer die übliche Branchenausstattung verschmäht zugunsten einer unzweckmäßig heimeligen Möblierung. Die Streifen- und Fleur-de-Lis-Tapete war auf halber Höhe mit einer geblümten Borte abgesetzt.

Der Teppichboden hatte ein unruhiges Blattmuster in Herbstfarben, das aber die Spritzer und Flecken nicht überspielen konnte. Als wollte er die Qualität der angebotenen Speisen illustrieren, garnierte ein verkrusteter, an Linsensuppe erinnernder Fleck die handgeschriebene Speisekarte. Nach einer Weile erschien eine ältliche Kellnerin, bei der Murray *Fish and Chips* und eine Tasse Tee bestellte.

Als er sich gerade fragte, ob sein Laptop im Kofferraum des Wagens sicher sei oder ob er ihn schnell holen solle, klingelte sein Handy. Lyns Name erschien auf dem Display.

Die Kellnerin brachte Besteck und einen Teller mit Brotscheiben, die mit Margarine bestrichen waren.

»Wollen Sie nicht rangehen?«

Murray wollte ihr sagen, dass sie sich um ihren eigenen Kram kümmern solle, aber die Geschichten seiner als Kellner jobbenden Studenten hatten ihn gelehrt, niemals jemanden dumm anzuquatschen, der Zugriff auf sein Essen hatte.

»Ich rufe später zurück.«

Sie ging zum Tresen und holte seinen Tee.

»Ignorieren hilft auch nichts.«

Er biss von dem geschmacklosen Brot ab und fragte sich, ob sich in Oban jeder für berufen hielt, Fremden Ratschläge zu erteilen. Das Telefon fing wieder an zu surren, und wie ein Warnsignal leuchtete auf dem winzigen Bildschirm wieder Lyns Name auf.

Er seufzte und nahm das Gespräch an.

»Murray?«

»Hi. Alles in Ordnung?«

»Ja.« Lyns Stimme klang misstrauisch. »Warum fragst du?«

»Du rufst mich sonst nie an.«

»Tja, stimmt wohl.« Sie schien nicht überzeugt zu sein. »Ich wollte nur wissen, ob du Jack getroffen hast.«

Er dachte kurz daran zu lügen, aber die Wahrheit kam ihm einfacher vor, bis zu einem gewissen Punkt jedenfalls.

»Kurz, vor dem Künstlergespräch.«

»Habt ihr miteinander gesprochen?«

»Nicht richtig.«

»Irgendwann müsst ihr das aus der Welt schaffen.«

»Ja, vielleicht.«

Kurz herrschte Stille in der Leitung, dann sagte sie: »Er ist letzte Nacht nicht nach Hause gekommen.«

Innerlich verfluchte Murray seinen Bruder, dass er so ein Arsch war, und sich selbst, dass er den Anruf angenommen hatte.

»Ist wahrscheinlich ein paar Kumpels über den Weg gelaufen und dann mit denen rumgezogen. Kennst ja Jack.«

»Er ist ein Workaholic, er hat keine Kumpel.«

Murray verspürte den Drang, Lyn zu sagen, dass sie unrecht hätte, dass sein Bruder sehr wohl jemanden hatte, eine alte, sehr spezielle Freundin. Stattdessen sagte er: »Wie auch immer, er ist ein großer Junge. Ich bin sicher, er taucht wieder auf.«

»Ich mache mir Sorgen. Der Wagen von deinem Vater ist weg. Gestern Abend, als ich zur Schicht bin, war er noch da.«

»Ah.« Nur um seinem Bruder eins auszuwischen, wollte er ihr keinen Schrecken einjagen. »Ich hab ihn genommen.«

»Kein Wunder, dass ihr verwandt seid. Einer so übel wie der andere. Weiß Jack Bescheid?«

»Sag's ihm, dann weiß er es.«

»Du sagst es ihm.« Die Erleichterung, die nach der Nachricht von dem Wagen in ihrer Stimme angeklungen war, verwandelte sich in Zorn. »Ich bin im Heim die ganze Nacht auf den Beinen gewesen. Ich glaube nicht, dass ich noch mehr Drama verkraften kann. Wo bist du eigentlich?«

»In Oban.«

»Richtig, das Tor zu den Inseln.«

»Der Arsch der Welt.«

»Raues Klima.«

»Wem sagst du das.«

Die Kellnerin drückte ihm die Schulter, als sie den Teller vor ihn auf den Tisch stellte.

»Was ist denn das für ein Geklapper da?«, fragte Lyn.

»Mein Essen kommt gerade.« Der Duft der dampfenden *Fish and Chips* stieg ihm in die Nase, aber etwas in ihrer Stimme ließ ihn sagen: »Eigentlich habe ich gar keinen Hunger, ich schlage nur die Zeit tot.«

»Du musst was essen.«

Er fragte sich, warum Frauen ihn entweder bemuttern oder vögeln wollten, um ihn sofort danach rauszuschmeißen. Es hatte eine Zeit gegeben, da hätte er das Lyn fragen können.

»Ich wollte dich was fragen. Bist du in deinem Heim mal einem alten Typen mit einer monströsen Narbe über den Weg gelaufen?«

»Scheißt der Papst in den Wald?«

Er lachte über den alten Witz, um ihr zu zeigen, dass sich nichts geändert hatte, obwohl er den Verdacht hatte, dass sie beide wussten, dass dem nicht so war.

»Ich denke da an einen ganz Speziellen. Bobby Robb. Dem hat irgendwer so ein Mr-Happy-Smiley quer über eine Gesichtshälfte geritzt.«

»*Glasgow smiles better.*« Diesmal lachte keiner von beiden. »Der Name sagt mir nichts. Andererseits kennen wir viele gar nicht mit ihrem richtigen Namen. Wenn du willst, frage ich ein bisschen rum.«

»Das wäre nett.«

»Unter einer Bedingung.«

»Ja?«

Er glaubte, jetzt würde irgendetwas kommen, das mit seinem Bruder zu tun hatte. Die Kellnerin schaute in seine Richtung, als witterte sie angesichts des Argwohns in seiner Stimme Ärger. »Du erinnerst dich doch an Frankie, oder?«, sagte Lyn.

Murray lächelte erleichtert und sah, dass die Kellnerin ihr

Gespräch mit dem Fischbrater wieder aufnahm. Er senkte die Stimme.

»Unsern Lewis Hamilton im Rollstuhl?«

»Ja. Frank gibt sich wirklich Mühe, wieder in die Spur zu kommen. Er hofft, einen Eingangskurs am Telford College machen zu können, und will sich dann für die Uni bewerben.«

»Darauf habe ich keinen Einfluss.«

»Ich bin kein Dummkopf, Murray.« Ihre Unduldsamkeit war wieder da. »Ich bitte dich ja nicht darum, ihn da einzuschleusen. Ich habe nur gemeint, dass du vielleicht mit ihm reden könntest und ihm ein bisschen was erzählst, wie er das anpacken soll. Frankie steht an einem Scheideweg. Er will sein Leben ändern, aber noch ist es einfacher für ihn, dass er wieder in sein altes Fahrwasser reinrutscht. Und wenn das passiert, dann unterschreibt er sein eigenes Todesurteil.«

Murray bezweifelte stark, dass Frankies Bildungsbedürfnis mehr war als ein Trick, um Lyn in sein orthopädisches Bett zu locken, aber er antwortete ihr mit einem Lächeln auf den Lippen.

»Wie kann ich da nein sagen? Wenn ich zurück bin, machen wir einen Termin aus, okay?«

»Danke, Murray.« Lyn war wieder so herzlich wie immer. Er fragte sich, ob sie ihn je würde wiedersehen wollen, wenn Jack ihr erzählt hatte, was es Neues bei ihm gab. »Also los, erzähl mir von deinem geheimnisvollen Mann«, sagte sie.

»Da gibt's nicht viel zu erzählen. Er war ein Bekannter von Archie, was darauf hindeutet, dass er sich in den Siebzigern im Dunstkreis der literarischen Szene von Edinburgh getummelt hat. Er hat dann später die Stadt verlassen und ist erst vor Kurzem wieder zurückgekehrt. Er könnte auch unter dem Namen Crippen bekannt gewesen sein.«

Lyn schnaubte kurz belustigt auf.

»Crippens gibt es in meinem Geschäft wie Jims und Joes, wie Sand am Meer. Willst du ihn für dein Buch interviewen?«

»Ja, aber so weit will ich dann auch nicht fahren.«

»Dann weißt du also, wo er ist?«

»Nicht genau. Er ist vor Kurzem gestorben.«

»Das ist nicht komisch, Murray. Ich hab den ganzen Morgen Krankenhäuser angerufen, um deinen Bruder aufzuspüren.«

»Du bist zu gut für ihn«, sagte er und meinte es auch so. Trotzdem versprach er, sich mit Jack zu treffen, sollte der ihn anrufen. Er ging davon aus, dass er nicht gezwungen sein würde, das Versprechen einzuhalten.

Murray legte auf und steckte sich eine Fritte in den Mund. Sie war kalt und schmeckte nach dem billigen Öl, in dem sie frittiert worden war. Er schob den Teller zur Seite.

Den Schnappschuss, den er von Bobby Robbs einsamen weiblichen Trauergast gemacht hatte, hatte er gestern am späten Abend noch per E-Mail an Audrey Garrett geschickt. Er suchte ihre Nummer und drückte auf *Anrufen*. Es klingelte lange, und dann sagte Audreys Stimme: *Hi, Sie sprechen mit dem Anrufbeantworter von Audrey und Lewis. Im Augenblick amüsieren wir uns derart köstlich, dass wir leider nicht ans Telefon kommen können, Sie können uns aber nach dem Piep eine Nachricht ...* »Hi!«

Sie hörte sich abgehetzt an, und Murray fragte sich, ob sie einen Anruf erwartet hatte. Er war etwas verlegen deshalb und stotterte leicht, als er anfing zu sprechen.

»Hi, Audrey, entschuldige die Störung, Murray Watson.«

»Ah, hallo, Murray.« Ihre Telefonstimme klang kein bisschen australisch, aber er glaubte aus ihrer klaren Stimme einen Hauch Zurückhaltung herauszuhören.

»Ich habe mich gefragt, ob du meine E-Mail bekommen hast.«

»Bleib dran.«

Er hörte das Geräusch ihrer Schritte auf dem nackten Holzboden und stellte sich vor, wie sie durch das Chaos des Wohnzimmers in ihr beschauliches Arbeitszimmer ging. »Wie geht's dir?«, fragte er. Aber vielleicht hatte sie den Hörer nicht am Ohr, denn sie gab keine Antwort. Stattdessen hörte er, wie das Telefon mit einem lauten Klacken auf eine harte Oberfläche gelegt wurde und dann das leiernde Bimmeln, als sie den Computer hochfuhr.

»Also.« Audrey nahm das Telefon in die Hand. »Hier ist sie.« Sie las laut vor. »›Liebe Audrey, ich habe eine Frage, die dir vielleicht komisch vorkommt. Im Anhang findest du ein ziemlich schlechtes Foto, auf dem, glaube ich zumindest, Christie Graves zu sehen ist. Könntest du bitte mal einen Blick drauf werfen und mir sagen, ob sie das ist? Ich werde eine Zeit lang nicht in der Stadt sein. Ich rufe dich irgendwann in den nächsten paar Tagen an. Liebe Grüße, Murray Watson.‹ Hört sich ja ziemlich geheimnisvoll an.«

»Das ist es wohl auch.«

Wieder eine Pause. Vor seinem geistigen Auge sah er Audrey am Schreibtisch sitzen, in denselben etwas verschlampten Klamotten, die sie am Abend seines Besuchs getragen hatte. Dann war sie wieder dran, und ihre forsche Stimme ließ sein Traumbild zerplatzen.

»Tja, David Bailey kannst du jedenfalls keine Konkurrenz machen.«

»Fotografie gehört nicht zu meinen Stärken.«

Das hätte ein Wink für Audrey sein können, darauf zu verweisen, was alles zu seinen Stärken gehörte, aber ihre Stimme blieb geschäftsmäßig.

»Ja, das ist sie. Wo ist das aufgenommen?«

»Bei der Beerdigung von einem alten Freund von Archie.«

»Noch eine Beerdigung? Das scheint ihr zur Gewohnheit zu werden.«

»Schätze, bei Leuten ihres Alters kommt das vor.«

»Möglich. Warum hast du sie nicht angesprochen?«

»Das hätte ich tun sollen, stimmt, aber ich war mir nicht sicher, ob sie es ist. Außerdem erschien mir der Augenblick unpassend.«

Eine lahme Ausrede, aber Audrey sagte: »Ja, verstehe.«

Dadurch ermutigt, fragte er: »Wie geht's Lewis?«

Der Blick des Jungen war ihm in Erinnerung geblieben. Vielleicht glaubte Audrey, er wolle sich einschmeicheln, denn sie reagierte kühl.

»Gut, wir wollten gerade aus dem Haus.«

Er wollte fragen, wohin sie gingen, wünschte sich, dass sie ihn nach dem Grund fragte, warum er nicht in der Stadt sei, aber stattdessen sagte er: »Dann will ich euch nicht länger aufhalten.«

Ihr »Auf Wiedersehen« klang endgültig.

Murray saß einen Augenblick da und hielt das handwarme Telefon in der Hand. Dann zog er den Teller zu sich heran und klatschte Tomatenketchup darauf. Er hatte vergessen, vorher die Flasche zu schütteln. Bevor die rote Soße kam, lief eine klare Flüssigkeit auf sein Essen, die ihn an Blutplasma erinnerte. Er tauchte trotzdem eine Fritte hinein und steckte sie sich in den Mund. Sie schmeckte nach Zucker und kalten Kartoffeln. Am liebsten hätte er sie gleich wieder ausgespuckt. Er schluckte sie trotzdem herunter und schob den Teller genau in dem Augenblick zur Seite, als ihm die Kellnerin die Rechnung auf den Tisch legte.

Sie schaute auf den vollen Teller.

»Schmeckt's nicht?«

»Doch, ich hab es nur kalt werden lassen.«

Murray kramte in seinem Geldbeutel herum, aber vielleicht verriet ihn sein Gesicht erneut, denn die Frau legte ihm wieder die Hand auf die Schulter und drückte sie noch einmal.

»Andere Mütter haben auch schöne Töchter.« Sie schaute auf den unberührten gebackenen Kabeljau und sagte lachend: »Und da gibt's keine Fangquoten.« Sie fing den Blick des Fischbraters auf und wurde seinetwegen ganz lyrisch. »Einem Burschen wie Ihnen liegt die Welt zu Füßen. Das dürfen Sie nie vergessen.«

# 18

Die Frauen im Fremdenverkehrsamt hatten ihm gesagt, dass sein Bed & Breakfast etwa zwanzig Meilen von der Anlegestelle in Achnacroish entfernt sei. Murray fuhr langsam die einspurige Straße hinauf, die von der Bucht ins Inselinnere führte. Das Meer in seinem Rückspiegel zog sich zurück, aber die in der Ferne vor ihm liegenden Berge rückten nicht näher.

Die Überfahrt war ruhig gewesen, und trotzdem rumorte eine leichte Übelkeit in den Tiefen seines Magens – als wären seine eigenen Gezeiten aus dem Gleichgewicht geraten. Der Himmel war eine Kuppel aus eisengrauen Schlieren vor blaugrauem Hintergrund. Der Wind frischte auf, aber es war immer noch möglich, dass das Grau mit seiner Regenfracht über die Insel hinweggeweht wurde.

Schafe grasten stoisch auf den Weiden, ihre Wolle grau und mit Scheiße besprenkelt, zerzaust vom gleichen Wind, der das hohe Gras am Straßenrand niederdrückte. Er hatte das Dorf an der Anlegestelle hinter sich gelassen. Aber hin und wieder kam er an einem Cottage vorbei, das aus Steinen erbaut war, die so grau und unerbittlich aussahen wie der Himmel. Vor einer Kurve bremste er ab. Zwei Kinder standen am Straßenrand, Hand in Hand, die Haare verfilzt, die Gesichter braun von Sonne und Schmutz. Sie schauten ihn an. Sie sahen aus wie die Sorte verwilderter Kinder, die Umgang mit Feen hatten, und fast war er überrascht, als er sah, dass sie feste Gummistiefel trugen. Murray hob die Hand und winkte, bekam als Antwort aber nur gleichgültige Blicke.

Ein paar Regentropfen platschten auf die Windschutzscheibe, die Scheibenwischer musste man aber nicht anmachen. Das Radio war verstummt, das Signal war auf dem Festland zurückgeblieben. Er stellte den CD-Spieler an, und Johnny Cash sang knurrig *»I've Been Everywhere«*.

Murray hatte plötzlich das Bild seines Vaters vor Augen, wie er einmal abends in der Küche beim Abtrocknen das Lied gesungen hatte. Die Modulation seines Vaters war genau die gleiche wie bei Cash gewesen, nur die Worte hingen etwas hinterher, und der Refrain war sein eigener gewesen: *I've been to Fraserburgh, Peterburgh, Bridge of Weir, very queer. Dunoon, whit a toon, Aberdeen where folks are mean. I've been everywhere, I've been everywhere.*

Murray machte die Musik aus, und wie aufs Stichwort sah er das Schild seines Bed & Breakfast, das am Straßenrand freudlos hin und her schaukelte.

Er bot an, im Voraus zu bezahlen, aber Mrs Dunn, die Hauswirtin, lachte nur.

»Ist schon in Ordnung, mein Junge, ich vertraue Ihnen. Außerdem, Sie würden sowieso nicht weit kommen, wenn Sie sich aus dem Staub machen wollten. Peter würde Sie nicht auf die Fähre lassen.«

Sie war der Typ Rentnerin, für den Hormonbehandlungen oder Aqua-Aerobic überflüssiger Unfug waren: Wuchtig um die Hüfte, ausladender Busen, in strammem Korsett und heidekrautfarbenem Kostüm, das zu steif war, um bequem zu sein. Die Haare sahen frisch gelegt aus, in dem Zinngrau schimmerte ein Hauch Blau. Er hoffte, dass das nicht seinetwegen war. Er fühlte sich so griesgrämig wie Peter, der übellaunige Fährmann, Hüter der Insel.

Mrs Dunn schob ihm das Gästebuch hin, damit er sich eintrug. Danach ging sie die schmale Treppe hoch.

»Ihr Zimmer ist oben.«

Als er hinter ihr durch den schmalen Flur im ersten Stock ging, achtete er darauf, dass er mit seinem Rucksack nicht gegen die Fotografien von längst erwachsenen Kindern schlug, die an den Wänden hingen. Der feuchte Geruch erinnerte ihn an das Haus seines Vaters. An damals, als er und Jack übereingekommen waren, dass nur noch ein Altersheim infrage kam.

»Ihr Zimmer ist das linke, meins ist das rechts. Das dazwischen ist das Bad.«

Er hatte das unbestimmte Gefühl, dass er ihr mit ein paar beruhigenden Worten zu verstehen geben sollte, dass er kein auf Massaker und Rentnermord sinnender Geisteskranker vom Festland sei. Aber die vor ihm gehende alte Dame machte die Tür zu seinem Zimmer auf, als gäbe es nichts auf der Welt, wovor sie sich noch fürchten müsse.

Der kleine Raum war durchflutet vom matten Glanz eines filmwürdigen Sonnenuntergangs. Die zwei schmalen Einzelbetten zierten seidig glänzende Überwürfe, die farblich fast, aber nicht ganz, zu den püppchenrosa Wänden, dem Rosenknospen-Teppich und den rötlichen Vorhängen passten. In einer Ecke stand neben einem Handtuchhalter mit rosaroten Handtüchern ein tragbarer Fernseher mit einem Barbie-Logo.

»Nun?«

Murray brauchte eine Sekunde, bis er kapierte, dass sie auf sein Urteil wartete. Er versuchte seiner Stimme einen herzlichen Klang zu verleihen.

»Sehr schön, danke.«

Mrs Dunn nickte feierlich, als sei sie bezüglich einer bedeutsamen Bibelstelle ganz seiner Meinung, und fragte dann: »Wann möchten Sie zu Abend essen?«

Er hatte von der Überfahrt immer noch ein unangenehmes Rumoren im Magen.

»Bemühen Sie sich nicht, ich bekomme sicher was in der Stadt.«

Die alte Frau schnaubte verächtlich.

»Wir haben hier keine Stadt, mein Sohn. Kein Café und auch kein Pub. Hier gibt's nur, was ich koche, oder gar nichts.«

Der Pulsschlag des kleinen Zimmers schien sich zu beschleunigen, als das Haus scharf einatmete und ihn sich einverleibte. Er sog die rosa getönte Luft ein und pries im Stillen seinen Instinkt, der ihn in einem Schnapsladen in Oban eine Flasche Whisky hatte kaufen lassen.

»Ist sieben in Ordnung?«

»Sieben ist wunderbar«, sagte Murray. »Ich freue mich.«

Das hatte wohl nicht sonderlich überzeugend geklungen, denn Mrs Dunn fügte hinzu: »Keine Angst. Ist schon eine Zeit lang her, dass ich jemanden vergiftet habe.« Dann verließ sie rasch das Zimmer und schloss die Tür.

Murray setzte sich auf das Bett gegenüber der Tür und wunderte sich über sein Talent, jede Frau zu verprellen, die ihm über den Weg lief. Vielleicht lag es daran, dass sie schon früh ihre Mutter verloren hatten. Andererseits hatte Jack die Masche vom Jungen, der ohne Mutter hatte auskommen müssen, immer wirkungsvoll einzusetzen gewusst.

Murray holte seinen Computer aus dem Rucksack und schaltete ihn ein in der schwachen Hoffnung, auf dem Schirm würde das W-LAN-Symbol auftauchen. Tat es nicht.

Kein Café, kein Pub.

Wieder ein Pulsschlag, der den rosaroten Raum in Schwingung versetzte. Er hatte das Klischee aus dem Reiseprospekt vor Augen gehabt. Den Lederarmsessel neben dem prasselnden Kamin und das Kristallglas Malt Whisky in Reichweite, während er an seinem Opus arbeitete.

Die Farbe des Raums war vollkommen unwichtig. Er musste vorankommen, anfangen zu schreiben, auch seine Nachforschungen fortsetzen, sicher. Aber vor allem den Text anpacken und anfangen, seine Gedanken zu ordnen, bevor sie sich verflüchtigten.

Er wusste noch immer fast nichts über Archies Kindheit. Stattdessen steckte er noch in den Ereignissen fest, die zu seinem Tod führten. Natürlich konnte er mit dem Ende anfangen: Dem in die Wellen eintauchenden Kopf des Dichters; dem langen, palmwedelgleich auf dem Wasser treibenden Haar; den blubbernden Luftblasen in seinem Bart; den sich öffnenden Lippen, die den nahen Frieden willkommen heißen.

Murray zog die Schuhe aus und ging in das kleine Bad auf dem Flur. Er musste sich diese Hollywood-Bilder aus dem Kopf schlagen. Ertrinken war nicht besser als andere Todesarten. Schmerzhaft und hässlich, Scheiße und Kotze, die die letzten Sekunden besudelten, das verzweifelte Festklammern an ein schon verlorenes Leben.

Der feuchte Geruch war hier stärker. Die Dusche war in eine winzige Plastikkabine mit Falttür gezwängt. Er fragte sich, ob sie dicht sei, fragte sich, ob er auf so engem Raum duschen konnte, ohne irgendetwas abzubrechen. Dabei fiel ihm ein, dass er vergessen hatte, Seife mitzunehmen. Vielleicht gab es irgendwo einen Laden, wo er ein Stück kaufen konnte (er hoffte bei Gott, dass die auch Alkohol verkauften), sonst müsste er sich mit demselben Stück einseifen, das schon überall auf dem alten Körper seiner Wirtin herumgeglitscht war. Der Gedanke ekelte ihn. Er bekam ein schlechtes Gewissen deshalb und schaute nicht in den Spiegel, als er vor dem Waschbecken stand und sich das Gesicht wusch.

Als er wieder in seinem Zimmer war, nahm er den Ordner mit seinen Unterlagen aus dem Rucksack: Die Auswertung von Lunans Gedichten (wenigstens darauf konnte er sich verlassen); einige Notizen über Suizide, die er bei der Durchsicht von Dr. Garretts Nachforschungen zusammengetragen hatte; die Gespräche mit Audrey, Meikle und Professor James, die er ordentlich protokolliert und in separate Plastikhüllen gesteckt hatte. Er breitete alles auf dem zweiten Bett aus und bedauerte, dass das Zimmer keinen Schreibtisch hatte.

Bis jetzt hatte seine Arbeit kaum etwas ergeben. Vielleicht hatte

Fergus Baine recht gehabt. Vielleicht sollte er sich auf die Analyse der Gedichte beschränken und den Menschen außen vor lassen. Nur das zählte schließlich, oder?

Er nahm die Mappe *James* vom Stapel. Im Nachhinein überraschte es ihn, dass der Professor nicht die gleichen Einwände wie Fergus erhoben hatte. Murray erinnerte sich daran, dass James schon immer fast fanatisch darauf bestanden hatte, Leben und Werk eines Schriftstellers zu trennen.

*Reduktiv, simplifizierend, grobschlächtig und bar jeder Analyse.*

Er konnte es noch buchstäblich hören, das Geräusch von zerreißendem Papier, das den Seminarraum erschüttert hatte, als James das Referat eines Studenten, der sich mit Miltons Blindheit und deren nachteilige Wirkung auf seine Dichtkunst beschäftigte, verbal und physisch zerfetzt hatte. Aber seine geplante Lunan-Biografie hatte keine bissigen Kommentare hervorgerufen. Trotz naheliegender Ausreden, die ihm Ruhestand und nachlassende Gesundheit geboten hätten, hatte der Professor Murray empfangen und ihm gleich mehrere Stunden von seinem aufgebrauchten Zeitkonto abgetreten, das nur noch eigener Forschung vorbehalten war. James hatte vielleicht einfach seine Meinung geändert, was die Bedeutung der Lebensumstände eines Künstlers für dessen Kunst betraf, oder akademisches Pflichtbewusstsein hatte ihn geleitet. Doch als Murray die Mappe in der Hand hielt, kam ihm wieder der Verdacht, dass der alte Mann nicht so mitteilsam gewesen war, wie er hätte sein können.

Vielleicht hatte er einfach die falschen Fragen gestellt. Es gab keine Verpflichtung, denjenigen zu helfen, die zu dumm oder zu faul waren, sich selbst zu helfen, und James war schon immer unduldsam denen gegenüber gewesen, deren Maßstäbe oder Intelligenz nicht an seine heranreichten. Der Schneesturm aus zerfledderten Seiten, den er unter den feuchten Augen des Verfassers des Milton-Referats über dem Papierkorb niedergehen ließ, hatte das gezeigt.

Murray zog die Abschrift aus der Hülle und hatte wieder diese Ahnung von etwas Unausgeprochenem. Er nahm seinen Bleistift und machte einen Stern neben einen Satz, den James gesagt hatte: *Die von uns, die ihn überlebt haben, hätten seinem Werk besser dienen können.*

Vielleicht hatte er gezögert, die Überschneidungen von seiner und Archies Vergangenheit zu erforschen, weil er sich schuldig fühlte wegen einer nicht erfüllten Verpflichtung gegenüber der Nachwelt. Besonders jetzt, da er sich mit seinem eigenen Tod, seinem eigenen ungesicherten Vermächtnis konfrontiert sah.

Murray kritzelte den Stern wieder durch. Es war wichtig, beiläufig hingeworfenen Worten nicht zu viel Bedeutung beizumessen.

*Sie dürfen nicht vergessen, dass das alles lange her ist und wir damals das Privileg hatten, die Geburt von vielen bemerkenswerten Arbeiten miterleben zu dürfen.*

Der Professor war realistisch. Er kannte die Grenzen des Individuums gegenüber der Bedeutung von Literatur und Geschichte. Murray dachte an James' vollgestopftes, der weiblichen Hand beraubtes Zimmer und stöhnte. Die Gesundheit des alten Mannes mochte nicht mehr die beste sein, aber wenigstens hatte er Platz zum Denken und Schreiben. Murray legte sich aufs Bett, legte das Gesprächsprotokoll auf sein Gesicht und schloss die Augen.

Die scharfe Stimme seiner Wirtin vor der Tür weckte ihn.

»Mr Watson, Ihr Abendessen wartet.«

Murray richtete sich auf wie der von den Toten auferstandene Dracula.

Er würde James anrufen und ihn fragen, ob er Bobby Robb kannte, und vielleicht würden sich dann, während er diese Frage beantwortete, auch die Antworten für die noch ungestellten Fragen ergeben.

Weder in seinem Zimmer noch an dem Melamintisch, auf dem sein Abendessen wartete, konnte er auf ein Netz hoffen. Die Versuchung war groß, mit dem gezückten Handy sofort hinaus ins Freie zu gehen, aber seine Manieren behielten die Oberhand. Bei dem braunen, von einer dünnen Haut überzogenen Etwas tippte er auf Soße. Er brachte es fertig, sich eine ehedem gefrorene Hühnerpastete, Karotten und Kartoffeln aus dem Glas sowie ein Schüsselchen Dosenpfirsiche mit Sprühsahne einzuverleiben. Es war die beste Mahlzeit, die er seit längerer Zeit gehabt hatte, und das sagte er auch Mrs Dunn, bevor er sich seine neue wasserdichte Jacke anzog und dem böigen Wind des verblassenden Tages entgegentrat.

Murray wandte sich vom Haus ab und ging auf der Straße weiter, auf der er gekommen war. Die Balken auf dem Display seines Handys weigerten sich störrisch, sich zu zeigen. Er sah ein Schild, auf dem *Broch* stand, folgte dem Pfeil und bog nach rechts in eine steinige Straße ein, die noch unbefestigter war als die vorige. Es war ein angenehmes Gefühl, ein Ziel zu haben, auch wenn er nicht wusste, was ein *Broch* war.

Professor James hatte den Menschen und den Dichter Lunan gekannt. Als seine einzige Gedichtsammlung entstanden war, hatte er zu seinem Umfeld gehört, und obwohl er ihn schon aus den Augen verloren hatte, als er starb, hatte er ihm doch nahe genug gestanden, um an der Totenwache teilzunehmen. Falls Christie weiterhin hartnäckig schweigen sollte, dann könnte sich James als die einzig greifbare Person erweisen, die einem Augenzeugen am nächsten kam.

Rechts tauchte ein kleines Haus auf. Davor befand sich ein Viereck mit stoppeligem Gras, das zum Schutz gegen Schafe eingezäunt war. Neben dem Gartentor lag verlassen ein umgekippter Spielzeugtraktor. Wenn man das Wetter aushielt, dachte Murray, wäre das kein übler Platz, um Kinder großzuziehen. Er war davon ausgegangen, dass Archie und Christie ein neues Zentrum für Poesie und Orgiastisches im Sinn gehabt hatten. Aber vielleicht hatten sie ja all das hinter sich lassen wollen und waren auf einer Art hippiemäßigem Selbstgenügsamkeitstrip dem »richtigen Leben« hinterhergejagt. Immerhin war es für Lunan eine Art Heimkehr gewesen.

Das Tageslicht begann zu verblassen. Er schaute auf sein Handy. Wenn er nicht bald ein Netz erwischte, dann würde er mit dem Wagen zum Pier runterfahren und es dort versuchen.

Vor Jahren, als er über seiner Doktorarbeit gesessen hatte, war er mit einem Mädchen gegangen, das Archäologie studierte. Angela. Er war ganz vernarrt in ihre blasse Haut und roten Haare gewesen und hätte liebend gern seine gesamte freie Zeit mit ihr im Bett verbracht. Ihr Hauptzeitvertreib hatte allerdings in Bergwanderungen zu archäologischen Ausgrabungsstätten bestanden. Angela wollte die Verlobung. Er hatte darüber nachgedacht, hatte stundenlang Pros und Kontras gewälzt und dann, als die Kontras gewonnen hatten, mit ihr Schluss gemacht. Er hatte Angela schon Jahre nicht mehr gesehen und auch schon ziemlich lange nicht mehr an sie gedacht. Sie war einer der Scheidewege seines Lebens gewesen. Ein Weg, den er hätte einschlagen können.

Auf der Anhöhe hinter dem Haus befand sich eine Art Bauwerk, oder waren es nur ein paar aus dem Boden ragende Felsen? Er konnte es nicht genau erkennen. Er verließ die Straße und stieg die Anhöhe hinauf. Der Wind nahm zu, der Boden unter seinen Füßen war weich.

Als er näher kam, sah er, dass es sich bei dem Gebilde um die Überreste eines kreisförmigen Trockensteingemäuers handelte. Einige Schafe, die in seinem Windschatten Schutz gesucht hatten, stürzten aufgeschreckt und in blödsinniger Eile davon, wie fette Damen, die in High Heels einen Berg hinunterstöckelten. Aus Angst, er könnte sie ungewollt über irgendeine unsichtbare Klippe scheuchen, wenn er weiter auf sie zuginge, blieb er stehen und wartete in dem böigen Wind ab, bis sie an ihm vorbeigelaufen waren.

Wahrscheinlich hatte Angela ihm irgendwann mal erzählt, was ein *Broch* war. Eine Festung, nahm er an, oder vielleicht ein großes Grabmal. Er ging zu der Stelle, wo die Mauer eingestürzt war, und schaute hinein, halb darauf gefasst, den üblichen Unrat zu sehen: Leere Schnapsflaschen, benutzte Kondome, zerquetschte Bierdosen. Der Boden fiel rundum leicht ab und lief in einer flachen Senke zusammen, er sah aus wie ein riesiger Kessel. Nichts außer Schafscheiße besudelte ihn.

Wie ständig auf seinen Wanderungen mit Angela, so hatte Murray auch jetzt das Gefühl, er würde beobachtet. »Städter-Paranoia« hatte sie das genannt. Aber in der Stadt würde man wenigstens gehört, wenn man zu schreien anfing. Der Anblick von ein paar weggeworfenen Parisern wäre eine Beruhigung, ein Lebenszeichen.

Er schaute den Weg zurück, den er gekommen war. Jetzt, da er oben auf einem Hügel stand, konnte er sehen, dass der Tag die Abenddämmerung schon hinter sich gelassen hatte. Das Licht hatte ihn zwar noch nicht ganz verlassen, aber er war sich nicht sicher, wie lange es noch halten würde. Es wäre wohl klüger, sich auf den Rückweg zu machen, solange die Sicht noch gut war, anstatt beim Abstieg einen verstauchten Knöchel zu riskieren. Murray zog sein Handy aus der Tasche und wurde mit drei Balken belohnt. Er kauerte sich in dem verwaisten Schutzraum der Schafe auf den Boden und wählte Professor James' Nummer.

Er war auf langes Klingeln eingestellt, aber James hob schon nach dem zweiten Läuten ab.

»Hallo, ich wollte dich nur fragen, ob du eine Packung von diesen Feigenplätzchen mitbringen könntest. Sei so nett, Helen, Iris mag die Dinger zum Tee, und die im Küchenschrank, nun ja, ich fürchte, die sind ein bisschen weich geworden.«

Murray hustete. »Tut mir leid, Professor James, dass ich Sie störe …«

»Wer spricht da?«

»Murray. Dr. Watson.«

Er kam sich vor wie ein nichts ahnender Anrufer, der zufällig in einen Gemeinschaftsanschluss geplatzt war, was den Professor aber nicht zu irritieren schien.

»Ich habe mich schon gefragt, wann Sie anrufen würden. Sind Sie wieder zurück?«

»Nein, leider nicht.«

»Ich dachte, Sie wären Helen, meine Tochter.«

Der alte Mann klang gebrechlicher als noch vor einer Woche, und in seine Stimme hatte sich etwas Verwaschenes eingeschlichen, das vielleicht auf Verwirrung hindeutete.

»Soll ich Sie später noch mal anrufen?«

»Nein, nein. Besser wir sprechen gleich, solange ich noch da bin.«

Murray hütete sich davor, ihn zu fragen, wo er denn hin wolle.

»Ein Name ist aufgetaucht. Ich habe mich gefragt, ob der Ihnen vielleicht was sagt. Bobby Robb. Er hatte eine auffällige Narbe ...«

»Ja, ich habe ihn gekannt.« James' Stimme wurde fester, als stünde er, da sich das Gespräch wieder der Vergangenheit zuwandte, auf sicherem Grund. »Er war nur sporadisch da, und wenn, dann waren seine Beiträge nicht originär und konfus.«

Der Ton des Professors war abschätzig, als sei Robb einer Erörterung unwürdig.

»Einer von Archie Lunans Freunden hat mir gesagt, dass seiner Meinung nach Robb für Archies frühen Tod verantwortlich war.«

»Ich fürchte, das liegt jenseits meines Kenntnisbereichs.«

Die Aussage wirkte wie ein Punkt am Ende eines Satzes.

»Stand er Archie nahe?«

»Seine Arbeit bewegte sich nicht mal in der gleichen Stratosphäre.«

»Ich meinte emotional.«

»Dr. Watson, gehört es zu Ihren Gepflogenheiten, die emotionalen Verstrickungen Ihrer Studenten zu überwachen?«

»Nein.«

»Warum glauben Sie dann, dass das bei mir anders gewesen sein sollte?«

»Ich hatte den Eindruck, Professor James, dass Sie damit gerechnet haben, dass ich Sie irgendwann anrufen würde. Nach wem, dachten Sie, würde ich Sie fragen?«

Kurz herrschte Stille, und Murray war schon darauf gefasst, dass der Professor ihm sagen würde, er solle ihn wieder anrufen, wenn er seine Nachforschungen abgeschlossen habe. Aber dann seufzte der alte Mann und sagte: »Nach Ihrer Nemesis natürlich. Professor Fergus Baine.«

»Meiner Nemesis?«

»Ich hatte den Eindruck, dass Sie beide über Kreuz liegen.«

Der Wind peitschte gegen Murrays Mobiltelefon. Er fragte sich, ob Professor James die Schafe hören konnte, die sich im Hintergrund anblökten. Sie waren vielleicht dumm, aber zumindest schafften sie es, in Eintracht zusammenzuleben.

»Nicht dass ich wüsste.«

»Dann habe ich da wohl etwas missverstanden. Wo sind Sie eigentlich? Das hört sich an, als steckten Sie in der Trommel einer Waschmaschine.«

»Ich bin auf Lismore. Ist ein bisschen windig hier, kann mich nirgendwo unterstellen.«

»Haben Sie Christie Graves gesprochen?«

»Noch nicht.« Der Wind zwang Murray, lauter zu sprechen. Er bedauerte jetzt schon, dass er auf den Hügel gestiegen war, anstatt sich eine nette warme Telefonzelle zu suchen. »Warum dachten Sie, dass ich über Fergus Baine würde reden wollen?«

»Ich dachte immer, Ihre Generation kann auf HiWis verzichten, Dr. Watson? Sie wollen doch sicher nicht, dass ich Ihre Arbeit erledige?«

Murray fragte sich, ob der alte Mann ihn durch Provokationen vom Thema ablenken wollte.

»Ich habe mit Fergus schon über Lunan gesprochen. Er hat mir den Eindruck vermittelt, als hätte er ihn nicht gekannt. Andererseits hat er erwähnt, dass sie sich einmal getroffen hätten, bei einer Lesung. Da wäre Archie betrunken gewesen.«

»Ich fürchte, da ist Professor Baines Umgang mit der Wahrheit möglicherweise sehr ökonomisch gewesen. Er und Lunan haben sich sehr gut gekannt. Sie waren beide Schlüsselfiguren in meiner kleinen Gruppe.«

Murrays linkes Bein schmerzte. Er verlagerte sein Gewicht und lehnte sich wieder an die Wand. Er versuchte zu verstehen, was James ihm gerade gesagt hatte.

»Davon hat er nichts erzählt.«

»Das überrascht mich.« James klang alles andere als das. »Vielleicht hat er es vorgezogen, das zu vergessen. Intelligente Menschen erinnern sich manchmal nur ungern an das Gebiet, auf dem sie nicht glänzen konnten.«

»Gibt es irgendetwas, das Sie mir vorenthalten, Professor?«

Er konnte es hören, das viele Meilen entfernte breite Lächeln des Professors.

»Viel, Murray, sehr viel.«

Es war das erste Mal, dass James ihn beim Vornamen genannt hatte. War das eine Einladung weiterzubohren oder einfach Stichelei?

»Was mit Lunan zu tun hat?«

»Warum fragen Sie nicht Baine? Sie sind schließlich Kollegen. Das ist alles lange her, und was ich so gehört habe, war vielleicht alles Klatsch und Tratsch.«

»Was haben Sie gehört?«

»Es klingelt, das muss Helen sein.« Er hörte ein klackendes Geräusch, als der Hörer hingelegt wurde, und dann, weit weg, James' Stimme: »Hast du diese Plätzchen bekommen, die Iris so mag?« Dann, von noch weiter weg, eine undeutliche Frauenstimme, die ihm antwortete.

Murray stand auf und streckte sich. Der Tag war zur Nacht geworden, er würde im Dunkeln zurücklaufen müssen. Er hielt sich das Handy ans Ohr und hörte das weit entfernte Geklapper von Professor James' Alltagsleben, so weit entfernt wie das Meeresrauschen in einer Muschel. Er wollte schon auflegen, als eine Frauenstimme sagte: »Hallo? Hier ist Helen Trend. Mit wem spreche ich, bitte?«

Er ging wieder in die windgeschützte Hocke und legte die Hand um das Handy, um seine Worte vor dem Wind zu schützen.

»Dr. Murray Watson. Vielleicht hat Professor James vergessen, dass er mit mir telefoniert hat.«

Professor James' Tochter war auf eine forsche Art gut gelaunt.

»In dem Fall müsste er ganz plötzlich, von gestern auf heute, senil geworden sein. Mein Vater ist nur mal kurz aus dem Zimmer gegangen. Die Natur fordert inzwischen ziemlich regelmäßig ihr Recht. Es wäre vielleicht besser, Sie rufen später noch mal an, oder kann ich Ihnen irgendwie behilflich sein?«

»Ich glaube kaum.«

»Sind Sie da sicher?«

Helen Trends Stimme hatte einen überraschend koketten Tonfall angenommen. Murray sah eine gut erhaltene Fünfzigjährige mit butterblondem Haar vor sich. Es verblüffte ihn, dass sein Gehirn sogar an diesem Ort, auf dieser ungastlichen Anhöhe, ein Bild heraufbeschwören konnte, das ihn ans Vögeln denken ließ.

»Wir haben über seinen Poesiezirkel gesprochen, speziell über Professor Fergus Baine.«

»Gott, den Namen habe ich schon seit Ewigkeiten nicht mehr gehört. Warum um alles in der Welt unterhalten Sie sich über diesen Halunken?«

»Ich schreibe eine Biografie über den Dichter Archie Lunan. Laut Ihrem Vater waren er und Professor Baine befreundet.«

Die Frau lachte.

»Ich würde nicht allzu viel auf irgendwas geben, das mein Vater über Fergus Baine zu sagen hat. Ich fürchte, der Kerl ist in diesem Haus ziemlich unten durch.«

»Darf ich fragen warum?«

Es trat eine kurze Pause ein. Die Schafe hatten aufgehört sich anzublöken, aber es herrschte immer noch jede Menge Lärm auf dem Hügel. Ein schrilles Heulen drang von irgendwo aus der Dunkelheit an sein Ohr. Murray stellte den Kragen seiner Jacke auf. Ihm fiel ein, dass er irgendwo etwas über einen Plan gelesen hatte, im Schottischen Hochland wieder Wölfe anzusiedeln, und er fragte sich, ob der jemals in Angriff genommen worden war. Nein, die Schafzüchter würden das sicher nie zulassen.

»Was sagten Sie noch gleich, für welches Institut Sie arbeiten?«, fragte Helen Trend.

Sie wussten beide, dass er nichts von irgendeinem Institut gesagt hatte, aber Murray hatte keine Lust, darüber zu streiten.

»University of Glasgow.«

»Verstehe.« Wieder entstand eine träge Pause, als dächte sie darüber nach, was sie sagen sollte. »Ich habe gehört, dass Fergus da jetzt unterrichtet.«

»Er ist der Leiter des Fachbereichs.«

»Tja, das hat man mir auch erzählt. Und Sie und mein Vater haben über ihn gesprochen in Zusammenhang mit einem Buch, das Sie über Archie Lunan schreiben?«

»Ja.«

»Was hat mein Vater Ihnen erzählt?«

Er war nie ein versierter Falschspieler gewesen, aber sein Instinkt riet Murray, die Tatsache zu verschweigen, dass James ihm gar nichts gesagt hatte.

»Ich bin mir nicht ganz sicher, ob es mir gestattet ist, darüber zu sprechen.«

»Ach?« Das Kokette war auf einmal verschwunden. »Dann lassen Sie mich die Frage anders stellen. Handelte es sich dabei um etwas, das man als verleumderisch interpretieren könnte?«

Trotz der Kälte und dem gefährlichen Abstieg, der ihm bevorstand, fühlte er sich plötzlich pudelwohl.

»Um diese Frage beantworten zu können, müsste ich erst einen Anwalt konsultieren.«

»Ich könnte Ihnen die Dienste meines Mannes und von zweien meiner Söhne empfehlen. Allerdings könnten sich da Interessenkonflikte ergeben.«

In Murrays Vorstellung verwandelte sich das weiche, butterblonde Haar in Margaret Thatchers Betonhelm. Die eskalierende Unterhaltung schien seiner Kontrolle zu entgleiten.

»Ich habe das Gefühl, Mrs Trend, dass ich Sie unbeabsichtigterweise beleidigt habe. Ich kann mich nur entschuldigen, wenn ich auch nicht genau weiß, was ich getan habe.«

»Ach nein?« Das Gelächter war wieder da. Es schnitt durch den heulenden Wind. »Dann lassen Sie mich deutlich werden. Sollten Sie irgendetwas veröffentlichen, das mein Vater Ihnen über Fergus Baine erzählt hat, das auch nur als verleumderisch in Betracht gezogen werden und deshalb dem Ruf meines Vaters Schaden zufügen könnte, dann würde ich nicht zögern, meine Anwälte anzuweisen, Klage gegen Sie einzureichen. Und vergessen Sie eins nicht, Dr. Watson, ich bekomme meinen juristischen Rat gratis.«

»Ich habe die größte Hochachtung vor Ihrem Vater und …«

James' Stimme fiel ihm ins Wort.

»Das ist ein persönliches Gespräch, Helen, leg bitte auf. Ich würde gern allein mit Dr. Watson sprechen.«

»Ich habe ihm nur gesagt, dass …«

»Leg auf, Helen. Es dauert nicht mehr lange.«

In Professor James' Stimme lag wieder die ganze Kraft seiner alten Autorität. Die kleinlaute Antwort seiner Tochter ließ Murray unwillkürlich zusammenzucken.

»Ja, Dad. Entschuldige.«

Ein Klicken und dann ein Augenblick, dessen Stille der über den Hügel jagende Wind zunichtemachte. Dann sagte James: »Was hat sie Ihnen gesagt?«

Diesmal sagte Murray die Wahrheit.

»Überhaupt nichts. Sie macht sich Sorgen, dass ich etwaige Unstimmigkeiten zwischen Ihnen und Fergus öffentlich machen und dadurch Ihren Ruf beschädigen könnte. Sie hat mich gewarnt.«

»Mein Ruf hat von Fergus nichts zu befürchten.« James seufzte, und Murray hatte das unbestimmte Gefühl, dass er eine Gelegenheit verpasst hatte. »Wie gut kennen Sie Professor Fergus Baine?«

»Nicht besonders. Er ist erst seit drei Jahren im Fachbereich. Er ist aus dem Süden gekommen, hat Rachel kennengelernt und sie nach einer stürmischen, wie extra für *Mills & Boon* erfundenen Romanze geheiratet.« Murray versuchte sich seine Verbitterung nicht anmerken zu lassen. »Letztes Jahr wurde er zum Leiter *Englische Literatur* ernannt.«

»Haben Sie eins von seinen Büchern gelesen?«

»Die letzten beiden hab ich kurz überflogen.«

»Sicher, ist ja auch nur klug, dass man in die Arbeiten seiner Kollegen, auch wenn man sie nicht ausstehen kann, zumindest mal einen Blick reinwirft.«

»Wie kommen Sie darauf, dass ich ihn nicht ausstehen …«

»Bullshit, Murray.« Der Amerikanismus aus des Professors Mund klang komisch. »Sie mögen den Kerl genauso wenig wie ich. Geben Sie es zu.«

»Nun ja«, sagte Murray. »Völlig einer Meinung waren wir eigentlich nie.«

Das Lachen des alten Mannes klang gereizt.

»Ich nehme an, dass ist das Äußerste, was ich an Bestätigung erwarten kann. Haben Sie gewusst, dass er vor Jahren mal einen schmalen Gedichtband veröffentlicht hat?«

»Nein.«

»Sie haben nichts verpasst. Ist spurlos an der Welt vorübergegangen. Ist inzwischen vergriffen, aber ich glaube, Sie würden die Lektüre lohnend finden. Sagen Sie mir Ihre Adresse, ich schicke Ihnen ein Exemplar.«

Murray hätte sein Handy den Hügel hinunter in die böige, schwarze Nacht schleudern können. Er hatte schon wieder die Kontrolle über das Gespräch verloren. Der alte Mann kam auf die Dichtung zurück, das Werk, nicht auf das Leben.

»Ich bin mir nicht sicher, ob mir dafür noch Zeit bleibt. Ich muss meine Nachforschungen auf Lunan und seinen Kreis konzentrieren.«

»Fergus gehörte zum Kreis.« Seine Stimme wurde jetzt weicher, wurde eins mit dem Wind und dem zitternden Gras. »Üben Sie Nachsicht. Vergessen Sie nicht, dass ich Professor für englische Literatur war. Ich weiß, wovon ich rede.«

»Einmal Professor, immer Professor.«

»Das könnte auf meinem Grabstein stehen.« James wurde wieder ernst. »Sie dürfen eins nicht vergessen, Dr. Watson. Manche Menschen ändern sich im Kern nie, und zu denen gehört meiner Meinung nach Fergus Baine. Denken Sie dran, wie er jetzt ist, und Sie kennen ziemlich genau den Menschen von damals, als er und Lunan Freunde waren – und die beiden waren Freunde, egal wieviel Sand Baine Ihnen in die Augen gestreut hat.«

»Sagen Sie mir, was der Grund dafür war, dass Sie sich zerstritten haben?«

»Kann ich nicht. Das würde jemand anderen, jemand vollkommen Unbescholtenen in Mitleidenschaft ziehen. Ich kann Ihnen so viel sagen, dass Fergus Baine einer meiner Ausnahmestudenten war und dass er seine Stellung missbraucht hat. Seine Abwanderung nach Süden 1978 war nicht vollkommen freiwillig. Ich hatte ihn für eine Stelle in England empfohlen, um ihn loszuwerden. Und wenn ich Einfluss darauf gehabt hätte, dann wäre er jetzt nicht wieder in Schottland und arbeitete an meiner alten Universität, schon gar nicht in der Funktion, die er jetzt innehat.«

»Wo wäre er dann?«

»In der Hölle.« Der alte Mann lachte. »Oder immer noch im Süden von England. Sagen Sie mir Ihre Adresse, dann schickt Iris Ihnen gleich morgen ein Eilpäckchen mit Baines Gedichtband. Ich verspreche Ihnen, das wird Sie interessieren.«

Murray gab ihm, soweit er sich daran erinnerte, die Adresse seines Bed & Breakfast und sagte dann: »Eigentlich hatte ich etwas über Bobby Robb herausfinden wollen.«

»Bobby Robb war ein ignoranter Idiot.«

»Warum? Wegen seines Aussehens? Oder seines Akzents?«

»Sicher nicht wegen seines Aussehens, obwohl er weiß Gott wie ein Idiot aussah. Aber das traf auf die meisten damals zu. Lange Haare und Bart, die Klamotten behängt mit Glöckchen und Muschelschalen. Nein, Bobby Robb war Abschaum, aber er war nicht der Schlimmste. Auch nicht wegen seines Akzents. Robb hat zwar seine Herkunft aus der Arbeiterklasse auf der Zunge getragen, aber ich habe zu viele intelligente Arbeiter und zu viele verblödete feine Pinkel kennengelernt, als dass ich einen Menschen nach seinem Akzent beurteilen würde. Womit er sich beschäftigt hat, das hat ihn als Dummkopf ausgewiesen. Er interessierte sich für diesen Krempel, der unter dem Namen *New Age* lief. Okkultismus, Astrologie, dieser ganze abergläubische Nonsens, der die Elisabethaner so fasziniert hat. Verzeihlich im siebzehnten, aber von atemberaubender Einfalt im zwanzigsten Jahrhundert.«

»Hat Archie sich auch damit beschäftigt?«

»Archie war manchmal ziemlich durchgeknallt, aber er war nicht blöde. Ich weiß noch, dass er sich über Robb lustig machte, dass er ihn den Zauberlehrling nannte. Aber ich hab' auf das alles nicht sonderlich geachtet. Damals waren viele Leute von diesem Kram fasziniert. Nehme an, das lag an den Drogen. Sie machten alle ganz fabelhafte sensorische und quasireligiöse Erfahrungen, sodass sie anfingen zu glauben, es gibt noch eine andere Existenz neben der unseren.«

»Und es hat Sie nie gereizt, das auch mal zu probieren?«

»Was probieren?«

»LSD, Acid. Jede Menge Pädagogen sind damals darauf eingestiegen – *turn on, tune in, drop out.*«

»Aussteigen konnte ich nicht. Wie gesagt, mein Vater war Ingenieur bei *Barr & Strouds.* Ich hatte eine gute presbyterianische Erziehung genossen und eine Familie, die ich ernähren musste. Nein, das hat mich nie gereizt. Ich bin, was man damals einen ›Normalo‹ nannte – wie Sie, Dr. Watson. Jedenfalls finde ich die Welt, in der wir leben, ziemlich eindrucksvoll. Außerdem glaube ich, dass sie die einzige ist, die uns offensteht. Warum sollte ich es eilig haben, mich daraus zu verabschieden?«

Auf dem Weg den Hügel hinunter stürzte Murray zwei Mal, kam aber dann auf der Straße einigermaßen zügig voran. Der Mond war nur zu erahnen. Ihn verhüllten die gleichen Wolken, die auch die Sterne verdunkelten. Eine Zeit lang nutzte er das beleuchtete Display seines Handys als Taschenlampe. Doch dann begann ihn der Gedanke zu stören, dass man ihn im Umkreis von Meilen sehen konnte. Er steckte das Telefon in die Tasche, und schon bald hatten sich seine Augen an die Dunkelheit gewöhnt. Das kleine Haus, das ihm auf dem Hinweg aufgefallen war, lag jetzt im Dunkeln, der Spielzeugtraktor lag immer noch umgekippt im Garten. Wie Murray vorausgesehen hatte, fing es an zu regnen. Er senkte den Kopf und ging schnell an dem Haus vorbei. Der Gedanke war ihm unangenehm, dass einer der Bewohner aus dem Fenster schaute und es mit der Angst bekam, weil sich ein Fremder noch so spät in der unwirtlichen Nacht herumtrieb.

Helen Trends Angst, was ihr Vater vielleicht erzählen könnte, war mit Händen zu greifen gewesen. Ihr Hass auf Fergus Baine schien den des Professors noch zu übertreffen. Murray konnte sich nicht vorstellen, dass James die Streitigkeiten aus der Uni zu Hause beim Abendessen mit seinen Kindern diskutierte. Er ging im Kopf die Liste mit seinen akademischen Kontakten durch, in der Hoffnung, auf jemanden zu stoßen, der die Art von Fergus' Schandtat benennen könnte, und dachte auch daran, Rachel zu fragen, verwarf den Gedanken aber sofort wieder.

Der Wind schien von allen Seiten an ihm zu zerren, der Regen wirbelte um ihn herum, blies ihm ins Gesicht und beeinträchtigte seine Sicht. Murray nahm seine Brille ab und putzte sie, obwohl er wusste, wie sinnlos das war. Er erinnerte sich an Cressida, wie sie ihn gefragt hatte, ob sie mal kurz dürfe, sah ihr orange leuchtendes Kleid, während sie seine Brillengläser abputzte, damit er Jacks Ausstellung umso besser sehen konnte.

Er dachte an die Pikten, oder wie immer die Menschen hießen, die den *Broch* gebaut hatten, stellte sich vor, wie sie zusammen mit ihren Hunden und ihrem Vieh sicher im Schutz seiner Mauer auf dem Boden hockten. Sie wären nicht so blöd gewesen, bei diesem Regen durch die Dunkelheit zu stapfen. Er fragte sich, ob Lunan jemals nachts auf diesen Wegen gegangen war, verdreckt und nass bis auf die Haut, und sich gefragt hatte, was zum Teufel eigentlich los war.

# 19

Murray nahm Christies ersten Roman *Sacrifice* mit nach unten ins Esszimmer. Er sah, dass seine Wirtin einen Blick darauf warf, als sie sein warmes Frühstück auf den Tisch stellte. Murray legte das Buch beiseite und musste sich bewusst zusammenreißen, um sich nicht die Hände zu reiben vor Freude über den gebratenen Speck, die Eier und die Würstchen, die da ohne eigenes Zutun vor seinen Augen auftauchten.

»Das sieht fantastisch aus.«

Mrs Dunn quittierte seine Begeisterung mit einem Nicken und ging zurück in die Küche, wobei sie elegant eine Katze umkurvte, die sich vor dem glühenden elektrischen Heizlüfter niedergelassen hatte, der in der Mitte des Raumes stand. Sie kehrte mit einer Kanne Kaffee und ein paar Scheiben Toast zurück.

»Ich hätte noch Erdbeermarmelade. Selbst gemacht, mit Erdbeeren aus dem Garten.«

Murray wurde immer leicht nervös, wenn es um Selbstgemachtes ging, aber er lächelte und sagte: »Großartig.« Um Platz zu schaffen, schob er das Buch zur Seite und nickte dann zu dem Foto auf der Rückseite. »Sie stammt von hier, oder?«

»Sie lebt hier, ja.«

Die Frau stellte die Marmelade auf den Tisch, und er löffelte sich etwas davon auf den Toast. Hoffentlich, dachte er, war die Katze nicht in der Küche gewesen, als sie die Marmelade gekocht hatte.

»Wie ist sie so?«

Mrs Dunn trug einen strapazierfähigen Rock und darüber einen blauen Pullover, den sie entweder schon vor langer Zeit selbst gestrickt oder erst kürzlich auf einem Wohltätigkeitsbasar aus einem Kleiderhaufen gezogen hatte. Das Ensemble wurde beschützt von einer Schürze, die eine Karte mit den Kathedralen Schottlands zierte. Aberdeen und Fort Williams weihten ihre Brüste, Glasgow segnete den Schritt. Die alte Dame sah aus, wie sich die Fernsehspielabteilung der BBC das Idealbild einer schottischen Haushälterin vorstellte: Dr. Finlays Janet. Mit undurchdringlichem Gesichtsausdruck schaute sie das Buch an, als hätte sie es nie zuvor gesehen.

»Sie sieht ein bisschen anders aus als auf dem Foto.«

Murray schaute auf die vertraute retuschierte Fotografie. Ein weiches, rehäugiges Gesicht, umrahmt von einem Schleier aus langen Haaren. Christie in ihren Zwanzigern. Das Mädchen auf dem Bild hatte keinerlei Ähnlichkeit mit der schwer gezeichneten Frau, die er bei Robbs Beisetzung gesehen hatte.

»Ist wohl schon lange her, als das aufgenommen wurde.«

Seine Wirtin lachte.

»Vor der Sintflut.«

Murray war erleichtert, dass sie wieder lächelte, und schenkte sich Kaffee ein.

»Trinken Sie keinen?«

»Nein, erst hinterher, wenn ich in der Küche fertig bin.« Offenbar hatte sie bemerkt, dass ihm der Gedanke, sie würde sein schmutziges Geschirr abspülen, unangenehm war, denn sie fügte hinzu: »Keine Sorge, ich habe einen Geschirrspüler.«

Murray biss von seinem Toast ab. Die Marmelade schmeckte, und das sagte er ihr. Die Katze blinzelte ihn von ihrem Platz vor dem Heizlüfter an, als wollte sie ihn wissen lassen, dass sie sein Spiel durchschaue.

»Wie heißt die Katze?«

»Archie.« Murray verschluckte sich fast, aber die Wirtin schien nichts gemerkt zu haben. Sie bückte sich und kraulte die Katze hinter den Ohren. Diese zog ihre Augen zu Schlitzen zusammen und goutierte die Geste als nur recht und billig. »Du bist ein alter Kämpfer, was, mein Guter?« Sie richtete sich wieder auf. »Mögen Sie Katzen?«

Er hatte nie viel mit Katzen zu tun gehabt.

»Sehr intelligente Tiere.«

»Und ob.«

Ihr Gesprächsgegenstand streckte seine Hinterbeine aus und fing an, sich den Unterleib zu reinigen, wobei er sich akribisch bis zum Schwanz vorarbeitete.

Murray unterdrückte seinen Drang zu lachen.

»Sehen Sie sie oft?«

»Wen, Mrs Graves?

Er fragte sich, ob die Anrede liebenswürdig gemeint war oder herabsetzend – eine verheiratete Frau »erhebt« eine andere in den Stand der Ehe und betont damit umso nachdrücklicher, dass sie unverheiratet ist. Aber Mrs Dunns Gesichtszüge zeigten keinerlei Regung.

»Ich kann Ihnen gar nicht sagen, wann ich Christie Graves zum letzten Mal gesehen habe.«

»Aber sie lebt noch hier?«

Ihr Augenblick der Gemeinsamkeit war dahin. Mrs Dunn nahm seinen leeren Teller und machte sich nicht die Mühe, ihn zu fragen, ob es ihm geschmeckt habe.

»Das nehme ich an.«

Sie ging in die Küche und ließ ihn mit seinem Buch und seinem Kaffee allein. Er trank ihn schnell aus, weil er genau wusste, dass auf der anderen Seite der Wand die alte Frau nur darauf wartete, dass er aufstand. Wahrscheinlich hatte sie das Kratzen der Stuhlbeine auf dem Linoleum gehört, denn sofort erschien sie mit dem Tablett in der Hand, um den Tisch abzuräumen.

»Noch eine Sache, Mr Watson.«

»Ja?«

Er schenkte ihr ein Lächeln, das normalerweise den Sekretärinnen des Fachbereichs vorbehalten war, für den Fall, dass er mal wieder irgendeinen verwaltungstechnischen Bock geschossen hatte.

»Wenn Sie von einer Wanderung wieder nach Hause kommen, würde es Ihnen etwas ausmachen, an der Tür die Stiefel auszuziehen? Gestern Abend haben Sie den Dreck durchs ganze Haus getragen.«

Er entschuldigte sich. Gleichzeitig, aber zu spät, fiel ihm ein, dass bei den Damen, die den Fachbereich Englisch in Schwung hielten, sein Lächeln auch nie sonderlich viel Eindruck gemacht hatte.

Murray hatte vorgehabt, den Morgen in seinem Zimmer zu bleiben und das Telefonat mit Professor James vom Vorabend zu Papier zu bringen. Als er jedoch gerade damit angefangen hatte, klopfte Mrs Dunn an die Tür und fragte, ob sie sauber machen könne. Er warf einen schuldbewussten Blick auf die Schmutzflecken auf dem Teppich und sagte dann, dass er die Insel erkunden wolle.

Diesmal nahm er den Wagen und fuhr zum Dorfladen. Davor parkte ein halbes Dutzend Autos, neben denen Männer in Overalls standen und miteinander plauderten. Sie schauten mit ausreichend Desinteresse zu Murray herüber, um glauben zu machen, Touristen seien bei ihnen nichts Ungewöhnliches. Vielleicht hatten sie aber von seiner Anwesenheit gehört und sich schon ihren Reim darauf gemacht.

Im Innern des Ladens roch es angenehm nach Seifenflocken. Hocherfreut erblickte Murray die aufgereihten Weinflaschen in den Regalen. Außerdem Whisky, Wodka und eine überraschende Auswahl an Rum. In einer Ecknische drängelten sich drei junge

Mädchen um einen Computer und ergänzten irgendetwas auf einer Facebook-Seite. Ihre Blicke waren taxierender, aber nicht weniger abweisend als die der herumlungernden Männer draußen.

Murray durchsuchte den Postkartenständer nach einem Motiv mit dem *Broch*, der ihm am Abend zuvor Schutz geboten hatte, konnte aber keins finden. Stattdessen nahm er zwei mit Meeresansichten, obwohl er noch nicht wusste, wem er sie überhaupt schicken sollte. Er legte die Postkarten zusammen mit einer Landkarte auf den Verkaufstresen.

»Kann da jeder ins Internet?«

Der Ladenbesitzer hatte das typisch käsige Aussehen, das Männer mit Bürojobs anzunehmen schienen, die tagtäglich mit Arbeitern zu tun hatten. Schüchtern und total verkrampft lächelte er Murray an.

»Ein Pfund die Stunde. Wenn Leute warten, höchstens eine halbe Stunde.« Er nickte zu der Teenagertraube. »Die sind jetzt mindestens schon anderthalb Stunden drin. Wenn Sie gleich reinschauen wollen, sag ich ihnen, dass sie eine Pause einlegen sollen.«

»Nein, danke, nur für den Fall, dass ich später mal reinschauen möchte.«

Der Mann steckte Murrays Ansichtskarten und die Landkarte in eine Papiertüte.

»Zum Wandern rübergekommen?«

»Ja.« Er war sich nicht ganz sicher, warum er log. Vielleicht nur deshalb, weil es einfacher war. »Ich habe ein Zimmer bei Mrs Dunn.«

»Schön, dann haben Sie es ja gemütlich.«

Das Lächeln des Mannes stockte, und Murray ahnte, dass hinter ihm ein neuer Kunde stand.

»Ja, sie kümmert sich bestens um mich.«

Er stopfte seine Einkäufe in den Rucksack und ließ einen Mann in blauem Overall vor, der eine *Oban Times* in der Hand hielt. Anscheinend hatte Murray die Zeit des Tages erwischt, zu der sich hier die Inselbevölkerung versammelte. Er musste sich seitlich zwischen den Leuten hindurch zur Tür vordrängeln. Als er gerade die Hand ausstreckte, schwang die Tür vor ihm auf, und Christie Graves stakste ungelenk herein. Murray trat einen Schritt zurück, um sie vorbeizulassen, sah, dass ihre Augen ihn kurz musterten, und stellte fest, dass er eigentlich schon den ganzen Morgen darauf gefasst gewesen war, sie zu sehen.

Murray saß im Wagen und hatte die Landkarte über das Lenkrad gebreitet. Als Christie aus dem Laden kam, nickte sie draußen ein paar Leuten zu, blieb aber nicht stehen, um mit ihnen zu plaudern. Er hob den Blick von den wenigen Straßen und zahlreichen Wegen Lismores und beobachtete, wie sie in ihren roten Cherokee stieg und davonfuhr. Dann zählte er bis zehn und steuerte den Wagen seines Vaters aus der Parklücke.

Murray traute sich nicht, so schnell zu fahren wie Christie, bekam sie aber in den Kurven und dem hügeligen Auf und Ab immer wieder kurz zu sehen. Er schaltete den CD-Spieler ein, und Johnny Cash knarzte wieder aus den Lautsprechern und sang über einsame Gefängnisse und Züge, die pfiffen, wenn sie an einem vorbeirauschten. Das war ein Lied aus ihrer Kindheit. Murray fragte sich, ob Jack sich die CD manchmal anhörte, oder ob sie seit dem Tag, als ihr Vater nicht mehr hatte fahren können, unangetastet in der CD-Lade steckte.

Die Welt jenseits der Autofenster machte einen hellen, taufrischen Eindruck, als hätte der Sturm der letzten Nacht die Landschaft belebt. Die Weiden hatten ihr scheißebesudeltes Aussehen abgelegt und wirkten so sauber und heiter wie aus dem Bilderbuch. Das Gras, an dem die Schafe und Kühe hinter den Trockenmauern und hohen Drahtzäunen herumzupften, sah so grün und gleichmäßig aus wie ein Plastikteppich. Die wenigen Cottages, an denen er vorbeikam, schienen klug in die Landschaft gesetzt zu sein. Ihre Steinwände und Schrägdächer passten perfekt zu den gepflegten Gärten, die von den wilderen Bereichen der Natur durch die gleichen kunstvoll errichteten Mauern abgetrennt waren, die auch das Vieh auf den Weideflächen hielten. Ein paar kleine, mit ihren langen schwarzen Schwänzen wedelnde Vögel wuselten so plötzlich vor der Windschutzscheibe herum, dass Murray fast gebremst hätte. Er fragte sich, ob er den roten Wagen verloren hatte, ob er in einen der unbeschilderten Feldwege eingebogen war, die von der Straße abzweigten.

Die Insel war klein. Es würden sich andere Gelegenheiten, andere Möglichkeiten ergeben, um herauszufinden, wo Christie lebte. Trotzdem, da er die Verfolgung schon mal aufgenommen hatte, fühlte er sich aufgefordert, die Suche fortzusetzen.

Er trat aufs Gas, die Landschaft schoss verschwommen an ihm vorüber, und die graue Fahrbahn rauschte unter ihm hindurch. Als er eine weitere Kurve auf der leicht ansteigenden Straße ansteuerte, schaltete er herunter und fuhr in scharfem Tempo in sie hinein, in der Hoffnung, dahinter den roten Punkt zu sehen, der ihm bestätigen würde, dass Christie immer noch vor ihm war.

Und dann war plötzlich alles rot. Das rote Allradfahrzeug stand regungslos in einer Ausweichbucht, während ihm in der Mitte der Straße das Postauto entgegenkam. Er fluchte, trat auf die Bremse und riss das Lenkrad so scharf herum, dass sein kleines Auto sich zu überschlagen drohte. Einen Augenblick lang, in dem vor seinen Augen alles rasend schnell und gleichzeitig extrem langsam ablief, glaubte er, der Wagen würde gewinnen und ihn abwerfen. Dann gehorchten die Bremsen und er kam um Kreditkartenbreite vor Christies Stoßstange zum Stehen.

*Scheiße, Scheiße, verdammt, Scheiße, verdammt.*

Ihre Blicke trafen sich in Christies Rückspiegel.

Er hob entschuldigend eine Hand und klappte dann die Sonnenblende nach unten, obwohl sich schon Wolken vor die hoffnungsvollen Sonnenstrahlen des Morgens geschoben hatten.

Er hatte keine Ahnung, was er hier tat.

Cash sang immer noch von dem Zug, mit dem er irgendwohin »further down the line« fahren würde. Dann rollte der Postler vorbei und hob einen lakonisch grüßenden Finger vom Lenkrad.

Der rote Wagen fuhr wieder auf die Straße.

Murray umfasste fest das Lenkrad, um das stärker werdende Zittern unter Kontrolle zu bekommen, und folgte dem Wagen, wobei er darauf achtete, einen angemessenen Abstand einzuhalten.

Er erinnerte sich an den Blick des bärbeißigen Fährmanns und an Mrs Dunns Witz, dass er Murray einlochen würde, wenn er sein Zimmer nicht bezahlte. Eine Insel konnte leicht zum Gefängnis werden. Er hatte keinerlei Zweifel, dass die Inselbewohner inzwischen von seiner Anwesenheit wussten und bald von seinem idiotischen Beinahe-Crash erfahren würden. Er fragte sich, ob Archie, eingekesselt vom Meer und von den Blicken der Einheimischen, jemals klaustrophobische Anwandlungen bekommen hatte. Vielleicht hatte er deshalb angefangen zu segeln, weil er sich die Möglichkeit schaffen wollte abzuhauen, wann immer er wollte.

Christies Wagen war in den zahllosen Kurven verschwunden. Er gab wieder Gas, schaltete vor Kurven wieder herunter und hatte jedes Mal Angst vor den unsichtbaren Gefahren, die hinter der Kurve lauern könnten. Er war sich jetzt sicher, dass er sie verloren hatte. Die Straße hatte jetzt nicht mehr so viele Kurven, und so sah er im letzten Augenblick weit vor sich etwas rot aufblitzen. Er schaltete wieder herunter, trat dann sanft auf die Bremse und sah, wie Christie von der Asphaltstraße in einen holperigen Feldweg einbog.

Murray blieb auf der Hauptstraße und dachte weiter an Christies roten Wagen, wie er durch die Windungen des unbefestigten Weges kroch wie Gift durch eine Blutbahn.

Murray wusste, dass Laptops die Fruchtbarkeit schädigen konnten. Trotzdem machte er es sich halb sitzend, halb liegend auf der seidenen Tagesdecke bequem und stellte sich den Laptop, mit einem Kissen unterpolstert, auf den Schoß. Es war kalt im Zimmer. Murray überlegte kurz, ob er sich mit der Decke von dem anderen Bett zudecken sollte, konnte sich aber nicht aufraffen.

Er zog sein Handy aus der Tasche und holte Rachels Nummer auf das Display. Er stellte sie sich zusammen mit Fergus in irgendeinem Hotelzimmer in Italien vor. Er machte das Handy wieder aus. Die Einkaufstüte mit dem Whisky war im Schrank. Er holte die Flasche, suchte das Zimmer nach einem Glas ab, fand keins und trank ein winziges Schlückchen aus der Flasche. Das Spiegelbild auf dem Teenie-Schminktisch äffte seine Bewegungen nach. Die Rasur hatte er sich heute Morgen geschenkt. Stoppelkinn, das Fünf-Uhr-Nachmittags-Zwielicht, der Schnaps – er hätte einer von Lyns unglückseligen Kunden sein können.

»Slainte Mhath.«

Murray prostete seinem Spiegelbild zu und setzte die Flasche an die Lippen.

Er hatte gute Lust auf einen weiteren Schluck, aber er stöpselte die Flasche wieder zu und stellte sie zurück in den Schrank. Er wollte nicht wie Alan Garrett enden, mit zermatschtem Hirn an der Windschutzscheibe.

* * *

An der Anlegestelle gab es ein Telefon. Murray parkte den Wagen, zwängte sich in die Telefonzelle und stellte fest, dass sie nicht nach Pisse stank und es auch keine Graffitis gab. Ein Telefonbuch gab es auch keins, aber er wusste die Nummer auswendig.

Rab hob sofort ab, seine Stimme klang noch nach Dienst, obwohl es schon fünf Uhr Nachmittag war.

»Purvis.«

Murray schaffte es, seinen Worten eine Prise rotzig-rüpelige Kumpelhaftigkeit unterzumischen.

»Penis, Pelvis, Purvis?«

»Murray?«

Rab klang erleichtert, und Murray bereute, dass er ihn hasste. Er zwang sich zu einem Lächeln, um seinen Worten etwas von der Heiterkeit einzuhauchen, die ihm abging.

»Genau der.«

»Hab gehört, du wärst im Norden.«

Murray fragte sich, wer ihm das gesagt hatte.

»Da hast du richtig gehört.«

»Also, was gibt's? Hast du Heimweh oder kann ich was für dich tun?«

Murray sah den Freund in seinem Büro am Schreibtisch sitzen, hinter sich an der Wand das ungerahmte Poster für eine längst vergangene Lesung mit Edwin Muir, neben sich auf dem Bücherregal die kleine tickende Reiseuhr, die seiner Mutter gehört hatte. Er hörte den scharfen, verletzten Unterton in Rabs Stimme und bemühte sich, seiner Antwort einen sanften Klang zu verleihen.

»Beides. Hör zu, wegen neulich Abend, das tut mir leid.«

Das Krächzen aus Purvis' Lungen überbrückte das Land und das Wasser, das zwischen den beiden Männern lag.

»Hätte nie gedacht, dass ich mich in meinem Alter mal wegen einer Frau zerstreiten würde.« Er seufzte wieder. »Also, raus damit, was willst du?«

»Woher weißt du, dass ich nicht nur mal ›Hallo‹ sagen will?«

»Weil du deshalb nicht anrufst.«

Die Wahrheit dieser Feststellung lastete auf ihrem Schweigen. Dann sagte Murray: »Du bist doch jetzt schon ewig im Institut, Rab.«

»Ich erinnere mich noch an die Zeit, als das Wort Postmoderne nur ein Staubkorn in ›The Green Eye of the Little Yellow God‹ war und noch Dinosaurier durch die Gänge trampelten.«

Murrays Versuch einer geistreichen Erwiderung, dass die ja immer noch in der englischen Literatur herumtrampelten, kam nicht an.

»Hast du Fergus eigentlich schon früher gekannt, bevor er nach England gegangen ist?«, fragte er dann.

Rabs Stimme verhärtete sich wieder.

»Hat das irgendwas mit Rachel zu tun?«

»Nein, mit Archie. Anscheinend waren er und Fergus Freunde.«

»Und das hat Fergus nie erwähnt?«

»Exakt. Nicht mal, als er meinen Antrag abgelehnt hat.«

»Vielleicht hat er es für irrelevant gehalten.«

»Vielleicht.«

»Aber das glaubst du nicht.«

»Würdest du? Fergus tut sich normalerweise keinen Zwang an, Schriftsteller zu erwähnen, mit denen er bekannt ist. Vor allem wenn er damit den Anschein erwecken kann, dass er sich mit dem Forschungsgegenstand eines anderen außergewöhnlich gut auskennt. Im Gegenteil, das hätte seine Einwände nur bekräftigt.«

»Verstehe, was du meinst, na und?«

»Als ich mit Professor James gesprochen habe, hat dieser durchblicken lassen, dass es da noch einen anderen Grund als nur den beruflichen gegeben hat, weshalb Fergus nach England gegangen ist.« Am Münztelefon blinkte ein Lämpchen, das ihm signalisierte, dass sein Geld zu Ende ging. Murray steckte ein paar Münzen in den Schlitz. »Ich glaube, da stimmt was nicht. Fergus lässt jeden nur zu gern wissen, wie viel er weiß. Aber da wollte er mich unbedingt von der Spur abbringen.«

Murray hörte am anderen Ende der Leitung ein Klopfen und stellte sich vor, wie Rab vor Verlangen nach einer Zigarette mit den Fingern auf die Schreibtischplatte trommelte.

»Ist dir schon mal der Gedanke gekommen, dass Fergus' Gründe für die Ablehnung deines Antrags stichhaltig gewesen sein könnten?«

»Er hatte keine Gründe, jedenfalls keine überzeugenden.«

Rab fing an zu husten, und Murray hielt sich den Hörer vom Kopf. Durch das dicke Glas der Telefonzelle konnte er das Meer sehen. Schäumende, sich auftürmende Wellen, die in die Tiefe krachten, sich wieder erhoben und mit weißen Schaumkronen weiterdonnerten. Er hielt sich den Hörer wieder ans Ohr. »Wie weit bist du mit deinem Buch?«, fragte Rab.

»Nicht weit, aber ich habe ja gerade erst angefangen.«

»Das stimmt nicht, Murray. Du denkst schon seit Jahren darüber nach. Du weißt genauso gut wie ich, dass du ohne Fakten nicht weiterkommst. Ohne Fakten ist alles nur Spekulation. Hast du schon mal an die Möglichkeit gedacht, dass Archie Lunan einfach ein paar nette Gedichte geschrieben hat und dann ohne großes Gewese ins Wasser gegangen ist, um nie wieder aufzutauchen? Ende der Geschichte.«

Das Telefon fing wieder an zu blinken. Murray steckte seine letzten Münzen in den Schlitz.

»Die Verbindung bricht gleich ab.«

»Dann komm endlich zum Punkt.«

»James wollte mir nicht sagen, worüber er und Fergus sich zerstritten hatten. Aber was es auch war, es wurmt ihn immer noch. Er hat angedeutet, dass er Fergus geraten habe, aus der Stadt zu verschwinden, sonst würde er irgendeine Bombe platzen lassen.«

»Klingt ja ganz nach einem zweiten Dangerous Dan McGrew. Duell im Morgengrauen.«

»Er hat das ernst gemeint, Rab.«

»Jetzt pass mal auf, Murray. James ist ein alter Mann. Vielleicht hat er gute Gründe für seinen Wunsch, dass Vergangenes in der Vergangenheit bleiben soll.«

»Nein, er wollte, dass ich das ausgrabe. Er wollte nur nicht der sein, der es mir sagt.« Murray redete langsamer weiter. »Wenn du ein bisschen rumfragen könntest. Hau ein paar Leute an, die du von früher kennst. Vielleicht kommt was raus.«

»James war immer einer, der gegen alles gestänkert hat.« Das Klopfen hörte auf. »Das ist eine ziemlich große Bitte, Murray. Ich stehe sowieso schon auf Fergus' schwarzer Liste.«

»Wer nicht?«

»Stimmt schon, aber ich bin entbehrlicher als die meisten. Noch ein paar Jahre, dann kriege ich eine anständige Pension. Wenn sie mich jetzt rausschmeißen, spart sich der Fachbereich einen Haufen Geld.«

»Hast du Fergus damals schon gekannt, Rab?«

»Das bleibt aber unter uns, okay?«

Murray sah in der Ferne die Fähre. Der Seegang war rauer geworden, aber das Schiff lag stabil im Wasser und stemmte sich gegen die heranrollenden Wellen.

»Denke schon.«

»Viel kann ich dir nicht erzählen. Ich hatte von ihm gehört, als er an seiner Doktorarbeit saß. Er war schon damals hart auf Karrierekurs. Aber er war an der Ostküste, und ich saß im Westen. Egal, du weißt ja, wie er ist: überheblich mit einem Stich ins Schleimige, außer bei den Damen. Damals war er ein richtiger Charmebolzen. Ich habe mich oft gefragt, warum er nicht in die Politik gegangen ist.«

»Weißt du irgendwas über die Zeit unmittelbar bevor er in den Süden ging?«

Diesmal war Rabs Seufzer lang und scharf. Wenn Murray nicht um die Empfindlichkeit der Sprinkleranlage in den Uniräumen gewusst hätte, dann hätte er angenommen, dass sich sein Freund eine angezündet und den ersten, harten Zug getan hätte. Murray lächelte. Es war das Geräusch der Kapitulation.

»Okay, ich hör mich um, diskret – sehr diskret. Wegen dir, Watson, setze ich nicht meine Pension aufs Spiel.«

»Danke, Rab, ich weiß das zu schätzen.«

»Nein, das weißt du nicht. Du willst mir immer noch die Eier pochieren, weil ich was mit Rachel hatte.«

Murray lachte über die akkurat formulierte Wahrheit. Etwas von seinem Zorn verflüchtigte sich. »Hast du sie in letzter Zeit gesehen?«, fragte er.

Das Lämpchen fing wieder an zu blinken.

»Gestern habe ich sie auf dem Gang getroffen. Sie …«

In seinem Hörer fing es an zu piepsen, dann ertönte das Freizeichen und verschluckte seine Worte. Murray blieb noch eine Zeit lang in der Zelle stehen, schaute der näher kommenden Fähre entgegen und hoffte, dass Rab ihn zurückrufen würde.

Als das Schiff anlegte, trat er hinaus in den stürmischen Regen. Ein paar Inselbewohner waren aus ihren Wagen gestiegen, um an Land gehende Passagiere zu begrüßen. Deren »Hallos« trug der Wind über den Parkplatz und vermischte sich mit dem Gekreische der Möwen – die Seelen toter Seeleute hießen die Reisenden zu Hause willkommen.

# 20

»Ist es wegen des Drecks?«

»Nein.« Mrs Dunn nahm den großen Terminkalender vom Telefontischchen im Flur und hielt ihn ihm aufgeschlagen hin. »Die Reservierung ist schon uralt, ein Archäologenpaar von der Glasgow University. Ich habe rumtelefoniert, aber ich fürchte, Sie haben sich die falsche Jahreszeit ausgesucht, Mr Watson. Die Bruces sind in Kanada ihre Schwester besuchen, Mrs McIver nimmt schon seit zwei Jahren keine zahlenden Gäste mehr und wird sich auch nicht umstimmen lassen, und die Ramseys und die Gilchrists haben ihre Zimmer auch schon den Archäologen versprochen. Ich hätte Ihnen ja früher Bescheid gesagt, aber Sie hatten nur für die zwei Nächte gebucht. Ich habe gedacht, Sie würden dann wieder fahren.«

Die Lippen seiner Wirtin zogen sich zu einem Ausdruck zusammen, der Endgültigkeit signalisierte. »Ich gehe dann nach oben und packe«, sagte Murray.

Mrs Dunn nickte. Sie klappte den Terminkalender zu und schaute ihm in die Augen.

»Ich dachte, Sie könnten es gar nicht mehr erwarten, zurück in die Stadt zu kommen. Die einzigen Menschen, die zu uns kommen, sind Wanderer und Archäologen, und Sie sind keins von beiden, nicht wahr, Mr Watson?«

»Nein.«

Es kostete ihn Anstrengung, den Blick nicht zum Teppich zu senken wie ein ertappter Schuljunge.

»Sind Sie Journalist?«

»Wie kommen Sie darauf?«

Mrs Dunn hielt sich den Kalender wie einen Schutzschild vor den Körper.

»Die Fragen, die Sie gestern über Mrs Graves gestellt haben, und dann die vielen Notizen in Ihrem Zimmer und die Zeitungsausschnitte und so.« In ihre Stimme schlich sich ein abwehrender Unterton. »Die waren nicht zu übersehen, als ich das Bett gemacht habe.«

»Verstehe.« Es gab keinen Grund, ihr irgendetwas vorzuspielen. Besser, Christie kriegte die Wahrheit mit, als dass die Insel ihn für einen Boulevard-Reporter hielt, der in alten Schmutzgeschichten herumstocherte. Außerdem war er sowieso schon auf dem Heimweg. Murray lächelte, um sie davon zu überzeugen, dass er keine Bedrohung darstellte. »Ich bin kein Journalist. Ich bin Doktor für Englische Literatur.«

Von den Fotos an der Treppenwand lächelten Kinder mit Purdey-Frisuren und aufgeföhnten Achtzigerjahreköpfen auf die Szene herunter wie wohlgenährte Cherubim. Die alte Frau legte den Terminkalender neben das Telefon und schaute ihn beleidigt an.

»Sie hätten Ihren Titel in das Buch eintragen müssen. Ich wäre Ihnen dankbar, wenn Sie Ihren Eintrag korrigierten, bevor Sie fahren.«

Murray fuhr bis zu dem Holperweg, in den Christie eingebogen war, und blieb am Straßenrand stehen. Mrs Dunn hatte ihm telefonisch einen Platz auf der Fünf-Uhr-Fähre reserviert. Zum späten Abendessen wäre er in Glasgow und könnte wieder in seinem eigenen Bett schlafen.

Der Weg sah zu zerfurcht aus für sein kleines Auto. Murray war unschlüssig. Er wollte zwar keine Zeit verlieren, aber auch keinen Platten oder, noch schlimmer, eine gebrochene Achse riskieren.

Er stieg aus, schlug die Tür zu und tastete in der Jackentasche nach seinem Handy. Er musste die Zeit im Auge behalten, um rechtzeitig am Pier zu sein.

Nach der trockenen Luft in dem überheizten Wagen kribbelte die Kälte auf seiner Haut. Murray zog sich den Schal vor den Mund und die Mütze über die Ohren. Es war noch herbstlich gewesen, als er mit seinen Nachforschungen in Edinburgh begonnen hatte, aber auch da hatte es schon Anzeichen von Winter gegeben. Er nahm den Salzgeruch im Wind wahr und fragte sich, wie auf der kleinen, ungeschützt am Rande des Nordatlantiks liegenden Insel wohl die dunklen Monate waren.

Die Möglichkeit, Christie noch zu sprechen, solange er hier war, war unrealistisch. Er würde weitere Zeit in Glasgow verplempern müssen, dann alles genau organisieren, ein Cottage mieten oder so, und noch einmal herkommen. Bei Mrs Dunn würde er jedenfalls nicht noch einmal Quartier nehmen. Er hatte seine Nachforschungen erwähnt und darauf gehofft, dass sie ihm vielleicht etwas über Lunans Zeit auf der Insel erzählen würde. Aber die alte Frau hatte ihn nur schroff daran erinnert, dass er vor seinem Ausflug noch seine Sachen packen solle.

»Das Zimmer muss frei sein, damit ich es rechtzeitig vor Dr. Edwards' und Dr. Grants Ankunft in Ordnung bringen kann.«

Eine leichte Betonung auf dem *Dr.*, als wolle sie ihn wissen lassen, dass man andere Akademiker nicht erst zu outen brauchte.

Murray verfluchte stumm den Fachbereich Archäologie. An die Typen erinnerte er sich noch aus seiner Zeit mit Angela: Eine langhaarige, ungewaschene Bande in Regenjacken, vermutlich gar nicht so verschieden von den uralten Stammeskulturen, die sie erforschten, außer dass die Alten sicher öfter eine Nummer geschoben hatten als nur ab und zu mal im Suff. Er blieb stehen und machte das Aluminiumtor zur nächsten Weide auf. Vor ihm lag nichts als der steinige Weg, Schafe und Scheiße. Wo Christie auch immer wohnte, er war sich fast sicher, dass es zu weit war, um hin und wieder zurück zu laufen, bevor die Fähre ablegte. Er hoffte, die Archäologen würden Mrs Dunns rosa Bettwäsche mit Lehm und Guinness einsauen.

Das Grummeln eines Dieselmotors riss Murray aus seinen Gedanken. Er drehte sich um und sah einen kleinen Wagen mit übergroßen Reifen: Ein Zwitter aus Hybridtraktor und Dünenbuggy, der mit einem Anhänger im Schlepptau über den unebenen Weg rumpelte. Murray winkte, damit der Fahrer ihn nicht übersah, zog dann das Tor weit auf und trat zur Seite, damit der Wagen durchfahren konnte. Der Fahrer drosselte kaum das Tempo, als er durch die Öffnung fuhr, blieb aber ein paar Meter weiter stehen und wartete, bis Murray das Tor wieder zugemacht hatte. Aus dem leeren Hänger beobachtete ein kleiner Jack Russell Terrier, wie Murray auf den Wagen zuging – Schwanz, Nase und Ohren regungslos und neugierig in die Luft gestreckt.

Er war sich sicher, dass der Fahrer ihn mit ein paar Warnungen vor Bullen oder brünftigen Hirschböcken weiterschicken würde. Stattdessen begrüßte ihn der Mann mit einem unbefangenen Lächeln.

»Hallo.« Er war etwa Anfang dreißig, gedrungen und drahtig, trug einen orangen Overall und dreckverschmierte Gummistiefel. »Auf dem Weg zur Festung?«

Dass es auf der Insel eine Festung gab, hörte er zum ersten Mal, aber Murray erwiderte das Lächeln und sagte: »Ja, aber nur wenn ich es hin und wieder zurück schaffe, bevor die Fähre geht.«

»Rein mit Ihnen. Wenn ich Sie hinfahre, schaffen Sie das locker.«

Der Mann hatte einen englischen Akzent, von irgendwo aus den Midlands. Genau einordnen konnte Murray ihn aber nicht.

Er packte einen der Holmen des offenen Rahmens der kleinen Fahrerkabine und hievte sich auf den Beifahrersitz. Er war noch unschlüssig, ob er seine verrückte Idee überhaupt weiterverfolgen sollte, aber der Fahrer gab schon wieder Gas und steuerte den Wagen schneller über die losen Steine, als Murray für möglich gehalten hätte. Er hielt sich zwar an dem Sturzbügel fest, hüpfte aber trotzdem auf seinem Sitz auf und ab und wurde immer wieder hart und unliebsam gegen den Körper seines Chauffeurs gedrückt.

»Ich hab' oben an der Straße Ihren Wagen gesehen. Sie sind der, der um ein Haar Mrs Graves über den Haufen gefahren hätte, oder?«

»Haben Sie das von ihr?«

Die wettergegerbten Falten rund um die Augen des Fahrers verzogen sich amüsiert.

»Nein, hab ich aus der *Lismore Gazette.*«

»Scheiße, wirklich?«

Der Mann lachte. »Jamie, der Postler.«

Murray hatte den Eindruck, in seinem eigenen Lachen das Rütteln des Führerhauses zu hören. »Vielleicht sollte ich mich bei ihr entschuldigen«, sagte er.

»Wir fahren zwar ungefähr in die Richtung, wo sie wohnt, aber die Mühe brauchen Sie sich nicht zu machen. Besucher hat sie nicht so gern.«

»Ist wohl nicht der gesellige Typ, was?«

Der Mann bremste ab und schaute sich zu dem Anhänger um.

»Also dann, runter mit dir.«

Einen Augenblick lang glaubte Murray, seine Frage hätte ihn verärgert, aber dann sprang der Terrier vom Hänger und trottete hinter uns her.

»Das nächste Stück hat Jinx nicht so gern.«

Der Traktor bog um eine Kurve, und vor ihnen kippte die Straße steil nach vorn in einen von Geröll übersäten Abhang. Murray verstärkte seinen ohnehin schon festen Griff und fühlte sich plötzlich dem Hund sehr nahe. Das Grinsen des Mannes wurde breiter. »Meine Jungs nennen das hier den Everest.«

Murrays Beine schüttelte es so heftig durch, dass er glaubte, jeden Moment würde sich das Fleisch von seinen Knochen lösen. Trotzdem, das leichtsinnige Tempo hatte etwas derart Erfrischendes, dass es Murrays Bedürfnis, den Fremden zu bitten, sofort anzuhalten, überlagerte. Stattdessen gab er sich völlig dem Kitzel der Schussfahrt hin. Er musste an den zehnjährigen Jack denken – wie er in der Walzerbahn im Glasgow Green Park kotzen musste, wie die vom Fahrtwind durch die Luft gewirbelte rosa Zuckerwattekotze den harten Burschen, der die Gondeln drehte, von oben bis unten eingesaut hatte – und musste laut lachen.

Der Mann lachte mit.

»Wenn es den Hügel hier nicht gäbe, hätte ich mir den Bauernhof nie leisten können. Macht alles hundert Mal schwieriger, aber inzwischen liebe ich den Huckel, ohne ihn wäre ich nicht hier.« Der Terrier musste sie überholt haben, er lief jetzt vor dem Wagen. Sein Rumpf leuchtete weiß auf, während er mit hüpfendem Schwanz den zerfurchten Weg hinunterlief, so nah neben den Vorderreifen des Traktors, dass einem Angst wurde.

»Übrigens, ich heiße Pete.

»Murray.«

»Auf Urlaub?«

»Ja, aus Glasgow, paar Tage abschalten.« In dem düsteren, steil abfallenden Gelände schien seine Welt weit weg zu sein. Die letzten grünen Blätter des Jahres klammerten sich an die Äste der jungen Bäume, die den windgeschützten Pfad überschatteten. Murray erkannte, dass der Weg in den Hügel gegraben war, und fragte sich, ob das das Werk des kleinen Mannes war. »Leben Sie schon lange hier?«, fragte er.

»Drei Jahre.«

Sie waren jetzt fast unten. Auf den letzten Metern gab Pete noch mal kräftig Gas. Der Hund ahnte den Schlussspurt voraus, gab das Wettrennen auf, trottete an den Rand des Weges, setzte sich auf seine Hinterbacken und ließ den Wagen grinsend passieren. Das Führerhaus neigte sich nach links, als Pete den Wagen um die letzte Kurve aus dem Schatten der Bäume heraussteuerte und zum Stehen brachte.

»Da ist die Festung.«

Eine überflüssige Bemerkung. Murray sah es sofort, das zusammengefallene, auf einem Felsbuckel thronende Steingebilde, das sich gegen das Meer abzeichnete. Seine Wände waren durch Wind oder Krieg zu krummen Pfeilern verkümmert, die sich wie die Spitzen einer verbogenen Krone dem Himmel entgegenreckten. Einige grasende Pferde hoben angesichts des lärmenden Traktors die Köpfe, senkten sie aber gleich wieder und fraßen weiter, nachdem sie sich vergewissert hatten, dass es nichts Außergewöhnliches zu sehen gab. Murray versuchte sich auszumalen, wie die Szenerie ausgesehen haben mochte, als die Festung noch intakt und von irgendeinem Stamm bewohnt war, aber seine Vorstellungskraft versagte. Er sah lediglich das Bild, das sich ihm darbot. Ein nach der Verwüstung durch den Menschen wieder hergestelltes Arkadien.

Der Hund sprang wieder auf den Hänger und wedelte mit dem Schwanz.

Pete drehte sich um. »Na, Jinxy, die letzten paar Meter traust du mir wieder, was?« Er kraulte ihn kräftig zwischen den Ohren und zeigte dann geradeaus zu einem kleinen weiß gestrichenen Cottage, das etwa eine Meile von der Festung entfernt war.

»Das ist unser Haus.«

»Und das Land gehört Ihnen auch?«

»Zum Teil.«

»Ein herrlicher Platz zum Leben.«

»Und ob.« Der kleine Mann verzog sein runzeliges Gesicht und grinste. »Man vergisst leicht, wie atemberaubend eine Landschaft ist, wenn man sie jeden Tag sieht. Geht jedenfalls mir so, meine Frau ist da empfänglicher.«

Murray fragte sich, ob Pete ihn in der Hoffnung mitgenommen hatte, durch ein fremdes Paar Augen einen unverbrauchten Blick auf die Landschaft werfen zu können.

»Und Ihre Kinder?«

Er lachte.

»Die lechzen nach den Lichtern der Großstadt. Die Pferde sind das Einzige, was sie noch hält. Aber auch nicht mehr lange. Meaghan geht nächstes Jahr auf die Uni, und ich nehme stark an, dass es ihren Bruder dann auch bald wegzieht.«

Murray suchte den Horizont ab in der Hoffnung, ein Haus zu entdecken, dass vielleicht Christie Graves gehören könnte. Aber außer der Festung und Petes Cottage waren da nur Land und Meer.

Pete ließ den Motor wieder an. »Ich lasse Sie unten in der Talsohle raus. Hoch zur Festung und dann zurück zur Fähre, das müssten Sie eigentlich leicht schaffen. Hat Ihnen die Insel gefallen?«

»War viel zu kurz.«

»Sind Ferien doch immer. Letztes Jahr haben wir mal fünf gerade sein lassen und sind mit den Kindern nach Korfu. Ich schwöre, ich war kaum raus aus dem Flieger, da bin ich schon wieder reingekrabbelt. Keine Ahnung, wie ich so schnell braun werden konnte.«

»Ich wäre schon länger geblieben, aber ich habe meine Reservierung verbockt.«

»Wenn nicht irgendwer monstermäßig Scheiße baut, dann ist die Insel nächstes Jahr auch noch da. Genau das hab ich mir letztes Jahr auch gesagt, als ich mich von der Sonne losreißen musste. Allerdings ist Korfu nun wirklich kein Fleckchen für Bauern wie unsereins. Furztrocken, null Weideland.«

»Nächstes Jahr ist es zu spät.«

Pete schaute ihn an. In seinem Gesicht sah Murray plötzlich vorsichtige Zurückhaltung. Er begriff, dass er sich anhörte wie jemand, der an einer unheilbaren Krankheit litt oder an Selbstmord dachte.

»Da ist die Zeit für mein Projekt schon abgelaufen.«

Während sie die letzten Meter zur Festung zurücklegten, erzählte er Pete von seinen Nachforschungen und der geplanten Biografie.

»Tja, das haben Sie wohl verbockt.«

Pete ließ den Traktor ausrollen, und Murray kletterte aus der Fahrerkabine.

»Kann man nicht anders sagen.«

»Na ja.« Der kleine Mann grinste. »So was passiert eben. Jedenfalls wissen Sie jetzt, wo wir wohnen. Wenn Sie das nächste Mal da sind, schauen Sie einfach auf ein Schlückchen Laphroaig vorbei.«

Zwischen all den flachen Midlands-Vokalen hörte sich das schottische Wort komisch an.

Murray nickte. »Abgemacht.«

Jinx stellte die Vorderpfoten auf die Umrandung des Anhängers und beäugte sie. Murray streckte die Hand aus, um den Terrier zu streicheln, wurde aber von einem Knurren durch gebleckte Zähne in die Schranken gewiesen.

»Tja, Manieren hat er keine.«

Pete stieg aus, hob den Hund auf die Ladefläche und stieg wieder ein. Murray winkte zum Abschied und kletterte dann den Hügel zur Festung hinauf. Als er sich umdrehte, holperte der Traktor seinem Zuhause entgegen.

# 21

Murray kletterte in das mit Gras bewachsene Innere der Festung und schaute hinaus aufs Meer. Sein Kopf war leer, während er die weiß schäumenden, stumpfsinnig heranrollenden Wellen beobachtete. Morgen würde er nach Edinburgh fahren, den Wirt des *Geordie's* ausfindig machen und ihn fragen, warum er Bobby Robbs Bücher verbrannt hatte. Was für Bücher waren das gewesen. Warum hatte der Mann sich genötigt gesehen, ein Lagerfeuer mit ihnen zu machen, obwohl er sie schon seiner Nichte versprochen hatte?

Es dauerte eine Zeit, bis er ein Netz erwischte. Dann rief er eine Telefonvermittlung an und ließ sich mit *Geordie's Pub* verbinden. Während er wartete, stellte er sich Lauren im Hinterzimmer des Pubs vor, versunken in irgendeine existenzielle Schwarte, während das Telefon klingelte und klingelte.

Er unterbrach die Verbindung. Er schaute auf die drei Balken auf dem Display und fragte sich, wie lange die Batterie noch halten würde. Dann drückte er auf Wahlwiederholung. Er wollte jetzt wissen, ob der Mann im Pub war. Und er wollte den Kreislauf seiner eigenen Desorganisation durchbrechen, die ihn schon sein Zimmer bei Mrs Dunn gekostet hatte. Diesmal meldete sich schon nach dem zweiten Klingeln eine männliche mürrische Stimme.

»Ja?«

»Hallo, kann ich bitte mit dem Wirt sprechen?«

»Wenn Sie flott machen.«

Murray hatte sich vorher nicht überlegt, was genau er sagen wollte, und so schienen die Worte etwas wirr aus ihm herauszupurzeln.

»Äh, ich rufe an, weil … ein Gast von Ihnen, der ist kürzlich gestorben …«

»Lassen Sie mich raten … unser verstorbener Freund Crippen.«

»Wie kommen Sie darauf?«

»Nun ja, in meinem Laden tummeln sich zwar nicht gerade die Jungen und Frischen, aber es ist auch nicht so, dass sie uns wegsterben wie die Fliegen.« Seine Stimme klang jetzt argwöhnisch. »Was ist mit ihm?«

Diesmal entschied sich Murray für die Wahrheit.

»Ich schreibe ein Buch über jemanden, den Mr Robb vor langer Zeit gekannt hat. Ich hatte gehofft, dass ich ihn sprechen könnte.«

»Tja, wenn Sie nicht vorhaben, ihm auf seiner Reise in den ewigen Bierkeller zu folgen, würde ich sagen, Sie sind in den Arsch gekniffen.« Im Hintergrund sagte jemand etwas, worauf der Wirt die Sprechmuschel zuhielt und undeutlich etwas erwiderte, das sich ungehalten anhörte. Als er wieder ins Telefon sprach, klang seine Stimme schroff. »Also, Kumpel, hier kommt grade eine Lieferung rein. Ich kannte den Burschen eigentlich gar nicht. Hab' ihm über die Jahre bloß das eine oder andere Bierchen verkauft. Glaube kaum, dass ich Ihnen weiterhelfen kann.«

»Ich habe eine ganz spezielle Frage an Sie.«

»Worüber?«

»Über Bobbys Eigentum.«

Kurz herrschte Stille in der Leitung, und Murray glaubte schon, er hätte es verbockt und der Mann würde auflegen. Dann hörte er ein Seufzen, und der Mann sagte: »Warum kommen Sie später nicht vorbei? Bis zwei bin ich da.«

Murray schaute übers Meer bis zu dem Punkt, wo das graue Wasser auf das hellere Grau des Himmels traf. Das Pub würde ihm nicht weglaufen, aber den Mann, den hatte er jetzt an der Strippe. Er sagte: »Sie können sich gar nicht vorstellen, wie gut sich das anhört, eine frische Halbe, aber ...«

»Aber?«

»Ich sitze hier im Norden auf einer Insel, wo es kein einziges Pub gibt.«

»So, so, ein Langzeitknacki.«

»Ach was, ich bin Dozent für Englische Literatur.«

»Jesus.« Der Mann lachte. »Und wenn ich nicht kooperiere, was dann? Muss ich dann ein schwieriges Wort buchstabieren?« Er schnaubte verächtlich. »Diese Insel, haben Sie vorher gewusst, dass die trocken ist?«

»Nein.«

»Jesus.« Er lachte wieder. »Haben Sie sich irgendwas mitgenommen?«

Angesichts des Vergnügens des anderen an seiner misslichen Lage entschied sich Murray dagegen, ihm von dem Laden mit seinen ächzenden Schnapsregalen zu erzählen.

»Eine Flasche Whisky, und die ist inzwischen halb leer.«

Das Entzücken in der Stimme seines Gesprächspartners war mit Händen zu greifen.

»Schätze, Sie sind jetzt schon beim Rationieren, oder?«

»Ich bin runter auf drei Tropfen pro Abend.«

Das Prusten des Wirts hallte durch die Leitung.

»In dem Buch, kommt der alte Wichser da gut weg?«

»Nun ja, wohl eher nicht.«

»Und stehen da hinten so Danksagungen drin? Diese Danke-Danke-Sprüche für die ganzen Leute, die bei dem Buch mitgeholfen haben?«

»Höchstwahrscheinlich.«

»Also dann.« Der Wirt räusperte sich wie ein Schnulzensänger vor einer besonders schauerlichen Nummer. »Liegen Stift und Papier bereit?«

»Eine Sekunde.« Murray klemmte sich das Handy zwischen Kinn und Schulter und kramte in der Tasche seiner Regenjacke nach Kuli und Notizblock. Er fand beides, stellte einen Fuß auf ein Überbleibsel der eingestürzten Festungsmauer und legte unbeholfen den Block auf sein Knie. »Fertig.«

»Also. Mein Name ist John Rathbone. Ich buchstabiere: R-a-t-h-b-o-n-e. Haben Sie das?«

Es war kalt, der Kuli versagte seinen Dienst. Murray kritzelte auf der feuchten Oberfläche der Seite herum, mit dem einzigen Ergebnis, dass er ein Loch ins Papier riss.

»Ja.«

»Und da können Sie das Buch hinschicken, wenn's rauskommt.« Rathbone gab ihm eine Adresse in der South Side von Edinburgh und buchstabierte sorgfältig jedes Wort, von dem er annahm, dass es Murray Schwierigkeiten bereiten könnte. »Jetzt, wo ich dran denke, vielleicht besser, Sie schicken gleich zwei. Eins kriegt meine alte Dame. Sie ist nie drüber weggekommen, dass ich so früh von der Schule runter bin. Wenn sie meinen Namen sieht, gedruckt, das haut sie um.«

Murray wiederholte die Adresse, steckte den nutzlosen Kuli und Block wieder in die Tasche und sagte sich, dass er die Adresse nachschlagen würde, falls das Buch es jemals bis zur Veröffentlichung schaffen sollte.

»Ich schicke Ihnen drei.«

»Klasse, das dritte kriegt meine Mieze. Oder nee, heb' ich besser auf. Kann ich mit Eindruck schinden bei der nächsten.«

»Genau, bisschen Kultur kommt bei den Ladys immer an.«

»Sie sprechen aus Erfahrung, was?«

Murray gab ein Geräusch von sich, von dem er hoffte, dass es sich wie männliches Kichern anhörte.

»Man tut, was man kann.«

»Kleiner Ausgleich für die ganze Paukerei, was?«

»So was in der Art.«

»Tja, möglich, dass meine alte Dame doch recht damit hatte, dass ich zu früh von der Schule runter bin.«

Murray spürte, dass die Unterhaltung etwas abschweifte. Er dachte an seine schwächelnde Batterie und sagte: »Der Hauptpunkt, nach dem ich Sie fragen wollte, ist folgender: Warum haben Sie Bobbys Bücher verbrannt?«

Das Seufzen des Mannes schien mit dem Wind zu verschmelzen, der um die zerfallenen Festungsmauern strich.

»Das wissen Sie also? Sind wohl doch schon mal hier gewesen, bevor Sie sich auf die Abstinenzlerinsel verdrückt haben, was?«

»Ich gebe meine Quellen nie preis.«

»Ist auch nicht nötig. Lauren, die Kleine von meiner Schwester, hat mir deswegen schon die Hölle heiß gemacht.«

»Die Wohnung gehört Ihnen. Könnte mir vorstellen, rechtlich gesprochen, dass Sie mit allem, was da noch drin war, machen können, was Sie wollen.«

»Schön wär's, wenn die Wohnung meine wär' und ich damit machen könnte, was ich wollte. Schöne kleine Wohnung im Zentrum von Edinburgh. Muss ein Vermögen wert sein. Den alten Penner hätte ich ruckzuck rausgeschmissen. Nee, ich mach' bloß für so einen Typen den Verwalter.«

»Wie war das jetzt mit den Büchern?«

»Crippen hat dauernd ein Riesentamtam um seine Bücher gemacht. Und als sie dann hinterher keiner haben wollte, habe ich sie halt Lauren versprochen. Gutes Mädchen, hat dauernd die Nase in irgendeinem Buch. Sie spart für die Uni, und da hab ich mir gedacht, vielleicht ist da was dabei, was sie brauchen kann. Aber das war alles Schund, also hab ich sie im Hof hinterm Haus verbrannt.«

»Pornografie?«

»Wenn das Pornos gewesen wären, hätte ich sie ja wohl selber behalten, oder? Nee, so gruseliges Zeug. Bücher über Zauberei und so was, grässlich.«

»Er hatte also eine große Sammlung okkulter Bücher?«

»Er hatte noch mehr als das. Sie hätten sehen sollen, in was für einem Zustand die Wohnung war. Bleiben Sie kurz dran, okay?«

Der Mann legte den Hörer hin. Murray hörte, wie er weit weg mit jemandem sprach. Eine dunkle Wolke trieb am Himmel vorüber und warf ihren Schatten auf das Wasser. Murray zog den Schal fester, den er sich gegen die Kälte bis übers Kinn gezogen hatte. Es sah nach Regen aus. Er dachte an Hamlet, wie er sich auf dem Festungswall der Burg dem Geist seines Vaters gegenübersah. Vor Schauder stellten sich ihm die Nackenhaare auf.

»Deshalb liebt mich meine Barmannschaft so. Eine komplette Lieferung muss vom Laster, und meine Wenigkeit rührt keinen Finger.« Rathbone schien zufrieden mit sich zu sein. »Was habe ich gerade gesagt?«

»Bobby Robb hatte noch mehr als nur eine große Sammlung okkulter Bücher?«

»Wer?«

»Crippen, wie Sie ihn nannten.«

»Ah, richtig. Bevor ich meinem Boss die Wohnung zeigen konnte, musste ich sie erst renovieren. Sie können sich vorstellen, wie entzückt ich darüber war – brauchte eine Schleifmaschine und drei Schichten Lack, bis von seinem Kunstwerk nichts mehr zu sehen war.«

»Warum?«

»Ich sollte die Bude eigentlich alle sechs Monate inspizieren und kontrollieren, ob alles tipptopp ist. Aber, na ja, hab's halt ein bisschen schleifen lassen. Ist ein klasse Job, sich um die Wohnungen von so Feierabendeigentümern zu kümmern. Wenn du in deinem kleinen schwarzen Büchlein nur zuverlässige Geschäftsleute drinstehen hast, ist das locker verdiente Kohle. Aber wenn du mal Scheiße baust, dann macht das schnell die Runde.«

»Nein, ich meinte, was war das, was man da nicht mehr sehen sollte?«

»Langsam, kommt schon noch.« Jetzt, da er sich entschieden hatte, alles zu erzählen, klang Rathbones Stimme geradezu wollüstig angesichts der Absonderlichkeit seiner Geschichte. »Crippen hatte eine Zweizimmerwohnung in der High Street, über dem *Starbucks*, im vierten Stock. Jede Menge Treppenstufen für einen alten Mann, aber er war gut in Schuss. Hätte drauf gewettet, dass er locker noch zehn Jahre im Kreuz hat. Tja, so kann man sich irren.« Der Wirt machte eine Pause, gab sich und Murray ausreichend Gelegenheit über die Unvorhersehbarkeit der Zukunft nachzusinnen, und sagte dann: »Die Bude war nicht besonders sauber, hatte ich aber auch nicht erwartet. Crippen hatte es nie so mit Seife und Wasser. Man brauchte also kein Einstein zu sein, um draufzukommen, dass er keine Gummihandschuhe hatte. Aber das war kein Problem. Meine Schwester ist immer ganz froh, sich ein paar Scheine dazuzuverdienen, wenn der Job nicht zu eklig ist. Ich schau mir also die Küche und das Wohnzimmer an, und alles war eigentlich so, wie es sein soll. Mal abgesehen von dem Staub und den Bierflecken, aber wie gesagt, hatte ich nicht anders erwartet. Der Schock kam erst, als ich ins Schlafzimmer bin. Ich hab die ganzen Jahre ja schon einiges gesehen: Blutflecken auf der Matratze, da drunter benutzte Pariser, Mäuse hinter den Sockelleisten, Ungeziefer unter der Tapete. Ich hatte sogar mal zwei Studenten, die haben ihre Küche so zusauen lassen, dass sie sie mit Holzbrettern zugenagelt haben, Sperrgebiet quasi. Logisch, dass die von ihrer Kaution nichts mehr gesehen haben. Damals hab ich gedacht, dass es schlimmer nicht mehr geht, aber das waren einfach nur faule Wichser. Crippens Schlafzimmer ... tja, das war was völlig anderes. Wie aus einem Horrorfilm. Also, um ehrlich zu sein, kurz hab' ich dran gedacht, ob ich nicht die Polizei rufen soll. Aber dann hab' ich mir gedacht, warum soll ich denen ihre Zeit verschwenden? Ich meine, wenn man wegen Verbrechen gegen schöner Wohnen eingebuchtet werden kann, dann hätten sie diesen Wichser Lawrence Llewelyn Bowen schon längst zu zwanzig Jahren verknackt, oder?«

»Was hatte Crippen denn gemacht?«

»Er hatte den Fußboden vollgeschrieben.«

»Den ganzen Fußboden?«

»Nee, ganz nicht. Das Bett stand in der Mitte vom Zimmer, und er hatte so eine Art Kreis aus Worten drumrum gemacht. Erst hab' ich gedacht, das ist irgendein gigantisches Geständnis, wo er die Leichen von hundert vermissten Schulmädchen versteckt hat, so was. War aber nur jede Menge Schwachsinn, Gott sei Dank.«

»Können Sie sich an was erinnern?«

»Tja, ich wusste, dass Sie das fragen würden. Nee, konnte ich gar nicht richtig lesen. Er hatte so waschfeste Farbe benutzt, und alles war in so altmodischen, verschnörkelten Buchstaben geschrieben. Da waren auch viele Zahlen und Symbole dabei. Hat ausgesehen, als hätte er einen Kreis aus Algebrazeichen um sein Bett gekritzelt. Egal, was das war, mir ist jedenfalls ganz anders geworden. Ich hab' geschrubbt wie Hölle, hab's mit Terpentin probiert, mit Ammoniak, mit allem, was ich kannte. Aber der Scheiß ist einfach nicht abgegangen. Am Ende musste ich mir eine Schleifmaschine leihen und die Oberfläche runternehmen. Dann hab' ich mir im nächsten Baumarkt Bootslack besorgt und den Boden versiegelt. Und zwar den ganzen, sonst hätte man die Übergänge gesehen. Der Staub überall, ein gottverdammter Scheißjob.«

»Sie haben nicht zufällig ein Foto gemacht, mit einem Handy oder so, für Ihre Kumpels?«

»Warum sollte ich denen das zeigen wollen, so einen kranken Scheiß? Ich wollte den Mist so schnell wie möglich verschwinden lassen, bevor Baine um die Ecke kommt und mir den Verwalterjob für seine Wohnung abknöpft.«

Murray stutzte, als er den vertrauten Namen hörte.

»Wer?«

»Baine, der Typ, dem die Bude gehört. Der macht auch irgendwas an der Uni, so wie Sie. Oho!« Eine plötzliche Erkenntnis beflügelte John Rathbones Stimme. »Sagen Sie nicht, Sie kennen ihn.«

»Nein, glaube nicht. Wie sieht er denn aus?«

»Hab' ihn nie gesehen. Hab' immer nur mit ihm telefoniert. Den ganzen Papierkram hab' ich ihm in sein Büro nach Glasgow geschickt. Er spricht, als lutschte er dauernd auf einem Bonbon rum. Na ja, aber das tun die meisten von diesen Typen.«

»Nein.« Murray hoffte, dass man ihm die Lüge nicht anhörte. »Kenne ich nicht.«

»Gott sei Dank. Soll aber nicht heißen, dass ich denke, Sie hätten mich sonst verpfiffen.«

»Aber Ihre Renovierungskünste wären dann für die Katz' gewesen.«

Rathbone lachte bitter.

»Das ist ja das Komische. Er ruft mich an, dankt mir für meine Hilfe die ganzen Jahre und fragt, ob ich die Bude nicht ein paar Immobilienmaklern zeigen könnte. Ende der Geschichte. Ich könnte seinen Namen aus meinem Büchlein streichen. Er bietet die Wohnung zum Verkauf an. Könnte mir ja völlig egal sein die ganze Sache. Aber ich sag' Ihnen was, ganz umsonst.«

»Was?«

»Ich hatte so das Gefühl, dass er ganz erleichtert war, dass er die Wohnung wiederhatte. Ich glaube, er hatte sie dem alten Knaben nur aus Gefälligkeit vermietet. So wie einer, der einem alten Kumpel unter die Arme greift, der am Hungertuch nagt – eigentlich ziemlich cool, wenn man drüber nachdenkt. Warum ein Professor Kontakt hält mit so einem alten Penner, ist mir allerdings ein Rätsel. Vielleicht hatten die beiden ein paar nette gemeinsame Erinnerungen. Crippen hat mir mal erzählt, dass er und Baine sich schon ewig kannten. Schätze, aus alten Studententagen oder so. War ein intelligenter Bursche, unser Crippen. Hat's eben einfach nicht gebacken gekriegt.« Der Wirt klang wehmütig. »Tja, so was passiert.«

# 22

Murray stand auf dem höchsten Punkt der Festung und schaute hinaus aufs Meer. Ihm fiel Alan Garretts Notiz ein: *Interessiert am Jenseits*. War Lunan auf irgendeine Weise an Okkultismus interessiert gewesen? Einige seiner Gedichte atmeten die Atmosphäre der keltischen Anderswelt, und Christies Romane standen in der Regel in der Horrorabteilung der Buchläden. Aber das waren Fiktionen. Die Bücher in Bobbys Bibliothek hatten sich anscheinend als Realität maskiert. Er musste den Wirt vom *Geordie's* besuchen. Auf einen Whisky einladen, vielleicht fiel ihm ja doch einer der Buchtitel ein. Mit einem Glas in der Hand erinnerten sich die Menschen manchmal besser.

Murray schaute auf seine Uhr. Wenn er es sicher auf die Fähre schaffen wollte, müsste er jetzt losmarschieren. Er hüpfte von dem Felsen und dachte an die für Fergus untypische Gutmütigkeit gegenüber Bobby. Seltsam, die Mildtätigkeit eines Menschen als Verdachtsmoment.

Er spürte sein vibrierendes Handy, dann hörte er den enervierenden Klingelton. Murray schaute auf das Display, verfluchte seine vor Kälte steifen Finger und hatte alle Mühe, den richtigen Knopf zu treffen, um den Anruf annehmen zu können.

»Murray?«

Als er seinen Namen aus ihrem Mund hörte, zog sich sein Magen zusammen. Aber nur das eine Wort sagte ihm schon, dass etwas nicht stimmte. Rachels Stimme hatte ihren kühlen Ton verloren, die spöttische Barriere, die sie zwischen ihnen immer hatte aufrechterhalten können, selbst wenn er in ihr drin gewesen war.

»Alles in Ordnung mit dir?«, fragte er und hörte in seiner eigenen Stimme schon die beunruhigende Antwort.

»Ja, bestens. Eine Frage, hast du schon deine E-Mails angeschaut?«

»In letzter Zeit nicht. Warum, sollte ich?«

Es entstand eine Pause. Eins der Pferde, die im Windschatten der Festung grasten, schaute ihn mit milden, braunen Augen an. Er fragte sich, wo Rachel war. Bei sich zu Hause, wo er nie gewesen war, oder in ihrem Büro, geschützt vor neugierigen Ohren? Er lauschte auf ihren Atem, konnte ihn wegen des Windes aber nicht hören.

»Rachel?«

»Ja, ich bin noch da. Ich wollte …« Sie hielt wieder inne, aber diesmal sagte er nichts und wartete. Wie immer, wenn er Pferde in natura vor sich sah, war er verblüfft über die Größe dieser Tiere. Er betrachtete den geschwungenen, schlanken Rücken des braunen Pferdes.

Rachel sprach weiter.

»Ich wollte dich um einen Gefallen bitten.«

»Was du willst.«

Er war so folgsam wie Petes grinsender Hund, aber ohne dessen Bissigkeit.

»Könnte sein, dass du irrtümlicherweise eine E-Mail bekommen hast. Du erkennst sie sofort. Jemand, den du nicht kennst, hat sie gestern abgeschickt. Eine ziemlich große Datei ist angehängt. Würdest du die bitte löschen, ohne sie vorher aufzumachen?«

»Ein Virus?«

»Ja.« Ihre Stimme klang erleichtert. »Ein besonders ekliger. Der ist so konstruiert, dass er sich auf jeden Eintrag in deinem Adressbuch draufsetzt. Clever, aber fies. Scheint so, dass er die Festplatte von jedem Computer löscht, auf dem er geöffnet wird. Ich rufe gerade wie eine Wahnsinnige jeden an, der mir einfällt.« Ihr Lachen klang merkwürdig. »Ziemlich peinlich, als ob man seinen Ex-Typen hinterhertelefoniert, um ihnen mitzuteilen, dass man sich eine Geschlechtskrankheit eingefangen hat.«

»Rachel, ist alles Ordnung?«

»Ja, bestens ...« Ihre Stimme stockte. »Nur ein bisschen überarbeitet.«

»Hast du viel verloren? Ich meine, als dein Computer abgestürzt ist.«

»Könnte schlimmer sein. Hab' mir angewöhnt, ziemlich oft Back-ups zu machen.« Ihre Stimme fing wieder an zu zittern. »Ich muss jetzt Schluss machen. Ich hab noch tausend Leute anzurufen. Bitte, Murray, lösche diese E-Mail, okay? Nicht, dass du deine gesamten Forschungsergebnisse verlierst.«

Er sagte: »Ich vermisse dich.«

»Hör auf, das hat doch keinen Sinn.«

Dann war die Leitung tot.

Murray stand da, das warme Telefon in der Hand, und schaute hinaus aufs Meer mit seinen unaufhaltsam wechselnden Gezeiten. Ein Anblick, dachte er, der einem den Sinn für den richtigen Maßstab geben sollte. Aber er konnte an nichts anderes denken als an Rachel und Fergus, Fergus und Rachel. Der Wind zerrte an seiner Regenjacke. Obwohl er wusste, dass da niemand war, drehte er sich um. Aber da war etwas jenseits des Raschelns seiner Kapuze. Er konnte es hören. Ein entferntes schrilles Geräusch, das zu einem Heulen anschwoll. Seine Brust zog sich zusammen, und der Gedanke, *so fühlt sich das also an,* schoss ihm durch den Kopf und dann ein Bild vom Gesicht seines Vaters. Die Pferde drehten sich alle gleichzeitig um und jagten dann hinunter in die Schlucht, das Dröhnen ihrer Hufe aufgesogen vom allmächtig anschwellenden Lärm. Murray spürte, wie er auf die Knie sank, und dann, als er den Harrier Jump Jet kreischend durch das Tal donnern sah, begriff er schlagartig. Er hätte sich die Lungen aus dem Leib schreien können, und niemand hätte ihn gehört. Aber er brabbelte nur leise vor sich hin *Scheiße, Scheiße, Scheiße*, stand wieder auf, wischte sich den Dreck von den Knien und machte sich auf den Weg nach unten.

* * *

Er hatte den Everest noch nicht erreicht, da hörte er das Rumpeln von Petes Traktor hinter sich. Murray wartete, bis er neben ihm anhielt. Er wusste, dass der Mann gekommen war, um ihm etwas anzubieten, und er hoffte, dass er richtig mit dem lag, was das sein würde.

Pete kletterte aus der Fahrerkabine, der Terrier sprang ebenfalls heraus. Diesmal war sein Lächeln schüchterner, als wäre ihm das, was er gleich sagen würde, jetzt schon peinlich.

»War es Ihnen ernst damit, als Sie gesagt haben, Sie würden gern noch etwas länger bleiben?«

»Todernst.«

»Möglich, dass ich da was für Sie hätte. Wenn es Ihnen nichts ausmacht, dass es ein bisschen primitiv ist.«

# 23

Murray saß im Inselladen vor dem Computer und rief sein Postfach auf. Es war noch nicht mal drei, aber draußen war es schon dunkel. Es hatte wieder angefangen zu regnen. Er fühlte sich wohl hier drinnen in der Wärme, während draußen einmal mehr Wind und Regen über die Insel fegten. Die Lampen brannten schon, und in einer Ecke neben der Theke summte ein Propanheizgerät. Irgendwo dudelte ein Radio, Rushhour. Er konnte hören, wie der Moderator das Neueste über Baustellen in der Innenstadt von Inverness verlas. In dem kleinen, bei seinem letzten Besuch rammelvollen Laden war kein einziger Kunde. Der Besitzer hatte ihm eine Tasse Instant-Kaffee hingestellt und gesagt, er sei hinten, Murray solle einfach rufen, wenn er noch irgendetwas brauche. Murray nippte an dem dampfenden Kaffee und genoss das Gefühl von Alleinsein und Studium, das ihm seit seiner Kindheit eine Wohltat gewesen war.

Die Menge der neuen Nachrichten lähmte ihn einen Augenblick. Aber es ging ihm ja nur um eine einzige, die er lesen wollte. Er scrollte durch die Eingänge von gestern und fand sie. Der Absender war eine Kombination aus Buchstaben und Zahlen, anscheinend wahllos zusammengewürfelt. In der Betreff-Zeile stand: *Schade, dass sie eine Hure ist.* Der Anhang stach ihm aufreizend ins Auge.

Er hatte Rachels Geschichte nicht geglaubt. Er schaute die Nachricht mit dem seltsamen Titel an, dachte an die Anspannung in ihrer Stimme und fragte sich, ob es klug sei, die Nachricht wie versprochen zu löschen. Rachel hatte ihn noch nie zuvor um irgendetwas gebeten, obwohl er sich das weiß Gott gewünscht hatte. Er legte seine Hand auf die Computermaus. Das Nachforschen lag ihm im Blut, aber manches Wissen war auch vergiftet. Die Büchse der Pandora, Evas verbotene Frucht, Blaubarts junge Frau mit dem Schlüssel für die Privatkammer ihres Mannes. Der Versuchung zu erliegen, konnte die Katastrophe in Gang setzen.

Noch unentschieden, was er machen sollte, arbeitete er seinen Posteingang ab, löschte Müll und überholte Nachrichten aus dem Fachbereich bezüglich Sitzungen, von denen er jetzt befreit war. Er scrollte weiter nach unten in der Hoffnung auf eine Nachricht von Rab, die ihm verraten würde, warum Professor James einen Rochus auf Fergus hatte. Es kam nichts. Allerdings stieß er zwischen all den unerwünschten Angeboten und Anfragen auf eine Nachricht von Lyn.

Murray lehnte sich auf seinem Stuhl zurück und schaute zur Decke. Ein paar Fetzen Klebeband zitterten in der aufsteigenden warmen Luft des Heizgeräts. Überreste der Weihnachtsdekoration, vermutete er. Er seufzte, beugte sich wieder nach vorn und klickte auf die Nachricht.

*Lieber Murray,*
*ich bin eine Frau, die ihre Versprechen hält. Ich habe mich ein bisschen umgehört wegen deines Grinsemanns Bobby Robb, Crippen, wie du ihn genannt hast. Bei uns läuft er unter Crowley. Scheint so, als wäre er Stammkunde bei uns gewesen, bis vor etwa drei Jahren. Allerdings soll er von der Flasche nie losgekommen sein – schon erstaunlich, was man für eine Konstitution braucht, um ein erfolgreicher Alkoholiker zu sein. Viel kann ich dir nicht über ihn sagen, außer dass er ein ›gruseliger Scheißkerl‹ war. Anscheinend stand er auf ziemlich abgedrehtes Zeug, Zauberformeln, Hexerei, und hat sich auch keinen Zwang angetan, jemanden, der ihm quer kam, mit einem Fluch zu belegen. Mei-*

*ne Quelle hat auch noch erzählt, dass Bobby ein ziemlich verängstigter Bursche war. Er hat mit einem »Schutzkreis« um sein Bett geschlafen – was immer das sein soll. Wenn ich dir einen Rat geben darf: So verlockend das für dich auch sein mag, darauf einzusteigen. Vergiss nicht, dass es ziemlich hart ist, auf der Straße zu überleben. Die Leute entwickeln alle möglichen Strategien, damit sie sich sicher fühlen. Wenn das Bobby Robbs Methode war, würde ich sagen, die ist gar nicht so schlecht. Viele von unseren Klienten sind bescheuert genug, um an andere Dimensionen zu glauben. Ich wünschte, ich könnte an so was glauben, ich würde meine sofort sausen lassen. Weißt du, was Jack so treibt? Ich mache mir keine Hoffnungen, das ist leichter für mich. Das würde nämlich bedeuten, einer weniger, der mich zum Narren gehalten hat. Trotzdem, mir geht dauernd der Abend im Kopf rum, als du mich über Cressida Reeves ausgefragt hast. Ich hab gedacht, du wärst selber interessiert an ihr, aber vielleicht hast du ja Bescheid gewusst? Egal, Cressida ist jedenfalls nicht mehr zu haben. Jack ist aus unserer Wohnung ausgezogen und bei ihr eingezogen. Ich wünschte, ich könnte sagen, Gott sei Dank, dass ich den los bin. Aber wir waren eben ziemlich lange zusammen. Wenn du ihn triffst, sag ihm, dass er mir fehlt. Wenn ich anrufe, lässt er sich verleugnen. Ich habe mein Versprechen an dich gehalten, obwohl dein Bruder die seinen an mich alle gebrochen hat.*

*Lyn x*

Der Kuss am Ende trieb Murray das Wasser in die Augen. Er blinzelte, las die E-Mail ein zweites Mal und verfluchte seinen Bruder auch dann noch, als er schon Lyns dürftige Informationen in sein Notizbuch übertrug.

Die Lust auf die restlichen Nachrichten war Murray vergangen. Aber irgendwie hatten Lyns Worte die Entscheidung über Rachels E-Mail gefällt. Wenn die Liebe ein Spiel aus Täuschung und Betrug war, dann wusste man besser, womit man es zu tun hatte. Er scrollte zu der anonymen E-Mail und öffnete sie.

Murray verkrampfte sich. Fast rechnete er damit, dass der Bildschirm in Dunkelheit versank oder irgendein kindisch triumphierendes »Hallooo« aufblitzte, bevor er sich mit nichtssagenden Computercodes füllte. Aber die E-Mail enthielt keine Nachricht. Er bewegte den Cursor auf den Anhang und wollte ihn gerade öffnen, als die Fotografien sich langsam von selbst aufzubauen begannen.

Ihm fiel ein, wo er war, er verkleinerte das Bild und schaute sich um, ob jemand seine schändliche Tat beobachtet hatte. Doch der Laden war immer noch leer und der Besitzer irgendwo hinten. Murray drehte sich mit seinem Stuhl halb zur Tür, damit er gleich merkte, wenn ein Kunde den Laden betrat, und schaute wieder auf den Bildschirm.

Es dauerte einen Moment, bis er begriff, was er da sah. Dann erkannte er den Raum, den vertrauten Schreibtisch mit dem Stapel unkorrigierter Seminararbeiten, den beiseitegeschobenen unbequemen Stuhl für die Studenten. Es war der Abend, an dem sie ihm den Laufpass gegeben hatte. Der Abend, an dem er in den Gang gestürzt und dem Eindringling hinterhergelaufen war. Er sah seinen weißen, gerade zustoßenden Hintern, darunter Rachels elegante Beine, die sich unelegant spreizten.

Murray schaute zur Theke und fragte sich, wie gut der Blick auf den Monitor für jemanden war, der hinter der Theke stand, und erkannte, dass die geschickte Platzierung des Computers nur ein Minimum an Privatsphäre zuließ. Trotzdem bewegte er den Cursor nach unten, weil er wissen wollte, wie viele Schnappschüsse der Fotograf erbeutet hatte. Er würde Rachel später anrufen und ihr versichern, dass niemand sie auf dem Foto erkennen könne, auch wenn man es in Plakatwandgröße auf dem George Square aufhängte oder, was wahrscheinlicher war, auf einer der tausend Pay-per-View-Webseiten ins Netz schickte.

Jesus Christus, was für ein Schlamassel. Aber eins, in dem sie beide steckten.

Auf dem nächsten Foto wirkte er nicht mit. Stattdessen war Rachel mit einem jungen Mann zu sehen, den Murray von irgendeinem Doktorandenkolloquium zu kennen glaubte. Sicher war er sich nicht. Der Mann hatte das Gesicht abgewandt, und er war nackt. Rachel kniete vor ihm auf dem Boden und hatte das Gesicht zwischen seinen geöffneten Beinen vergraben. Auch sie – bleich und wunderschön – war nackt. Murray verspürte brennende Eifersucht, sie hatten sich nie ganz füreinander ausgezogen.

Auf den restlichen vier Bildern das Gleiche, mit Rachel und Sex als die einzigen Konstanten. Rachel mit einem grauhaarigen Mann, der seine Uhr anbehalten hatte. Es war halb vier, und sie saß rittlings auf ihm und streichelte ihre Brüste.

Rachel in einem Hotelzimmer über einen Stuhl gebeugt. Ein stark behaarter Mann mit Wabbelbauch und schütterem Haar hielt sie von hinten fest und steckte ihr den erigierten Penis hinein.

Rachel auf dem Rücken, diesmal mit zwei Männern, verschwommen im Hintergrund andere unbekleidete Körper.

Rachel mit gespreizten Beinen, dazwischen der Kopf eines nackten Fremden. Ihr Kopf zurückgeworfen, der Hals entblößt, sodass Murray die Vertiefung an ihrem Hals sehen konnte, die er so gerne geküsst hatte.

Er hörte ein Geräusch hinter sich. Er klickte das Bild weg und fuhr auf seinem Drehstuhl herum. Christie Graves stand am anderen Ende des Gangs zwischen den Regalen. In ihrem Einkaufskorb lagen eine Zeitung und ein Laib Brot. Ihre Blicke trafen sich.

Die Bilder waren so groß, so fesselnd und so laut in seinem Kopf gewesen wie der Harrier Jump Jet, der ihn auf die Knie hatte sinken lassen. Er konnte sich nicht vorstellen, dass Christie sie nicht hatte sehen können. Sie erwiderte einen Moment lang seinen Blick, dann schaute sie weg und ging zur Theke.

Murray saß da, starrte auf den leeren Bildschirm, hörte, wie der Ladenbesitzer sie heiter begrüßte und Christie ihm mit leiser

Stimme antwortete. Er war erfüllt von einem Gefühl des Verlusts, das andere Verluste in ihm wachrief. War zu traurig, um sich auch nur zu fragen, wer ihm die Fotografien geschickt haben und was er ihm als Rache zurückschicken könnte. Er hörte die Tür ins Schloss fallen, als Christie den Laden verließ. Aber selbst dann noch verharrte sein Blick auf dem schwarzen Schirm des schlummernden Computers.

# 24

Der Zustand des Cottages war Pete etwas unangenehm gewesen, aber im Nachglanz der Schussfahrt vom Everest hatte Murray es für geradezu perfekt gehalten. Da war ihm Rachels Anruf noch wie ein Hoffnungsschimmer erschienen. Sie hatte an ihn gedacht, und obwohl sie aufgelegt hatte, als er sagte, dass sie ihm fehle, hatte sie traurig geklungen. Traurigkeit war ihm als etwas vorgekommen, womit er würde umgehen können. Jetzt fühlte er sich, als würde er darin ertrinken.

Im blassen Licht des Nachmittags hatte das kleine Cottage auf eine bezaubernde Weise einfach gewirkt. Als er im Lichtstrahl seiner Taschenlampe das vordere Zimmer betrachtete, dachte Murray, die Verwahrlosung passe zu seiner Stimmungslage. Der Boden war mit alten Pappefetzen übersät. Laut Pete »die ursprüngliche Isolierung«, um die Feuchtigkeit aus der Erde fernzuhalten, bevor er den Holzboden verlegt hatte, als er und seine Familie hier vor drei Jahren kampiert hatten.

Pete knallte den Karton mit den Vorräten, die sie im Laden gekauft hatten, auf den provisorischen Tisch, der den ersten Raum fast ganz ausfüllte, und ließ den Strahl seiner Taschenlampe über die Steinwände streichen.

»Verglichen mit Glasgow ein bisschen einsam, aber wir sind ja nur ein paar Meilen entfernt. Außerdem schaue ich ab und zu vorbei, ob Sie irgendwas brauchen.« Jinx trottete herum und schnüffelte mit einer Begeisterung in Ecken und Winkeln, die auf

Ungeziefer schließen ließ. »Hey, hierher«, befahl Pete. »Sitz, oder du fliegst raus.« Er setzte den Gasheizer in Gang. Als er das dritte Mal die Zündung betätigte, loderten die Flammen blau auf. Der Hund ließ sich vor dem Heizgerät nieder. Pete kraulte ihm derb den Bauch. »Für dich ist das nicht gedacht.« Er wandte seine Aufmerksamkeit wieder Murray zu. »Wenn die hier leer ist, da hinten steht noch eine Reserveflasche. Und Butangas für den Campingkocher. Ich hab Ihnen auch das Kurbelradio mitgebracht, das wir damals benutzt haben. Wissen Sie, wie man eine Petroleumlampe anzündet?«

»Glaube schon«, sagte Murray.

Pete zeigte es ihm trotzdem. Im gelben Schein der Lampe gewann der Raum zwar an Konturen, aber nicht an Fröhlichkeit.

»Zurück zu den Wurzeln«, sagte Pete. »Die Kinder waren begeistert, als wir damals hier gewohnt haben. Aber da war Sommer. Ich hab' verdammt genau achtgegeben, dass unser Cottage auf jeden Fall bis Wintereinbruch tipptopp in Schuss ist.«

»Ich komme schon klar.« Murray öffnete die Tür zum zweiten Raum des Cottages. Auf einem Feldbett lagen ein Schlafsack und ein paar ordentlich gefaltete Decken. Daneben stand als Nachttisch eine umgedrehte Holzkiste. Angesichts der spartanischen Präzision ging Murray die Frage durch den Kopf, ob Pete beim Militär gewesen war. »Sie haben anscheinend an alles gedacht.«

»Abwarten«, sagte der Bauer grinsend. »War alles ein bisschen überstürzt. Wenn ich was vergessen haben sollte, dann sagen Sie einfach Bescheid.« Er ging nach draußen und holte vom Anhänger noch einen Karton mit Vorräten. »Wir hatten eigentlich immer den Plan, das Cottage so herzurichten, dass wir es im Sommer vermieten könnten. Aber das haben wir dann im Laufe der Jahre immer mehr aus den Augen verloren. Fürchte, das Ganze erfüllt wohl nicht ganz die Standards vom Fremdenverkehrsamt.« Er stellte eine Autobatterie in eine Zimmerecke, ging wieder nach draußen und kam mit einer zweiten zurück, die er neben die erste stellte. »Okay, die zweite ist Reserve. Zuhause hab ich noch eine dritte, die wird gerade aufgeladen. Die beiden dürften für eine Woche reichen. Wenn nicht, kommen Sie rüber, dann tausche ich sie aus. Die Chemietoilette steht draußen in der Kackhütte, wie Martin die immer genannt hat.« Pete lachte. »Na ja, Sie wissen ja, wie Teenager so sind.«

Murray wusste es nicht, rang sich aber ein Lächeln ab.

»Sie meinen die Außentoilette, nehme ich an.«

»Bingo. Vor der Tür steht eine Regentonne, da können Sie sich waschen. Wenn Sie es vorher abkochen, können Sie das Wasser trinken. Wenn Sie baden oder duschen wollen, kommen Sie rüber, Sheila hat nichts dagegen.« Er machte eine Pause. »Und Sie sind sich wirklich sicher, dass Sie das auch wollen? Ich habe ein etwas schlechtes Gewissen, weil ich Ihnen für so was Primitives Geld abknöpfe.«

Murray wünschte, der Mann würde gehen. Aber er wusste, dass er das Geschwafel bis zum Ende aushalten musste, bevor er endlich seine Ruhe hatte. Er rang sich wieder ein Lächeln ab.

»Machen Sie sich keine Sorgen, es ist ideal.«

»Schön.« Der Bauer grinste erleichtert. »Hoffentlich ist das Dach dicht. Bevor wir damals eingezogen sind, habe ich das Haus noch selbst gedeckt.« Er richtete den Strahl seiner Taschenlampe nach oben zwischen die Dachbalken. »Als ich heute Nachmittag das Feldbett hergebracht habe, habe ich mir alles genau angeschaut. Keine Anzeichen, dass irgendwo Wasser eingedrungen wäre.« Pete machte die Taschenlampe aus. »Na ja, wir werden sehen.« Er griff in einen der Kartons, die er mitgebracht hatte, und zog eine Halbflasche *Famous Grouse* heraus. »Ein Willkommensschlückchen.« Er öffnete die Flasche und schüttete einen Spritzer auf den Boden. »Dem alten Burschen, der uns damals beim Umzug geholfen hat, musste ich versprechen, dass ich das bei jedem Einzug mache. Die Feen mögen anscheinend auch einen guten

Schluck.« Pete schüttelte den Kopf über seine Dummheit. »Wahrscheinlich macht er sich den Spaß mit jedem englischen Volldeppen.« Er nahm aus einem anderen Karton zwei Gläser, schenkte kräftig ein und gab eins Murray. »Prost.«

»Auf Ihr Wohl.«

Murray hatte den Eindruck, dass sein Toast sich mehr wie ein Fluch angehört hatte. Aber Pete hob lächelnd sein Glas an die Lippen.

»Ihr Dichter, ist der bekannt in Schottland?«

»Nein, fast gar nicht.«

»Wird dann ja richtig gebildet, unser Tal. Sie bosseln hier unten an Ihrer Biografie rum, und oben auf dem Kamm schreibt Mrs Graves an ihren Romanen.«

Vor dem Tiefschlag durch die Fotografien hätte Murray ihn vielleicht über die genaue Lage von Christies Cottage ausgefragt. Jetzt fragte er bloß: »Sehen Sie sie oft?«

»Nein, eigentlich nicht. Wenn das Wetter schlecht ist, rufen wir uns gegenseitig an, zur Sicherheit. Und wenn die Leitung zusammenbricht, fahren wir rüber, ob beim anderen alles in Ordnung ist. Wenn man so weit vom Schuss wohnt wie wir, muss man das machen. Außerdem ist sie ja nicht so gut zu Fuß im Moment. Aber abgesehen davon lassen wir uns in Frieden.«

»Haben Sie eins von ihren Büchern gelesen?«

»Sheila ist der Leser in unserer Familie. Bevor wir hergezogen sind, war sie Englischlehrerin. Sie hat das erste gelesen.«

»*Sacrifice*?«

»Ja, glaube, das war der Titel.« Der Bauer lächelte entschuldigend. »War, glaube ich, nicht der große Hammer. Sheila mag am liebsten Bücher, die auf Inseln spielen.« Er nahm wieder einen Schluck Whisky. »Schätze, das erinnert sie an hier. Aber das war voller toter Leute, die sich selbst wieder aus ihren Gräbern rausgebuddelt haben.«

Murray spürte ein Prickeln in seinem Nacken und widerstand

der Versuchung, durch die kleinen Fenster des Cottages hinaus in die Nacht zu schauen.

»Es handelt von einer Gruppe Hippies, die aufs Land ziehen und anfangen, mit Sachen rumzupfuschen, die sie lieber hätten bleiben lassen.«

»Die Toten zum Leben zu erwecken?

»Unter anderem. Ist ein bisschen albern, das Ganze.«

Der Wind war wieder stärker geworden. Irgendwo knallte ein Tor auf und zu, was Pete aber nicht zu hören schien. »Vielleicht sollte ich es doch mal lesen«, sagte er.

Pete und Murray schauten sich an. Der Bauer grinste, er schien empfänglich für Wahnsinn zu sein. Das Scheppern des Tors wurde lauter und hörte dann auf. Murray fragte sich, wer oder was es beendet hatte. Er füllte die Stille mit einer Frage.

»Was haben Sie gemacht, bevor Sie hergezogen sind?«

»Ich habe auch unterrichtet. Naturwissenschaften. Ich bin ausgestiegen, weil ich nicht der erste Lehrer sein wollte, der à la Columbine mit einer Schrotflinte Amok läuft.«

Der kleine Mann lachte. Der Schein der Petroleumlampe hob die Furchen seines verwitterten Gesichts hervor und verzerrte das Lachen zu einer Grimasse. Murray fragte sich, ob er in seinem weißen Cottage ein Gewehr hatte, und ob er abends, wenn seine Frau und seine Kinder in den oberen Zimmern schliefen, allein am Ende der Welt seinen Whisky trank.

Murray rieb sich die Augen. »Wenn ich vor meinen Studenten stehe, geht mir das manchmal genauso«, sagte er, obwohl ihm der Gedanke noch nie gekommen war. »Ist mir immer noch unangenehm, dass ich fast in den Wagen von Mrs Graves geknallt wäre, auch wenn ihr Zeug nicht gerade Booker-Preis-Stoff ist. Vielleicht sollte ich mit einem Strauß Blumen oder so bei ihr vorbeischauen.«

Pete zuckte mit den Achseln.

»Früher oder später laufen Sie ihr sowieso über den Weg.« Er schloss ein Auge, hielt sich die Halbflasche vor das andere und betrachtete den Raum durch einen goldenen Whiskyfilter. »Mrs Graves ist unberechenbar. An manchen Tagen bleibt sie stehen und plaudert mit einem. An anderen ist es, als ob sie einen gar nicht sieht. Sheila sagt, vor hundert Jahren wäre sie Brennstoff für ein Lagerfeuer gewesen.« Er lachte. »So wie sie das sagt, könnte man das für eine klasse Idee halten.«

»Ihre Frau scheint sie ja nicht gerade zu mögen.«

»Sie mag's nur nicht, wenn ihr jemand hochnäsig kommt. Mir ist das egal. Schließlich zieht ja keiner hier raus, weil er auf Gesellschaft aus ist. Muss ziemlich hart sein für Christie. Sie hat MS. Vor einiger Zeit hatte sie einen üblen Schub, nach dem sie mehr oder weniger gelähmt war. Wir dachten schon, dass es das war, aber anscheinend hat sie sich wieder berappelt. Trotzdem, ich bin mir nicht sicher, wie lange sie noch ohne Hilfe leben kann, erst recht hier draußen am Arsch der Welt.« Pete schraubte die Flasche auf und schenkte ihnen den Rest ein. »Also dann, putzen wir den letzten Tropfen auch noch weg. Dann hau' ich ab, und Sie können sich erst mal einrichten. Hab' Sheila versprochen, dass es bei der Halbflasche bleibt. Sie will nicht, dass ich noch fahre, wenn ich ein paar intus habe. Auch wenn es hier außer ein paar Schafen gar nichts zum Plattmachen gibt.«

Murray nickte angesichts der Weisheit der ihm unbekannten Sheila und war erleichtert, dass er seinen neuen Vermieter bald los sein würde. Ihm fiel Alan Garrett ein und Audreys Bemerkung, dass er nicht zu viel getrunken hatte.

»Vor ein paar Jahren soll es hier einen schlimmen Unfall gegeben haben.«

Petes Gesichtsausdruck wurde ernst.

»Das war kurz nachdem wir hergezogen sind. Sheila war richtig durcheinander deswegen. Dauernd hat sie gesagt »Was, wenn da gerade eins von unseren Kindern gelaufen wäre? Wenn der Typ statt dem Baum eins von den Kindern erwischt hätte?« Wir haben ihn getroffen. War anscheinend ein ganz netter Bursche, ein Familienmensch. Hab' gehört, dass er verheiratet war und einen kleinen Jungen hatte.«

»Hatte er was getrunken?«

»Anscheinend nicht.« Pete warf ihm einen leicht misstrauischen Blick zu. »Haben Sie ihn gekannt? Er soll Dozent an der Uni gewesen sein.«

»Nein.« Murray erinnerte sich an Alan Garretts Foto auf dem Nachttisch seines Sohns. »Aber ich hatte davon gehört. Schlechte Nachrichten gehen schnell rum.«

»Wie wahr.« Pete richtete seine Taschenlampe in eine Ecke des Raums und machte sie an und aus, als würden ihm die plötzlich aufleuchtenden Lichtstrahlen beim Denken helfen. »Blödsinn. Macht bloß die Batterie leer.« Er legte die Taschenlampe auf den Tisch und schaute Murray an. »Ich erzähl' Ihnen was. Versprechen Sie mir, dass das unter uns bleibt?«

»Natürlich.«

Der Bauer schaute Murray in die Augen, als wolle er dessen Aufrichtigkeit taxieren. Entweder beschloss er, ihm zu trauen, oder der Sog der Geschichte, die er ihm erzählen wollte, war so stark, dass Pete alle Bedenken fahren ließ. »Ich habe Sheila nie etwas davon gesagt. Sie war auch so schon durcheinander genug. Aber ich habe mich oft gefragt, ob er das mit Absicht getan hat.«

Murray dachte an die Stapel von Zeitschriften, in denen sich alles um Selbstmord drehte. An die sorgfältig erhobenen Künstlerstatistiken über Alter, Geschlecht, Sexualität und Methode, mit denen sie ihrem Leben ein Ende gesetzt hatten. Aber der Gedanke, dass Alan Garrett Selbstmord begangen haben sollte, passte nur schlecht zu dem, was er über seine Frau und seinen Jungen wusste. Er konnte sich nicht vorstellen, dass der lächelnde Mann in der Gebirgswand gewollt haben könnte, sie im Stich zu lassen.

»Warum?«

Pete zuckte mit den Schultern. Etwas lag in der Geste, dass

Murray sich fragte, ob es einmal eine Zeit gegeben haben könnte, in der Pete darüber nachgedacht hatte, mit seinem Traktor gegen einen Baum oder eine geeignete Mauer zu rasen. Er erinnerte sich an das scheußliche Gefühl, als er mit dem Wagen seines Vaters auf Christies Jeep zugeschlittert war. An die Erleichterung, als er ihn gerade noch rechtzeitig zum Stehen gebracht hatte, und sagte: »Schätze, wenn man mit Vollgas auf so was Massives draufknallt, dann hat man es wohl gewollt.«

»Das ist der Punkt.« Die Stimme des kleines Manns klang nachdenklich. »Sie sind die Strecke jetzt ein paar Mal selbst gefahren. Dann wissen Sie ja, dass entlang der Straße nicht viel ist, in das man reinrasen könnte und das so eine Wirkung haben würde. Klar, da stehen jede Menge Trockenmauern rum, aber die sind niedrig. Ich hab da länger drüber nachgegrübelt, als gut für mich war. Der Baum war so ziemlich das Einzige, was den Job hundertprozentig erledigen würde. Wenn es keine Absicht war, dann hat er wirklich katastrophales Pech gehabt.«

»Eine Katastrophe war es auch so.«

Pete nickte und kippte den letzten Rest von seinem Whisky hinunter.

»Kein sehr erfreuliches Thema für Ihre erste Nacht.«

»Nein.« Murray zwang sich zu einem Lächeln. »Erzählen Sie mir was über die Schafe.«

Der Bauer grinste.

»Warum? Haben Sie schon ein Auge auf eins geworfen?«

Sie redeten noch ein bisschen über Landwirtschaft, dann über die Universität und Pädagogik, bis der Whisky endgültig leer war. Murray bot ihm noch einen Schluck von seinem eigenen an. Pete zögerte, lehnte dann aber ab.

»Ich mache mich jetzt besser auf den Weg. Das ist auch so ein Punkt bei dem Leben hier. Früh ins Bett, früh wieder raus. Du wirst nicht reich und nicht weise, aber eins lernst du: Fang dir keinen Kater ein, nie.« Er beugte sich über einen der Kartons und zog eine nicht gespannte Mausefalle heraus. »Könnte sein, dass Sie so was noch brauchen. Um diese Jahreszeit flüchten sich die kleinen Mistkerle ganz gern aus der Kälte ins Haus. Na ja, kann man ihnen nicht verdenken, oder? Wenn sie Ärger machen sollten, bringe ich Ihnen für die paar Tage eine von meinen Katzen vorbei.«

»Na wunderbar.«

Er muss ein verdattertes Gesicht gemacht haben, denn Pete fing an zu lachen.

»Keine Angst, die sind winzig. Nicht zu vergleichen mit euren fetten Restaurantratten in Glasgow, nur ein bisschen unverschämt. Die wollen nicht kapieren, dass wir die überlegene Spezies sind.«

Er stand auf und zog sich die Jacke an. Jinx folgte seinem Herrn mit wedelndem Schwanz zur Tür. Murray stand auch auf. Aufrecht stehend schienen die beiden Männer den ganzen Raum auszufüllen.

»Das hätte ich fast vergessen.« Pete zog die Traktorschlüssel aus seiner Jackentasche. »Als ich Ihr Gepäck abgeholt habe, hat Mrs Dunn gesagt, Sie möchten morgen Nachmittag bei ihr vorbeischauen. Sie haben ja wohl nicht vergessen, das Zimmer zu zahlen, oder?«

»Nein, nein, was das angeht, können Sie mir vertrauen. Könnte wegen des Teppichs in meinem Zimmer sein. Da hab' ich ein bisschen Matsch zurückgelassen.«

Der Bauer lachte.

»Die ganze Insel besteht aus Matsch. Und aus Schlimmerem. Die Vermieterinnen hier können sich gar nicht leisten, sich wegen so was aufzuregen. Wahrscheinlich will sie Sie einfach bekochen. Die weiß ja nichts von dem Gourmet-Dosenfutter aus Sardinen und gebackenen Bohnen, das Sie heute nachmittag im Laden zusammengerafft haben.«

»Ja.« Murray bückte sich und kraulte Jinx zwischen den Ohren. Diesmal ließ der Hund ihn gewähren. Murray spürte die Hitze des Heizgeräts, die sein borstiges Fell gespeichert hatte. »Wahrscheinlich.«

Murray stand noch in der Tür und schaute hinaus in die kalte Nacht, als das Rumpeln von Petes Traktor schon lange verstummt war. In der Schwärze der Nacht mussten sich jede Menge Wolken verbergen, denn die Welt außerhalb seiner Tür war eine zitternde dunkle Masse.

»Sternlos und bibelschwarz.«

Er fragte sich, ob er jetzt, da er viel allein sein würde, öfter mit sich selbst reden würde, und beneidete Pete um Jinx' Gesellschaft. Er und Jack hatten in ihrer Kindheit hart für einen Hund gekämpft, aber ihr Vater war in seiner Ablehnung unerbittlich gewesen. Murray hatte insgeheim vermutet, dass sie ihren Willen bekommen hätten, wenn ihre Mutter noch gelebt hätte. Als er noch sehr klein gewesen war, hatte es eine Zeit gegeben, da war das Verlangen nach seiner Mutter und einem Hund gleich stark gewesen. Die beiden unerfüllbaren Wünsche hatten sich verschmolzen. Er hatte sie sich im Himmel vorgestellt. Eine unnahbare, lächelnde Isis, beschützt von einem edlen vierbeinigen Gefährten, dem verlorenen Hund, den sie nie gehabt hatten.

Murray schloss die Tür, schaltete das Heizgerät aus und nahm sich ein letztes Glas Malt mit ins Bett. In der vollkommenen Dunkelheit lag er da und wusste nicht, ob die Geräusche, die er hörte, aus dem Raum nebenan oder von jenseits der Steinmauern kamen. Mäuse oder ein paar Feen, die als Gegenleistung für die Tröpfchen Whisky, die Pete ihnen verehrt hatte, ein bisschen aufräumten. Beide Möglichkeiten erschienen ihm gleich schaurig. Er sah Bobby Robbs Bett vor sich, gestrandet in Fergus Baines schmuddeliger Mietwohnung, umringt von Zauberformeln. Er fragte sich, ob Archie auch an okkulte Phänomene geglaubt hatte – *interessiert am Jenseits.* Oder ob ihn die Intelligenz, die ihm ermöglicht hatte, aus grobem Wortmaterial Gedichte zu formen, vor diesem speziellen Wahn bewahrt hatte.

Murray füllte seinen Kopf mit Gedanken an *Moontide*, an die perfekte Abfolge der Gedichte, die aus dem Buch nicht nur eine Kollektion, sondern eine Komposition machte. Er verscheuchte die Bilder von Rachels Gesicht, von Rachels Körper und begann stumm die Gedichte in der von Archie festgelegten Reihenfolge zu rezitieren.

Mitten in der Nacht wachte er auf, weil er Bilder von verknäulten nackten Körpern sah. Seine Erektion irritierte ihn. Er konnte sich nicht erinnern, ob sein Albtraum ein Holocaust oder eine Orgie gewesen war. Dumpf lag Murray unter den Decken und wartete auf die Morgendämmerung. Er sah die ersten, grauen Lichtstrahlen durch den Raum kriechen und beobachtete, wie sein Atem als Wolke in die kalte Luft aufstieg. Er beschloss trotzdem, sofort aufzustehen und sich zu waschen, glitt dann aber wieder zurück in einen dunklen und traumlosen Schlaf.

# 25

Am nächsten Morgen gegen elf wurde Murray das Cottage zu eng. Er konnte sich nicht konzentrieren, schob seine Notizen beiseite, zog die Regenjacke an und setzte sich die Wollmütze auf. Es regnete in Strömen. Trotzdem verließ er das Cottage und marschierte los, ohne einen Gedanken an ein Ziel zu verschwenden.

Es kam ihm vor, als hätte er sein halbes Leben im Regen verbracht. Murray zog sich die Kapuze über den Kopf und stemmte sich mit gesenktem Kopf gegen den Wind. Die Regentropfen trommelten auf seine Jacke. Der Regen müsste doch eigentlich weicher sein, erfrischender in der klaren Landluft, aber er hatte den Eindruck, dass er genauso hart war wie der in Glasgow. Ohne die Zufluchtsorte, die in der Stadt Mietshäuser und Pubs boten, konnte der Regen ungehindert über die Insel peitschen und sich über ihn hermachen.

Normalerweise hätte er über eine derartige Selbstgefälligkeit gelächelt. Aber jetzt hielt er den Blick gesenkt, konzentrierte sich auf das Gras, über das er beim nächsten Schritt hinwegstapfen würde, und versuchte Rachel aus seinen Gedanken zu verbannen. Es war unmöglich. Sie bildete das Zentrum der Übelkeit, die tief in seinen Eingeweiden rumorte. Er fragte sich, wie viele Begegnungen mit anderen Männern sie noch gehabt hatte, und ob Fergus davon wusste.

Fergus.

Er konnte noch so weltläufig und gebildet sein. Sie hatte ihm zahllose Male Hörner aufgesetzt. Murray versuchte Befriedigung aus dieser Tatsache zu ziehen, aber es gelang ihm nicht. Rachels Mann war ihm scheißegal. Was ihn umtrieb, war sein eigener Schmerz.

Ihre Klasse hatte ihm gefallen, auch ihre Frotzeleien darüber, dass er ihr Mann fürs Grobe sei; er, Murray, der Primus der Schule. Jetzt erkannte er, dass sie ihn für inadäquat gehalten hatte, für nicht weltläufig genug, um in ihre Spiele eingeweiht zu werden. Sie hatte natürlich recht. Er wäre schockiert gewesen – war schockiert – von der Vorstellung einer Orgie. Seine Gewandtheit war von anderer Art.

Sosehr er Rachel auch nachtrauerte, genauso sehr trauerte er dem Gefühl der Besonderheit nach, der Überzeugung, dass sie ihn anderen vorgezogen hatte. Dass sie mit Fergus verheiratet war und der Seitensprung mit Rab hatten seinem Glauben einen Dämpfer versetzt, das schon. Aber er hatte seinen Glauben daran gehätschelt, hatte ihr diese Fehler unbedingt verzeihen wollen in dem Bewusstein, dass sie beschlossen hatte, sich ihn zum Liebhaber zu wählen. Jetzt wusste er, dass sie ihren Körper verschenkte wie andere Frauen ein Lächeln oder eine Berührung mit der Hand, als etwas, das Spaß machte, aber kein Versprechen für irgendwas war. Sie hatte einen Idioten aus ihm gemacht.

Hatten die Männer auf den Fotos sie genauso verehrt wie er, oder hatte jeder von ihnen gewusst, dass er nur einer von vielen war? Murray hob einen Stock auf und schlug damit durch das hohe Gras am Wegrand, sodass eine Wolke Regenwasser aufspritzte.

Er fragte sich, wie er ihr jemals wieder gegenübertreten könnte, und begriff, dass das unmöglich war. Er würde sich nach einer neuen Arbeit umsehen müssen, obwohl er an dem einzigen Ort arbeitete, wo er sich gewünscht hatte zu arbeiten, seit er ein Junge gewesen war. Alles war verdorben. Der Gedanke war kindisch in seiner Wucht. Nichts war ihm geblieben. Keine Geliebte, keine

Familie, keine Arbeit. Er würde zusammenpacken und nach Hause gehen. Nur dass es kein Zuhause gab, nur eine lieblos eingerichtete Wohnung, wo er sich zum Schlafen hinlegte. Das einzige Zuhause, das er gekannt hatte, war an die Stadt zurückgefallen, als sein Vater ins Heim gekommen war. Damals hatte er Trost in dem Gedanken gefunden, dass er und Jack in Übereinstimmung mit den Prinzipien ihres Vaters handelten und in ihrem Haus nun eine andere Familie ihre Kinder großziehen konnte. Jetzt wollte er nichts anderes, als den Schlüssel, den er immer noch hatte, dort ins Schloss zu stecken, umzudrehen, die Treppe zu seinem und Jacks Zimmer hochzugehen und sich mit dem Gesicht nach unten aufs Bett zu legen.

Vor ihm lag ein verlassenes Cottage, ein baufälliges Gerippe von der gleichen Bauweise wie die Hütte, die er von Pete gemietet hatte. Ohne Dach und Eingangstür. Es glotzte ihn aus Fenstern ohne Scheiben an. Wer hatte dort gewohnt, allein am Ende der Welt, und warum hatten es seine Bewohner verlassen? Murray zitterte. Seine Regenjacke hielt dicht, aber seine Hose war patschnass und verdreckt. Sich derart durchnässen zu lassen, war idiotisch, eine Einladung für eine Erkältung oder Schlimmeres. Trotzdem ging er weiter, ohne zu wissen wohin, sah noch mehr Cottages und erkannte, dass die erste Hütte nicht die Zuflucht eines einsamen Bauern oder eines Eremiten auf der Suche nach Abgeschiedenheit gewesen war, sondern Teil eines Dorfs.

Er schaute durch eins der offenen Türlöcher und sah Gras, das durch den Fußboden wuchs, und Efeu, das sich die Wände hochrankte. Wie lange würde es dauern, bevor die Elemente, wie schon den *Broch* und die Festung, die kleinen Gebäude zum Einsturz brachten? Würden zukünftige Archäologen hier graben, oder war die Dokumentation inzwischen so präzise, dass jeder Aspekt der jüngsten Vergangenheit erfasst war und jedem Interessierten zur Verfügung stand? Vielleicht würde schon sehr bald niemand mehr übrig sein, keine Welt, deren Geschichte man aufzeichnen und über die man streiten konnte. Alles hatte ein Ende, warum nicht auch das hier? Der Gedanke war so kraftvoll, dass er ihn fast aufgemuntert hätte.

Er befand sich zwar immer noch nahe der Küste, aber der Weg machte jetzt einen Schlenker landeinwärts, sodass er das Meer nicht mehr sehen konnte. Murray fiel auf, dass um ihn herum Klumpen fetter, dunkelgrüner Triebe aus dem Gras schauten. Er nahm an, dass der Boden sumpfig war, und beschloss, sich an den Weg zu halten. Von den Schafen, die er hier und da entlang des Weges erspäht hatte, war nichts mehr zu sehen. Er hörte auch keine Vögel mehr, und das Rauschen des Meeres, das den Wind leise unterlegt hatte, solange er an der Klippe entlanggegangen war, war verstummt. Er musste, ohne es bemerkt zu haben, in den Windschatten eines Tals hinuntergegangen sein, weil auch der böige Wind, der ihn bis jetzt begleitet hatte, verschwunden war. Er hörte nur noch den Regen, der auf seine Jacke und das Gras prasselte.

Murray schaute auf seine Uhr. Es war erst Mittag, noch mindestens vier Stunden, bis es dunkel werden würde. Und doch glaubte er schon jetzt, die nahende Dämmerung zu spüren. Er widerstand dem plötzlichen Drang umzukehren und ging weiter, wie ein noch halbwegs nüchterner Mann in einer Bar weitertrank, um vollends betrunken zu werden.

Geradeaus tauchten höhlenartige Löcher auf, die aussahen wie von Menschenhand gemacht. Kleine dreieckige Öffnungen in einer mit Mörtel verfugten Steinwand, die fest in einer Anhöhe stand. Sie sahen dunkel und tief aus und irgendwie einladend. Vielleicht konnte er in eine reinkriechen und sterben. Murray überlegte, ob er sich auf den morastigen Untergrund trauen sollte. Aber als er sich ein paar Schritte vom Weg entfernt hatte, versank sein rechter Stiefel bis zur Wade in dem nassen Matsch, und es kostete ihn mehr Anstrengung als erwartet, sich wieder daraus zu befreien.

»Scheiße.«

Er atmete schwer. Grausig, wenn man so abtreten müsste. Hineingesogen in den Matsch, eine lebende Leiche in einem weichen, anschmiegsamen Grab. Idiotisch, so zu sterben, wenn es dafür doch Tabletten und Seile, Rasierklingen und heißes Badewasser gab, in das man sich, von Gin benebelt, gleiten lassen konnte.

Obwohl er schon völlig durchnässt war, stampfte er mit dem Fuß auf, um den Schlamm abzuschütteln. Jesus, Maria und Josef, wenn das so weiterginge, würde er noch am Grabenfuß sterben.

Vielleicht sollte er umkehren. Er hatte versprochen, Mrs Dunn heute Nachmittag einen Besuch abzustatten, und wenn er noch rechtzeitig absagen wollte, dann musste er zurück auf höheres Terrain, um ein Netz zu erwischen. Geradeaus, etwas höher gelegen, sah er einen ungestrichenen Holzzaun, der ein kleines Viereck Land absperrte, obwohl er sich nichts vorstellen konnte, was man hier draußen, wo sich nicht mal die Schafe Freiheiten herausnahmen, einzäunen musste. Jedenfalls würde er erst mal da hingehen.

Es sah aus wie eine Vertiefung in der Erdoberfläche. Sie war dünn mit Gras bewachsen. Murray trat auf den Boden neben dem Weg. Er fühlte sich fest genug an, und vorsichtig wagte er sich näher an den Zaun heran, um sich die kleine abgesperrte Fläche genauer anzusehen.

»Wenn ich Sie wäre, würde ich da nicht näher rangehen.« Eine weibliche, hohe, kultivierte Stimme. Sie kam von dem Hügelkamm über ihm. Er schaute hoch und sah eine Gestalt in einer Regenjacke, die genauso dunkelolivgrün war wie seine eigene. Auch sie hatte die Kapuze über den Kopf gezogen. Das schwache Tageslicht hatte sie in ihrem Rücken. Ihr Gesicht lag im Schatten. »Das ist ein Karsttrichter. Niemand weiß, wie tief er ist.«

Murray sah sich selbst fallen, durch die bodenlosen Tiefen hindurch, alternd, sein Fleisch verwesend, sein Skelett immer weiter fallend, kreischend.

»Warum steht dann da kein Hinweisschild?«

Möglich, dass die Gestalt auf dem Hügelkamm mit den Achseln zuckte. Aber das konnte er in dem dunstigen Nieselregen und bei der unförmigen Regenkleidung nicht erkennen.

»Jeder weiß, dass er da ist.«

Es erschien ihm müßig, darauf hinzuweisen, dass er es nicht gewusst hatte.

»Jedenfalls danke, dass Sie mich gewarnt haben.«

Die Gestalt nickte und drehte sich zur Seite. Jetzt sah Murray den Gehstock und das ungelenke Absacken der Schultern, als sie aus seinem Blickfeld hinkte. Er hatte mit Christie gesprochen.

Er zuckte jetzt selbst mit den Achseln. Das hatte alles keinen Sinn. Er war so dumm gewesen zu glauben, dass er eine Biografie über einen Mann schreiben könnte, der seit dreißig Jahren tot war und außer einem einzigen schmalen Bändchen so gut wie nichts hinterlassen hatte. Das Gespräch mit dem Wirt vom *Geordie's* war typisch für seine Nachforschungen gewesen. Quälend, mit Erinnerungslücken, ein dramatisches Postskriptum für einen versoffenen Mann, der fahrlässig mit seiner geistigen Gesundheit umgegangen war. Es hatte Murrays Verständnis von Lunan nichts hinzugefügt. Der lange einsame Spaziergang hatte den Ausschlag gegeben. Er würde in die Stadt zurückfahren, eine Abhandlung schreiben, die sich ausschließlich auf die Analyse von Lunans Poesie beschränkte, und dann darüber nachdenken, was er als Nächstes zu tun gedachte.

Fergus hatte recht gehabt. Es ging um die Poesie. Das Leben war eine unselige Ablenkung von der Kunst. Man sollte den Namen des Autors aus allen Büchern tilgen und das Werk nach seinem Wert überdauern oder untergehen lassen. Scheiß auf die selbstgefälligen, besoffenen Wichser, die eine Laune der Gene in den Stand versetzt hatte, das Zeug zu fabrizieren, von dem er einmal glaubte, es offenbare ihm die Welt. Was ihn anging, so konnten sie sich ihre angespitzten Stifte in den Arsch schieben.

Wenn Fergus über Rachels »Hobby« Bescheid wusste, dann

war er ein Heiliger. Murray erinnerte sich an den Tag, als er die für seine Arbeit nötigen Bücher abgeholt und das Paar im Institut auf dem Gang getroffen hatte. Fergus' Hand, die sanft den Arm seiner Frau berührt hatte. Er an Fergus' Stelle wäre versucht gewesen, sie die Treppe hinunterzustürzen.

Murray kam der Gedanke, dass die Affäre mit Rachel seine Einstellung zu Fergus beeinflusst hatte. Fergus war ruppig und starrsinnig, das war unbestritten, aber mit seinen Handlungen hatte er immer richtig gelegen. Er hatte offen die Meinung vertreten, dass Murray seine Studie auf Lunans Werk beschränken sollte. Er hatte sogar mehr getan als nötig, als er ihn davor bewahren wollte, seine Zeit zu verplempern. Und es warf ein positives Licht auf den Professor, dass er seinem alten Freund Bobby Robb, ungeachtet dessen Fehler, eine Wohnung besorgt hatte.

Aber das spielte jetzt keine Rolle mehr. Bald würden sie keine Kollegen mehr sein, genauso wie er keinerlei Beziehung mehr zu Rachel hatte.

Vom Hügelkamm in seinem Rücken hörte er jemanden rufen. Murray drehte sich um und schaute hinauf zu der kleinen Gestalt, die gefährlich nahe am Rand des Kamms stand. Christie hob die Hand und winkte, obwohl sie gemerkt haben musste, dass er sie gehört hatte.

»Ja?« Murray ging ein Stück zurück, bis er sie besser verstehen konnte.

»Können Sie mir helfen? Ich stecke mit dem Wagen fest.«

Den Kamm konnte er nicht hinaufklettern, er war zu hoch und zu glitschig. Er folgte Christies Anweisungen und ging außen herum, bis der steile Hang flacher wurde und er den Weg fand, auf dem er hochgehen konnte. Schließlich sah er den roten Allradwagen, der, mit einem Rad tief im Matsch, halb auf, halb neben dem Kiesweg stand. Der Fußmarsch hatte ihn dreißig Minuten gekostet. Er schwitzte unter seiner wasserdichten Jacke, trotz des kalten Regens, der ihm ins Gesicht geweht hatte, seit er das windgeschützte Tal verlassen hatte.

Christie musste nach ihm Ausschau gehalten haben, denn sie stieg aus, als er näher kam, und stand stumm da, bis er die letzten Meter zurückgelegt hatte.

»Ich hab' es mit einem Stück Pappe unter dem Reifen versucht, aber ich hab mich nur noch tiefer eingegraben.«

Man hätte ihn für einen Automechaniker halten können, den man zur Pannenhilfe gerufen hatte. Jedenfalls eher als für einen Fremden, der ein oder zwei Meilen der Sintflut getrotzt hatte, um ihr zur Hilfe zu eilen.

Murray ging in die Hocke und schaute sich den Hinterreifen an. Er hatte sich in den weichen Matsch gewühlt. Christie hatte recht, sie hatte sich noch tiefer in den Erdboden gegraben. Er stand auf. Es war windiger hier oben, die Nässe blies aus allen Richtungen. Wenn er nicht so beschissen unangenehm gewesen wäre, hätte man dem Regen das Prädikat »spielerisch« verleihen können. Mit seiner Ausdauer schaffte er es, durch alle Kleiderschichten hindurch bis aufs Fleisch zu dringen.

»Ich versuche, Sie rauszuschieben. Wenn Sie die Kupplung ganz langsam kommen lassen, schaffen wir es vielleicht. Wenn nicht, dann laufe ich zurück und hole jemanden, der sie rauszieht.«

Christie nickte. Sie setzte sich wieder hinters Steuer und ließ die Tür offen. Murray stellte sich hinter den Cherokee, wartete, bis sie den Motor angelassen hatte, und schob dann so fest er noch konnte. Der Wagen war riesig. Seine Hände rutschten von der glatten Oberfläche ab, und er wusste sofort, dass der Wagen sich keinen Millimeter bewegen würde. Er roch die Abgase und merkte, dass das, was er da tat, gefährlich war. Er konnte ausrutschen, unter die breiten Reifen geraten und verstümmelt oder gar getötet werden. Murray fühlte Wut in sich aufsteigen. Warum hatte Christie ihn hier hochgerufen, anstatt ihn gleich Hilfe holen zu lassen? Aber er stemmte sich weiter mit aller Kraft gegen den Kofferraum des Panzers. Wie er befürchtet hatte, rutschte er immer wieder aus, weil seine Füße in dem Matsch keinen Halt fanden. »Die Kupplung sanft kommen lassen!«, rief er laut und traf gleichzeitig die Entscheidung, dass er Hilfe holen würde, sobald sie den Motor abwürgte. Aber dann spürte er eine kleine Bewegung. Seine Hände rutschten ab, aber sofort drückte er instinktiv wieder fest gegen den Kofferraum, weil er wusste, wenn er jetzt nachgab, dann war das Spiel vorbei, dann säße der Wagen endgültig fest. Dann machte der Cherokee einen Satz und zog sich mit einem lauten Schlürfgeräusch aus dem Schlammloch heraus. Matsch flog durch die Luft und bespritzte ihn von oben bis unten mit einem abstrakt-depressiven Muster à la Jackson Pollock. Murray stolperte und wäre gestürzt, hätte er sich nicht gerade noch mit einer Hand am Kofferraum abstützen können, bevor der Wagen auf den Kiesweg rollte.

Einen Augenblick lang glaubte er, dass Christie ohne ein Wort davonfahren würde. Aber dann bremste sie ab und lehnte sich aus dem Wagen.

»Danke.«

»Keine Ursache.«

Er suchte in seiner Jackentasche nach einem Taschentuch, fand aber keins und wischte sich die Brille an seiner Jeans ab.

»Wo wollen Sie hin?«

»Pete Prestons Hütte.«

»Steigen Sie ein. Ich nehme Sie bis zur Kreuzung mit, von da sind es nur noch ein paar Meter quer über die Weide.«

Murray schaute an seinem schlammbesprenkelten Körper hinunter.

Christie klang ungeduldig. »Keine Angst, die Kiste hat schon Schlimmeres gesehen. Außerdem habe ich heute anscheinend nicht meinen praktischen Tag. Könnte gut sein, dass ich mich nochmal festfahre.«

Murray warf ihr einen Blick zu, als er auf den Beifahrersitz kletterte, und glaubte den Anflug eines Lächelns zu erkennen.

Von dem hohen Beifahrersitz sah die Landschaft anders aus. Jetzt, da er den Kopf heben und sie betrachten konnte, ohne dass die Elemente auf ihn einprügelten, sah er, dass sie sich in einem vom Wind gepeitschten Moor befanden. Die baumlose Weite gab den Blick frei auf den unermesslichen Himmel. Murray hatte das Gefühl, als könnte es ewig so weiterregnen.

»Sind Sie einer von den Archäologen?«

Die Frage überraschte ihn. Er hatte sich auf eine schweigende Fahrt eingestellt.

»Nein, Wanderer.«

Christie nickte, als wäre es das Normalste von der Welt, sich bei Sturm in diesem verlassenen Winkel der Insel herumzutreiben. »Normalerweise treffe ich hier draußen niemanden«, sagte sie. Es war nicht klar, ob sie damit ihre Frage oder den Grund erklären wollte, warum sie sich zum Leben diesen einsamen Flecken ausgesucht hatte.

Christie beugte sich vor und wischte über die beschlagene Windschutzscheibe. Sie hatte das Heizgebläse aufgedreht. Nach der feuchten Kälte draußen war die Luft im Inneren des Wagens stickig. Beim Einsteigen hatte Murray die Kapuze zurückgeschlagen, jetzt machte er den Reißverschluss seiner Jacke auf, zog sich die Wollmütze vom Kopf und wischte sich damit sein nasses, verdrecktes Gesicht ab. Er fuhr sich mit der Hand durch die Haare. Seit den Sommerferien hatte er sie nicht mehr schneiden lassen, sie waren schon fast so lang, dass er sich einen Pferdeschwanz hätte binden können. Vielleicht fing er so an, der langsame Abstieg. Bis man einer von diesen Typen war, über die man sich früher immer gewundert hatte. Die Typen, die ihre Zeit zwischen den Zahltagen für die Stütze damit zubrachten, zwischen Buchmacher und Pub hin und her zu pendeln.

Er dehnte sein Rückgrat.

»Ich bin durch ein verlassenes Dorf gekommen, das ich auf keiner Karte gesehen habe.«

»Da haben früher die Arbeiter aus der Brennerei gewohnt.«

Einen verrückten Augenblick lang dachte er an eine Schnapsbrennerei und sah Tausende von Whiskyflaschen vor sich. Christie musste ihm seine Verblüffung angesehen haben, denn sie fuhr fort: »Sie standen neben den Öfen der alten Kalkbrennerei, als ich Sie gesehen habe. Damals im achtzehnten Jahrhundert waren da bis zu fünfzig Männer beschäftigt. Die Kalkförderung war die Ursache für die Karsttrichter. Man muss immer die Augen offenhalten. Sie tauchen urplötzlich auf, und es sind auch nicht alle verzeichnet.«

Eine Strophe aus der *Ballade vom Zuchthaus zu Reading* kam ihm in den Sinn.

*Der ungelöschte weiße Kalk*
*Frisst, dass es knackt und kracht,*
*Die Knochen nachts, das Fleisch am Tag,*
*Das nagt er sanft und sacht.*

Er fuhr sich mit der Hand übers Gesicht, wobei er die harten Bartstoppeln spürte, und sagte: »Hat man früher nicht Kalk zum Entsorgen von Leichen benutzt?«

Ihr Lachen klang wie ein abgehacktes Bellen.

»Ihr Gehirn schlägt ja morbide Kapriolen. Kalk war ein entscheidender Bestandteil von Mörtel. Jede Menge von diesen Mietskasernen und noblen Stadthäusern in Edinburgh und Glasgow würden nicht stehen, wenn es den Kalk von dieser kleinen Insel hier nicht gegeben hätte. Weshalb sind Sie hergekommen?«

Die Frage kam überraschend und fordernd.

Murray schaute sie an.

»Um Sie zu treffen.«

Christie Graves lächelte, und zum ersten Mal erahnte er etwas von ihrer früheren Schönheit.

»Sie haben mir diesen Brief geschrieben, richtig?«

Er nickte. Das spielte zwar alles keine Rolle mehr, trotzdem fragte er: »Woher wussten Sie, dass ich das war?«

»Dazu braucht man nun wirklich kein Meisterdetektiv sein. Als ich Ihre Anfrage in der Hand hatte, habe ich ins Netz geschaut. Ihr Foto steht auf der Website der Universität. Als ich Sie gestern im Laden gesehen habe, kamen Sie mir irgendwie bekannt vor, aber ich wusste nicht, wo ich Sie hinstecken sollte. Was ein Bart nicht alles ausmacht. Wie auch immer, als Sie gerade gesagt haben, dass Sie wegen mir hier sind, war mir alles klar. Ich werde nicht gerade überrannt von Besuchern.«

Sie hielt den Wagen an, ließ aber den Motor laufen. Murray griff zum Sicherheitsgurt, aber sie sagte: »Wir sind noch nicht da, ich wollte Ihnen nur zeigen, wo ich wohne.«

Den Hauptteil von Christies Haus bildete ein Cottage mit zwei Zimmern in dem für die alte Insel – das wusste Murray inzwischen – typischen Stil. Es war erweitert worden zu einem lang gestreckten Bungalow mit einem Panoramafenster an der Westseite, wo man an klaren Abenden herrlich sitzen und mit einem Glas Whisky in der Hand den Sonnenuntergang beobachten konnte. Die Straße, die vom Cottage wegführte, bestand zwar immer noch aus groben Steinen, aber sie war verbreitert worden und war ebener als der Weg, auf dem sie gerade noch gefahren waren. Der elegante schwarze Saab, der vor Christies Gartenzaun parkte, hätte darauf sicher problemlos fahren können.

»Sehr schön.«

»Haben Sie Angst im Dunkeln?«

Die Frage kam plötzlich und überraschend, wie alle ihre Fragen bis jetzt, und sie rief eine merkwürdige Erinnerung in Murray wach. Früher hatte er immer wieder den gleichen Traum geträumt: Er wachte auf, und seine Mutter stand in der Tür zu seinem und Jacks Zimmer. Ihre Silhouette war schattenhaft und verschwommen, aber unverkennbar. Am Anfang war der Traum wunderschön, der Anblick seiner Mutter und die Wellen der Liebe, die ihn unter seiner Bettdecke warm umhüllten. Aber dann begann er allmählich ihre ständige Eifersucht zu spüren, weil er und Jack am Leben waren und sich in ihre Betten einkuschelten, während sie kalt und tot in ihrem Grab lag. Und dann packte ihn die feste Überzeugung, dass sie gekommen war, um sie beide mitzunehmen. Manchmal war sein Bett nass gewesen, wenn er morgens aufwachte. Jahrelang hatte er bei brennender Nachttischlampe geschlafen. Jack schien das nie gestört zu haben. Vielleicht hatte er seine eigenen Albträume.

»Nein, Dunkelheit macht mir nichts aus.«

»Ich bin heute Abend zu Hause. Warum kommen Sie nicht nach dem Abendessen vorbei. Dann können Sie mir erzählen, worum es in Ihrem Buch geht.«

Murray fühlte sich, als würde ihm das Mark aus der Wirbelsäule gesaugt.

»Um Archie Lunan.«

»Ich weiß.«

Deshalb war er gekommen, aber jetzt war es zu spät.

»Ich habe meinen Plan geändert. Ich werde mich mehr auf Archies Werk konzentrieren als auf sein Leben.«

Sie hatten die Kreuzung erreicht. Christie hielt an und zog die Handbremse, ließ den Motor aber laufen. Die Schweibenwischer wischten weiter den Regen von der Windschutzscheibe. Sie wandte sich ihm ungelenk zu. Er erkannte jetzt, dass einige der Falten in ihrem Gesicht von den Schmerzen herrührten, und von der Erschöpfung, die damit einhergegangen war. Ihre Stimme jedoch strafte alle Leiden Lügen. Sie war sanft und gleichmütig – der Tonfall, den er selbst anschlug, wenn er einem begriffsstutzigen Studenten den Weg zu einem offensichtlichen Sachverhalt weisen wollte.

»Warum gebt ihr Männer immer so schnell auf?« Christie schaltete den Motor aus. Die Scheibenwischer blieben senkrecht stehen, und der Regen floss zu einer Wasserfläche zusammen, die den Blick auf den grauen Himmel und das grüne Gebüsch verzerrte. »Sie machen sich die Mühe, Kontakt mit mir aufzunehmen, dann kommen Sie her, um mich ausfindig zu machen, obwohl ich Ihnen geschrieben hatte, dass ich Sie nicht sprechen will. Jetzt will ich mit Ihnen sprechen, aber Sie wollen nicht mehr. Was ist passiert?«

Murray zuckte mit den Achseln.

»Ich bin zu dem Schluss gekommen, dass es sinnlos ist.«

Christie schnaubte verächtlich.

»Das ist alles? Aber irgendwas müssen wir ja tun, um die Zeit rumzubringen.« Sie seufzte. »Was wissen Sie über MS?«

Er hatte schon die Hand auf dem Türgriff gehabt, um auszusteigen. Aber jetzt, da Christie ihre Krankheit erwähnte, hatte er nicht die Kraft für eine solche Gefühlslosigkeit.

»Es ist eine langsame, auszehrende Krankheit, die die Nerven angreift.«

»Das kommt ungefähr hin. Außer dass sie die Membran angreift, die die Nerven schützt, und dass sie nicht immer so langsam verläuft. Wenn man Glück hat, dann kommt man mit jahrelangen Phasen der Remission davon, in denen nicht viel passiert. Wenn nicht, dann verfällt man so schnell, dass man im Rollstuhl landet. Oder es kommt noch schlimmer.«

Murray wollte nicht wissen, was das hieß, noch schlimmer. Er drückte den Türgriff hinunter und sagte: »Tut mir leid, das zu hören. Ich hoffe, Ihre Sorte bleibt in Remission.«

»Sie ist nicht in Remission.« Murray schaute Christie an, und sie nickte knapp. »Wenn Sie sich also gegen ein Gespräch mit mir entscheiden, dann seien Sie sich besser sicher. Um zweite Chancen zu gewähren, fehlt mir die Zeit.«

Er öffnete die Tür und stieg aus.

»Danke fürs Mitnehmen.«

»Ich lasse ein Licht an. Heute Abend oder gar nicht.«

Murray schloss die Wagentür. Er zog sich die Kapuze über den Kopf und ging den Weg hinunter zu seiner Hütte. Auf halbem Weg drehte er sich noch einmal um. Nur um sicherzugehen, dass sie gewendet hatte, ohne wieder im Matsch zu versinken. Sie war weg. Nur der Regen trommelte noch auf die Kreuzung.

# 26

Murray stieß die Tür der Hütte auf. Das letzte Stück seines Marschs hatte ihn ausgelaugt. Seine Zähne hatten auf eine Art angefangen zu klappern, von der er geglaubt hatte, das gebe es nur in Zeichentrickfilmen. Als er sich die Jacke auszog, stellte er fest, dass etwas nicht stimmte.

Das in der Mitte des Raums stehende Heizgerät glühte, obwohl er sich sicher war, dass er es ausgeschaltet hatte, bevor er gegangen war. Murray nahm die schwere Taschenlampe, die Pete ihm dagelassen hatte, und ging auf Zehenspitzen auf das zweite Zimmer zu, als sich knarzend dessen Tür öffnete.

Der Eindringling machte einen schnellen Schritt zurück ins Dunkle, hob die linke Hand schützend vors Gesicht und schlug mit der Rechten nach der Taschenlampe. Murray konnte sie nicht festhalten, sie knallte auf den Boden und schlitterte über die Holzbohlen.

»Großer Gott, Murray.« Professor Fergus Baine sah aus, als hätte er sich für seine allererste Jagdpartie ausstaffiert. Die nagelneue Barbourjacke glänzte, die Tweedmütze saß in verwegenem Winkel auf seinem Kopf. Er wischte sich einen unsichtbaren Fussel vom Revers und schaute Murray an, als sei er sich nicht sicher, was er da sah. »Alles in Ordnung?«

Murray zog einen Stuhl hinter dem Tisch hervor und setzte sich. Er stützte die Ellbogen auf und legte den Kopf in die Hände. Für jede andere Aktivität war er zu müde.

»Was machen Sie hier?«

»Ich war in der Nachbarschaft, also habe ich mir gedacht, ich schau mal vorbei.«

»Hier gibt's keine Nachbarschaft.«

Murray fing an zu lachen, aber die Kälte hatte ihn jetzt endgültig gepackt. Ein Zittern, das als Anfall hätte durchgehen können, verwandelte das Lachen in Husten. Er nahm die Mütze ab, zog sich den Pullover über den Kopf und fing an, sich mit seinem T-Shirt die Brust trocken zu rubbeln. *University of North Alabama.* Gott, das war schon eine Zeit lang her, damals, als noch alles möglich schien.

»Treu in der Liebe, kühn im Krieg. Nie gab es einen Ritter wie den jungen Lochinvar.« Fergus' Stimme triefte vor Sarkasmus. Er hob den Wasserkessel vom Campingkocher, schätzte das Gewicht des Inhalts und zündete dann das Gas an. »Sie müssen sich heiß abwaschen.« Er ging in den Schlafraum und kam mit einer Decke zurück. »Hier, wickeln Sie sich darin ein, bis das Wasser kocht.«

Murray schlang sich die Decke um die Schultern, zog Stiefel und Socken, dann die durchnässte Hose und Unterhose aus. Der Matsch war an einigen Stellen durch den Stoff seiner Kleidung gedrungen, kleine Brocken klebten auf seiner Haut. Fergus Baine schüttelte den Kopf.

»Was hat meine Frau bloß in Ihnen gesehen? Sie sehen aus wie Bobby Sands im Endstadium.« Der Kessel fing an zu pfeifen. Der Professor schüttete das kochende Wasser in einen Topf, holte eine Tasse Wasser aus der Regentonne vor der Tür und kippte es zum Abkühlen dazu. Er stellte den dampfenden Topf vor Murray auf den Tisch und legte ein Stofftuch daneben. »Hier.«

Murray griff nach der Flasche Malt, die auf dem Tisch stand, und versuchte, die Kappe abzuschrauben.

»Das brauchen Sie jetzt nicht.« Fergus nahm Murray den Whisky aus der Hand. Er füllte den leeren Kessel mit Wasser und stellte ihn wieder auf den Kocher. »Alkohol senkt die Körpertemperatur. Etwas Heißes ist allemal besser.«

»Ansichtssache.«

Murray fing an, sich abzuwaschen. Das Wasser wurde salzig und dreckig. Wenn er richtig sauber werden wollte, dachte er, müsste er eigentlich frisches Wasser nachkippen. Aber er tauchte weiter den Lappen in das Wasser und rieb sich von oben bis unten auf die halbherzige Art ab, wie ein Mann ein altes, aber wichtiges Teil einer Apparatur säubern würde, das ohnehin bald ersetzt werden musste.

Fergus hatte inzwischen aus den Kartons mit den Vorräten, die Pete in der Ecke abgestellt hatte, ein Glas Instantkaffee und eine Dose Trockenmilch herausgekramt. Er schüttete großzügige Portionen in zwei Tassen und goss sie mit heißem Wasser auf.

»Es geht mich ja nichts an, aber warum kampieren Sie hier am Ende der Welt in dieser Bruchbude?«

»Die anständigen Zimmer sind schon alle vom Fachbereich Archäologie belegt.«

Fergus stellte ihm eine Tasse mit dem starken Kaffee hin und blieb selbst mit der anderen Tasse in der Hand neben dem Tisch stehen.

»Sie wissen schon, dass die Archäologen, was deren Forschungsarbeit angeht, im Ranking deutlich schlechter abschneiden als wir? Außerdem haben die wesentlich weniger Studenten.«

Murrays Lachen lappte ins Hysterische.

»Das spielt hier draußen keine Rolle.« Er fing an, sich mit der Decke trocken zu rubbeln. »Woher wussten Sie, dass ich hier bin?«

»Ich hab' im Laden gefragt. Das ist das Zentrum des Insellebens. Auf jeder Insel.«

»Nein, ich meinte, woher wussten Sie überhaupt, dass ich auf der Insel bin?«

»Rab Purvis hat's mir erzählt.«

»Oh.«

»Schauen Sie nicht so deprimiert, das macht ihn noch lange nicht zum Verräter. Ich wollte Christie besuchen und hatte so eine Ahnung, dass Sie sich auch hier rumtreiben könnten. Also habe ich Purvis gefragt. Er hat nicht gewusst, dass ich Ihnen einen Besuch abstatten wollte.

»Fürsorgepflicht des Arbeitgebers?«

»Wenn Sie so wollen.«

Die beiden Männer schauten sich an. Murray wandte als Erster den Blick ab. Er hatte sich wieder in die feuchte Decke gewickelt. Jetzt stand er auf, ging in das andere Zimmer und zog sich einen Pullover und eine einigermaßen saubere Jeans an. »Sie haben mir erzählt, dass Sie Archie nur ein einziges Mal getroffen hätten.«

Mit einem Nicken gestand Fergus' seine Lüge ein.

»Je weniger Öl im Feuer, desto eher brennt es ab. Das hatte ich zumindest gehofft.«

Murray lehnte sich zurück und umschloss mit einer Hand die Kaffeetasse, deren Wärme ihm Trost spendete. Die Whiskyflasche hatte Fergus ins Regal gestellt. Murray dachte daran, sie herunterzuholen, konnte sich aber nicht aufraffen.

»Warum sträuben Sie sich so dagegen, dass Archie die Anerkennung bekommt, die ihm zusteht?«

Der ältere Mann hatte seine Mütze abgenommen, trug aber immer noch seine schwere Jacke. Das ausgezehrte, blasse Gesicht verlieh ihm die Aura eines bedeutenden Mimen.

»Lunan hatte etwas, eine Ader für Romantizismus könnte man sagen, der für Ihre Art Ansatz gefährlich ist. Segeln, wenn Sturm aufkommt, das war dummer Egoismus. Typisch Archie eben.« Fergus legte die Fingerspitzen aneinander und lehnte für einen Augenblick seine Stirn dagegen, als fürchtete er durch die Last der Erinnerungen die Fassung zu verlieren. Er massierte sich die Schläfen und schaute dann Murray an. Die sprühende Energie, seine scheinbar hervorstechendste Eigenschaft, war erlahmt, aber immer noch vorhanden – ein matt glänzender Punkt im Leuchten seiner Augen. »Kurz gesagt, ich habe geglaubt, dass Sie ein vielschichtiges Leben auf einen holzschnittartigen Bericht verkürzen würden. Naiver, aber talentierter junger Mann kommt in die Stadt, verliert sich in dekadentem Lebenswandel und wird für seinen Leichtsinn mit dem frühen Tod bestraft. Ich war der Meinung, dass das weder ihm noch Ihnen gerecht würde.«

»Sie haben den weiten Weg gemacht, um mir zu sagen, dass meine Arbeit scheiße ist, und behaupten obendrein, Sie täten das alles zu meinem Besten?«

Fergus hatte einen Volltreffer gelandet. Dass er das wusste, zeigte sein gönnerhaft spöttisches Lächeln.

»Ich bin wegen Christie hier. Ihre Beweglichkeit ist inzwischen so weit eingeschränkt, dass es nicht länger ratsam ist, hier zu bleiben. Es ist Zeit, dass sie eine Entscheidung darüber trifft, wohin sie gehen will.«

»Und bei der Entscheidung wollen Sie ihr behilflich sein?«

Fergus deutete mit einer knappen Kopfbewegung ein Nicken an.

»Manchmal hilft es, wenn man mit alten Freunden über solche Sachen spricht.«

»War Christies Krankheit auch ein Grund, warum Sie mich davon abbringen wollten, Archie Lunans Leben zu erforschen?«

»Nein. Wie schon gesagt, ich habe Ihr Vorhaben für im Kern mangelhaft gehalten.«

Murray nippte an seinem Kaffee. Er schmeckte bitter, aber er war heiß, und deshalb nahm er noch einen Schluck. Kurz schloss er die Augen. Als er sie wieder öffnete, stand der Professor immer noch vor ihm und schaute ihn an – auf der Hut wie ein Fuchs, der sich in die Großstadt verirrt hatte. Murray sagte: »Ich habe sie heute Morgen getroffen, auf dem Hügelkamm oberhalb der Kalkbrennerei.«

Aus Fergus' Stimme sprach keinerlei Besorgnis. »Überrascht mich, dass sie es bis dahin überhaupt schafft.«

»Ihr Wagen steckte im Matsch fest, ich hab ihr wieder rausgeholfen.«

»Glück für sie, dass Sie gerade in der Nähe waren. Bei so einem Wetter, wer weiß, wie lange sie da noch hätte warten müssen. So was könnte sie umbringen.«

»Sie will mit mir über Lunan reden. Ich soll sie besuchen.«

»Wann?«

»Spielt keine Rolle, ich gehe sowieso nicht hin.«

Fergus' Lippen umspielte wieder dieses spöttische Lächeln.

»Das ist die Gelegenheit, auf die Sie gewartet haben.«

Es war typisch für ihn, dass er seinen Sieg bis zum Letzten auskosten wollte.

Murray bemühte sich um einen ruhigen Tonfall und sagte: »Mit der Fähre morgen bin ich weg.«

Fergus nahm seine Mütze und setzte sie sich schief auf den Kopf.

»Ich glaube, das ist die richtige Entscheidung. Beschränken Sie sich auf die Gedichte. Ich sorge dafür, dass Sie jede Unterstützung des Fachbereichs bekommen.« Er schlug mit der flachen Hand auf den Tisch. »Wie wär's, wenn ich Ihnen ein Vorwort schreibe? Mit einer kurzen Reminiszenz an Archie. Könnte ganz hilfreich sein, seine Arbeit in den Kontext der Zeit einzubetten.«

Der Drang, ihm eine reinzuhauen, fuhr wie ein Stromstoß durch Murrays Körper.

»Ich weiß ja gar nicht, ob ich dann noch zum Stab des Fachbereichs gehöre.«

Fergus, der schon halb aufgestanden war, setzte sich wieder und warf Murray einen königlichen Blick zu. Der weise alte Löwe, der einem sprechenden Primaten einen Rat erteilt.

»Die Animositäten zwischen uns sind Geschichte. Rachel und ich fahren Ende nächster Woche nach Italien. Wenn wir zurück sind, meldet sie sich. Dann kommen Sie mal zum Abendessen vorbei. Das gehört alles der Vergangenheit an.« Er stand auf.

»Wenn Sie Ihr Gepäck zur Kreuzung hochschaffen, dann kann ich Sie morgen Nachmittag zur Fähre bringen.«

Er redete wie ein Vater, der seinem halbwüchsigen Sohn einen Gefallen tut.

»Ziemlich langer Weg, ein klein wenig zivilisierter als die Strecke, die Christie mit ihrem aufgemotzten Jeep zu nehmen pflegt. Ich bin mit dem Saab rübergekommen. Die Federung ist fabelhaft.«

Murray hatte sich nie für Autos interessiert. Jack war der gewesen, der immer ganz versunken seine Autoquartettkarten studiert hatte, der sich Marken und Modelle eingeprägt, Höchstgeschwindigkeiten verglichen und darüber fantasiert hatte, was er mal fahren würde, wenn er groß wäre. Der schwarze Saab, der vor Christies Cottage gestanden hatte, hätte Murray trotzdem auffallen müssen. Das Auto hatte sich in seine Erinnerung eingegraben. Die Eleganz, mit der es am Wasserspeicher an Rachels BMW vorbeigerauscht war, als sie von ihrem Rendezvous im Park nach Hause zurückgefahren waren. Er erinnerte sich, wie Rachel auf seine Knie gekrabbelt war, wie er ihre Bluse aufgeknöpft hatte. An seinen Schock, als sie die Innenbeleuchtung angemacht hatte, an das blendende Weiß des Spitzenstoffs, bis er das Licht wieder löschte, an den dunklen Schatten des anderen Wagens.

»Macht Ihnen das nichts aus?«, sagte er. »Sie mit Fremden zu teilen?«

»Mit Fremden, nein. Das gehört zu dem, was uns zusammenhält.«

Murray nickte, als hätte er verstanden.

»Haben Sie mir die E-Mail mit den Fotos geschickt?«

Fergus bedachte ihn mit einem frömmelnden Lächeln, der sanfte Hirte, der sich um ein Lämmlein aus seiner Herde kümmert.

»Ich dachte, es hilft Ihnen, über sie hinwegzukommen. Ich wusste, dass ich mich auf Ihre Diskretion verlassen konnte.

Murray schaute nach oben zu dem abgeschrägten Dach. Er sah ein Rinnsal Wasser an der Steinwand herunterlaufen. Es suchte sich den Weg des geringsten Widerstands, während es sich über die unebene Oberfläche der Steine nach unten bewegte. »Pete Preston nimmt mich mit seinem Traktor mit«, sagte er.

»Wie Sie wollen. Aber fahren Sie zurück nach Glasgow, da passiert Ihnen nichts, da bleiben Sie wenigstens trocken. Für uns Stadtvolk können diese Inseln ziemlich ungesund sein.«

»War Lismore ungesund für Archie?«

»Er ist hier gestorben. Ich dachte, Sie wussten das.«

Das alles hier war ein schlechter Witz. Murray hatte schon geglaubt, dass ihm seine Neugier abhandengekommen sei, aber er hörte sich fragen: »Fergus, wie war Archie damals?«

Der Ältere blieb an der Tür stehen und schaute sich im Raum um, als wollte er sich jede Einzelheit einprägen. Er zögerte. Einen Augenblick lang glaubte Murray, dass er die Antwort verweigern würde, aber dann fing er doch an zu reden, mit leiser und bedächtiger Stimme.

»Archie war verlottert, kein Sinn für Hygiene, mit einem Hang zum Suff. Wenn er nüchtern war, konnte man ihn nur schwer reizen. Wenn er aber einen intus hatte, was, wie gesagt, meistens der Fall war, dann schlug er ruckzuck zu. Er mochte Frauen, aber selbst nachdem er Christie getroffen hatte, war er immer noch der festen Meinung, dass sie ihn nicht mochten.« Fergus hielt inne, als müsse er sich erst überlegen, was er als Nächstes sagen wolle, dann fuhr er fort. »Bei Archie Lunan gab es keinen Haken, er war vollkommen arglos, immer. Wenn er dich mochte, mochte er dich. Er urteilte nicht, nie. Er ist der einzige Mensch, den ich je getroffen habe, bei dem ich die Wendung ›zu gut für diese Welt‹ unterschreiben würde. Wenn er es geschafft hätte, dem Alkohol abzuschwören, wäre er ein wunderbarer Vater gewesen.« Fergus schaute Murray direkt in die Augen. »Wissen Sie, was das Hauptproblem mit Archie war?«

»Nein, sagen Sie's mir.«

»Er hielt alle Menschen für genauso gut und genauso loyal wie sich selbst, und natürlich waren sie das nicht.«

Er lächelte wieder sein spöttisches Lächeln, aber diesmal sah er alt und ausgemergelt aus und war den Tränen nahe.

# 27

In Mrs Dunns privatem Wohnzimmer war es warm. Murray lehnte sich in dem mit Quasten verzierten Polstersessel zurück, der einst, so seine Vermutung, dem vor langer Zeit verstorbenen Mr Dunn vorbehalten gewesen war, und biss in ein Rosinen-Scone, das mit der selbst gemachten Marmelade bestrichen war. Archie, der Kater, räkelte sich wohlig vor dem Heizstrahler. Er schaute Murray mit glasigen Augen an, ließ den Kopf wieder auf den Teppich sinken und dämmerte ein.

»Nicht beeindruckt?« Murray beugte sich nach unten und zerzauste dem Kater das Brustfell. »Tja, da bist du nicht der Erste.« Er lehnte sich zurück und staunte über das Entspannungstalent der Katze. War Archie kastriert? Sich von allen Begierden lösen, vielleicht war das der Weg zur Zufriedenheit.

Als er Fergus gesagt hatte, dass das Buch für ihn erledigt sei, hatte er es ernst gemeint. Auch jetzt noch, da er in Mrs Dunns warmen Wohnzimmer saß und darauf wartete, dass sie ihm ihre Geschichte erzählte, war er sich sicher, dass er es nie schreiben würde. Er hatte es zu lange hinausgeschoben, seinen Besuch abzusagen, und jetzt kamen der Tee und das hausgemachte Gebäck einer Verpflichtung gleich. Murray schaute auf sein Handy, das neben ihm auf dem Beistelltisch lag. Mrs Dunn hatte ihm gestattet, es aufzuladen. Und während die Batterie Energie tankte, pulsierten die kleinen Balken auf dem Display.

Er hatte keine Ahnung gehabt, wie hungrig er gewesen war,

aber die Backkünste seiner Wirtin hatten in Murray einen Appetit entfesselt, der so grenzenlos war wie der eines kleinen Jungen beim Picknick der Sonntagsschule. Ihm fiel selbst auf, dass er schon ein Auge auf den Teller mit den Pfannkuchen warf, als er noch an seinem Scone kaute.

Mrs Dunn ließ ihr breites Hinterteil im Sessel ihm gegenüber nieder und schenkte ihnen Tee aus der großen Kanne nach, die auf dem niedrigen Tisch zwischen ihnen stand.

»Greifen Sie zu, Dr. Watson. Die werden sonst nur schlecht.«

Obwohl Murray bezweifelte, dass die Archäologen, die seine Bettstatt übernommen hatten, irgendwelchen Kuchen würden vertrocknen lassen, machte er sich seinen Teller voll und fragte: »Woher wussten Sie, dass ich nicht zum Wandern gekommen bin?«

»Ich bin mir nicht sicher, ob ich das jetzt noch merken würde. Sie sind ja ein richtiger Bergfex geworden inzwischen. Aber bei Ihrer Ankunft, da war Ihre Kleidung noch zu neu, und Sie haben mich nichts übers Wandern gefragt. Sogar die, die nicht zum ersten Mal kommen, fragen immer irgendwas. Wie der Untergrund ist, ob irgendwelche neuen Bullen auf den Weiden sind, so was.« Sie schaute hinunter auf ihre Körperfülle und zupfte sich einen Krümel Glasur von der Bluse. »Keine Ahnung, warum Sie mich überhaupt fragen. Ist ja nicht zu übersehen, dass ich kein großer Wanderer mehr bin.«

»Früher denn?«

»O ja.« Mrs Dunn nickte in Richtung des Hochzeitsfotos auf der Anrichte. »In der ersten Zeit auf der Insel, da habe ich es mit den Besten hier aufgenommen.«

Murray folgte ihrem Blick und sah einen dünnen Mann in Marineuniform Arm in Arm mit seiner schlanken, jungen Braut.

»Sie waren ein schönes Paar.«

»Ich bin nicht eingebildet, aber es stimmt, das waren wir tatsächlich.« Sie lächelte. Murray suchte in ihrem Gesicht nach dem

Mädchen auf dem Bild, konnte es aber nicht finden. Vielleicht erriet Mrs Dunn seine Gedanken, denn sie fügte hinzu: »Manchmal fällt es mir schwer zu glauben, dass wir das waren.«

»Haben Sie hier auf der Insel geheiratet?«

»In der St.-Mungo's-Kirche, hier an der Straße.«

»Aber Sie sind nicht hier geboren?«

»Ich dachte, das wäre nicht zu überhören, bei meinem Akzent. Ich bin aus Glasgow. Ich lebe erst seit der Hochzeit auf der Insel, die war 1970.«

»Dann waren Sie also schon hier, als Christie und Archie hergezogen sind.«

Mrs Dunn trank einen Schluck Tee.

»Ja.«

Er wartete darauf, dass sie weitersprach, aber sie stellte die Tasse auf die Untertasse und fing an, von ihrer Enkelin zu erzählen, die Archäologie in Dundee studierte. Murray aß Stück um Stück seinen Teller leer und versuchte, an den richtigen Stellen zu nicken.

Während der ersten Kanne Tee hatte Murray der Wirtin von seiner Biografie über Lunan erzählt. Jetzt waren sie schon bei der zweiten, und er wusste immer noch nicht mehr. Es spielte keine Rolle. Nichts spielte mehr eine Rolle. Er nippte an seinem Tee und hoffte, das Koffein würde seine Aufgabe erfüllen und ihn wach halten.

»Ein paar von den jungen Leuten hier haben richtig Feuer gefangen.« Mrs Dunn war jetzt in Schwung. »Die Archäologen gehen in die Schulen, wenn sie hier sind. Die brauchen immer Freiwillige, die ihnen bei den Ausgrabungen helfen, und manche bleiben dann eben hängen. Kirsty zum Beispiel. Natürlich kann keiner sagen, ob sie dabei bleibt, aber ein Abschluss ist ein Abschluss. Sie kann immer noch was anderes machen.« Die alte Dame strahlte. »Als wir jung waren, haben wir uns nie groß um diese alten Monumente gekümmert. Schrecklich, wenn man jetzt drüber nachdenkt. Aber damals haben die Bauern immer wieder Steinblöcke aus den Mauern des *Brochs* oder der alten Festung für ihre eigenen Trockenmauern hergenommen. Und wenn ein Megalith sie beim Pflügen gestört hat, dann haben sie ihn einfach umgerissen. Niemand hat sich was dabei gedacht.«

Murray glaubte, ganz schwach den scharfen Geruch versengten Fells wahrzunehmen, aber die Katze lag auf ihrem Läufer und rührte sich nicht. »Scheint sich ja ziemlich verändert zu haben im Laufe der Jahre«, sagte er.

Sie zog die Mundwinkel herunter, ihr Gesichtsausdruck sagte ja und nein.

»Die Insel sieht ziemlich genauso aus wie immer. Was andere Dinge angeht, ja, vieles ist verschwunden. Fernsehen haben wir erst seit 1979. Davor gab's fast jeden Abend irgendwo ein Ceilidh, wo man sich treffen konnte, zum Reden, Singen, Tanzen.«

Auf den Wangen der Wirtin schimmerte ein Hauch Rouge, der Lippenstift war sorgfältig aufgetragen. Murrays Bartstoppeln juckten. Er wunderte sich, dass sie sich die Mühe mit dem Make-up machte, wenn sie doch ohnehin niemand zu sehen bekam. Er richtete sich etwas auf und fragte: »Und den *Barralands Ballroom*, haben Sie den nie vermisst?«

Mrs Dunn lachte. Der leicht frivole Unterton in seiner Stimme munterte sie auf.

»Der Gemeindesaal konnte natürlich nicht mit einem federnden Tanzboden dienen. Aber damals war ein Ceilidh nicht automatisch eine Tanzveranstaltung. Miteinander reden, singen, das war eher der Normalfall. Gelegentlich ein kleines Schlückchen, aber nicht immer. Einfach in guter Gesellschaft sein.«

»Haben die Leute sich bemüht, dass Sie sich wie zu Hause fühlen?«

»Sie haben es versucht. Ich glaube, Sie haben sich gefreut, dass frisches Blut auf die Insel kam. Aber natürlich war es ziemlich hart am Anfang. Ich konnte kein Gälisch, und einige von den Älteren haben das immer noch gesprochen. Aus Höflichkeit haben sie in meiner Gegenwart englisch gesprochen, aber ich wusste, dass sie lieber in ihrer eigenen Sprache gesprochen hätten.« Als suchte sie Unterstützung bei ihrem toten Mann, schaute Mrs Dunn wieder zu ihrem Hochzeitsfoto. »Damals gab es auf der Insel nicht so viele Leute in meinem Alter, deshalb drehten sich viele Gespräche um die Vergangenheit. Um Brüder und Schwestern, die ausgewandert waren, um Alte, die gestorben waren.«

Murray konnte sich die rauchgeschwängerten Räume gut vorstellen: Die junge Frau, die Erfrischungen reichte, während die Älteren redeten und redeten und sich gegenseitig korrigierten, wenn es um die Details von Ereignissen ging, die für Menschen außerhalb ihres Kreises von keinerlei Bedeutung waren.

»Dann haben Sie überhaupt keine Ahnung gehabt, um wen es bei den Gesprächen ging.«

»Die Hälfte der Zeit hatte ich keinen Schimmer. Es dauerte eine Zeit lang, bis ich mitbekam, wie alt manche von den Menschen waren, über die sie sich unterhielten.«

Er spürte ein Kribbeln in seinem Nacken.

»Was meinen Sie?«

»Für sie waren die Vorfahren noch sehr real. Sie hielten ihre Erinnerungen in Wort und Musik am Leben. Die Zeiten änderten sich. Natürlich wussten sie das, aber die meisten glaubten nicht, dass es nötig ist, die Geschichten und Lieder aufzuschreiben. Vielleicht glaubten sie, dass sie ihre Kraft verlören, wenn wenn man sie zu Papier brächte.«

Die Katze rollte sich herum, um auch ihrer anderen Seite etwas von der wohligen Wärme zukommen zu lassen. »Und wie ist es jetzt?«, fragte Murray.

»Jetzt haben wir Fernsehen.« Sie nickte zu dem Apparat in der Ecke. »Ich bin genauso verdorben wie die anderen. Wenn es draußen dunkel und kalt wird, dann drehe ich die Heizung auf und stelle die Kiste an. Jetzt ist die einzige Möglichkeit zur Bewahrung der Vergangenheit die, dass wir sie aufzeichnen. Durch Kirsty und die Archäologen habe ich das verstanden. Ich bin keine Klatschtante, Dr. Watson.« Aus ihrem Mund klang der akademische Titel wie etwas Köstliches. »Ich habe meine persönlichen Ansichten vierzig Jahre lang für mich behalten, aber Sie sind ein Wissenschaftler. Wenn Sie glauben, dass irgendetwas von meinen Erinnerungen für Ihr Buch nützlich ist, dann erzähle ich Ihnen, was ich weiß. Viel ist das allerdings nicht.«

Mrs Dunn warf einen beifälligen Blick auf sein Aufnahmegerät. Murray beugte sich vor und drückte auf *Record*.

»Ich weiß, dass Sie erst viel später auf die Insel gekommen sind. Aber ich habe mich gefragt, ob Ihnen gegenüber irgendwer mal etwas darüber gesagt hat, wie Archie Lunan als Junge war, bevor er die Insel verlassen hat.«

»Mein Mann hat Lunan viele Jahre gekannt. Aber daran, wie er als Junge war, konnte er sich auch nicht mehr erinnern, außer dass er intelligent war und deshalb von den anderen Jungs gehänselt wurde.«

»Die anderen haben ihn schikaniert?«

»Das nehme ich an, aber John hat gesagt, dass Archie sich nach Kräften gewehrt hat. Tatsächlich war das das Einzige, was John immer über ihn gesagt hat. ›Der Bursche war ein harter Kämpfer, als er klein war.‹«

»Merkwürdig, auf einer Insel, wo die Vergangenheit eine so große Rolle spielte.«

Mrs Dunn nickte.

»Vielleicht, aber mein John hat Tratsch gehasst, und was die anderen Inselbewohner anging …« Sie machte eine Pause, als suchte sie nach den passenden Worten. »Ich glaube, da war Scham mit im Spiel, wegen seiner Mutter – oder besser, der Art, wie man sie hier behandelt hat. Sehen Sie, auf so einer Insel, da muss man sich gegenseitig unter die Arme greifen, ob man nun miteinander auskommt oder nicht, erst recht damals. Nach allem, was ich gehört habe, wollte Archies Mutter mit keinem richtig was zu tun haben. Sie hatte die Insel als junges Mädchen verlassen und war mit Archie zurückgekommen, da war er ungefähr drei. Keiner wusste, wer der Vater war, und sie hat auch niemanden aufgeklärt, obwohl sie sich Mrs Lunan nannte. Sie hat bei ihrem Vater gelebt, und als der gestorben ist, hat sie den Hof noch eine Zeit lang weitergeführt. Aber sie war sonderbar und wurde immer sonderbarer. Das muss sie auch selbst gewusst haben, denn als Archie ungefähr zehn war, ist sie mit ihm zu Verwandten nach Glasgow gezogen. Ich hatte den Eindruck, dass manche hier auf der Insel der Meinung waren, dass man sich mehr um die beiden hätte kümmern müssen. Sie haben nur widerwillig über Archie und seine Mutter gesprochen. Nicht so wie bei anderen, die die Insel verlassen hatten. Den Hof hat ein damals schon alter Onkel von ihr übernommen. Der war schon ziemlich lange tot, als Archie zurückgekommen ist.«

»Haben Sie ihn kennengelernt?«

»Archie Lunan?«

Murray nickte. Mrs Dunn wandte den Blick ab und schaute zu dem Heizstrahler, dessen drei Stäbe bernsteinfarben glühten.

»Nicht sofort. Wenn man es drauf anlegt, kann man sich auch auf unserer kleinen Insel leicht unsichtbar machen.«

»Und Archie hat es drauf angelegt?«

»Anscheinend. Sie waren im Laden und haben Vorräte gekauft. Jemand hat gesehen, wie er und Christie am Strand spazieren gegangen sind, jemand hat diesen schrägen Vogel mit der Narbe gesehen, wie er mit ihrem alten Lieferwagen runter zum Pier gefahren ist. Natürlich alles aus zweiter Hand, selbst gesehen habe ich sie nie. Also habe ich beschlossen, sie zu besuchen.«

Mrs Dunn stand auf und ging zu der Anrichte. »Sonst trinke ich keinen Alkohol. Nicht zu empfehlen, wenn man so ganz allein lebt, aber manchmal hilft es einem doch.«

»Als Medizin.«

»Sie sagen es. Möchten Sie auch einen?«

»Mit Vergnügen.«

Sie nahm eine Flasche Malt und zwei Gläser aus der Anrichte. Die Katze erhob sich und stolzierte aus dem Zimmer, mit hochgerecktem Schwanz, als wollte sie ihre Missbilligung über den Dämmerschoppen zum Ausdruck bringen. Mrs Dunn folgte der Katze in die Küche und kam mit einem kleinen blauen Wasserkrug zurück. Sie schenkte sich einen kleinen und Murray einen größeren Whisky ein und verdünnte den ihren mit etwas Wasser. Sie schob ihm den Krug hin, und er goss sich auch etwas Wasser ins Glas. Sie sieht müde aus, dachte er und betrachtete die Fotografien, die wie im Flur ihre Kinder zeigten. Kamen sie oft zu Besuch? Und was würden sie denken, wenn sie ihn mit ihrer Mutter am Spätnachmittag Whisky trinken sähen, während er ihr Fragen stellte, die sie unter ihrem sorgfältig aufgelegten Make-up erbleichen ließen?

»Sind Sie sicher, dass Sie jetzt über diese Dinge reden möchten? Wenn es Ihnen lieber ist, können wir auch morgen darüber sprechen?«

»Über manche Dinge spricht man besser nach Einbruch der Dunkelheit. Das habe ich gelernt, als ich die Alten bei ihren Ceilidhs beobachtet habe. Tageslicht verscheucht die Erinnerungen, die Nacht bringt sie zum Vorschein.« Mrs Dunn räusperte sich und fing an ihre Geschichte zu erzählen. »Als ich John geheiratet habe, war ich wahrscheinlich ziemlich naiv. Ich hatte einen Bürojob gehabt und kam aus Glasgow und hielt mich für ziemlich ›up to date‹ – ich dachte, ich hätte den ›vollen Durchblick‹, wie Kirsty sagen würde. Ich schätze, in den meisten Ehen kommt ziemlich bald der Zeitpunkt, da man sich fragt, ob man das Richtige getan hat. Ich glaube, bei mir war das der Fall, als ich mich auf die Suche nach Christie gemacht habe.«

»Sie wollten Christie treffen, nicht Archie?«

»Ich sehnte mich nach der Gesellschaft einer Frau in meinem

Alter. Nach jemandem, mit dem ich über Musik und die neueste Mode reden konnte. Auch wenn es gar keinen gab, für den ich so was hätte anziehen können, hat es mich doch noch interessiert. Über Archie Lunan habe ich mir keine Gedanken gemacht. Ich habe meinen Mann geliebt, trotzdem habe ich mich gefragt, ob es richtig gewesen war, hierher zu ziehen, ans Ende der Welt.«

Murray hob sein Glas und trank einen winzigen Schluck Whisky. Das Jod stach ihm in die Augen und brannte auf den spröden Lippen. Aber auf dem Weg nach unten war der Malt weich und warm. Er stellte das Glas auf den Tisch, obwohl ihm mehr danach war, das ganze Glas hinunterzustürzen und sich gleich den nächsten einzuschenken. »Was haben Sie gemacht?«, fragte er.

Mrs Dunns Stimme bekam eine nachdenkliche, entrückte Färbung.

»Ich habe mich in Rotkäppchen verwandelt. Ich habe einen Kuchen gebacken und bin damit durch den Wald gelaufen, bis ich die Wölfe getroffen habe. An dem Punkt stimmt das Märchen nicht. Wölfe streifen nie alleine herum, sie jagen im Rudel.« Lächelnd fing sie seinen Blick auf, als freute sie sich über ihren plötzlichen Gedankenblitz. »Archies Hof war keiner von den besseren. Sein Onkel war schon eine Zeit lang tot, als er da eingezogen ist. Haben Sie mal so ein altes Cottage gesehen?«

»Ich kampiere gerade in einem von Pete Preston.«

»Ja, richtig. Dann wissen Sie ja nur zu gut, wie die sind – nicht viel mehr als ein kleiner Stall, keine Isolierung außer der, die die Steinwände hergeben. Damals haben die Menschen mit Stroh und Holz improvisiert, mit allem, was sie in die Finger bekamen, nehme ich an.«

»Petes Hütte ist klein. Kann man sich kaum vorstellen, dass da eine Familie drin leben kann.«

»Offener Wohnbereich, ist alles nichts Neues. Alles spielte sich in dem einen Raum ab. Als ich hierher kam, lebte kaum noch einer so. Da waren nur noch ein paar von diesen *Black Houses* übrig. Wie gesagt, die waren zwar primitiv, aber sie konnten auch warm und gemütlich sein. Als ich den Hof sah, wo Christie lebte, erkannte ich, dass sie auch verdreckt sein konnten.«

Archie, der Kater, kam zurück ins Wohnzimmer, wobei er sich die Schnauze leckte, als hätte er gerade etwas besonders Erlesenes verspeist. Er streckte seine Vorderpfoten weit nach vorne aus, was die Länge seines Rückgrats unterstrich, und sprang dann auf Murrays Schoß.

Mrs Dunn schüttelte den Kopf.

»Sie sind doch nicht allergisch, oder?«

Er strich mit der Hand über das Fell der Katze. Archie fuhr die Krallen aus und grub sie durch den Stoff der Jeans in Murrays Fleisch. Die Katze schnurrte, während Murray versuchte, sich den Schmerz nicht anmerken zu lassen.

»Ich glaube nicht.« Sicher war er sich nicht.

»Ich kann mich an niemanden erinnern, der allergisch war, als wir Kinder waren.«

Murray fuhr wieder mit der Hand über das Katzenfell. Ihn faszinierte, wie jedes einzelne Haar in exakt die gleiche Position zurückfederte. Das Schildpattmuster brach auf und setzte sich dann wieder zusammen, ein geordnetes Universum.

»Wir sind weicher geworden.«

»Das würde ich nicht sagen. Aber manchmal, wenn man an früher denkt, kann man sich nur schwer daran erinnern, wie es früher war, wie wir waren. Es kommt einem vor, als schaute man auf jemand anderen. Das Mädchen, das damals auf das *Black House* zuging, hatte nichts mit der alten Dame gemein, die jetzt gerade vor Ihnen sitzt, und doch bin – war – das beide Male ich.«

Murray nickte. Der Mann, für den er sich gehalten hatte, hatte sich verändert, seit er Archie auf der Spur war.

»Ich bin mir nicht sicher, was ich erwartet hatte«, fuhr Mrs Dunn fort. »Jemanden, der ein bisschen wie ich war, nehme ich an. Eine junge Frau, der die Stadt fehlt, die aber so verliebt in ihren Mann ist, um auf eine Insel zu ziehen, wo es nicht mal ein Café gab, gar nicht zu reden von einem Kino oder Tanzlokal.«

Die Katze war eingeschlafen. Murray fuhr mit einem Finger einen schwarzen Streifen zwischen ihren Ohren entlang.

»Sie haben eine Freundin gesucht.«

»Ja, das könnte sein.« Die Wirtin trank einen Schluck Whisky, und als sie weitersprach, klang ihre Stimme wieder kräftiger. »Ich wusste nicht genau, wo der Hof lag, und damals konnte ich noch nicht Auto fahren. Aber wie ich Ihnen ja schon gesagt habe, beim Wandern konnte ich damals mit den Besten mithalten. Nach fünf Meilen bin ich erst richtig warm geworden. Egal, ich hatte jedenfalls nichts Besseres zu tun. John hatte auf einem Schiff angeheuert, um etwas Geld zu verdienen, für unseren Start auf der Insel. Er wollte, dass ich für die Zeit zu meiner Mutter nach Glasgow gehe, aber ich wollte nicht mehr Tochter sein. Ich war fest entschlossen, in unserem kleinen Cottage zu bleiben.«

»Aber Sie waren einsam.«

»Ja, sehr. Trotzdem, ich hatte mir in den Kopf gesetzt, das durchzustehen und das Beste aus der Situation zu machen. Und dazu gehörte der Entschluss, Christie zu besuchen.«

»Woher wussten Sie, dass sie zu Hause ist?«

»Das wusste ich nicht. Heutzutage macht keiner mehr einen Besuch, ohne vorher anzurufen. Aber damals hatten noch nicht viele Telefon, und Zeit war auch noch nicht so kostbar. Man schaute einfach vorbei, und wenn keiner zu Hause war, ging man eben wieder. Ich habe einfach meinen Kuchen in die Tasche gepackt und bin losgezogen.«

»Und war sie da?«

»Nein.« Mrs Dunn hielt inne und nippte an ihrem Glas. »Kurz bevor ich bei ihrem Cottage war, habe ich eine kleine Pause gemacht, um mich ein bisschen herzurichten. Es war ein warmer Tag und ich bereute, dass ich keine Wasserflasche mitgenommen hatte. Aber ich hatte dabei, was ich damals für wichtig hielt: Haarbürste, Puder und Lippenstift.« Sie schüttelte den Kopf, aber in ihrem Gesichtsausdruck zeigte sich kein Anzeichen von Belustigung. »Was habe ich mir gedacht? Ich wusste, dass sie Hippies waren, gepflegtes Aussehen hätte kaum Eindruck auf sie gemacht. Jedenfalls war ich proper hergerichtet und so bereit, wie man nur sein konnte für einen Antrittsbesuch, als plötzlich, wie eine Kugel aus einer Pistole, ein Mann aus dem Cottage geschossen kam.« Sie schüttelte wieder den Kopf über die Torheit ihres jüngeren Ichs. »Wenn er die Kugel war, dann war ich das Kaninchen. Ich blieb stocksteif stehen, meine Augen waren wahrscheinlich so groß wie fliegende Untertassen. Der Mann stolperte über ein Grasbüschel, fiel hin und landete direkt vor meinen Füßen. In einem Liebesroman wäre das der Beginn einer wundervollen Affäre gewesen. Jedenfalls habe ich mich genauso benommen wie eines von diesen dummen Mädchen aus den Geschichten. Ich stieß einen albernen Schrei aus und ließ meine Tasche fallen. Der Mann auf dem Boden fing an zu lachen, und ich fing auch an zu lachen, ob wegen des Schocks oder weil ich das lustig fand, weiß ich nicht. Er stand auf, überreichte mir formvollendet meine Tasche und fragte, ob ich auf eine Tasse Tee hereinkommen wolle.«

Murray beugte sich vor, wogegen die Katze Einspruch erhob, indem sie sich versteifte und ihre Krallen wieder ausfuhr.

Mrs Dunn sprach weiter. »Ich glaube, mir war damals schon klar, dass es besser gewesen wäre, sofort wieder nach Hause zu gehen. Aber drei lange Wochen waren meine einzige Gesellschaft nur die alten Menschen gewesen, die mich besucht hatten. Ich sehnte mich nach jungen Leuten – jungen Leuten aus der Stadt. Außerdem hatte ich eine ehrliche Ausrede. Ich hatte einen langen Fußmarsch ohne einen Tropfen Wasser hinter mir und fühlte mich schon ein bisschen schwindelig.«

Murray sah alles vor sich: Den heißen Tag, das Mädchen in seinem Sommerkleid, den jungen Mann, der vor ihr im Gras saß und zu ihr hochschaute. »War der Mann Archie?«

»Das dachte ich zumindest, obwohl sein Akzent vornehmer, ein bisschen englischer war, als ich erwartet hatte. Ich sagte, dass ich gekommen sei, um Christie meine Aufwartung zu machen, und fragte, ob sie da sei. Er lachte – er hatte ein freundliches Lachen – und sagte nein, aber sie würde bald zurückkommen. Ich dachte, was soll's, was kann schon passieren, und bin reingegangen. So fröhlich wie ein Mäuschen, das in der Falle gerade ein Stückchen Cheddar erspäht hat.« Mrs Dunn hielt inne. Ihr Blick ruhte auf dem Kassettenrekorder – als ob sie kontrollieren wollte, dass sich die Spulen noch drehten, oder sich in Erinnerung rufen wollte, warum sie ihre Geschichte erzählte. »Ich hatte noch nie so ein Haus gesehen. Es war nicht nur das Durcheinander. Meine Mutter hat immer hart gearbeitet, und wir waren zu sechst in einem einzigen Raum. Es war sauber, meistens jedenfalls, aber es war wahrlich kein wunderschönes Heim. Nein, es war das Fremdartige, das mich überwältigte.

Auf dem Tisch sah es aus, als hätte seit Tagen keiner mehr einen Teller abgespült. Zwischen all dem Geschirr stand irgendeine chemische Apparatur. Ein Laborglas, das an einem Metallständer über einem Bunsenbrenner hing und aus dem ein orangefarbener Schlauch herausschaute. Das Komische war, dass der Apparat gar nicht fehl am Platze wirkte, obwohl der Raum offensichtlich ein Ort war, wo Menschen aßen und schliefen. In der Schlafnische lag das Bettzeug halb auf der Matratze, halb auf dem Boden. Daneben, an einem Nagel in der Wand, hing ein zerknittertes Frauenkleid. Das weiß ich noch genau, weil ich nämlich dachte, dass man den Abdruck von dem Nagel sicher in dem Stoff sehen würde. Ich wollte hingehen und es glatt streichen, aber darüber hing noch ein Herrenhemd, dessen Arme um die Taille des Kleids zusammengebunden waren. Es sah aus wie ein Paar, das sich umarmt. Es stank in der Hütte – ein süßer Geruch, nach verfaultem Gemüse, ungewaschenem Bettzeug und Schweiß. Überall flogen Fliegen rum, auf diese grässliche Art immer im Kreis, als gehörte ihnen die Hütte, als wären die Menschen ein Stück von ihrem Revier, auf dem sie sich niederlassen könnten, wenn ihnen danach war.

Überall waren Bücher, so kam es mir jedenfalls vor, stapelweise, auf dem Tisch, auf den Stühlen, auf dem Boden. Mit stapelweise meine ich nicht ordentlich aufgeschichtete Türme. Eher wie eine Explosion von Büchern. Sie lagen überall herum, manche aufgeschlagen, als hätte man sie mitten im Lesen einfach weggeworfen.

›Wir haben Besuch‹, sagte der Mann, der mich hereingebeten hatte, und dann passierte etwas wirklich Schräges. Mitten aus dem Kuddelmuddel auf dem Tisch erhob sich ein Kopf und schaute mich an. Bei dem gigantischen Chaos war mir nicht mal aufgefallen, dass mittendrin ein Mann geschlafen hatte. Wie gesagt, bis dahin hatte ich nirgendwo anders gelebt als in Glasgow. Ich hatte schon jede Menge Männer mit Narben im Gesicht gesehen, aber die war wirklich kolossal.«

»Ein Colgate-Lächeln.«

Es war, als hätte Mrs Dunn vergessen, dass er ein Doktor der Literatur war. In ihrer Stimme lag ein warnender Unterton.

»Darüber, mein Sohn, macht man keine Witze.«

»Ich war letzte Woche auf seiner Beerdigung«, sagte Murray, als leiste er damit eine Art Wiedergutmachung für seinen Lapsus in Geschmacksfragen. »Die Zahl der Trauergäste hielt sich in Grenzen.«

Mrs Dunn nahm die leeren Kirchenbänke beiläufig nickend zur Kenntnis und fuhr mit ihrer Geschichte fort.

»Ich stand in der offenen Tür in einem Viereck aus Sonnenlicht. Ich spürte die Wärme auf meinem Rücken und hörte hinter mir das Zwitschern der Vögel, aber jenseits dieses kleinen Lichtstreifens lag eine andere Welt. Ein paar von den Geschichten und Liedern, die ich bei den Ceilidhs gehört hatte, waren wohl hängen geblieben, weil mir Geschichten von Menschen einfielen, die sich in den Feenhügeln verirrt hatten. Die Feen veranstalten ein fantastisches Fest: Es wird geschlemmt, getrunken und getanzt, und am nächsten Morgen zeigen sie ihrem Gast den Weg nach Hause. Aber als die arme Seele in ihr Heimatdorf zurückkommt, stellt sie fest, dass hundert Jahre vergangen und alle ihre Verwandten schon lange tot sind.«

Und Murray rezitierte: *»Als sieben lange Jahre waren vergangen wie im Flug, als der Kummer verstummt und die Hoffnung schon gestorben, als man kaum sich erinnerte noch Kilmenys Namen, da kehrte eines Tages im späten Dämmerlicht Kilmeny zurück nach Hause.«*

»Sie hätten sich gut gemacht bei den Ceilidhs, Dr. Watson. Ich habe mich selbst wie Kilmeny gefühlt. Ich war viel zu fasziniert, um nach Hause gehen zu wollen. Der mich draußen empfangen hatte, sagte: ›Wie wär's mit einer Tasse von deinem berühmten Tee, Bobby?‹ Und der andere springt auf, obwohl er gerade noch wie halbtot ausgesehen hat. Und plötzlich ist mir aufgefallen, dass die beiden noch junge Hüpfer waren, und ich habe mich über mich selbst geärgert, dass ich so eine hochnäsige Stadtzicke war. Ich glaube, davor hatte ich damals am meisten Angst, dass ich meine sogenannte Kultiviertheit verlieren und aus mir so ein kleines Landei werden könnte.«

Die Lampen im Wohnzimmer verströmten ein warmes Licht, und erst als Mrs Dunn aufstand und die Vorhänge zuzog, fiel Murray auf, dass die Welt draußen schon in Dunkelheit versunken war. Archie, der Kater, erhob sich auf Murrays Schoß, reckte den Schwanz in die Höhe und bot eine Frontalansicht des winzigen Arschlochs in der Mitte seines schlanken Hinterteils. Er sprang elegant auf den Boden. Mrs Dunn öffnete die Tür, und er schlüpfte mit seinem wie eine Sturmfahne senkrecht aufragenden Schwanz nach draußen.

»Wenn er hört, dass ich die Vorhänge zuziehe, dann weiß er, jetzt ist Zeit für seine nächtlichen Raubzüge.«

»Nachts winkt wahrscheinlich fettere Beute.«

»Bei manchen Sachen schon.«

»Es war ein heißer Tag, als Sie sich zu Christie aufgemacht hatten.«

Mrs Dunn zögerte. Sie schien sich nicht sicher zu sein, ob sie den Faden ihrer Geschichte wieder aufnehmen sollte.

»Wie in einem Backofen. Der Mann, den ich draußen getroffen hatte, stellte sich vor. Es stellte sich heraus, dass es gar nicht Archie war, sondern ein Freund von ihm …«

Murray wusste, welcher Name jetzt kommen würde. Trotzdem war es ein Schock für ihn, als sie ihn aussprach.

»Er hieß Fergus. Der andere, der mit der Narbe, war Bobby. Er kam mit dem Wasser zurück und sagte: ›War sowieso Zeit für einen frischen Aufguss.‹« Mrs Dunn nahm ihr Glas und stellte es auf die bestickte Zierdecke, die auf der Armlehne ihres Sessels lag. Sie schaute den Whisky an, als könnte sie in den lohfarbenen Tiefen der Flüssigkeit die Szene sehen. »Ich war nervös. Ich saß da mit zwei Männern zusammen, die ich nicht kannte. Auch wenn sie noch halbe Jungs waren. Aber die Tür stand offen, von draußen schien die Sonne herein, und so sagte ich mir: Entspann dich, du bist kein kleines Mädchen mehr! Es hat fast nur Fergus geredet. Auf dem Festland hätte ich mich gar nicht mit ihm unterhalten. Er war der Typ, den meine Freundinnen und ich nur ausgelacht hätten, ein bisschen versnobt, glaube ich. Aber es war schön, in Gesellschaft von Gleichaltrigen zu sein, auch wenn er nicht über Sachen redete, über die Leute meines Alters sonst so redeten.«

»Worüber hat er geredet?«

»Über Poesie, glaube ich. Sie dürfen nicht vergessen, dass ich inzwischen Gesellschaft gewöhnt war, in der ich nur die Hälfte von dem verstand, was gesagt wurde. Der andere, Bobby, stellte mir eine Tasse Tee hin. So einen Tee hatte ich in meinem ganzen Leben noch nicht gesehen.« Mrs Dunn hörte auf zu sprechen und schaute Murray an. »Sie wären sicher nicht so naiv gewesen, Dr.

Watson, wie ich es damals war.« Sie lachte leise. »Jetzt bin ich nicht mehr so naiv wie damals, aber das waren auch arglosere Zeiten. Ich nahm den Kuchen aus meiner Tasche. Es hätte sich nicht gehört, wenn ich ihnen nichts davon angeboten hätte. Jedenfalls hatte ich das Gefühl, dass ich unbedingt was Süßes bräuchte, um das Gebräu runterzukriegen. Und ich war fest entschlossen, es runterzukriegen. Erstaunlich, was man nicht alles aus Höflichkeit tut.« Mrs Dunn richtete sich in ihrem Sessel auf und strich ihren Rock glatt, obwohl nicht die kleinste Falte zu sehen war. »Die beiden hielten sich die Nase zu und tranken das Zeug auf einen Zug aus. Komischer Tee, dachte ich noch, aber Fergus sagte: ›Das ist ein Kräutertee, äußerst wirkungsmächtig, haben wir von Christie.‹ So hat er geredet. Aber ich dachte, was soll's, wenn er Christie taugt, taugt er auch für mich, und habe das Zeug runtergekippt.« Sie trank einen Schluck Alkohol, als wollte sie damit die Erinnerung an das grässliche Getränk verscheuchen. »Am Anfang war es herrlich. Drei Kinder und so viele Jahre später kann ich mich immer noch daran erinnern, was ich empfunden habe. Ich hatte nie etwas Ähnliches erlebt. Und die beiden machten sich über den Kuchen her, als hätten sie seit Tagen nichts Anständiges mehr gegessen.« Sie schaute ihm in die Augen. »Ein bisschen so, wie sie heute Nachmittag das Gebäck gegessen haben. Aber ich fand das so lustig, wie sie alles hinuntergeschlungen haben. Ich fing an zu lachen und konnte nicht mehr aufhören. Was aber keine Rolle spielte, weil die beiden auch dauernd lachten. Ich weiß nicht, wie lange wir so dagesessen und über nichts gelacht haben.« Sie trank wieder etwas Whisky. »Was dann geschah, geschah ganz langsam, so wie manchmal das Meer seine Farbe verändert. Es kann jetzt noch leuchtend blau sein, und dann, ohne dass man die Veränderung bemerkt hat, ist das Wasser plötzlich grau. Man schaut zum Himmel hoch und erkennt, dass sich alles verwandelt hat. Es könnte sich um einen völlig anderen Tag handeln, um eine völlig andere Welt, in der man sich befindet.«

Murray sprach mit ruhiger Stimme. Er war sich nicht sicher, was als Nächstes kommen würde.

»So ist das in Schottland.«

Mrs Dunn wandte den Blick von ihm ab und schaute zum Fenster mit den zugezogenen Vorhängen.

»Genauso kroch es ganz langsam in mir hoch. Ein Gefühl des Grauens. Und plötzlich hatte ich entsetzliche Angst.«

»Vor den beiden Männern?«

»Vor den Männern, dem Zimmer, meinen eigenen Händen, dem Gras draußen, dem Zwitschern der Vögel. Die Bücher hatten mich fasziniert. Jetzt sah ich sie als leuchtende Schatten, als kleine, in der Luft schwebende Diamanten, so blendend wie die bunten Kirchenfenster von St. Mungo's, wenn von draußen die Sonne draufscheint. Eigentlich etwas Wunderschönes, aber es war einfach zu bizarr. Ich hatte geglaubt, dass ich in unserem Cottage ohne John verrückt werden würde. Jetzt wurde ich es tatsächlich. Fergus und Bobby redeten immer weiter, aber ich hatte keine Ahnung worüber. Ich hatte den Eindruck, dass sie sich dauernd wiederholten, dass die Sätze sich überlappten. Ich glaubte, das gleiche Wort immer wieder zu hören, aber nicht das Wort davor oder die Worte danach.« Es hörte sich an wie ein weit entfernter Choral, als sie die Worte wiederholte.

*Opfer* *Rein*<br>
*Rein* *Weisheit*<br>
*Weisheit* *Opfer* *Transzendieren*<br>
*Weisheit* *Opfer* *Rein*<br>
*Rein* *Rein* *Tranzendieren* *Weisheit*<br>
*Transzendieren* *Weisheit* *Opfer*<br>
*Rein* *Weisheit* *Transzendieren*

»Ich hatte geglaubt, ich sei Rotkäppchen. Jetzt war ich Alice, die in den Bau des weißen Kaninchens gefallen war. Ich wollte fragen, ob das ein Gedicht sei, aber ich konnte nicht, weil noch schlimmer als die merkwürdigen Geräusche und die sich bewegenden Farben meine Angst war. Sie lähmte mich. Ich schloss die Augen, aber die Umrisse waren immer noch da. Sie setzten sich hinter meinen Augen zu Mustern zusammen. Hatten Sie als Kind ein Kaleidoskop?«

»Ja.«

»Ich nicht. Vielleicht waren sie noch nicht erfunden, oder sie waren damals für Leute wie uns zu teuer. Aber Jahre später hat meine Tochter Jennifer mal eins geschenkt bekommen. Ich habe kurz durchgeschaut, und sofort war mir, als würde mir schlecht.«

»Weil es genauso war wie ihr schlechter Trip damals?«

»Darüber brauche ich Ihnen wohl nichts zu erzählen, was?«

»Selbst habe ich nie Drogen genommen.« Das stimmte, abgesehen von einem Joint ab und an, der auf Partys rumging, am Anfang seines Studiums, zugesabbert von der Spucke der anderen. »Aber ich habe in Romanen jede Menge darüber gelesen. Hatten Sie irgendeine Ahnung, was da mit Ihnen passierte, oder was die Ihnen gegeben hatten?«

»Nicht die geringste.« Der Schrecken der Erinnerung dämpfte ihre Stimme. »Ich dachte, ich werde verrückt. Zu der Angst und den Visionen kam noch dazu, dass ich dauernd den Drang verspürte, mich zu übergeben, obwohl mir gar nicht schlecht war. Das kam erst hinterher.«

»Haben die beiden gemerkt, dass es Ihnen schlecht ging?«

»Anscheinend, weil ich Hände spürte, die mich festhielten. Aber wessen Hände das waren, weiß ich nicht mehr. Ich glaube, ich habe mich gewehrt. Ich erinnere mich dunkel, dass ich geschrien und um mich geschlagen habe und dass mich etwas oder jemand nach unten gedrückt hat. Und dann bin wieder weggedöst, ich weiß nicht, wie lange, ich war nicht wach, habe aber auch nicht geschlafen. Ich habe gebetet, dass ich nicht tot bin, weil, wenn ich tot gewesen wäre, dann wäre ich für alle Ewigkeit in diesem Zustand geblieben.« Sie hörte auf zu sprechen. Die einzigen Geräusche waren der draußen auf der leeren Straße heulende Wind und das Summen des Heizstrahlers. »Ein falscher Gedanke, weil dann nämlich in meinem Kopf diese unendliche Ewigkeit aufbrach, und das jagte mir schreckliche Angst ein.«

Ein Scheppern, das vom Fenster kam, ließ Murray zusammenzucken.

»Da ist nichts.« Mrs Dunn lächelte beruhigend. »Die Scheibe ist locker. Das muss ich unbedingt richten lassen.«

»Was glauben Sie, warum haben die Sie unter Drogen gesetzt?«, fragte Murray.

Mrs Dunn breitete ihre offenen Hände aus.

»Vielleicht glaubten Sie, dass es mir gefallen würde. Für sie war es ja angenehm. Ich nehme an, sie waren einfach dran gewöhnt. Aber vielleicht wollten sie mich auch demütigen.«

Murrays Stimme nahm einen scharfen, zornigen Klang an. »Damit haben sie nur sich selbst gedemütigt.«

»Möglich.« Mrs Dunn lächelte traurig. »Da war allerdings eine spezielle Sache, bei der ich immer noch, wenn ich dran denke, eine Gänsehaut bekomme.«

Sie nahm einen Schluck Whisky, und Murray fragte: »Nur eine Sache?«

»Nein, stimmt, immer wenn ich daran denke, kommt mir eigentlich der ganze Tag wie ein einziger Albtraum vor. Der lange Marsch in der glühenden Hitze; der Mann, der mir vor die Füße fällt und anfängt zu lachen; Bobbys Narbe; und am schlimmsten die Farben, die sich von den Büchern ablösten und vor meinen Augen schwebten, egal ob sie auf oder zu waren.«

Er wollte sie bitten, ihre Erinnerung ein bisschen zurückzudrehen und ihm zu erzählen, was ihr bei dem Vorfall am unangenehmsten gewesen sei. Aber sein Einwurf hatte sie abgelenkt, und sie fuhr mit ihrer Geschichte fort.

»Ich weiß nicht mehr genau, ob ich geschlafen habe. Jedenfalls kam ich Stunden später wieder zu mir. Es war völlig dunkel. Ich setzte mich auf und schlug dabei in der Schlafnische mit dem Kopf gegen die Decke. Einen Augenblick lang dachte ich, man hätte mich irrtümlich für tot gehalten und lebendig begraben. Ich hätte sicher geschrien, wenn ich nicht immer noch so eine Heidenangst gehabt hätte. Zwar nicht mehr so stark wie vorher, aber immer noch genug, um wie erstarrt dazuliegen.«

»Sie waren wie versteinert.«

»Ja.« Sie lächelte dankbar. »Das ist das passende Wort: versteinert. Aber ich konnte Stimmen hören, die von außerhalb der Dunkelheit kamen, von außerhalb meines Sargs, wie ich da noch glaubte. Ich streckte die Hand aus. Auf einer Seite stieß ich gegen Holz, aber auf der anderen Seite berührte ich Stoff, einen Vorhang, den ich zurückzog.

Draußen war es noch hell, aber das hatte nicht viel zu bedeuten. Im Sommer und so hoch im Norden konnte es fast bis Mitternacht taghell bleiben. Christie und Ihr Archie saßen mit den beiden anderen am Tisch. Weiß Gott, wie ich ausgesehen habe. Aber sie taten so, als sei das nichts Besonderes, wenn plötzlich aus dem Nichts eine Irre auftauchte. Vielleicht war es das auch nicht. Auf dem Tisch stand eine Flasche Schnaps. Fergus bot mir ein Glas an. Wie sie mich anschauten, als sei nichts passiert, das war fast so bizarr wie der Trip selbst. Es war ein lauer Abend, aber Christie hatte sich in einen riesig großen Mantel eingewickelt.«

Mrs Dunn schüttelte den Kopf. »Das Ding sah aus, als hätte sie es auf dem Paddy's Market aus einem Wühltisch gezogen. Und trotzdem hätte sie nicht eleganter aussehen können, wenn sie von Kopf bis Fuß in Designerkleidung gesteckt hätte. Da wusste ich, dass meine Annahme, ich könnte mit ihr bei Tee und Gebäck über die passende Rocklänge plauschen, idiotisch gewesen war. Christie war eine von den Frauen, die sich ihren eigenen Stil schaffen.

Sie schaute mich ohne eine Regung von oben bis unten an, drehte sich dann zu Fergus um und sagte: ›Lass sie in Ruhe. Siehst du nicht, dass sie schwanger ist?‹«

Murray fragte sich, warum sie das bis jetzt noch nicht erwähnt hatte. »In welchem Monat waren Sie?«

»Ganz am Anfang, ich wusste es selbst nicht.«

»Wie konnte sie es dann wissen?«

Mrs Dunn zuckte mit den Achseln, als sei das nichts Ungewöhnliches.

»Manche Frauen sehen so was. Aber natürlich war das ein Schock für mich. Der mit der Narbe lachte und sagte was in der Art: ›Als ob du dich da jemals drum geschert hättest.‹ Um die Zeit war ich schon wieder bei Sinnen und wollte nur noch weg und nach Hause.«

»Was hat Archie gemacht?«

»Nichts. Saß nur da, als hätte das alles nicht die Bohne mit ihm zu tun, was ja wohl auch stimmte, außer dass es sein Haus und seine Gäste waren.«

»Und keiner hat Sie nach Hause gebracht?«

»Fergus ist aufgestanden, aber Christie hat ihm gesagt, dass er sich wieder setzen soll. Sie sagte was in der Richtung, dass er doch wohl schon genug Schaden angerichtet hätte, und den Weg würde ich ja kennen. Dann stand Bobby auf, und einen grauenvollen Augenblick lang dachte ich schon, dass er mir anbieten würde, mich nach Hause zu begleiten. Aber sie sagte nur ›Und das gilt für dich erst recht.‹ Sie gehorchten, als wäre sie der Anführer ihrer Bande. Eigentlich hätte ich ihr dafür ja dankbar sein müssen, aber aus irgendeinem Grund mochte ich sie deswegen noch weniger. Ich war voller Vorfreude den weiten Weg marschiert, und diese Männer hatten mich missbraucht.«

Die Frage war ihm im Kopf herumgegangen, seit sie die groben Hände und die Schlafnische erwähnt hatte.

»Glauben Sie, dass sie Sie …« Murray hielt inne und suchte

nach dem passenden Wort, fand es aber nicht. »… als Sie in Trance waren, meine ich?«

»Ich erinnere mich an Gerangel und Geschubse, aber sonst, nein. Wenn mehr passiert wäre, hätte ich das gewusst. Es gibt Methoden, das festzustellen.« Der Satz glich einem unausgesprochenen Basta, als wollte Mrs Dunn damit klarmachen, dass gewisse Dinge zu diskutieren nur unter Frauen statthaft sei. Ihre Stimme hatte wieder die gewohnte Forschheit. »Tja, das ist alles. Hatte nicht viel zu tun mit Archie Lunan, außer dass so das Leben aussah, das er führte, und dass das die Menschen waren, mit denen er verkehrte, als er hier war.«

»Und kurz danach ist er ertrunken?«

»Einen Monat später. Von seinem Onkel war noch ein winziges Boot da. Kaum mehr als ein Ruderboot, auf das ein Segel montiert war. Zum Fischen ausreichend, aber nicht groß genug, um sich damit auf die offene See hinauszuwagen, selbst bei gutem Wetter.«

Murray fielen die spärlichen Zeitungsberichte ein, die er in der Bibliothek fotokopiert hatte.

»Und an dem Abend, als er raus ist, war es stürmisch.«

Mrs Dunn nickte.

»Ein bisschen wie heute Abend. Sie haben später vermutet, dass er Richtung Südostspitze der Insel gesegelt ist. Hat schon seinen Grund, warum sie da einen Leuchtturm hingebaut haben. Ein Paradies für Strandräuber, wie mein John immer sagte.« Wie auf ein Stichwort klatschte ein Regenschauer gegen das Fenster und ließ die lose Scheibe im Rahmen erzittern. »Keine angenehme Nacht für Archie da draußen.«

Murray holte tief Luft.

Mrs Dunn bemerkte seinen Blick und sagte: »Den Namen hat ihm mein ältester Sohn gegeben. Habe ich noch nie einen Gedanken daran verschwendet, dass er den gleichen Namen hat wie der arme Lunan.«

»Warum ›der arme Lunan‹?«

»Weil er noch so jung war.« Sie schaute zum Fenster und lauschte auf die Geräusche des Sturms. »Und weil er mit diesen Leuten zusammen war. Sogar in meinem Zustand konnte ich sehen, dass er den Boden unter den Füßen verloren hatte.« Sie schaute ihm in die Augen. »Bobby kam mir irgendwie verstört vor. Und Fergus? Nun ja, Fergus war auf eine Art leichtsinnig, aus der die Jungs irgendwann herauswachsen – wenn sie nicht vorher dabei draufgehen. Aber Archie …« Sie hielt inne und schaute zur Decke hoch, als suchte sie nach den passenden Worten. »Archie war auf eine Art attraktiv, wie es die beiden anderen nicht waren. Er schien irgendwie abseits zu stehen. Rückblickend bin ich mir nicht sicher, ob er kapierte, was da vor sich ging. Er hatte nur Augen für Christie. Ich weiß noch, wie er oft über den Tisch hinweg Christies Hand nahm. Sie ließ ihn gewähren, aber ich glaube nicht, dass sie ihn auch nur einmal angeschaut hat.«

»Waren Sie hier in der Nacht, als er ertrank?«

»Ja, lag friedlich im Bett, wie der Rest der Insel. Alarm wurde erst am nächsten Tag ausgelöst. Aber da hatte die Strömung seinen Körper schon abgetrieben.«

»Wer hat den Alarm ausgelöst?«

»Der Aalglatte, Fergus. Der hat nach ihm gesucht und war dabei auch im Laden. Gott weiß, was Christie glaubte, wo er war. Aber selbst sie ist wohl nicht auf die Idee gekommen, dass er in so einer Nacht segeln gehen würde. Es wurde natürlich eine Suchaktion gestartet. Aber ich glaube, die Leute wussten, dass sie nur noch nach einer Leiche suchten. Zwei Tage später haben Fergus und der andere die Insel verlassen. Ich hatte das gar nicht mitbekommen, aber es hatte Gerede über merkwürdige Vorkommnisse gegeben.« Sie lächelte. »Die alten Inselbewohner waren in meinen Augen vielleicht unkultiviert, aber sie wussten viel mehr, als sie vorgaben zu wissen. Viel mehr als ich jedenfalls. Man hatte den beiden Männern geraten zu verschwinden, wenn ihnen ihre Gesundheit lieb sei.«

»Und Christie?«

»Es gab Leute, die hätten es gern gesehen, wenn sie gleich mit verschwunden wäre, aber bei ihr lag die Sache anders. Sie hatte Verbindungen hierher, und obwohl am Anfang kaum einer mit ihr gesprochen hat, schien das Christie nie gestört zu haben. Ich wage zu behaupten, dass man auch sie hätte vertreiben können, aber sie blieb für sich allein. Und obwohl es Gerede darüber gab, dass sie sich um Mitternacht draußen herumtrieb und oft unten bei der alten Kalkbrennerei war, gewöhnten sich die Leute allmählich an sie. Ein paar freuten sich sogar, als ihr erstes Buch herauskam.«

Murray beugte sich vor.

»Was meinten Sie damit, als Sie sagten, sie hätte Verbindungen hierher?«

»Christies Mutter stammte von hier. Ich dachte, dass hätten Sie gewusst. Archie und Christie waren Cousin und Cousine.« Die Überraschung stand ihm wohl im Gesicht, denn Mrs Dunn lächelte. »Uns kommt das seltsam vor, aber ich bezweifle, dass das hier auf der Insel irgendwen gestört hätte, wenn sich die beiden anständig aufgeführt hätten. Diese Inselmenschen, die kommen viel rum. Schon damals war es nicht ungewöhnlich, dass Männer mehrmals den Atlantik überquert hatten. Aber es gab immer auch viele, die gleich in die Nachbarschaft eingeheiratet haben.«

»Dann ist das Cottage, in dem sie jetzt lebt …«

»Nach Lunans Tod in ihren Besitz übergegangen. Es heißt, dass sie viel daran gemacht hat. Das würde mich freuen. Ich selbst bin seit dem Besuch damals nie wieder dort gewesen.«

Sie hielt inne, und dann fuhr sie in dem gleichen bestimmten Tonfall fort, den ihre Stimme, wie ihm jetzt auffiel, immer dann annahm, wenn sie etwas Schwieriges zu berichten hatte.

»Ich habe noch in der Schlafnische gelegen. Ich war zwar angeschlagen, aber ich konnte verstehen, was sie sagten. Der mit der Narbe sagte: ›Das geht mit ihr. Kein Theater, nicht viel Blut. Ein schneller Stich ins Herz, aus und vorbei. Schmerzlos. Die ganze Energie freigesetzt und als Belohnung eine neue Dimension für sie.‹ Fergus lachte und sagte, was er da rede, sei ... das Wort werde ich nicht wiederholen. Dann sagte er: ›Was soll's, das spürt man doch, dass sie keine Jungfrau mehr ist, und das ist doch der Punkt, über den du dauernd schwadronierst, oder? Reinheit.‹ Christie blaffte die beiden an, sie sollten ihr Maul halten. Ich war ihr dankbar. Gleichzeitig aber gab ich ihr auch die Schuld. Das war vielleicht nicht logisch, aber ich war ja nur wegen ihr da.«

»Aber was sie gesagt hat, das stimmte, oder? Sie waren in anderen Umständen?«

»Ja.« Sie schaute wieder auf ihr Hochzeitsfoto und sagte dann: »Leider haben wir das Baby verloren. So was kommt eben vor, aber ich habe das, was da passiert war, mit der Fehlgeburt in Verbindung gebracht. Ich habe ihnen die Schuld gegeben, ich konnte nichts dagegen machen. Obwohl ich das selbst für Nonsens hielt.«

Sie saßen schweigend da, dann hörten sie, wie ein Schlüssel in die Haustür gesteckt wurde. »Das werden meine Archäologen sein«, sagte Mrs Dunn. »Würden Sie mich einen Augenblick entschuldigen, Dr. Watson? Die sterben sicher vor Hunger.«

»Und bringen jede Menge Dreck mit.«

»Wie Totengräber auf Nachtschicht. Sie stellte die Whiskyflasche auf den Tisch. »Bedienen Sie sich. Sie sehen aus, als könnten Sie noch einen vertragen.«

Murray hatte keine Ahnung, wie lange er geschlafen hatte. Er nahm sein Handy vom Beistelltisch und schaute auf das Display. Viertel nach sieben. Er war mindestens eine Stunde lang weg gewesen. Er steckte das Telefon in die Tasche. Sein Mund war trocken, das Glas stand noch genau da, wo er sich nachgeschenkt hatte. Er hob das Glas an die Lippen, kippte den Inhalt hinunter, stand auf und stieß dabei mit dem Bein gegen den Tisch, der fast umgefallen wäre. Mrs Dunn musste wohl von der Küche aus ein Ohr auf ihn gehabt haben, denn kurz darauf ging die Wohnzimmertür auf.

»Ich habe es nicht über mich gebracht, Sie zu wecken. Ich habe Ihnen was vom Abendessen aufgehoben.«

»Das ist sehr freundlich von Ihnen, aber ich muss noch wohin.«

»Sie treffen sich mit ihr, habe ich recht?«

»Das muss ich wohl.« Er zögerte. »Haben Sie je mit jemandem darüber gesprochen? Mit einem Fachmann, meine ich.«

»Im Leben, Dr. Watson, muss man nach vorne schauen.«

»Aber auch zurück.«

»Das ist wohl wahr. Aber wenn man klug ist, dann sucht man sich seine Erinnerungen aus. Ich habe nicht vor, mich damit noch einmal zu beschäftigen, jetzt, da ich es Ihnen erzählt habe.« Sie lächelte. »Sie sind mein Sündenfresser, Sie haben mich davon befreit.« Mrs Dunn nahm ein wattiertes Kuvert vom Dielentisch. »Das ist für Sie gekommen.«

Murray drehte es um und las auf der Rückseite Professor James' Adresse.

»Danke. Ein Band mit Gedichten. Da ist jemand der Meinung, dass mir die gefallen würden.«

»Sie scheinen ja jetzt schon vom Gegenteil überzeugt zu sein.«

Er schob das Kuvert ungeöffnet in die Tasche. »Leider bin ich nicht sonderlich scharf auf den Autor.«

»Tja, dann.« Mrs Dunn hielt ihm die Haustür auf. »Man kann nie wissen, vielleicht sind Sie ja doch überrascht.«

Murray dankte ihr und wandte sich zum Gehen. Er war schon draußen auf dem Weg, als sie ihn noch einmal zurückrief.

»Jamie, unser Postbote, hat mir erzählt, dass Sie gestern ziemlich flott unterwegs gewesen sind, Dr. Watson. Wissen Sie, unsere Straßen hier sind soweit ganz passabel, aber man muss schon aufpassen. Vor ein paar Jahren hatten wir einen üblen Unfall hier.«

»Davon habe ich gehört.«

Mrs Dunn nickte nur, als sei alles, was sie hatte sagen wollen, gesagt.

# 28

Der Wind, der gegen Mrs Dunns Fenster gehämmert hatte, hämmerte nun auf Murray ein. Ihm kam der Gedanke, dass das eine von diesen Nächten war, in der schlecht vorbereitete Wanderer vom Weg abkamen und an Unterkühlung starben. Er fragte sich, ob er umkehren sollte, stapfte dann aber doch weiter, mit gesenktem Kopf gegen den Wind, wie der namenlose gruselige Wanderer, dem es auferlegt ist, in der Welt herumzuirren.

Als wollten sie ihm verdeutlichen, wie weit er noch zu gehen hatte, sah Murray weit vor sich in den Straßenkurven immer wieder die Lichter eines Autos aufleuchten. Die Wärme von Mrs Dunns Wohnzimmer hatte der Wind weggeblasen. Er fing an, leise ein Lied vor sich her zu singen, das sein Vater in schlaflosen Nächten oft gesungen hatte, als er und Jack noch Kinder gewesen waren. Es war eine Ballade über das Leben eines Cowboys, über die Unmöglichkeit, jemals Liebe zu finden, und die Unausweichlichkeit eines einsamen Todes. Als Junge war es Murray manchmal so erschienen, als wäre Leid das Einzige, was er hatte. Er hatte sich daran geklammert und nicht gewagt, es loszulassen, aus Angst, sich selbst zu verlieren. Murray erinnerte sich daran, wie er die Spitze seines Zirkels langsam in seine Handfläche gedreht und sich so sein eigenes Wundmal gebohrt hatte. Das war albern. Alles. Das Leben und was man daraus machte. Albern.

Er hörte die Motorengeräusche eines Autos, sah die Scheinwerfer um die Kurve biegen und trat an den Straßenrand. Ein großer grauer Landrover tauchte auf, wurde langsamer und blieb neben ihm stehen. Der Fahrer kurbelte das Fenster herunter.

»Murray Watson?«

»Ja?«

Sein erster Gedanke war, dass Jack etwas zugestoßen und der Mann losgeschickt worden sei, um ihn ausfindig zu machen. Aber der Mann lächelte unter seinem Zottelbart.

»Springen Sie rein, ich nehme Sie mit.«

»Ich muss in die andere Richtung.«

Der Mann grinste. In dem schwarzen Bart und der dunklen Nacht glänzten seine Zähne wie die eines Seeräubers. »Die Insel ist klein. Kann ja nicht so weit sein, oder?«, sagte er.

Der Wind wurde wieder stärker und brachte frische Regenschauer mit. Murray lief auf die Beifahrerseite, machte die Tür auf und stieg ein. Der Fremde hätte auch ein Nachfahre von Sawney Bean sein können, der das kannibalistische Familiengeschäft wieder aufleben lassen wollte. Aber er bot ihm eine Mitfahrgelegenheit an, und Murray war gewillt, im Zweifel für den Angeklagten zu votieren. Er klickte den Sicherheitsgurt ein.

»Brav.« Der Fahrer trug einen derben Shetland-Pullover. Sein langes Haar war zu zwei Zöpfen geflochten, die von verschiedenfarbigen Gummibändern zusammengehalten wurden. »Weiter vorne ist eine Stelle, wo ich wenden kann.«

Murray glaubte, im Kieferngeruch aus dem Duftspender, den er immer mit langen Autofahrten und Reisekrankheit verband, einen Hauch von Marihuana zu riechen. »Danke, nett von Ihnen«, sagte er.

Der Fremde setzte den Landrover rückwärts in eine Feldeinfahrt, dann schaute er Murray an.

»Sie erinnern sich nicht an mich, stimmt's?«

Murray schaute in sein Gesicht. Eine Erinnerung regte sich, die sich aber gleich wieder verflüchtigte.

»Liegt vielleicht am Bart.«

»Sie sind selbst ziemlich zugewachsen.« Der Mann lachte. »Wahrscheinlich hätte ich Sie auch nicht erkannt, wenn Mrs Dunn Sie nicht erwähnt hätte. Sie steht auf Akademiker, unsere Zimmerwirtin.« Er streckte die Hand aus. »Jem Edwards. Sie hatten mal was mit Angela Soundso, richtig? Ich war im selben Jahrgang wie sie. Wir sind ein paar Mal zusammen aus gewesen.«

»Richtig. Als wir uns damals *The Fall* angeschaut haben, da waren Sie auch dabei.«

»Guter Gig.«

Murray nahm die ausgestreckte Hand und schüttelte sie. Jem sah älter und breiter aus, aber jetzt erkannte er ihn. Er hatte zu Angelas Archäologen-Team gehört. Gutmütiger Kerl, harter Trinker, mit Hang zum Wikinger-Outfit. Murray hätte ihn umarmen können.

»Sie haben Dudelsack gespielt, richtig?«

»Tu' ich immer noch. Aber inzwischen nicht mehr so oft auf Partys.« Jem wendete. »Also, wohin geht's? Hoffentlich zu einer winzigen Spelunke, wo es jede Menge schöner Frauen, guten Whisky und furchtlose Fiedler gibt.«

Murray lachte und ihm wurde bewusst, dass die herzliche Normalität des Archäologen ihn in die Hysterie treiben könnte.

»Leider nicht. Kennen Sie die Kreuzung auf den Marschwiesen oberhalb der Kalkbrennerei?«

»Ich kenne die Kalkbrennerei, da ist unsere nächste Ausgrabungsstelle, aber alles andere … da müssen Sie mich schon hinführen. Ach übrigens, was machen Sie eigentlich hier? Ihr Fach ist doch Geschichte, oder?«

»Englische Literatur.« Murray wischte einen Fleck Kondenswasser von der Windschutzscheibe. »Immer geradeaus, gleich hinter der Kirche kommt links eine Abzweigung.« Er lehnte sich zurück und erzählte Jem eine Kurzversion seiner Nachforschungen.

Sie begegneten keinem einzigen anderen Wagen. Trotzdem

fuhr der Archäologe langsam und glitt elegant durch die Kurven und über die Hügel. Sie passierten kleine Ansammlungen von Cottages, in denen hier und da ein erleuchtetes Fenster zu sehen war. Dann tauchten sie in die Dunkelheit der offenen Landschaft ein, wo die grellen Lichtkegel der Scheinwerfer tropfnasse Heckenreihen entblößten und schwankende Bäume, die aussahen, als wollten sie den Wagen in ihr Geäst hinaufreißen. Etwas, das ein Wiesel oder ein Hermelin gewesen sein konnte, flitzte vor ihnen über die Straße und verschwand im Unterholz. Links tauchte der massige Koloss von St. Mungo auf. Die Scheinwerfer leuchteten in den Friedhof, über die gebeugten Grabsteine und schlummernden Grabstätten. Jem bremste.

»Hier links?«

»Ja, jetzt wird die Straße miserabel.«

»Kein Problem, das ist ein Panzer.« Jem lenkte den Wagen auf den holperigen Weg und ihre Unterhaltung zurück auf Murrays Nachforschungen. »Diese Christie könnte also eine Schlüsselfigur sein?«

»Sie stand Archie in der interessantesten Phase seines Lebens sehr nahe.«

»Muss aufregend sein, wenn man mit jemandem sprechen kann, der die Person, über die man forscht, wirklich kannte.«

»Tja, Ihnen wird das wohl nie passieren.«

»Außer irgendwer erfindet die Zeitreise. Egal, das würde sowieso in einer Katastrophe enden. Man würde uns als Götter willkommen heißen, sechs Monate lang nur mit dem Besten vom Besten verwöhnen und dann dem Erntegott opfern.«

Die Kirche lag jetzt hinter ihnen und sie arbeiteten sich in höheres Gelände vor. Murrays Handy piepste und ließ ihn wissen, dass die Mailbox neue Nachrichten enthielt.

»Wollen Sie nicht nachschauen?«, fragte Jem.

Murray zog das Handy aus der Tasche. Der strenge weibliche Roboter, der die Kommunikation steuerte, sagte ihm, dass er drei neue Nachrichten habe. Er drückte *1* für *Abhören*, und in der nächsten Sekunde ertönte in seinem Ohr die Stimme seines Bruders, *Murray, ich* … Er drückte auf 7 und löschte damit die Nachricht, ohne sie abzuhören. Der nächste Anruf war ebenfalls von Jack. *Murray, du Arschpenner* … Er killte auch diesen, obwohl er annahm, dass sein Bruder die beleidigende Anrede als Kosewort gemeint hatte. Die letzte Nachricht war von Rab Purvis.

> *Murray, ich mach's kurz. Ich war auf einen Schluck mit Phyllida McWilliams im Fowlers. Scheint so, als wär sie in den alten Zeiten eine Busenfreundin von Professor James' Tochter Helen gewesen. Sie sagt, es gibt einen ganz einfachen Grund dafür, warum James nicht gut auf Fergus zu sprechen war. Er hatte Helen geschwängert und sich dann aus dem Staub gemacht. So was gehörte sich damals nicht. Die Arme musste eine Ausschabung über sich ergehen lassen. Laut Phyl hat Helen immer behauptet, dass da Gewalt im Spiel war, aber Phyl hat ihr das nie hundert Pro abgenommen. Sie sagt, Fergus war ein Charmeur. Sie selbst wäre nicht abgeneigt gewesen, ihn mal ranzulassen – kennst ja unsere Phyl. Alles in allem scheint die James-Familie guten Grund gehabt zu haben, auf Fergus sauer zu sein. So wie ich das sehe, solltest du alles, was die so erzählen, mit äußerster Vorsicht genießen. Tu' mir einen Gefallen und lösch die Nachricht gleich wieder, und Phyl sagt, du sollst auf keinen Fall irgendwem sagen, dass sie* …

Der Pfeifton schnitt die letzten Worte ab. Murray fiel ein, was James ihm gesagt hatte, als der ihn im *Broch* angerufen hatte: »Manche Menschen ändern sich im Kern nie, und zu denen gehört meiner Meinung nach Fergus Baine. Denken Sie dran, wie er jetzt ist, und Sie kennen ziemlich genau den Menschen von damals, als er und Lunan Freunde waren – und die beiden waren Freunde …«

James hatte recht gehabt. Die beiden Männer waren Freunde gewesen. Aber James hatte gleichzeitig unrecht. Fergus hatte sich unzweifelhaft verändert. Aus dem leichtfertigen Hippie, der Mrs

Dunns Tee mit Drogen aufgepeppt hatte, war ein weltgewandter Professor geworden. Dann dachte Murray an Rachel, an ihr leeres Gesicht, während sie sich durch ein Heer von Fremden gevögelt hatte, und fragte sich, ob James am Ende nicht doch recht hatte und Fergus Baine immer noch genau der gleiche Mensch war wie in jener Nacht, als Archie hinaus aufs Meer in seinen Tod gesegelt war.

»Alles in Ordnung?«, sagte Jem.

»Ja, bestens.« Murray sah sein Spiegelbild in der vom Regen blitzblank gespülten Windschutzscheibe und erkannte, dass er die Stirn gerunzelt hatte. Er zwang sich zu einem Lächeln. »Bei den Ausgrabungen, suchen Sie da nach etwas Speziellem?«

Die Zähne des Archäologen glänzten weiß.

»Ideal wäre natürlich, wenn wir einen oder zwei Körper ausbuddeln könnten.«

»Hört sich schauerlich an.«

»Im Grunde sind wir eine Bande von Leichenräubern. Die Chancen stehen ziemlich gut, dass sich auf dem Gelände, wo die Arbeiter der Kalkbrennerei ihr Dorf gehabt haben, eine historische Ansiedlung befunden hat. Offiziell suchen wir nach der Bestätigung, dass die Ansiedlung an dieser Stelle war. Aber wo Menschen gelebt haben, da finden sich normalerweise auch Körper, die man begraben hat. Der Torfboden da ist perfekt, um *Fleisch zu konservieren.*« Den letzten Worten gab er einen makabren Anstrich. »Unsere Vorfahren, die waren Spezialisten in Opferriten. Mein Traum wäre eine gemarterte Moorleiche, egal, ob Mann oder Frau. Da bin ich nicht wählerisch.«

Murray rezitierte: »Deiner entblößten, schwarzen Waben des Gehirns, deiner Muskeln Geflecht und deiner nummerierten Knochen.« Er riss sich zusammen und sagte: »Ich drücke Ihnen die Daumen, dass Sie über einen Mord oder einen Friedhof stolpern.«

Die Scheibenwischer bewegten sich schnell hin und her, aber der Regen war stärker. Das über das Glas strömende Wasser verzerrte die Sicht. Urplötzlich tauchte die Kreuzung vor ihnen auf und ein Straßenschild, von dem alle Ortsnamen unter dem dauernden Ansturm der Elemente verschwunden waren. Jem trat auf die Bremse. Murray wurde nach vorn gerissen und spürte, wie sich die Sicherheitsgurte strafften.

»Entschuldigung.« Das Lachen des Archäologen klang verlegen. »Aber die Kreuzung ist ja auch wirklich wie aus dem Nichts aufgetaucht.« Er wischte mit der Hand über die Windschutzscheibe und schaute auf das leere Schild. »Wohin jetzt?«

Murray rekonstruierte im Geiste kurz seine Fahrt mit Christie.

»Nach links.«

»Sicher?«

Er zögerte für den Bruchteil einer Sekunde.

»Ja.«

Jem schlug das Lenkrad ein.

»Unheimlich das Ganze. Herrgott, ich kann kaum sehen, wo ich hinfahre.«

»Scheißbedingungen für Ihre Arbeit.«

Jem senkte die Stimme und sang in clowneskem Bariton: »›Pitsch, patsch, rein in den Matsch, pitsch, patsch, raus aus dem Matsch.‹ Das wird ein Spaß werden, wie an der Somme.«

»Also, meiner Meinung nach nicht gerade die passende Jahreszeit, die Sie sich da ausgesucht haben.«

»Nicht nur Ihrer Meinung nach. Aber wir liegen ständig im Clinch mit den Industriearchäologen. Wir hatten läuten hören, dass die die Kalköfen im kommenden Sommer ausgraben wollen. Da haben wir ein paar von unseren Kontakten angezapft und dürfen vorher ran. Die Wettervorhersage lautete auf ›trockener Herbst‹, aber wie Sie sehen, war die Vorhersage scheiße.«

»Und, verschieben Sie das Ganze?«

»Und wenn der Himmel über uns zusammenstürzt, morgen sind wir draußen.« Jem lachte fröhlich. »Wir haben auf der ganzen Insel ein Dutzend Studenten gebunkert. Sie mussten mir versprechen, weder den Dorfladen leerzusaufen noch leichtsinnigerweise Drogen zu konsumieren oder Orgien zu veranstalten, was kaum zu machen sein wird, wenn ich sie nicht auspowern kann.«

»Geht das nicht ziemlich an die Nerven?«

»Nein, die meisten sind anständige Typen. In dem Alter waren wir doch genauso.«

»Ich meinte, Tote auszugraben.«

»Ich wünschte, es wär so, aber meistens ist das nicht sonderlich dramatisch. Wir buddeln Tonscherben aus, Knochen aus Abfallhaufen, ab und zu mal einen Kochtopf. Ein Skelett oder sogar ein Schädel, das ist schon eine Riesensache. Aber ich verstehe, was Sie meinen. Diese Menschen wurden gemäß ihres Glaubens und ihrer Rituale begraben, und dann kommen wir daher und stören ihre Totenruhe. Trotzdem, mir reicht eine einzige Überlegung für mein gutes Gewissen.«

»Und die wäre?«

»Wenn du tot bist, bist du tot. Du hörst die Schaufel ja nicht, wenn sie in die Erde fährt, um dich rauszuholen.«

Geradeaus tauchte ein blasses Licht auf.

»Ich glaube, das ist es.«

Jem fuhr langsamer.

»Sieht ziemlich runtergekommen aus. Nix für mich, und ich raube für meinen Lebensunterhalt Gräber aus.« Er zog die Handbremse an. »Soll ich warten?«

Murray setzte sich die Wollmütze auf und machte den Reißverschluss seiner Regenjacke zu.

»Nein, danke. Ich wohne nicht weit von hier, zurück kann ich laufen.« Der rote Cherokee stand in der Einfahrt. Erleichtert stellte Murray fest, dass von Fergus' Saab nichts zu sehen war. Er klopfte auf seine Jackentasche und fühlte das steife, schmale Bändchen, das immer noch in dem ungeöffneten Umschlag steckte, in dem es Professor James an Mrs Dunns Adresse geschickt hatte. Er dachte kurz daran, es einfach auf dem Autositz liegen zu lassen, ließ es aber, weil er den Verdacht hatte, dass Jem sich ein Bein ausreißen würde, um es ihm zurückzubringen. »Es war schon sehr nett von Ihnen, dass Sie mich überhaupt hergebracht haben.«

»Ach was. Ich langweile mich sowieso zu Tode.« Die spitzen Zähne versteckten sich im Bart, als der Archäologe das Gesicht verzog. »Passen Sie auf, wo Sie hintreten. Der Untergrund konserviert zwar gut, ist aber ein bisschen vertrackt.«

»Karsttrichter.«

»Genau.« Jem bedachte ihn mit einem Grinsen, dem zur Perfektion nur das Entermesser fehlte. »Scheint so, als wüssten Sie, was Sie tun.«

Murray erwiderte das Lächeln.

»Ihre Zuversicht hätte ich gern.«

Er sprang aus dem Landrover, schlug die Tür hinter sich zu, hob zum Dank eine Hand und lief durch den Regen zu Christies Haustür.

# 29

Murray stand unter Christies Verandalaterne und schaute zu, wie Jem den Landrover wendete. Der Archäologe hupte freundlich, und dann war er weg. Er fuhr zurück in die Wärme von Mrs Dunns rosa Fremdenzimmer. Vielleicht kontrollierte er auch seine Studenten, auf dass sie keine Schande über die ehrwürdige, inzwischen inselweit vertretene Institution brachten.

Die Lichter des Landrovers schimmerten in der Ferne, dann verblassten sie völlig, und es öffnete sich erwartungsgemäß die Haustür des Cottages. Christie war ganz in Schwarz gekleidet, mit Strumpfhose, Wollsocken und einem grob gestrickten, weiten Rollkragenpulli, in dem ihre schlanke Figur versank. In ihren Ohrläppchen steckten silberne Ohrstecker, ansonsten trug sie keinen Schmuck. Sie sah aus wie eine Tänzerin nach einer anstrengenden Probe: Ein modisches Outfit, zu dem nur der Gehstock nicht passte.

»Sie kommen früher, als ich erwartet hatte.«

Ihre Worte klangen leicht vernuschelt, die Art von Ungenauigkeit, die nach ein paar Drinks auftreten konnte.

Murray zog seine Kapuze herunter. Der Geruch von Holzrauch vermischte sich mit dem des fallenden Regens und der Feuchtigkeit, die aus der vollgesogenen Erde aufstieg. Es war ein altertümlicher Geruch. Der gleiche, den die ersten Inselbewohner, die vielleicht jetzt noch konserviert unter dem Torf ruhten, vor Jahrtausenden gerochen haben mussten.

»Soll ich noch eine Runde um den Block drehen?«

»Natürlich nicht.«

Sie lächelte Murray an. Ein Lächeln, in dem vielleicht ein Hauch Nervosität lag. Dann führte sie ihn durch die kleine Diele in einen hell erleuchteten Wohnraum. In der plötzlichen Wärme beschlug seine Brille. Murray öffnete die Regenjacke und wischte mit dem Schal die Gläser ab. Eine Art Prüfungskribbeln überkam ihn, ein Cocktail aus Aufregung und Angst, der in der unteren Magengegend rumorte.

Der Kontrast zwischen diesem Raum und Mrs Dunns überladenem Wohnzimmer hätte nicht größer sein können. Unter einer Giebeldecke öffnete sich ein weiter Raum, auf den Eichendielen lagen dicke Teppiche. Eine Wand bestand zur Gänze aus einem großen hölzernen Regal mit gebundenen Büchern. Er überflog die Buchrücken und suchte nach Ausgaben von Christies Romanen, fand aber keine. Vielleicht übersah er sie aber auch nur in der Menge der Bücher. Im rechten Winkel zum Bücherregal stand ein großer Schreibtisch. Der Stuhl war dem Raum zugewandt, damit die Aussicht sie nicht ablenken konnte. Gegenüber einem Kamin stand ein braunes Sofa, auf dem niedrigen Couchtisch davor stapelten sich ebenfalls Bücher.

Alles war einfach und gut durchdacht, ein Wohnbereich mit klaren Linien. Zu praktisch, um stilvoll, zu kühl, um vollkommen gemütlich zu sein. Das war der Ort, an dem sie mit Archie gelebt hatte. Murray versuchte sich vorzustellen, wie er damals gewesen war: Die chaotische Schlafnische, der verdreckte Tisch, die brummenden Fliegen. Aber er erkannte ihn nicht wieder, er war inzwischen zu zivilisiert.

Anders als Mrs Dunn hatte Christie die Vorhänge noch nicht zugezogen. Zwei Lehnsessel standen vor dem großen Panoramafenster und starrten hinaus auf das schwarze Moor. Auf dem kleinen Tisch zwischen den Sesseln lag eine dünne Aktenmappe. Christie ging zu den Sesseln, wobei ihm auffiel, dass das Hinken schlimmer geworden war. Das Bein war steif, als würden Muskeln und Knochen nicht mehr zusammenarbeiten. Die rechte Körperhälfte schwankte bei jedem Schritt.

»Ich glaube, hier können wir am besten reden.« Christie ließ sich ungelenk in einem der Sessel nieder. Murray zog die nasse Regenjacke aus, legte sie neben dem anderen Sessel auf den Boden und setzte sich. Im Fenster sah er ihre Spiegelbilder. Zwei ernste Gestalten in hohen Sesseln, wie eine alte Königin mit ihrem jüngeren, wilderen Gemahl. Er fragte sich, wie sie das aushielt, diesen Blick auf sich selbst, eingeprägt ins schwarze Nichts, wie ein flüchtiger Blick ins Fegefeuer. Aber Christie schaute nicht zum Fenster, sie schaute ihn an.

»Haben Sie sich absichtlich so gestylt … um wie Archie auszusehen?«

»Nein.«

Es hörte sich abwehrend an, so überrascht war er.

»Ich bin richtig erschrocken, als ich Sie im Laden gesehen habe. Aber jetzt, bei näherer Betrachtung, ähneln Sie ihm kein bisschen. Archies Gesichtszüge waren feiner, fast feminin.«

Dass ihn diese Aussage enttäuschte, verblüffte Murray.

»Haben Sie viele Fotos von ihm?«

»Einige. Vielleicht zeige ich Ihnen später ein paar.«

»Ich würde mich geehrt fühlen.«

»Die von ihm als kleiner Junge sind bezaubernd.«

Sie war wie ein grausames Kind, das ein Kätzchen quält.

Er beugte sich zur Seite und holte den Kassettenrekorder aus seiner Jackentasche.

»Stört es Sie, wenn ich unser Gespräch aufzeichne?«

»Ich fürchte, ja.« Ihm war vorher nicht aufgefallen, wie klein ihr Mund war. Ein Merkmal, das sie ihrer Schönheit beraubte. Sie verzog ihn, als wollte sie ein Lächeln abwürgen. »Bevor wir anfangen, möchte ich Ihnen noch eine Frage stellen: Was wollen Sie von mir?«

Murray beugte sich vor und drehte die Handflächen nach oben. Eine unbewusste, uralte Geste, die demonstrierte, dass man unbewaffnet war.

»Ihre Erinnerungen an Archie, wie er war.« Er hielt inne und sagte: »Woran Sie sich aus seinen letzten Tagen erinnern.«

Sie nickte. »Sonst nichts?«

»Sie haben gerade von Fotos gesprochen.« Seine eigene Stimme hörte sich für Murray an wie das aalglatte Geschwafel des Vertreters, der damals seinem verwitweten Vater eine Lebensversicherung angedreht hatte. »Ich würde es zu schätzen wissen, wenn Sie mir Gelegenheit gäben, einen Blick darauf zu werfen. Aber natürlich würde ich auch sehr gern alle anderen Notizen, Briefe oder Erinnerungsstücke in Zusammenhang mit Archie sehen.«

»Komisch, dass Sie ihn beim Vornamen nennen. Als ob Sie ihn kennen würden.«

»Ich habe nicht das Gefühl, dass ich ihn auch nur ansatzweise kenne.«

»Aber Sie haben sich in ihn verliebt?«

Sie hob die Augenbrauen. Eine antiquierte Geste, der er schon bei so manchen Akademikerinnen ihrer Generation begegnet war. Der Wunsch zu provozieren, als hätten die Jahre der Missachtung ihre Spuren hinterlassen.

»Ich liebe seine Gedichte.«

»Was würden Sie als Ihre wertvollste Beute betrachten?«

Murray schaute auf seine Schuhe.

»Die Entdeckung eines neuen Werks, und wenn es nur ein einziges Gedicht wäre.«

Christie lächelte. »Natürlich.« Sie lehnte sich zurück und schaute hinaus in die Dunkelheit. »Ich glaube, es ist nur recht und billig, wenn ich Ihnen mitteile, dass ich über meine Zeit mit Archie einen Text verfasst habe. Er wird, auch Auszüge daraus, erst nach meinem Tod veröffentlicht werden. Ich sollte Ihnen ebenfalls mitteilen, dass dieser Text von meiner Seite die einzige

Einlassung zum Leben und Sterben von Archibald Lunan sein wird.«

Murray klappte sein Notizbuch zu und steckte den Stift in den Spiralrücken. Sie hatte ihn kommen lassen, um klarzustellen, dass sie zu keinerlei Zusammenarbeit bereit war, nichts weiter.

»Ich danke Ihnen für Ihre Offenheit. Ich habe schon genug von Ihrer Zeit beansprucht.«

Christies Stimme klang weich und vernünftig.

»Sie müssen begreifen, Dr. Watson, dass Sie nur deshalb hier sind, weil Sie mir etwas zu bieten haben.«

Die Jacke lag neben ihm auf dem Boden, aber er hatte noch nicht die Hand danach ausgestreckt.

»Alles, was ich Ihnen anbieten kann, ist die Gelegenheit, Archies Werk einem größeren Publikum bekannt zu machen. Und die Möglichkeit, sein Vermächtnis zu sichern.«

»Nein.« Christies Blick war gelassen und ernst. »Also, Folgendes kann ich Ihnen anbieten.« Ihre Stimme wurde energischer. »In der obersten Schublade des Schreibtischs finden Sie eine Schachtel. Würden Sie die mir bitte bringen.«

Murray durchquerte den Raum, öffnete die Schreibtischschublade und sah eine weiße Plastikschachtel. Noch bevor er sie herausnahm, wusste er, dass sie Medikamente enthielt, und nicht die Papiere, auf die er gehofft hatte. Er brachte ihr die Schachtel.

»Danke.« Christie klappte den Deckel auf, und Murray blickte auf eine verblüffende Tablettenauswahl. Sie bemerkte seinen Blick und sagte: »Ein Vorteil, wenn man meilenweit vom nächsten Apotheker entfernt lebt, ist der, dass ich mehr oder weniger alle Medikamente verschrieben bekomme, die ich brauche.« Sie wählte vier Tabletten aus. »Neben der Couch steht eine Flasche Wasser. Würden Sie mir die bitte auch bringen?« Er tat wie gewünscht und stellte sich dann ans Fenster, während Christie die Tabletten nahm. Sie steckte sie sich einzeln in den Mund und spülte sie mit Wasser hinunter. Bei der letzten verschluckte sie sich, und Murray machte einen Schritt vorwärts, um ihr zu helfen, doch sie winkte ihn weg. Als sie wieder bei Atem war, fragte sie: »Was würden Sie tun, um in den Besitz meiner Erinnerungen an Archie Lunan zu kommen plus einer letzten, noch unveröffentlichten Sammlung mit Gedichten von ihm?«

Murray drehte sich zum Fenster, damit sie seinen Gesichtsausdruck nicht sehen konnte, aber sein Bild spiegelte sich in der Scheibe.

»Ich weiß nicht.«

Der nervöse Unterton, den er schon zuvor in Christies Stimme bemerkt hatte, war wieder da.

»Ich habe getan, was die Erpresser im Kino immer tun. Ich habe Ihnen ein Muster meiner Ware vorgelegt.«

Murray wollte ihr ins Gesicht schauen, blieb aber, wo er war, und starrte in die Dunkelheit, wo er außer dem Spiegelbild des Zimmers und dem außen an der Scheibe in Rinnsalen hinunterlaufenden Regen nichts sah.

»Ein Gedicht von Archie?«

»Nein, die Gedichte sind woanders.« Sie nahm ein Blatt Papier aus der Mappe, die auf dem Tischchen zwischen den Sesseln lag, und gab es Murray. »Sie haben drei Minuten, um es zu lesen. Ich glaube, das dürfte für einen Doktor der Englischen Literatur mehr als ausreichend sein.«

»Was wollen Sie?«, fragte Murray.

»Lesen Sie erst, dann sage ich es Ihnen.«

Er nahm das Blatt und fing an zu lesen.

*Archibald Lunan und Christina Graves wurden im Abstand von drei Jahren von zwei sehr verschiedenen Schwestern geboren. Archies Mutter Siona Roy verließ Lismore im Alter von sechzehn Jahren und nahm eine Stelle als Mädchen für alles in einem Hotel in Inverness an. Der Kriegsausbruch war für Mädchen wie sie ein Segen. Sie zog 1939 nach Glasgow und wurde ein »Wellensittich« in einer der großen Mu-*

*nitionsfabriken. Archie kam ein Jahr nach Kriegsende zur Welt. Mrs Lunan, so nannte sich Siona, ließ nie etwas über die Umstände von Archies Geburt verlauten, aber seine Ankunft veranlasste sie zur Heimkehr auf den kleinen Hof ihres Vaters.*

*Das Leben in Schottland sollte sich im folgenden Jahrzehnt stark verändern, dennoch lebten viele Kleinbauern noch weitgehend so wie ihre Vorfahren. Ihre Cottages heizten sie mit dem Torf, den sie selbst stachen. Licht spendeten Petroleumlampen. Sie bauten Feldfrüchte an, buken ihr eigenes Brot und sammelten angeschwemmtes Treibholz. Manche, wie Archies Mutter, holten das Wasser zum Kochen und Waschen von Bächen und Brunnen.*

*Für einen kleinen Jungen war die reiche Pflanzen- und Vogelwelt der Insel ein Paradies. Aber Siona, die den Kameradschaftsgeist des vom Bombenkrieg zerrissenen Glasgow erlebt hatte, mag es wie ein Gefängnis vorgekommen sein. Wer könnte ihr vorwerfen, dass sie nach dem Tod ihres Vaters zehn Jahre später in die Stadt zurückkehrte?*

*Vielleicht ist Siona schon immer ein labiler Charakter gewesen, vielleicht waren es aber auch die Jahre der Schinderei auf dem Hof ihres Vaters, die sie aus dem Gleichgewicht brachten. Oder es waren die Rückkehr in die Stadt und die Einsamkeit, die sie dort erfahren musste, die wie Katalysatoren wirkten. Was auch immer die Gründe für ihre sich verschlechternde psychische Verfassung waren, jedenfalls gibt es bis zu dem Zeitpunkt, als sie und ihr Sohn nach Glasgow zurückkehrten, keine Hinweise darauf.*

Murray schaute von dem Blatt Papier auf. Christie lächelte ihn an. »Interessant?«

»Ja.« Er fragte sich, ob man seinem Gesicht die Gier ansah. »Haben Sie noch mehr?«

»Jede Menge.«

»Und das hier ist alles, was Sie mir verraten wollen?«

»Von seiner Kindheit, ja, vorerst.« Christie griff nach der Mappe, zog ein zweites Blatt heraus und hielt es ihm hin. »Hier.«

Er nahm es und las weiter.

*1969 war Edinburgh noch eine kleine Stadt, und Archie und ich sind vielleicht jeden Tag aneinander vorbeigelaufen, ohne es zu wissen. Auf der Straße hielt ich Ausschau nach ihm. Ich wollte diese ›Frucht der lästerlichen Tat‹, vor der meine Mutter mich so oft gewarnt hatte, unbedingt kennenlernen. Schließlich fing ich an herumzufragen, entdeckte sein Stammlokal und überredete eine Freundin, mit mir dorthin zu gehen. Später wurde ich Stammgast in solchen Lokalen, aber damals bin ich zum ersten Mal in einer Arbeiterkneipe gewesen.*

*Die Schankstube wurde von einer einzigen nackten Hundert-Watt-Birne erleuchtet, der Boden war mit Sägespänen bedeckt. Obwohl wir uns nie vorher gesehen hatten, erkannte ich Archie sofort. Er hing zusammengesunken an der Theke und war so betrunken, dass er den Alkohol auszuschwitzen schien. Archie war ein gut aussehender junger Mann. Aber wenn er trank, wurden seine Züge schlaff und der intelligente Gesichtsausdruck ging verloren. Außerdem benahm er sich wie ein Schwachkopf. Er umarmte einen Mann und beschimpfte ihn, noch während sein Arm um dessen Schultern lag. Er flirtete wie ein Idiot mit einer Kellnerin und schmiss Runden für Fremde, die ihn auslachten. Ich sagte zu meiner Freundin, dass ich mich geirrt hätte, und ging wieder, ohne ein Wort mit ihm gesprochen zu haben.*

*Eine Woche später setzte er sich in der Bibliothek der Universität mir gegenüber an den Tisch und fing an, Baudelaires ›Blumen des Bösen‹ zu lesen. Ich konnte nicht aufhören, ihn anzuschauen. Schließlich nahm ich all meinen Mut zusammen und sprach ihn an. Später stellte ich fest, dass Archie schüchtern war, wenn er nicht getrunken hatte. Er lud mich auf einen Drink ein, aber ich überredete ihn, mit auf meine Bude zu kommen. Wir redeten die ganze Nacht, und als die Sonne aufging, gingen wir zusammen ins Bett.*

Murray schaute von dem Blatt auf und sah, dass sich auf Christies kleinem Mund ein Lächeln ausbreitete.

»Sie sehen schockiert aus. Wir waren Cousins, nicht Bruder und Schwester.«

»Ich bin nicht schockiert. Aber ich will wissen, was dann passierte.«

»Nachdem wir zusammen im Bett waren?«

»Nein.« Er zwang sich zu einem Lächeln. »Danach.«

»Danach verbrachten wir fast unsere gesamte freie Zeit zusammen. Ich merkte bald, dass ich ihn nicht dazu bringen konnte, mit dem Trinken aufzuhören. Also habe ich gelernt mitzutrinken.«

»Wenn du sie nicht schlagen kannst, dann schließe dich ihnen an?«

»Der Alkohol war seine Frau, ich war nur seine Freundin.«

»Während der Zeit, als Sie ihn kannten, hat er da viel geschrieben?«

Christies Gesicht nahm einen Ausdruck an, den er schon bei anderen Interviewpartnern bemerkt hatte. Ihr Blick wurde verträumt, als schaute sie zurück in die Vergangenheit.

»Außer Trinken war das das Einzige, was er tat. Als wir uns kennenlernten, war Archie an der Universität eingeschrieben. Aber die einzigen Veranstaltungen, die er besuchte, waren meines Wissens nach Vorlesungen über Poesie. Er benutzte natürlich die Bibliothek, aber nur für seine eigene Lektüre. Morgens hing er in seinem Morgenmantel herum, trank Bier und las Krimis oder Science-Fiction. Mittags ging er runter ins Pub auf ein Bier und einen Happen zu essen. Dann streifte er entweder durch die Secondhand-Buchläden in der Gegend oder ging wieder auf sein Zimmer und schrieb. Abends, so gegen neun Uhr, ging er wieder aus dem Haus.«

»Wovon hat er gelebt?«

»Archie hatte Glück gehabt. Seine Mutter war gestorben und hatte ihm etwas Geld hinterlassen.«

»Seltsame Definition von Glück.«

»Meinen Sie? Ich jedenfalls war schrecklich neidisch.«

Er ignorierte den spielerisch provokanten Unterton in ihrer Stimme und fragte: »Haben Sie auch geschrieben damals?«

»Damit habe ich erst nach Archies Tod angefangen. Ich hatte das Gefühl, als wäre in meinem Inneren eine neue Quelle aufgebrochen, es sprudelte nur so aus mir heraus.« Sie griff wieder nach der Mappe. »Der letzte Auszug.«

Als Murray das Blatt nahm, fiel ihm die Seitenzahl auf: 349. Die Vollständigkeit von Christies Memoiren hätte ihn zu Beginn seiner Nachforschungen vielleicht deprimiert, aber inzwischen spielte es keine Rolle mehr, ob sich sein eigenes Buch als überflüssig erweisen würde. Es existierten neue Gedichte. Der Gedanke berauschte ihn.

*Vielleicht wäre Archie nie mehr auf die Insel zurückgekehrt, wenn ich nicht den Vorschlag gemacht hätte, aber er war sofort begeistert. Damals waren wir ein Trio plus eins. Dieser Vierte, Bobby, war lebenswichtig für unsere Gruppe. Er war der Renfield für unseren Dracula. Wir dachten, er sei harmlos.*

*Damals wollte man eine neue Gesellschaft, das ideale Gemeinwesen, Kommunen. Eigentum war Diebstahl, Eifersucht bourgeois und jeder über dreißig verdächtig. Wir sind losgezogen mit den Taschen voller LSD und Herzen voller Idealismus. Aber es stellte sich bald heraus, dass das Cottage zu klein für vier Erwachsene war, und die phasenweise Übelkeit, die ich in Glasgow schon überwunden hatte, kam mit voller Wucht zurück.*

*Auch Archie war seine Krankheit auf die Insel gefolgt. Es gab kein Pub hier. Aber er tat ein Ceilidh-Haus auf, wo er sehr schnell unerwünscht war. Doch das kümmerte Archie nicht. Er hatte schon genügend Kontakte geknüpft, die ihm Zugriff auf eine anscheinend unerschöpfliche Quelle mit Selbstgebranntem gewährte. An manchen Morgen war uns beiden so übel, dass wir nur stöhnend in der Schlafnische lagen, die wir für uns beschlagnahmt hatten.*

*Als ob die Enge, die schlechten Trips, der Suff und die Übelkeit nicht schon genug gewesen wären, verschlechterte sich auch noch das Wetter. Über einen langen Zeitraum sahen wir nichts als dunklen Himmel und unaufhörlichen Regen. Bobby war völlig in seine konfuse Welt aus Drogen und Okkultismus abgetaucht. Er wäre wahrscheinlich bis in alle Ewigkeit bei uns geblieben. Aber ich begriff sehr schnell, dass Fergus die Absicht hatte, uns zu verlassen. Ich konnte es ihm nicht verdenken. Ich hatte ihnen die Insel als Abenteuer verkauft, als Chance auf kreative Entfaltung. Aber in dem feuchten Cottage gab es keinerlei Privatsphäre, und meine Hoffnung, dass ich uns drei bis nach dem unausweichlichen Ereignis zusammenhalten könnte, begann zu schwinden.*

Murray las die Seite zweimal, dann legte er sie auf den Tisch und schaute Christie an.

»Sie waren schwanger, als Mrs Dunn Sie hier besucht hat, richtig? Deshalb wussten Sie, dass sie es auch war.«

Christie verdrehte die Augen. Ihre Stimme klang ungehalten.

»Sie war die Sorte Frau, die anscheinend immer auf Fergus abfährt – zugeknöpft, aber ganz scharf auf irgendeine Art Abenteuer, irgendwas Verruchtes. Das Problem ist, dass sie nie merken, wie weit Fergus gewillt ist zu gehen.« Sah er da ein stolzes Schimmern in ihren Augen? »Er treibt sie immer über ihre Grenzen hinaus.«

Murray dachte an Rachel. »Wie Helen James?«, fragte er.

Christie schnaubte belustigt.

»Ich bezweifle doch sehr, ob unsere kleine Nelly wirklich vergewaltigt wurde. Aber was sollte sie schon sagen, als Mami und Papi herausfanden, dass sie als geschwängertes, unverheiratetes Mädchen dastand? War die falsche Jahreszeit für eine unbefleckte Empfängnis.«

»Sie hatte eine Abtreibung.«

»Ich habe Sie nicht für einen Mann gehalten, der einer Frau das Recht über ihren eigenen Körper bestreitet.«

»Das bin ich auch nicht. Ich würde sogar noch weiter gehen und behaupten, dass jeder das Recht hat zu wissen, was man seinem Körper einflößt. Mrs Dunn hat ihr Baby verloren.«

»Damit hatte ich nichts zu tun.«

»War das Kind von Archie?«

»Ich glaube, es war von Mr Dunn.«

Er musste sich mächtig zusammenreißen, um seine Stimme zu zähmen und höflich zu bleiben.

»War Ihr Kind von Archie?«

»Das möchte ich jedenfalls gern glauben.«

»Was ist passiert?«

»Ich habe es hier zur Welt gebracht, in unserer Schlafnische.« Sie nickte zu der gegenüberliegenden Ecke. »Wo jetzt der Schreibtisch steht. Dort habe ich mein erstes bedeutendes Werk hervorgebracht. Ein vollkommenes kleines Mädchen.«

Es war das gleiche Bett, auf dem die unter Drogen gesetzte Mrs Dunn gelegen hatte. Murray sah es einen Augenblick lang vor sich, den halb zur Seite gezogenen Vorhang, die verschmutzte Bettwäsche auf dem Boden. Mrs Dunn hatte ihr Baby verloren. Er fuhr sich mit der Hand übers Gesicht und fragte: »Wo ist Ihre Tochter jetzt?«

»Mit Archies Gedichten begraben, unten bei den Kalköfen.«

Murray war sich nicht sicher, wie lange er dagesessen und Christie schweigend angeschaut hatte, aber schließlich sagte er: »Ich glaube, Sie haben sich verrechnet, Miss Graves. Bezüglich dessen, wie scharf ich darauf bin, Archies Gedichte in meinen Besitz zu bringen.«

»Die Natur kann grausam sein.« Ihr Gesicht wurde hart. »Sie nahm ihren Lauf.«

»Sie haben also das Baby begraben. Einfach so?«

»Mehr oder weniger, ja.«

»Hatte Bobby Robb irgendwas mit dem Tod des Babys zu tun?«

Christies Lachen war hart und schneidend. »Bobby Robb war ein Idiot und Fantast«, sagte sie. »Wir hatten ihn ertragen, weil er uns mit Drogen versorgen konnte, aber Fergus hatte die Nase von ihm und seiner Dummheit gestrichen voll. Wenn das Wetter nicht so schlecht gewesen wäre, hätte er sich mit der Fähre aufs Festland abgesetzt, und jede Menge Leid hätte vermieden werden können.«

»Das Kind würde noch leben?«

»Nein, das Kind hätte nie gelebt. Es war klein und schwach und war Idioten ausgeliefert, die zu ahnungslos oder zu rücksichtslos waren, um sich anständig darum zu kümmern. Idioten, die das Zimmer vollqualmten und das Baby mit Wasser fütterten, als die Brust des dummen Mädchens, das eigentlich seine Mutter sein sollte, keine Milch mehr gab. Sie trank weiter und dröhnte sich weiter zu, und der dumme Mann, der vielleicht sein Vater war, trank und rauchte weiter, schmiss weiter Drogen ein und las Gedichte vor.« Sie seufzte. »Wir hatten geglaubt, dass wir das allein schaffen, aber die Geburt war ein Albtraum. Bobby pumpte mich mit irgendwas gegen die Schmerzen voll. Das Zeug hat mich dermaßen umgehauen, es war ein Wunder, dass das Kind überhaupt geboren wurde. Es war ein Mädchen, es muss sich praktisch selbst auf die Welt gebracht haben.«

»Was hat Archie gemacht?«

»Archie war ganz weg von der Vorstellung, ein Kind zu haben. Er fantasierte pausenlos herum, wie das sein würde, eine richtige Familie zu haben. Aber als das Mädchen dann da war, kränklich und untergewichtig, da hat Archie das gemacht, was er immer gemacht hat. Er hat getrunken. Als wir feststellten, dass sie tot war, war er davon überzeugt, dass es Bobbys Schuld war. Bobby hat dauernd seine albernen okkulten Sprüche abgelassen, hat über Reinheit und Opfer schwadroniert. Archie hat voreilige Schlüsse gezogen, obwohl am Körper des Babys nichts zu sehen war. Vielleicht wollte er jemandem die Schuld geben. Er hat Bobby übel verprügelt. Vielleicht hätte er ihn getötet, wenn Fergus ihn nicht aus dem Cottage gezerrt und die Tür abgesperrt hätte. Ich war wohl auch ein bisschen durchgeknallt. Ich wusste, dass mein Mädchen tot war. Aber ich wusste nicht, was passiert war. Ich setzte mich mit ihr vors Feuer und rubbelte ihren Körper, doch sie blieb so schlaff und so kalt, wie sie gewesen war, als sie schon tot neben mir im Bett gelegen hatte. Bobby und Fergus konsumierten den Rest unserer Drogen, und ich machte mit. Archie ist uns erst wieder am nächsten Tag eingefallen. Wir hatten keine Ahnung, dass er das Boot nehmen und bei dem Sturm raussegeln würde. Das war dumm.«

»Das war Selbstmord«, flüsterte Murray.

Es war, als hörte Christie ihn gar nicht.

»Sie war winzig. Ich habe sie in mein seidenes Schultertuch gewickelt, und dann haben wir sie in eine kleine Blechkiste gelegt. Fergus legte die Gedichte, an denen Archie gerade gearbeitet hatte, neben sie. Dann haben wir sie begraben und die Stelle mit einem Stein markiert.«

»Warum?«

»Was hätten wir sonst tun sollen? Archie war vermisst, mutmaßlich ertrunken, und wir waren Hippies, nahmen Drogen und lebten am Ende der Welt. Wir haben ja nicht gerade an Gott geglaubt. Ich hatte sie vernachlässigt und verloren. Wissen Sie, wie das Justizsystem mit Müttern umgeht, die sich nicht um ihre Kinder kümmern? Wie die Presse sie ans Kreuz schlägt? Wie man im Gefängnis mit ihnen umspringt? Eine Trauerfeier hätte nichts geändert, und das Gefängnis hätte keine besseren Menschen aus uns gemacht. Archie hatte den höchsten Preis bezahlt. Die Leute hätten gedacht, dass ich den auch hätte zahlen müssen. Wir haben getan, was wir für das Richtige hielten.«

»Und jetzt?«

»Morgen fangen da, wo wir sie bestattet haben, die Ausgrabungen an. Es ist nur eine Frage der Zeit, bis sie auf die Leiche und

Archies Gedichte stoßen. Das ist meine letzte Chance, bevor ich sterbe, um wieder mit ihr vereint zu sein.«

Murray stand auf. Er fühlte sich wie erschlagen.

»Wo ist Ihr Telefon?«

Ihre Stimme klang misstrauisch.

»Warum?«

»Weil einer von uns die Polizei rufen muss. Ich glaube, es wäre besser, wenn Sie das selbst täten, aber wenn Sie nicht wollen, mache ich es.«

»Es gibt keine Polizei auf der Insel.«

»Ich glaube, dafür würden sie die Anreise in Erwägung ziehen.«

Christie lehnte sich zurück. Sie sah alt und krank aus.

»Sie haben gar nicht gefragt, wo Fergus ist.«

»Ich weiß, wo er ist. Er steckt bis zum Hals in Scheiße.«

»Er musste nach Glasgow zurück. Anscheinend hat seine Frau versucht, sich das Leben zu nehmen. Wie gesagt, er zieht Frauen an, die ihre Grenzen erforschen wollen, und dann treibt er sie darüber hinaus.«

Das Entsetzen brannte ihm in der Kehle.

»Kommt sie durch?«

Die Frau machte eine ungeduldige Handbewegung.

»Denke schon. Es gibt einen Unterschied zwischen dem Heischen nach Aufmerksamkeit und dem Willen, es wirklich zu tun.« Sie schaute ihm in die Augen. »Es erfordert echten Mut, sich selbst zu töten.«

Christie hielt seinem Blick stand. Murray erinnerte sich an einen Rat, den sein Vater ihm gegeben hatte: »Sei immer auf der Hut vor einem in die Enge getriebenen Tier. Es wird dich beißen, egal, ob du es töten oder befreien willst.«

Er wollte sofort nach Glasgow zurück, zu Rachel. Wollte wissen, wie es ihr ging, aber die Ahnung, dass Christie noch weitere Enthüllungen für ihn parat hatte, hielt ihn zurück.

»Dr. Watson, glauben Sie, dass ich vierzig Jahre auf einer Insel gelebt habe, wo man mich hasst, nur weil ich die Landschaft so liebe? Ich bin geblieben, weil ich meinem Kind nahe sein wollte. Sie ist schon viel zu lange allein gewesen. Ich will mit ihr zusammen in einem Grab liegen. Wenn Sie mir helfen, dann gebe ich Ihnen das Originalmanuskript meiner Memoiren, alle Fotografien und Dokumente, die mit Archie zu tun haben, sowie die Gedichte, die wir unserer Tochter ins Grab gelegt haben. Das ist mehr, als Sie sich erhoffen konnten.«

Die Versuchung ließ Murray für einen Augenblick den Atem stocken. Er holte tief Luft und hob seine Jacke vom Boden auf.

»Ich schätze, dass es etwa zwanzig Minuten dauern wird, bis ich ein Netz erwische. Dann rufe ich die Polizei. Ich rate Ihnen, dass Sie vorher anrufen.«

Christie lächelte schief.

»Um die Insel zu verlassen, Dr. Watson, brauche ich weder die Fähre noch die Polizei. Was ich dafür brauche, habe ich schon. Ich glaube, mein Stehvermögen habe ich schon ausreichend bewiesen. Trotzdem habe ich nicht die Absicht, das letzte Kapitel abzuwarten.«

Er machte einen Schritt auf sie zu.

»Es ist gar nicht sicher, dass Sie ins Gefängnis müssen.«

»Meine Mutter würde sagen, dass mir mein Gefängnis schon von einem höheren Gericht bestimmt wurde – Rollstuhl, Inkontinenz, Sprachverlust, Ersticken.«

»In diesem Stadium sind Sie nicht mal annähernd.«

»Ach, meinen Sie? Ich wusste gar nicht, dass Sie neben Ihrem Doktor in Literatur auch den in Medizin gemacht haben.« Sie seufzte. »Ich habe es satt. Wenn es an der Zeit ist, mein Haus zu verlassen, dann ist es an der Zeit, endgültig abzutreten. Sie haben gesagt, Sie unterstützten das Recht der Frau, selbst zu entscheiden. Nun, das ist meine Entscheidung. Das wenigstens versteht Fergus. Er hat mir das Nötige vorbeigebracht.« Unter Mühen erhob sie sich. Sie stand vor ihm und schaute ihm fest in die Augen.

»Alles, was ich von Ihnen wollte, war, dass Sie mir helfen, anständig zu sterben und Archie und unserer Tochter etwas Frieden zu schenken.«

Die Worte ›anständig zu sterben‹ gaben den Ausschlag. Murray setzte sich wieder in den Sessel und legte den Kopf in die Hände.

# 30

Murray fuhr langsam, mit ausgeschalteten Scheinwerfern. Es war eine jener Nächte, nach denen Menschen, die nichts Gutes im Schilde führten, lechzten. Am Himmel weder Mond noch Sterne, die Straße schwarz, die Sicht durch Nebel und Regen beeinträchtigt. Murray starrte in die Dunkelheit und fragte: »Woher weiß ich, wo ich graben muss?«

Christie antwortete mit gedämpfter Stimme, als hätte sie immer noch Angst, Murray könnte seine Meinung ändern.

»Wir haben die Stelle markiert. Ich bin jeden Tag dort gewesen, aber in letzter Zeit war das nicht mehr so einfach.«

»Als ich Sie getroffen habe, waren Sie auch da?«

»Um ganz runterzufahren, war das Wetter zu schlecht, aber von der Anhöhe konnte ich das Grab sehen.«

Der Regen prasselte auf das Wagendach, hundert trommelnde Soldaten auf dem Vormarsch, um dem Frevel Einhalt zu gebieten.

»Heute ist es noch schlimmer«, sagte Murray.

»Gut so. Da traut sich keiner aus dem Haus, und der Boden ist weicher.«

»Könnte es nicht sein, dass sie nicht mehr genau an der alten Stelle liegt? Dann finden wir sie vielleicht gar nicht mehr.«

»Möglich.« Christie saß neben ihm auf dem Beifahrersitz, aber ihre Stimme klang, als käme sie von weit her. »Ihr Gesicht war das Letzte, was ich verhüllt habe. Ich habe sie in mein Schultertuch eingewickelt, als wollte ich mit ihr an die frische Luft gehen. Dann habe ich das Tuch um ihren Kopf geschlungen. Die Menschen auf der Insel glaubten früher, dass Kinder, die als Babys starben, von den Feen gestohlen wurden und stattdessen die Nachbildung einer Fee ins Grab gelegt wurde. Ich kann verstehen, warum. Sie sah aus wie mein Baby, aber ich wusste, dass sie es nicht war. Mein Kind war tot.«

Murray sah aus den Augenwinkeln Christies gespensterhaft weißes Gesicht, als sie sich zu ihm drehte. Vielleicht stand ihm die Angst ins Gesicht geschrieben, denn sie sagte: »Es wird nicht so schlimm werden, wie Sie denken. Stellen Sie sich einfach vor, dass wir die Gedichte ausgraben. Wir haben sie in Plastikfolie eingewickelt. Sie müssen nicht mal selbst in die Schachtel greifen, ich hole sie für sie raus.«

»Und was dann?«

»Sie fahren mich nach Hause, nehmen die Unterlagen und Fotografien mit, die ich Ihnen versprochen habe, und dann verlassen Sie die Insel.«

»Und Sie?«

»Ich warte. Ein paar Tage, vielleicht Monate. Wer weiß, vielleicht habe ich das Glück einer Remission, und mir bleiben noch Jahre. Aber ich habe den Körper meiner Tochter und, wenn es so weit ist, die Mittel für einen angenehmen Tod. Wissen Sie, wie wichtig das ist?«

Murray starrte auf die Straße und dachte an das Versprechen, das er und Jack ihrem Vater gegeben hatten.

»Ja, ich weiß, was es bedeutet, anständig sterben zu können.«

Sie hob die Hand und strich ihm mit einem Finger über die Wange. Es war die Berührung einer Liebenden. Er zuckte zusammen.

»Ein bisschen habe ich immer daran geglaubt, dass er zurückkommt«, flüsterte Christie. »Heute noch, an manchen Abenden. Ich sitze am Fenster und lese. Draußen sehe ich irgendetwas, und ich denke: ›Da ist Archie, er kommt und will mich holen.‹ Das hat mir Angst gemacht. Ich habe mich gefragt, ob er immer noch so zornig ist und wie er wohl aussieht nach so langer Zeit. Kennen Sie ›Die Affenpfote‹?« Murray nickte, aber vielleicht hatte Christie das im Dunkeln nicht bemerkt, denn sie redete weiter. »Ein Mann und eine Frau wünschen sich, dass ihr toter Sohn zu ihnen zurückkehrt. Sie haben den Wunsch kaum ausgesprochen, da hören sie ein schauerliches Hämmern an der Tür. Als sie öffnen, steht statt des erträumten kerngesunden Jungen ein verstümmeltes Leichenwrack vor ihnen, halb zerfetzt von den Wunden, an denen er gestorben war. Wunden, die nun weniger Ursache eines Todes als vielmehr Ursache ewiger Qualen sind.

Als sie wieder die Hand hob, um sein Gesicht zu berühren, sagte er: »Bitte nicht, ich muss mich auf die Straße konzentrieren.«

»Sie haben seine Leiche nie gefunden. Solange er vermisst war, bestand immer noch die Chance, dass er lebte, irgendwo.« Christie seufzte. »Es würde mir nichts ausmachen, wenn er als Ertrunkener zurückkäme.«

Murray stellte sich Archie vor, wie er durch die Dunkelheit auf sie zumarschierte: Der Körper aufgedunsen und blutverschmiert, die zerfetzte Kleidung voller Tang.

»Hat Fergus Bobby aus dem Weg geräumt?«, fragte er.

»Nein.« Zum ersten Mal an diesem langen Abend klang sie entsetzt. »Fergus beutet Frauen aus, aber er ist kein Mörder. Bobby war ein alter Mann, er hatte einen Herzanfall.«

»Er war eine finanzielle Belastung. Fergus hat sich um ihn gekümmert. Er hat ihm eine Wohnung bezahlt und wer weiß was noch alles.«

Christie war wieder ins Jetzt zurückgekehrt. »Auch ich hatte dem alten Idioten jahrelang Geld geschickt«, sagte sie. »Als Erpressungsopfer wird man nicht gleich zum Mörder. Als er wieder in Schottland war, hat Bobby mit Fergus Kontakt aufgenommen. Es stand was über einen Professor Baine in der Zeitung, und das hat Bobby gelesen. Ich sehe ihn direkt vor mir.« Es lag etwas Unschickliches in ihrem Lachen. »Wie er in irgendeiner scheußlichen Bar sitzt und mit einem Kuli, den er sich erst von der Kellnerin hat ausleihen müssen, den Artikel einkringelt. Und wie er sich dann einen Whisky bestellt, weil er weiß, dass er das große Los gezogen hat.«

»Er hatte Angst. Er hatte einen Schutzkreis um sein Bett gemalt.«

»Er hatte immer Angst. Am Tag unserer Ankunft auf der Insel hat er auch einen Schutzkreis um das Cottage gezogen. Hat uns enorm viel genutzt.«

»Hat Archie an diesen ganzen Kram geglaubt?«

»Welchen Kram?«

»Das Okkulte, die Zauberformeln.«

»Besonders stark hat Archie an gar nichts geglaubt, sicher nicht an sich selbst.«

»Er hat an die Poesie geglaubt.«

»Das ist genau die Art sinnloser Aussage, von der ich geglaubt hatte, ein Wissenschaftler würde sie vermeiden.«

Murray warf Christie einen verstohlenen Blick zu. Ihr Kopf lehnte an der tropfnassen Scheibe, ihren Gesichtsausdruck konnte er nicht erkennen.

»Er hat an Sie und das Kind geglaubt. Bei seinen Papieren in der Bibliothek habe ich eine Namensliste gefunden. Er versuchte einen Namen für das Baby zu finden, stimmt's?«

Christies Stimme war sanft.

»Er hat mit ihr geredet. Hat den Kopf auf meinen Bauch gelegt, hat Gedichte rezitiert, Lieder gesungen und ihr seine Träume erzählt. Eine eifersüchtige Frau hätte das vielleicht verbittert, ich habe es verstanden. Nie zuvor hatte Archie etwas gehabt, auf das er sich freuen konnte. Das Baby war all die Weihnachtsfeste, die er nie gehabt hatte.« Sie seufzte. »Es war mehr als das. Er glaubte, das Kind würde ihn erlösen. Die Wirklichkeit sah dann ziemlich anders aus.«

»Und Fergus?«

»Er verehrte Fergus.«

»Hatte er Archies Vertrauen verdient?«

Christie nahm den Kopf von der Scheibe und drückte ihr Kreuz gegen die Rückenlehne des Beifahrersitzes. Ihr Profil sah zerbrechlich aus.

»Weder Fergus noch das Kind entpuppten sich als Jesus Christus.«

»Allmählich glaube ich, dass Professor Baine mehr Ähnlichkeit mit Judas hat.«

Christie schnaubte verächtlich.

»Melodramatisches Gewäsch, Archie hätte das gehasst.«

Murray behielt seinen sanften Tonfall bei, obwohl Christies Worte ins Schwarze getroffen hatten.

»Wenn Fergus Sie mit dem Nötigen versorgen kann, um sich umzubringen, konnte er für Bobby das Gleiche tun.«

»Es war eine von Fergus' wenigen wahrhaft altruistischen Taten.« An Christies monotoner Stimme war nur schwer zu erkennen, ob sie das ernst oder sarkastisch meinte. »Er war mit seiner Mutter in die Schweiz gefahren. Er hatte ihr versprochen, dafür zu sorgen, dass sie am Ende nicht würde leiden müssen. Ich glaube, das war eine transformative Erfahrung. Seit seiner Rückkehr trat er für das Recht des Individuums auf einen selbstbestimmten Tod ein.«

Murray erinnerte sich an den Tod von Fergus Baines Mutter. Fergus hatte sich für eine angemessene Zeit von der Universität freigenommen. Aber vielleicht war es gar nicht so überraschend, dass von einer Fahrt in eine Schweizer Klinik nie die Rede gewesen war. Er erinnerte sich an Fergus' Stoizismus, an seine würdevolle Haltung, wenn er Beileidsbezeugungen entgegennahm, und an das neue Haus, in das kurz darauf Rachel eingezogen war.

»Heute Abend steht er Ihnen nicht bei.«

»Fergus weiß nichts von den Ausgrabungen.«

»Und Sie haben ihn nicht aufgeklärt?«

»Er würde den Körper ausgraben, aber er würde ihn mir nicht geben. Das Einzige, was mir Sorgen macht, ist die Möglichkeit, dass er es schon vor Jahren getan haben könnte. Aber das glaube ich nicht.«

»Warum?«

»Fergus hat das Talent zum Vergessen. Alle Hedonisten haben das. Wir anderen erdulden unsere Erinnerungen und knechten uns mit Verpflichtungen. Männer wie Fergus können solche Dinge beiseiteschieben. Sicher, er kann einen Plan machen und den auch durchziehen, Sie brauchen sich nur seine Karriere anzuschauen. Aber Fergus lebt vornehmlich im Augenblick. Solange er seinen Willen bekommt, vergisst er. Er hat kein Gewissen, das ihn erinnern könnte.«

Murray dachte an Rachel. Seine Traurigkeit war durchzogen von Schuld. Er hatte geglaubt, sie wäre die führende Hand gewesen. War es trotzdem möglich, dass er sie unwissentlich ausgebeutet hatte, zu verblendet von ihrer Lust auf Sex, um nach ihren Motiven zu fragen? War er wie Fergus gewesen: Blind, solange er nur seinen Willen bekam? Er fragte sich, was sie sich angetan hatte und ob Fergus sich gut um sie kümmerte.

Die Autoheizung war bis zum Anschlag aufgedreht, und trotzdem war die Windschutzscheibe beschlagen. Murray beugte sich vor und wischte mit der Handfläche über das Glas. Die provisorische Straße schien schmaler zu werden. Er fürchtete, dass es nicht mehr lange dauern würde und sie aussteigen und ihren Weg zu Fuß fortsetzen müssten. »Wissen Sie, wo wir sind?«, fragte er.

»Fast da.« Christie schien gar nicht nach draußen zu schauen, aber ihre Stimme klang bestimmt. »Wir müssten jeden Augenblick das Erste von den Kalkarbeiter-Cottages sehen. Vorsicht, die Erde wird jetzt weicher.«

Murray bremste auf Schrittgeschwindigkeit ab. Schweigend fuhren sie weiter. Dann sah er direkt vor sich ein Gebilde, das dunkler war als seine Umgebung. Ein zerfallenes Cottage schob sich ins Blickfeld. Dahinter tauchten die dunklen Umrisse des verlassenen Dorfes auf. Murray hielt an, stellte den Motor ab und zog die Handbremse. »Was jetzt?«

»Können Sie noch ein Stückchen weiterfahren?«

Murray öffnete die Tür. Draußen klang es so, wie er sich einen Regenwald ohne Tiere vorstellte: Ein stetiges Platschen und Tropfen auf Blätter und in Pfützen, begleitet von dem zischenden Rauschen des schüttenden Regens. Die Innenbeleuchtung warf ihr schwaches Licht nach draußen. Murray schaute auf den Boden. Das Wasser sammelte sich in winzigen Bächen und Rinnsalen und verwandelte die Erde in Schlamm.

»Besser nicht. Wir steigen hier aus.«

Christie griff ins Handschuhfach, nahm eine wasserfeste Taschenlampe heraus und gab sie Murray. Er spürte das Gewicht in der Hand und dachte, dass sie eine gute Waffe abgeben würde.

»Es dauert nicht lange.« Er sah ihr Profil, das Kinn, den halb offenen Mund. »Denken Sie einfach an die Gedichte, vergessen Sie alles andere.«

Sie zog sich die Kapuze über den Kopf, öffnete die Beifahrertür und stieg aus. Murray lief um das Auto zum Kofferraum und holte den Spaten. Er musste rufen, damit sie ihn hörte.

»Sind Sie sicher, dass Sie das schaffen?«

Christie zerrte ihren Gehstock aus dem Wagen und hakte sich dann mit ihrem freien Arm bei ihm unter. »Wenn ich mich auf Sie stützen darf.« Sie zeigte mit dem Stock geradeaus. »In die Richtung.«

Murray schaltete die Taschenlampe ein und richtete den Strahl auf den glitschigen Weg. Als Christie ausrutschte, packte er ihren Arm und zog sie wieder in die Senkrechte.

»Alles klar?«

»Ja. Los, gehen wir.«

Aber Murray spürte, dass sie jetzt schon schwächelte. Er legte ihr den Arm um die Hüfte und zog sie dicht an sich heran. Sie war so leicht, als wären ihre Knochen hohl. Trotzdem spürte er das Gewicht, das gegen seine Seite drückte. Murray benutzte die Schaufel als Gehstock. Wenn Wetter und Umstände sich gegen einen verschworen hatten, bestand der Trick darin, an nichts zu denken. Nicht an die Wegstrecke, die noch vor einem lag, nicht an das, was man machen würde, wenn man wieder zu Hause war. Das hatte er beim Bergwandern gelernt. Man durfte nur an den nächsten Schritt denken, dann an den nächsten, dann an den danach.

Sie waren jetzt fast in der Mitte des winzigen Weilers. Die Bäume standen hier dichter, aber sie boten ihnen keinen Schutz vor dem Regen. Vielmehr schienen sie dessen Wucht noch zu verstärken, indem sie das Wasser, das sich auf ihren Blättern angesammelt hatte, über ihnen ausgossen. Murray hatte den Lichtstrahl auf den trügerischen Boden vor ihren Füßen gerichtet. Er spürte, wie die leeren Fenster und gähnenden Türöffnungen zu beiden Seiten sie anstarrten. Christie zupfte ihn am Arm und deutete auf eins der Häuser. Sie sagte irgendetwas, das aber im Prasseln des Regens unterging. Murray schwenkte die Taschenlampe in die Richtung, in die sie gezeigt hatte. Ein verlassenes Cottage starrte ihn an.

»Da?«

Sie nickte, und sie lenkten ihre unsicheren Schritte darauf zu, wobei Murray Christie halb zog, halb trug.

»Vorsicht.« Sie zog an seinem Arm. »Nicht vom Weg runter.«

Er leuchtete über den Boden und sah, dass der schlammige Weg nicht schnurgerade zu dem Cottage führte, sondern einen Bogen um einen Grasflecken machte. Murray änderte seinen Kurs und folgte dem Weg. Er fluchte leise und dachte, dass sie wahrscheinlich wie Hänsel und Gretel aussahen, die, inzwischen alt und bösartig, ihrem einstigen Schlupfwinkeln einen Besuch abstatteten.

Die Eingangstür des Cottages war mit hohen Grasbüscheln zugewuchert. Murray zog Christie ins Innere. Wie alle anderen Häuser in dem verlassenen Dorf hatte auch dieses kein Dach mehr. Es bot also keinen wirklichen Schutz vor dem Regen, doch schienen die Steinwände die Geräusche von außen ein wenig zu dämpfen. Christie lehnte sich an eine Wand. Sie sieht schlecht aus, dachte Murray, nahm sich aber nicht die Zeit, sie zu fragen, wie es ihr ginge.

»Wo ist es?«

»Gleich draußen vor der Tür, links. Es ist wie ein Herz geformt.«

Murray nahm die Schaufel fester in die Hand und ging durch die Türöffnung wieder nach draußen. Er fand die Markierung sofort. Er begriff, was Christie gemeint hatte. Der Stein war flach, lief an einem Ende spitz zu und teilte sich am anderen gabelförmig. Eine bizarre, in Murrays Augen widerliche Idee.

Er gab Christie die Taschenlampe. »Hier, leuchten Sie.« Dann stieß er die Schaufel schräg unter den Stein in die Erde. Er spürte, wie der Block sich bewegte, und stieß die Schaufel tiefer hinein. Die Erde gab wieder etwas nach. Der Stein war jetzt locker, aber an ihm hing das verborgene Gewicht eines Eisberges. Murray konnte den Hebel nicht tief genug ansetzen, um die Platte aus ihrer Verankerung zu lösen. Murray verfluchte sich und Christie, dass sie nicht daran gedacht hatten, Gummihandschuhe mitzunehmen. Er hockte sich auf den Boden und ruckelte die schon halb ausgegrabene Platte mit den bloßen Händen hin und her. Er spürte die Erde des Grabes auf seinem Fleisch, spürte, wie sie sich bis unter seine Fingernägel presste. Er suchte sich einen Ast, kratzte den Dreck weg und stocherte damit im Erdreich herum wie ein Affe, der nach Termiten sucht. Schließlich bekam er die Hände links und rechts in die Mulde und zerrte den Stein heraus. Sofort floss Wasser in das Loch.

»Scheiße, Scheiße, verdammte Scheiße.«

Murray nahm die Schaufel und fing an zu graben. Er grub genauso, wie er einen gefährlichen Fußmarsch angehen würde: Schritt für Schritt, eine volle Schaufel nach der andern. Die Bäume im Tal knarzten und zitterten unter der Last des Regens und der beißenden Kälte der Nacht.

In Gedanken war Murray allein in dem kleinen Zimmer, das er und Jack sich teilten. Bis auf den Lichtkegel seiner Nachttischlampe, der die Buchseite vor ihm beleuchtete, war es dunkel im Zimmer. Er spürte, wie ihm langsam die Augen zufielen, dann den sanften Druck, mit dem ihm sein Vater die Hand auf die Schulter legte.

»Zeit zum Schlafen, Sohnemann. In der Ruhe liegt die Kraft.«

Die Schaufel stieß gegen etwas Hartes.

Er nahm Christie die Taschenlampe aus der Hand und leuchtete in das Loch. Außer dem braunen, langsam steigenden Wasser, das die Erde in Schlamm verwandelte, konnte er nichts sehen. Murray ließ sich wieder auf Hände und Knie nieder und griff in das anschwellende Wasser. Was immer da unten war, es war zu tief für ihn.

»Scheiße.«

Er legte sich auf dem Bauch in den Dreck und probierte es noch einmal. Jetzt fühlte er etwas. Seine Finger waren taub, und er wusste nicht, ob sie über Stein oder Metall strichen, aber der Gegenstand war glatt und er lag zu tief, als dass Murray ihn fest umfassen konnte. Er erhob sich auf die Knie und tastete im Dreck herum, bis er den Ast wiederfand, stocherte im Wasser und kratzte um den Gegenstand herum, um ihn freizubekommen. Der Ast brach ab. Er fluchte, stand auf und machte sich wieder mit der Schaufel ans Werk. Er grub an den Seiten des Lochs herum und fing wieder an zu fluchen, weil nun von den Rändern Erde hineinfiel. Schließlich war es groß genug. Er steckte seine Brille in die Tasche und stieg vorsichtig in das Grab. Es kam ihm vor, als glitt der Lehmgeruch, den er schon die ganze Zeit in der Nase gehabt hatte, weiter nach unten in den Rachen. Er steckte die Schaufel wie ein Stemmeisen unter den Gegenstand und drückte. Er hoffte bei Gott, dass er genug Halt fände, um sich hinterher wieder aus dem Loch zu hieven. Christie würde ihn nämlich nicht herausziehen können, wenn die Seitenwände einstürzten. Murray spürte, dass sich der Kasten bewegte. Er kniete sich in den Matsch und griff mit seinen tauben Fingern unter den glatten viereckigen Behälter. Stöhnend versuchte er das Ding nach oben zu ziehen und hatte dabei die ganze Zeit das Gefühl, als ob von der anderen Seite jemand zog, der ihn seinerseits hinunterziehen wollte. Einmal rutschte ihm der Kasten aus den Fingern, und er fürchtete, er hätte ihn zerbrochen, und jeden Moment würde das Gesicht des Kindes auftauchen und ihn anstarren, zerquetscht und ledern, wie die Moorleiche, über die Heaney geschrieben hatte. Doch dann, mit einem letzten saugenden Schlürfgeräusch, das ihn fast noch hinuntergezogen hätte, gab die Erde ihre obskure Beute frei. Murray kniete vor dem Kasten, richtete sich halb auf und schnappte nach Luft.

»Scheiße, gottverdammte Scheiße.«

Er packte den Kasten mit beiden Händen, holte tief Luft und wuchtete ihn über den Rand des Lochs. Dann hievte er sich selbst über die schlammigen Seitenwände nach oben.

Es war mehr eine Truhe als ein Kasten. Größer, als er erwartet hatte, aber leicht, angesichts des Ärgers, den ihm das Ding gemacht hatte, und obszön, so gewöhnlich, wie es aussah. Murray hockte auf den Knien und schaute zu Christie hoch. Die Haare klebten ihm am Kopf. Hände und Körper waren so vom Matsch verklebt, dass selbst der Regen ihn nicht abwaschen konnte. Seine Stimme klang rostig und alt.

»Bitte öffnen Sie ihn erst, wenn ich Sie zu Ihrem Cottage zurückgebracht habe.«

Christie schürzte die Lippen, wie eine Frau, die sich das Lachen verkneifen wollte. Sie humpelte von der Türöffnung des

Hauses zu ihm und legte ihm eine Hand auf die Schulter. Einen grässlichen Augenblick lang dachte er, sie würde ihn küssen, aber sie stand einfach nur da und schaute auf den provisorischen Sarg hinunter.

»Danke.« Der Regen hatte nachgelassen. Murray konnte ihren Atem hören, hart und abgehackt. »Also dann, fahren wir.« Sie ließ den Lichtstrahl der Taschenlampe über die Ausgrabungsstätte gleiten und suchte wie ein erfahrener Detektiv nach Spuren ihres Besuchs. »Vielleicht sollten Sie das wieder zuschütten. Nicht dass sich einer wundert, was hier passiert ist.«

Murray nahm seine Brille aus der Jackentasche, hielt sie in den Regen und versuchte die Schlammspritzer abzuspülen, die die Gläser verzierten. Er setzte sie auf, nahm den Spaten und fing an, die Erde wieder in das Grab zu schaufeln. Für den, der genauer hinschaute, war nicht zu übersehen, dass sich hier jemand zu schaffen gemacht hatte. Aber der Wille zum Streiten war ihm inzwischen abhandengekommen. Er hatte keine Ahnung, wie lange sie schon hier waren. Jedenfalls veränderte sich das Licht, die Dämmerung kroch ihnen entgegen, viel früher, als er erwartet hatte. Er wischte sich den Matsch von der Uhr – 2:54. Noch während er auf die Uhr schaute, hörte er Motorengeräusche und erkannte, dass der Streifen Licht kein verfrühter Sonnenaufgang war. Er hörte Christies Stöhnen und sah ihren angewiderten Gesichtsausdruck, und im nächsten Augenblick wurde er vom grellen Licht zweier Autoscheinwerfer geblendet.

# 31

Murray warf die Schaufel beiseite und hob die Hände hoch. Eine lächerliche Geste. Folge der amerikanischen TV-Krimis, nach denen er und Jack als Jungs süchtig gewesen waren, und er nahm sie auch fast sofort wieder herunter. Er schirmte die Augen mit der Hand ab, um zu sehen, wer sie da gestört hatte, aber die Scheinwerfer des Wagens, der auf dem Feldweg angehalten hatte, leuchteten immer noch in ihre Richtung, sodass er außer grell angestrahltem, verschwommenem Nieselregen nichts erkennen konnte.

Die Wagentür wurde zugeschlagen.

»Sie hätten nach Hause fahren sollen, Murray.«

Aus Fergus Baines Stimme sprach tiefes Bedauern.

»Sie haben recht, Fergus, wie immer.«

»Das ist eine Sache zwischen mir und Christie. Verschwinden Sie. Vergessen Sie einfach, was passiert ist. Das ist das Beste, was Sie tun können.»

Christie umklammerte seinen Ellbogen. »Lassen Sie mich nicht mit ihm allein.« Das klang weniger nach einer Bitte als nach einem Befehl. Dennoch hörte er die Angst in ihrer Stimme.

»Okay, ich verschwinde, aber ich nehme sie mit.«

»Schön. Habt ihr sie gefunden?«

Fergus war vor die Scheinwerfer getreten. Sein Schatten dehnte sich ihnen entgegen, groß und schmal. Er hatte seine Barbour-Jacke gegen einen langen Regenmantel eingetauscht, dessen Falten bis zu den Knöcheln reichten und der ihm das Aussehen eines viktorianischen Jägers verlieh.

Christies Stimme war schrill.

»Du darfst sie mir nicht nehmen, Fergus.«

Der Professor hätte Gast auf einer Cocktailparty sein können, wo man sich im allgemeinen Trubel nur mit einer kräftigen Stimme Gehör verschaffen konnte. Er stand auf der anderen Seite eines sie trennenden Grasstreifens. Seine Worte klangen aalglatt und geschmeidig.

»Sei nicht albern, Christina.«

»Was ist mit Rachel?«, rief ich.

»Warum schauen Sie nicht selbst nach? Sie sitzt im Wagen.«

Murray machte einen schnellen Schritt vorwärts, aber Christie packte seinen Arm, fester, als er ihr zugetraut hätte. »Nicht. Er lügt«, zischte sie.

»Rachel!«, rief Murray. Keine Antwort. Es wäre ihm ein Leichtes gewesen, sich von Christie loszureißen, aber er blieb unschlüssig neben ihr stehen.

»Sie ist im Wagen, Sie haben mein Wort.« Fergus ging langsam auf sie zu, mit ausgebreiteten Armen, wie ein Fernsehprediger, der die Welt willkommen heißt. »Lass ihn gehen, Christie. Er hat nichts damit zu tun.«

»Wenn Sie ihr was angetan haben, dann bringe ich Sie um!«, schrie Murray.

Fergus lachte.

»Mich liebt sie, Murray, mich hat sie geheiratet. Sie waren nur Zeitvertreib. Schauen Sie sich doch an. Sie kriechen im Dreck herum und machen den Laufburschen für eine alte Hexe. Nicht gerade Rachels Typ.«

Christie hielt Murrays Ellbogen fest umklammert und schob sich vor seinen Körper.

»Sie steht auf alte Männer, die dabei zuschauen müssen, weil sie es selbst nicht mehr auf die Reihe kriegen.«

»Deine Beleidigungen sind so klischeehaft wie deine Bücher.«

Murray hörte, wie Christie einmal, dann ein zweites Mal tief Luft holte.

»Wir sind doch alte Freunde, Fergus. Können wir uns nicht irgendwie einigen?«

»Sicher.« Der Professor machte wieder einen langsamen Schritt vorwärts.

Er ging vor wie ein gestandener Jäger, dachte Murray. Einer, der seine Beute lebend wollte, oder einer, der nahe genug an sein Objekt heranwollte, um einen sicheren Schuss abzufeuern.

»Gib mir den Kasten, und ich sorge dafür, dass sie eine anständige Beerdigung bekommt.«

Ihre Stimme war klagend.

»Warum darf ich sie nicht haben?«

»Weil man sich bei dir nicht darauf verlassen kann, dass sie in sicheren Händen ist.«

»Ich bin ihre Mutter.«

»Und ihre Mörderin.«

Christie umklammerte Murrays Arm noch fester und schaute ihm in die Augen.

»Er lügt.«

»Jetzt komm schon, Christie.« Fergus schlug einen verständigen Ton an. »Ich weiß nicht, was du unserem jungen Dr. Watson erzählt hast, aber ich war dabei, schon vergessen? Wir sind vielleicht alt, aber keiner von uns beiden ist senil. Du und Bobby, ihr habt sie für euer kleines okkultes Experiment benutzt.«

Der Kasten stand immer noch vor Christies Füßen. Sie bückte sich und berührte ihn mit den Fingerspitzen, als wollte sie dem, was sich darin befand, ihre Treue bezeugen.

»Du lügst.«

»Du weißt, dass ich nicht lüge.« Fergus war wieder einen Schritt näher herangekommen. Durch den Vorhang aus weichem

Nieselregen schaute er sie an. »Du hast nicht nur sie getötet. Du hast auch Archie getötet.«

»Nein, er hat sich selbst getötet.«

»Technisch gesehen hast du wohl recht. Aber wir wissen doch beide, dass er mit diesem durchlöcherten Pott nie bei Sturm rausgesegelt wäre, wenn er und ich nicht auf die Insel zurückgekommen wären und dieses Schlachthaus vorgefunden hätten.«

Fergus schaute Murray an. »Das hat sie Ihnen nicht erzählt, hab ich recht?«

»Sie hat mir ihre Version der Ereignisse erzählt«, sagte Murray. »Warum erzählen Sie mir nicht Ihre?«

»Glauben Sie etwa, er sagt Ihnen die Wahrheit?«, platzte es aus Christie heraus.

Im Gegensatz zur Leidenschaft Christies wirkte Fergus klar und rational.

»Archie und ich hatten die Nase voll von unserer Provinzidylle. Er hatte versucht, Christie zu überreden, mit uns in die Stadt zurückzufahren, aber sie blieb eisern. Bis zur Geburt waren es noch Wochen, also haben wir sie hiergelassen. Ich dachte, sie würde wie immer hinter uns herzockeln. Ich habe nicht verstanden, wie es jemand ertragen konnte, allein mit Bobby Robb zusammenzuleben, egal, für wie lange. Aber anscheinend habe ich seinen Charme unterschätzt. Lunan hatte keinen Führerschein, also hat er mich zwei Wochen nach unserer Abreise gebeten, ihn wieder zurückzufahren. Seine Ausrede war, dass er sein Manuskript hätte liegen lassen. Wenn das stimmte, dann hatte er es absichtlich vergessen.«

Christie hob zu einem leisen, wehklagenden Mantra an: »Du lügst, du lügst, du lügst, du lügst …«

Zum ersten Mal verlor Fergus die Fassung.

»Verdammt, das ist keine Lüge, und das weißt du genau. Wen willst du hier eigentlich zum Narren halten? Ihn?« Er zeigte auf Murray. »Mal sehen, ob er dir noch helfen will, wenn er die Wahrheit kennt.«

»Du lügst, du lügst, du lügst, du lügst …«

Christie setzte ihren Singsang fort, und Murray hatte den Eindruck, als würden die schwankenden Bäume und der immer noch fallende Regen den Rhythmus ihrer Worte aufnehmen und durch das ganze Tal tragen. Vielleicht glaubte Fergus das auch, denn er hielt kurz inne, und als er dann weitersprach, war in seiner ruhigen Stimme ein leichtes Zittern.

»Archie war ein chaotischer Säufer, aber rückblickend würde ich sagen, dass er sich das Kind sehnlichst gewünscht hat. Vielleicht glaubte er, dass die Vaterrolle ihm dabei helfen würde, einige seiner Dämonen abzuschütteln. Wer weiß?« Der Professor zuckte mit den Achseln. »Natürlich hatte auch ich ein Interesse an dem Baby. Also bin ich gefahren und er saß neben mir und trank. Als wir im Fährhafen ankamen, war er nicht mehr ansprechbar. Bis wir dann das Cottage erreichten, war er allerdings wieder so weit ausgenüchtert, dass er begriff, was geschehen war. In der Zeit, in der wir weg waren, hatte das Kind schon sein ganzes Leben gelebt. Wenn man so etwas sieht …« Seine Stimme zitterte. »Wir standen in der Tür. Es ist, als ob die Augen sich weigern würden, so etwas zur Kenntnis zu nehmen: Bobby und Christie, nackt, in einem Leichenhaus. Gott weiß, was sie alles genommen hatten, während wir in Edinburgh waren. Jedenfalls waren alle Fantasien Bobby Robbs über Reinheit und Opfer wahr geworden. Ich weiß nicht mehr, wie lange wir wie versteinert dagestanden und versucht haben, uns einen Reim auf dieses Bild zu machen … alles war rot … Archie begriff als erster, was passiert war. Plötzlich rastete er aus. Ich dachte, er bringt beide um. Und mich vielleicht auch noch. Ich weiß nicht, woher ich die Kraft hatte, aber ich habe ihn vor die Tür gesetzt. Ich dachte, ich würde verhindern, dass es noch mehr Tote gab.« Fergus holte tief Luft. »Den Rest kennen Sie.«

»Warum haben Sie nicht die Polizei gerufen?«

»Warum haben Sie sie nicht gerufen?«

Die Erklärung hätte zu lange gedauert. »Ich weiß nicht«, sagte Murray.

»Ich weiß es auch nicht. Vielleicht aus Mitleid mit Christie. Sie hatte begriffen, was sie getan hatte, und schrie, als wollte sie die Toten erwecken. Vielleicht aus Angst, mit hineingezogen zu werden. Schließlich stand nur mein Wort, dass Archie und ich unschuldig waren, gegen das von Christie und Bobby. Bobby kannte ich gut genug. Wenn es ihm selbst an den Kragen ginge, dann würde er alles tun, uns mit in den Abgrund zu reißen. Warum auch immer, es war ein großer Fehler. Von da an war ich erpressbar und musste mit Albträumen leben. Aber eins weiß ich sicher. Eher fahr' ich zur Hölle, bevor diese ganze Geschichte wieder ausgegraben wird.«

Murray sah die vor Fliegen wimmelnde Küche vor sich, das nackte, über den Tisch gebeugte Pärchen, zwischen sich das Baby. Es war zu viel. Er schloss kurz die Augen und fragte dann: »Was haben Sie eben gemeint, als Sie sagten, Sie hätten auch ein Interesse an dem Kind gehabt?«

Fergus stand jetzt so nah vor Murray, dass dieser dessen trauriges Lächeln sehen konnte.

»Überhaupt keine Vermutung?«

Murray nickte.

»Doch, denke schon.«

Christie beendete ihr Mantra. »Wenn du sie haben willst, dann musst du schon herkommen und sie holen!«, rief sie.

Fergus schaute Murray an.

»Werden Sie sich mir in den Weg stellen, Dr. Watson?«

»Das hängt davon ab, was Sie vorhaben.«

Die ganze Zeit hatten sie sich in einigem Abstand gegenübergestanden, wie zwei Widersacher, die sich unschlüssig waren, ob sie kämpfen oder fliehen sollten, bevor sie nicht wussten, über welche Waffen der andere verfügte. Jetzt rückte Fergus seine Mütze zurecht und ging über das Grasstück, um von Angesicht zu Angesicht zu verhandeln. Das war der Fergus, den Murray kannte: Der Dozent als theatralischer Showman, der Liebling der Studenten, das Kreuz der Sekretärinnen, der Kantinenschwadronierer und anerkannte Wissenschaftler, so widerlich, dass er sich zum Zuhälter seiner Frau machte, so aufgeblasen, dass er sich einen maßgeschneiderten akademischen Talar anfertigen ließ.

Murray schaute an seiner eigenen verdreckten und durchnässten Kleidung hinunter und wusste, dass es, egal, wie das Kind ums Leben gekommen war, und egal, was als Nächstes passieren würde. Mit seiner Karriere war es vorbei. Er war zu betäubt, um das ganze Ausmaß dieser Erkenntnis begreifen zu können, aber er wusste, dass es so kommen würde. Genauso wie ein trauernder Mann wusste, dass seine Benommenheit schon bald dem Schmerz weichen würde. Er drückte das Kreuz durch, wollte einfach nur weggehen und die beiden sich selbst überlassen, wollte gleichzeitig aber auch nicht, dass Christie dem rücksichtslosen Egoismus von Fergus ausgeliefert würde.

Es war, als nähmen seine Gedanken Verbindung zu Christie auf. Sie bewegte sich und machte ein Geräusch, das sich halb wie ein Keuchen, halb wie ein Stöhnen anhörte. Murray schaute sie an. Ihre Augen sahen riesig aus. Sie biss sich auf die Unterlippe, die sich zu einem angedeuteten Lächeln verzog. Murray schaute wieder zu Fergus, der mit der für ihn typischen Selbstsicherheit über das Gras schritt und sich keinen Deut darum scherte, auf dem ausgetretenen Pfad zu bleiben. Plötzlich begriff Murray, was gleich passieren würde. Er stieß Christie weg und schrie: »Halt, Fergus, bleiben Sie stehen!« Der Professor zögerte, und eine Sekunde lang glaubte Murray, seine Warnung wäre noch rechtzeitig gekommen. Dann fiel Fergus.

Erst sah es so aus, als sei Fergus einfach ausgerutscht und rückwärts in den Matsch gefallen. Aber noch in der gleichen Sekunde fing er an zu stöhnen und auf dem glitschigen Untergrund nach Halt zu suchen. Der Kampf war zu schnell und zu aussichtslos, als dass er noch einen einzigen weiteren Schrei hätte ausstoßen können. Zu hören waren nur noch der Wind in den Baumwipfeln und das verzweifelte Klatschen der Arme und Beine von Fergus, der in dem nassen Schlamm herumstrampelte und gegen die Schwerkraft ankämpfte wie ein Mann, der demonstrierte, wie es ist, wenn man ertrinkt. Dann war es, als ob ihn tief unten in der Erde etwas fest an den Beinen packte und kräftig zog, worauf er grauenerregend schnell in den unmarkierten Karsttrichter hinuntergerissen wurde und in der Tiefe versank.

Murray wollte loslaufen, aber Christie packte ihn am Fußgelenk und riss ihn nach unten.

»Wollen Sie auch untergehen?«

Er fiel neben ihr auf den Boden. Ihre dreckbespritzten Gesichter waren sich unerträglich nah. Murray kramte in seiner Tasche nach dem Handy und zog es heraus. Sie schlug es ihm aus der Hand.

»Jetzt ist er schon in der Hölle.«

Murray stieß sie weg. Er war jenseits davon, irgendetwas sagen oder denken zu können. Er rappelte sich auf, rutschte aus und schrie sein Grauen vor der Erde hinaus, die aber auch nichts anderes war als der Schlamm, in dem er sich schon seit einer Stunde herumwälzte. Er ließ sich wieder auf seine Hände und Knie fallen und fing an, auf den Trichter zuzukriechen, hielt aber schon nach ein paar halbherzigen Zentimetern wieder inne. Seine Angst, Fergus' Schicksal zu teilen, war zu groß.

Murray setzte sich auf den Hintern und schluchzte wie schon lange nicht mehr. Er sah sein schimmerndes Handy, steckte es ein und stand schwerfällig auf. Einen Augenblick lang stand er so da. Dann ging er schwankend von dem Cottage weg, wobei er genau darauf achtete, auf dem Weg zu bleiben.

»Alles Lügen!«, rief Christie. »Alles, was er gesagt hat, nur Lügen!«

Murray wandte ihr den Rücken zu und folgte dem gewundenen Pfad bis zu Fergus' Saab, dessen Scheinwerfer immer noch grell leuchteten. Er steckte den Kopf an der offenen Fahrerseite in den Wagen. Er war leer, keine Spur von Rachel. Murray drehte sich wieder um und schaute zu Christie. Sie lag im Scheinwerferlicht im Matsch, in dem von ihnen beiden aufgewühlten Matsch, mit den Händen die winzige Truhe umklammernd. Eine primitive Pietà. Er spürte, wie sein Magen sich verkrampfte, beugte sich nach vorn und kotzte die Überreste von Mrs Dunns Kuchen auf den Boden.

# 32

Murray wischte sich mit dem Handrücken den Mund ab. Dann ging er zurück, half Christie so behutsam er konnte auf die Beine und hob sich dann den Sarg mit dem toten Kind auf die Schulter. Wie ein dem Untergang geweihter Christopherus trug er ihn schweigend durch die Dunkelheit und den Schlamm. Außer einem geflüsterten »Danke« sagte Christie nichts. Sie ließ sich einfach um die Hüfte fassen und zu ihrem Wagen zurückführen. Der Regen hatte fast aufgehört, aber ihre verdreckten Körper waren ohnehin schon bis auf die Haut durchnässt. Irgendwo schrie ein Vogel. Ein seltsam menschlich anmutendes Geräusch, das Murray auf den Magen schlug.

Christie zitterte. Murray holte eine karierte Reisedecke aus dem Kofferraum, schlang sie Christie um die Schultern und verstaute sie zusammen mit seiner anderen Bürde auf dem Rücksitz. Ihre Hand bewegte sich zu dem Haken, mit dem die Truhe verschlossen war, und er flüsterte: »Bitte, Sie haben es mir versprochen. Erst zu Hause.«

Christie nickte und schob ihre Hand auf den Deckel, wo sie sie liegen ließ.

Murray ließ den Motor an. Die Frage, ob er fähig war zu fahren, war sinnlos. Er war zu gar nichts fähig. Vorsichtig ließ er die Kupplung kommen, und der Wagen setzte sich langsam in Bewegung.

»Gott sei Dank.«

Die Uhr am Armaturenbrett zeigte 3:45. Das ganze Abenteuer hatte weniger als zwei Stunden gedauert.

Es gab keine andere Möglichkeit, als auf dem gleichen Weg zurückzufahren. Murray zitterte jetzt auch. Er spürte das Lenkrad nicht, so taub waren seine Hände. Dass er es umfasst hielt, wusste er nur, weil er es irgendwie schaffte, den Cherokee durch die Kurven zu steuern.

Die Nacht war immer noch stockdunkel. Murray merkte, dass er schneller fuhr als auf dem Hinweg, machte jedoch keine Anstalten, das Tempo zu drosseln. Es hatte aufgehört zu regnen. Die Spuren, die ihre Reifen im Matsch hinterließen, würden also nicht weggewaschen. Da war nichts zu machen. Er ließ die Scheinwerfer aus und wunderte sich darüber, dass er noch an Selbsterhaltung dachte, obwohl ihm das tief im Inneren vollkommen egal war. Er schaute im Rückspiegel nach Christie. Ihre Hand lag immer noch auf dem Kasten, aber die Augen waren geschlossen, die Haut war gelb und der Mund schlaff.

»Christie?«

Sie schreckte auf. »Wo sind wir?«

»Wir sind bald da. Kopf hoch.«

»Ja.«

Das Vernuschelte in ihrer Stimme war schlimmer geworden, aber als er das nächste Mal in den Rückspiegel schaute, waren ihre Augen offen.

»Sie wussten, dass Fergus in das Loch fallen würde, stimmt's?«, sagte er.

»Wie denn? Der Trichter war nicht markiert.«

»Ich hab's an Ihrem Gesicht gesehen. Sie leben jetzt schon Jahrzehnte hier. Zumindest haben Sie gewusst, dass die Gefahr bestand, trotzdem haben Sie ihn nicht gewarnt.«

Ihre Stimme war wie ein Achselzucken.

»Er hätte eben auf dem Weg bleiben sollen.«

»Fergus hätte auf dem Weg bleiben sollen. Archie hätte nie mit dem Boot rausfahren sollen. Männer, die sich mit Ihnen einlassen, scheinen zum Leichtsinn zu neigen.«

Ihr Tonfall klang wie eine Kampfansage.

»Dann sollten Sie vielleicht vorsichtiger sein.«

»Was ist mit Alan Garrett? Hätte er auch vorsichtiger sein sollen?«

»Offenbar. Ansonsten wäre er nicht gegen einen Baum geknallt.«

»Haben Sie ihn auch getötet?«

»Ich habe nie jemanden getötet, außer vielleicht Miranda.«

»Wen?«

»Mein kleines Mädchen. Und das war eine Unterlassungssünde.«

»Nicht für Fergus.«

»Er hat gelogen.«

»Er ist nicht mehr da, um Ihnen widersprechen zu können. Aber selbst wenn er gelogen hat, scheint es so, als wären Sie ein Unglücksbringer, ein Magnet für halbe Selbstmorde.«

Ihre Stimme wurde höhnisch.

»Eine Rattenfängerin.«

»Eine Hexe genannt zu werden, ist längst nicht mehr so ehrenrührig, wie das früher mal war.«

Sie seufzte.

»Dr. Garrett war scharf auf Risiko. Wir haben darüber gesprochen. Er war der Typ Mann, der auf dem Bahnübergang abbremste, wenn ein Zug kam, der bei Sturm bis an den Rand der Klippen ging, der sich in der Rushhour im U-Bahnhof an die Bahnsteigkante stellte. Wussten Sie, dass er Felskletterer war?«

»Ja.«

»Er hatte gerade mit Free-Solo-Klettern angefangen, ohne Seile. Er hat mir erzählt, dass er manchmal absichtlich besondere Risiken eingegangen ist, dass er sich für einen unsicheren Griff entschieden und dann dem Schicksal seinen Lauf gelassen hat.«

Murrays Stimme war trocken.

»War ich halb verliebt in einen friedlichen Tod, gab ihm zärtliche Namen in manch träumerischem Reim.«

»Halb verliebt, halb verängstigt. Solche Männer sollten nicht heiraten. Aber sie tun's trotzdem. Ich nehme an, weil sie einen festen Anker brauchen. Ich habe seine Frau kennengelernt. Immer wieder erstaunlich, dass diese stabilen Frauen sich an verantwortungslose Männer binden.«

»Wie Sie an Archie?«

»Oh, ich war nie so stark. Wenn ich es gewesen wäre, dann hätte ich mich zusammengerissen und mein Leben weitergelebt, anstatt ewig in den Knochen rumzuwühlen.«

Ein unglückliches Bild, weshalb beide für einen Augenblick verstummten. Dann sagte Christie: »Keine Ahnung, ob Garrett jemals vorher über das Thema geredet hatte. Jedenfalls erregte es ihn, über seine Obsession mit jemandem zu sprechen, der das verstand. Ich sehe seinen Tod so deutlich vor mir, als wenn ich selbst dabei gewesen wäre. Er hat die leere Straße vor sich gesehen, den Baum, hat das Gaspedal durchgedrückt und dem Schicksal eine letzte Chance gegeben, ihn davonkommen oder gegen den Baum krachen zu lassen.« Sie schnaubte. »Eine Chance zu viel.«

Murray schloss die Augen. Er verspürte den Drang, das Gaspedal bis zum Boden durchzudrücken, um auszuprobieren, ob sie ihr oberflächliches Gerede durchhalten würde, während sie dem Tod entgegenrasten. Doch dann öffnete er die Augen wieder, behielt sein Tempo bei und lenkte den Cherokee auf den Weg am Rande des Moors.

Im Dunkeln konnte er sehen, wie die Fenster von Christies einsam gelegenem Cottage hell brannten. Er stellte sich vor, wie schön es im Sommer aussehen musste, das kleine Cottage, weiß leuchtend inmitten der grünen Landschaft. Heute Abend jedoch sah es aus wie eine Halloweenlaterne, die Fenster lodernd, die Tür glühend wie das Maul der Hölle. Er drosselte das Tempo.

»Haben Sie die Haustür aufgelassen, Christie?«

Er hörte das Rascheln, als sie sich auf dem Rücksitz aufrichtete.

»Nein.«

Das Gebäude war von einem Lichtkranz umgeben, der sich an den Rändern weich kräuselte. Murray schaute in den Rückspiegel und sah die Umrisse ihres Kopfes, die sich gegen das Rückfenster abzeichneten, den Haarschopf, der in einem verrückten Winkel vom Kopf abstand.

»Fergus.« Ihre Stimme klang verwundert. »Ich wusste immer, dass er mein Tod sein würde.«

Während er weiterfuhr, rechnete Murray jede Sekunde mit dem Aufheulen von Sirenen, aber außer dem sanften Motorbrummen des Cherokees störte kein Geräusch die Nacht. Er konnte jetzt die Flammen sehen. Sie waren durch die Fenster geborsten und leckten an den Außenwänden empor. Bald würden sie das Dach des Hauses verschlingen. Sie waren keine halbe Meile mehr vom Cottage entfernt, als Christie ihm befahl anzuhalten.

Murray bremste langsam ab und blieb stehen, stieg aus und half ihr aus dem Wagen. Das Innere des Hauses schien mit natürlichen Materialien vollgestopft gewesen zu sein – Holz, Papier, die leuchtend bunten Teppiche. Aber das Feuer roch giftig, als bestünde das gesamte Anwesen aus Plastik. Murray musste husten, seine Augen tränten. Er stand da, Christie stützte sich auf seinen Arm, und beide schauten zu, wie die Flammen das Haus nach und nach auffraßen.

Schließlich sagte sie: »Ich hätte die Fotografien und meine Memoiren in den Kofferraum packen sollen.«

Er nickte und stellte trotzdem die Frage, deren Antwort er schon kannte.

»Ist alles noch drin?«

»Ja, all deine holden Küken, dahin mit einem einzigen Schlag. Fergus wollte immer wissen, ob ich irgendwas von damals aufgeschrieben habe. Ich habe ihm gesagt, nein, aber wahrscheinlich wollte er kein Risiko eingehen.«

Ihr Lächeln war auf eine merkwürdige Art friedlich, als ob nichts davon noch irgendeine Rolle spielte. Sie drehte sich um und stakste ungelenk zur Hintertür des Wagens. Murray folgte ihr und half ihr wieder auf den Rücksitz. Der Schlamm auf seiner Kleidung begann zu trocknen, der Stoff wurde hart. Er wünschte sich nichts sehnlicher, als weg zu sein. »Was werden Sie jetzt tun?«, fragte er.

»Was ich schon immer tun wollte.«

Es war zu viel für eine Nacht. Er schaute zurück zu dem brennenden Cottage, hoffte auf Autoscheinwerfer, die auf das Haus zurasten, auf jemanden, der ihm diese ganze Scheiße abnehmen würde. Doch das einzig Helle waren die Flammen. Sie waren allein in der dunklen Weite der Moorlandschaft.

»Warum kommt niemand?«

»Vielleicht hoffen sie, dass ich drin bin.«

»Hassen die Leute Sie wirklich so?«

»Wer weiß?« Sie zuckte die Achseln, als spielte das keine Rolle. »Die Menschen auf dem Land haben einen festen Schlaf. Außerdem kann man das Haus von nirgendwo sehen. Wenn sie was gemerkt hätten, würden sie wahrscheinlich kommen.«

»Sie müssen das nicht tun.«

»Ich will es.«

»Es wäre besser, Sie warten noch.«

»Worauf?« Sie nickte in Richtung des Hauses und legte eine Hand auf den Sarg ihrer Tochter. »Ich habe alles verloren, und ich habe alles bekommen. Dem Leben gelingt nur selten ein derart perfektes Gleichgewicht.«

»Ich werde Ihnen nicht helfen.«

»Das brauchen Sie nicht. Ich habe alles Nötige mitgenommen, nur für den Fall.«

Murray atmete tief durch, ging ein paar Schritte in die Dunkelheit und fragte sich, ob sie das von Anfang an vorgehabt hatte. Er beugte sich vor und stützte sich mit den Händen an den Knien ab, weil er fürchtete, sich wieder übergeben zu müssen. Als er zum Wagen zurückgegangen war, hatte sie sich mit dem Rücken ans Seitenfenster gelehnt und die Beine auf den Rücksitz gelegt. Sie hatte die Decke bis zum Hals hochgezogen, und Murray konnte sehen, dass sie darunter etwas an sich drückte. Sie erinnerte ihn an eine Frau, die sich mit einem Stilltuch vor fremden Blicken schützte, während sie ihrem Kind die Brust gab.

Sie schenkte ihm ein Lächeln, das Bilder in ihm wachrief von dem Mädchen, das sie früher mal gewesen war, und sagte: »Tut mir leid. Die Gedichte waren nicht in Mirandas Sarg.«

»Waren sie je da?«

»Wahrscheinlich nicht. Es war Fergus' Idee, sie in den Sarg zu legen. Mir war das alles zu rührselig, aber er ist zum Cottage zurückgelaufen, um sie zu holen. Ich schätze, er hat es dann doch gelassen.«

Ihre Stimme war ohne jede Verbitterung.

»Was ist wirklich passiert?«, fragte Murray.

Sie überging die Frage.

»Im Kofferraum müsste eine Flasche Wasser sein. Könnten Sie sie mir bitte holen?«

Er holte die Wasserflasche und gab sie ihr.

»Sagen Sie mir, dass Fergus das alles erfunden hat.«

»Das habe ich doch schon.«

»Überzeugen Sie mich.«

Christies Stimme war ohne jede Emotion.

»Fergus hat gelogen. Miranda ist an Vernachlässigung gestorben. Wie wahnsinnig müssen Sie sein, dass Sie die Möglichkeit auch nur in Erwägung ziehen, ich könnte mein eigenes Kind geopfert haben?«

Murray schaute in die Dunkelheit. Dann blickte er wieder zu der alten Frau und suchte in ihrem Gesicht nach der Wahrheit. In ihren Augen spiegelte sich das brennende Cottage. »Ich gehe jetzt«, sagte Murray.

Christie nickte.

»In Ordnung. Ich bin nicht allein.« Sie schaute ihn an. »Glauben Sie, dass ich sie wiedersehe?«

»Wen?«

»Alle. Archie, Bobby …« Sie zögerte und fügte hinzu: »Fergus.«

»Ich weiß nicht. Würden Sie gerne?«

»Wenn wir wieder jung sein könnten. Am Anfang hatten wir viel Spaß zusammen.« Christie lächelte. »Eine tolle Zeit.« Sie schaute ihn an. »Vielleicht könnten Sie sie auch wiedersehen.«

»Nein.«

»Ich habe alle Ihre Artikel gelesen, Dr. Watson. Alles, was Sie jemals veröffentlicht haben. Archie steckt in jedem Wort, selbst wenn Sie über ganz was anderes schreiben, einfach weil er in Ihren Gedanken ist, auch wenn er abwesend ist. Und jetzt haben Sie ihn auch verloren.«

»Nicht ganz. Da ist noch das Material in der Bibliothek.«

»Wer, glauben Sie, hat das dem Archiv gestiftet? Ich habe nur wertloses Gekritzel weggegeben. Es reicht zum Anfüttern, sagt aber kaum was aus.« Ihre Stimme war sanft und tröstend. »Alles von Wert ist heute Abend in Flammen aufgegangen.« Sie zog eine Hand unter der Decke hervor und streichelte seine verschmutzten Finger. »Wer würde Sie vermissen? Ihre Frau?«

»Nein?«

»Ihre Familie?«

Er schaute zur Seite.

»Das habe ich mir gedacht.« In Christies Stimme lag die Verheißung von Frieden. »Ich spüre das immer.«

Sie zog etwas aus ihrer Tasche und steckte es zwischen ihre Lippen. Murray machte keine Anstalten, sie aufzuhalten. Christie fing an zu würgen. Er hielt ihr die Wasserflasche an den Mund.

Sie trank, führte eine Ampulle an den Mund und trank wieder. Sie hustete jetzt krampfhaft. Ungeschickt versuchte Murray, ihr Husten zu lindern, indem er ihr noch etwas Wasser einflößte. Aber das meiste davon lief ihr wieder aus dem Mund und übers Kinn. Das Husten ließ nach und war schließlich nur noch ein schwaches Stöhnen. Murray hielt Christies Kopf und drückte ihr die Flasche gegen den Mund, aber sie war schon schlaff. Er ließ sie auf den Sitz zurücksinken und sah, wie die ersten Strahlen der Morgendämmerung ihrem Gesicht einen rötlichen Glanz verliehen. Er stand da und betrachtete ihren Körper. Er wusste, wenn er die Decke zurückzog, würde er der Wahrheit, wie das Kind zu Tode gekommen war, vielleicht näherkommen, aber er brachte es einfach nicht über sich.

Er war sich nicht sicher, wie lange er reglos dagestanden hatte, als das Krächzen einer Krähe ihn aufschreckte. Er drehte sich um und sah sie am Rand des Weges entlangstapfen wie ein altertümlicher Geistlicher auf dem Weg zur Kirche. Die Krähe begegnete seinem Blick und neigte den Schnabel fragend zur Seite. Der Vogel schaute gelehrt und dämonisch, und Murray konnte den Gedanken nicht verscheuchen, dass es sich um den verwandelten Fergus handelte, der zurückgekehrt war, um Rache zu nehmen. Murray fuchtelte mit den Armen herum.

»Weg, verschwinde, hau ab.«

Der Vogel schlug mit den Flügeln und flatterte ein, zwei Meter von ihm weg, außer Reichweite, und setzte dann seine Besichtigungstour fort, wobei sein dunkler starrer Blick Murray weiter fixierte.

Um die Körper vor dem Eisenschnabel der Krähe zu schützen, schlug Murray die Wagentür zu. Dann wischte er mit seinem Schal seine Fingerabdrücke von Türgriffen und Lenkrad, auch wenn er sich nicht ganz im Klaren darüber war, warum er das überhaupt tat. Vielleicht, weil er nicht wollte, dass sein Andenken mit dieser Geschichte in Verbindung gebracht wurde. Dann machte er sich quer über die Felder zu Fuß auf den Weg zu Petes Hütte. Er war schon lange außer Hörweite, da hörte er in seinem Kopf noch immer das Krächzen der Krähe.

# 33

Als er die Hütte erreichte, hielt er immer noch die Wasserflasche in der Hand. Murray schaute sie an, als wüsste er nicht genau, wie sie da hingekommen war, und schleuderte sie in eine Ecke. Es war eiskalt in der Hütte. Er schaltete das Heizgerät ein. Die Stäbe leuchteten blau auf und verfärbten sich dann orange, was ihn wieder an Christies Cottage denken ließ. Er fragte sich, wie lange es brennen würde.

Murray zog seine Jacke aus, wobei er das Päckchen von James sah, das wundersamerweise immer noch aus seiner Tasche ragte. Er legte es auf den Tisch. Das eine Ende war zerknautscht und mit Dreck verschmiert. Ansonsten hatte es das haarsträubende Abenteuer besser überstanden als er. Anscheinend war Papier haltbarer als Fleisch und Blut. James hatte versucht, ihm etwas mitzuteilen, aber das spielte jetzt keine Rolle. Er war Archie so nahe gekommen, wie man nur konnte. Alles andere war unwichtig.

Murray zog sich aus, ging nach draußen und wusch sich an der Regentonne. Es war ihm egal, dass er sein Trinkwasser verdreckte. Immer noch zitternd setzte er sich vor den Heizstrahler und wartete, bis er trocken war. Dann zog er den Gürtel aus seiner Hose, stopfte die schmutzigen Klamotten in eine Plastiktüte und knotete sie zu. Die Sachen würden ihre eigene Geschichte erzählen.

Wahrscheinlich würde irgendwann Pete vorbeikommen, um mit ihm über die Funde auf der Insel zu sprechen. Murray wäre ein weiteres Fundstück. Daran war nichts zu ändern. Er überlegte, ob er einen Bericht über die Geschehnisse schreiben sollte, kam jedoch zu dem Schluss, dass er jetzt nicht schreiben konnte; er, der sein halbes Leben mit einem Stift in der Hand verbracht hatte.

Murray nahm den Whisky aus dem Regal, wo Fergus ihn hingestellt hatte, und trank einen großen Schluck direkt aus der Flasche. Er fing so stark an zu husten wie Christie in ihren letzten Zügen. Es kostete ihn einige Anstrengung, dass er den wertvollen Stoff nicht gleich wieder herausprustete.

Archie war aus dem Cottage gestürzt, vielleicht war er auch hinausgeprügelt worden. Wie auch immer, jedenfalls war hinter ihm die Tür zugeknallt und hatte ihn von der Katastrophe im Innern ausgesperrt.

Murray fiel das Adressbuch mit den roten Cordsamtdeckeln ein, das er vor ein paar Wochen in der *National Library* in den Händen gehalten hatte, das mit der Namensliste:

*Tamsker*
*Saffron*
*Ray – wirst du mein Sonnenschein sein?*

Welche Visionen hatte Christies anschwellender Bauch in Archies Kopf entfesselt? Welche Hoffnungen hatte er in sich getragen? Ihr Verlust hatte ihn in die Wellen getrieben. Archie hatte richtig gehandelt. Er hatte sich geläutert, hatte seinen Teil der Schuld angenommen und war der Zukunft, dem Schmerz, der ganzen beschissenen Sinnlosigkeit des Weiterlebens entflohen.

Murray saß nackt vor dem Heizstrahler, die Ellbogen auf den Tisch gestützt, und trank noch einen langen Schluck. Er schaute zu dem Haken hinauf, der ihm schon aufgefallen war, als Pete ihm das Cottage gezeigt hatte. Er vermutete, dass er zum Trocknen von Kräutern oder Fleisch benutzt worden war.

Was hatte Archie gedacht, als er mit windzerzausten Haaren

hinunter zum Strand gelaufen war? Hatte er gewusst, dass der Tod auf ihn wartete, oder hatte er sich einfach auf die gleiche Art dem Schicksal übergeben wie Alan Garrett? Murray setzte wieder die Flasche an und stellte sich Archie auf dem schmalen Steg vor, wie er das kleine Boot losmachte und dann an Bord sprang. Falls man sein Schicksal ausgewürfelt hätte, Tod oder Leben-im-Tod, dann wäre der Tod sicher der bessere Gewinner gewesen.

Murray kippte wieder einen Schluck und zog James' Kuvert zu sich heran. Von der Rückseite des Buchs schaute ihn in Schwarz-Weiß Fergus' Gesicht an. Als junger Mann war er attraktiver gewesen. Ein blonder, fransiger Haarschopf fiel ihm in die Augen, das Bild eines Poeten. Murray ahnte schon, was ihn zwischen den Buchdeckeln erwartete, aber er schlug wahllos eine Seite auf und begann zu lesen, was das Schicksal für ihn ausgesucht hatte.

*Ein Boot vor Anker, fest vertäut,*
*Hat mehr Spiel als du.*
*Holz und Wasser.*
*Erde und Seil.*

Gedichte lesend lief er im Kreis herum und leerte dabei die Flasche. Mit jedem Schritt und jedem Schluck schien er nüchterner zu werden. Es gab Computerprogramme zur Entschlüsselung von Vokabular und Syntax, die sein Urteil bestätigen würden. Möglich, dass jemand das untersuchen würde. Rab Purvis vielleicht. Er nahm einen Stift und schrieb auf den Titel: Diese Gedichte hat Archie Lunan geschrieben.

Damit war der gesamte Inhalt seiner Biografie erfasst.

Er trank den letzten Schluck aus der Flasche und schleuderte sie quer durchs Zimmer. Sie landete unversehrt auf dem Boden und rollte langsam bis zur Wand.

Wenn das Cottage einen Kamin gehabt hätte, hätte er seine Notizen jetzt ins Feuer geworfen. Sie in kleine Fetzen zu zerreißen und im Wind davonflattern zu lassen, hätte ihn eine ganze Stunde gekostet. Das hätte nur eine weitere Verzögerung bedeutet, eine leere Geste in einer Nacht bedeutsamer Ereignisse.

Stattdessen hob Murray den Gürtel vom Boden auf. Er benutzte den Stuhl als Treppenstufe und stieg auf den Tisch. Er hoffte, er würde sein Gewicht tragen. Der Gürtel hatte seinem Vater gehört. Ein guter Gürtel, aus spanischem Leder. Ursprünglich hatte ihn eine Schnalle in Form eines Indianerhäuptlings mit vollem Kopfschmuck geziert. Jack hatte sie durch eine aus schlichtem Silber ersetzt und den Gürtel Murray geschenkt. Die alte Schnalle hatte er ihm auch gegeben, in einem Papierumschlag, auf den er *Cowboy Chic* geschrieben hatte. Ein alter Witz aus der Zeit, als sie noch Teenager gewesen waren. Das war lange her.

Murray schob die Gürtelzunge durch die Schnalle, ohne sie festzumachen. Er war nie dazu gekommen, den Gürtel zu kürzen, passend für seine schmaleren Hüften. Er nahm an, dass er lang genug war.

Es war besser, wenn man über seinen Abgang selbst entschied. Vielleicht war man ein langbeiniger Stadtcowboy, immer gut für einen Witz und einen schlauen Spruch, und dann, schneller als man glauben konnte, war man ein alter Mann, unfähig, die Menschen, die einem die liebsten waren, noch wiederzuerkennen.

Die Menschen, die einem die liebsten gewesen waren.

Murray rieb sich die Augen. Er verknotete den Gürtel am Haken, packte die Schlaufe und hängte sich kurz mit seinem Gewicht daran. Oben zog sich der Knoten fest zusammen, unten schlug ihm die Schnalle gegen die Hand, eine schmerzhafte Schwachstelle in seinem Plan.

Es würde schon gehen.

Murray stieg wieder nach unten auf den Boden. Er spürte die bröckelige Pappe unter seinen nackten Füßen. Er zog den Tisch ein Stückchen nach links, stieg wieder hoch und legte sich die behelfsmäßige Schlinge um den Hals.

Draußen war es noch dunkel. Irgendwo kreischte ein Vogel. Er dachte an die Krähe, die auf dem Weg an Christies Körper vorbeistolziert war, und fuhr sich mit der Hand übers Gesicht. Eine Sekunde Mut, dann Frieden.

*Und gehn schon bald unsre Besten ein zu dir,*
*ihre Knochen ruhn, ihre Seelen sind erlöst.*

Murray trat vom Tisch und sah im Fallen Archies Gesicht am Fenster. Seine Beine zappelten, die Schlinge zog sich zu, die Gürtelschnalle schnitt ihm in den Nacken, genau, wie er vorausgesehen hatte. In seinen Ohren ein anschwellendes Rauschen, die Masse eines Ozeans rollte auf ihn zu, außerdem, ein anderes Geräusch.

Irgendwer – *Archie?* – umklammerte seine Beine, riss ihn in die Höhe, neutralisierte sein Gewicht. Murray spürte ein Gesicht an seiner Hüfte, die Arme um seine Knie schwangen ihn zurück auf den rettenden Tisch.

»Du verdammter blöder Wichser!«

Die Stimme war laut und entsetzt, Murray erkannte sie sofort.

Der Gürtel lag immer noch um seinen Hals. Murray verkrallte die Finger in die Schlinge, zerrte daran, aber sie blieb fest. Jack sprang auf den Tisch, schlug Murrays Hände weg und versuchte die Schnalle zu lockern. Murray hörte ihn stöhnen, roch seinen alkoholisierten Atem. Schließlich bekam er sie frei, und Murray konnte sich einmal, zweimal laut keuchend Luft in die Lungen saugen.

Sein Bruder drückte den Kopf gegen Murrays Brust. Einen Augenblick später nahm Jack den Kopf wieder weg und schaffte es, den festgeknoteten Gürtel vom Haken zu lösen. »Verdammt, Murray, hoffe, du hast versucht, dich umzubringen«, sagte er. »Wenn du nämlich hier so ein beschissenes Sexspielchen abziehst, dann häng ich dich gleich wieder hin.«

Murray schlang die Arme um den Bruder. Er konnte kaum

noch sprechen, für ein stammelndes Krächzen reichte es aber noch. »Wir haben ihn im Stich gelassen, Jack. Wir hatten ihm versprochen, dass er zu Hause sterben darf, aber wir haben ihn nicht gelassen. Er ist allein gestorben, in diesem beschissenen Heim.«

»Ich weiß, ich weiß.« Sein Bruder hielt ihn fest umschlungen. »Aber sie haben uns erzählt, dass es nur noch Tage dauern würde, ein paar Wochen vielleicht. Dad wusste, dass wir nur sein Bestes wollten. Er war stolz auf dich, Murray. Er hat dich geliebt. Er hätte nie gewollt, dass du so was tust. Das weißt du. Er wäre scheißwütend auf dich. Also, los jetzt. Komm da runter und zieh dir was an.«

Murray saß in der Jacke seines Bruders am Tisch. »Bist du wieder mit Lyn zusammen?«, fragte er.

»Nein.« Jack ging ins Zimmer nebenan, und Murray hörte, wie er nach irgendetwas suchte. Er kam zurück und warf Murray eine Hose und einen Pullover zu. »Du hast recht gehabt. Ich habe mich benommen wie ein dummes Arschloch. Wie heißt es in dem Lied? ›Das Wasser vermisst du erst, wenn der Brunnen trocken ist‹.« Er schaute Murray ängstlich an, als wollte er seinen Geisteszustand taxieren. »Gibt trotzdem gute Neuigkeiten. Du wirst Onkel.«

»Cressida ist schwanger?«

»O Gott, bloß das nicht. Deshalb bin ich überhaupt nur hergekommen. Lyn bekommt ein Baby, unser Baby, aber sie will nichts mehr mit mir zu tun haben.« Er schaute Murray mit seinen braunen Augen an. »Ich bin so scheißdeprimiert, deshalb wollte ich dich sehen.«

Murray dachte an das lodernde Cottage im Moor, an Christie und ihr Kind in dem roten Cherokee, an Fergus' Saab, der verlassen neben dem entweihten Grab bei den Kalköfen stand. »Kann gut sein, Jack, dass ich in den Knast muss«, sagte er.

POSTSKRIPTUM

# GLASGOW

# 34

»Ich hab zwei Jungs, zwei fantastische kleine Burschen. Sind sechs und elf.« Murray saß allein im Dunkeln und sah, wie der Gesichtsausdruck seines Vaters von erwartungsvoll zu ängstlich wechselte. »Hab' sie schon ziemlich lange nicht mehr gesehen. Die sagen, es geht ihnen gut, aber was wissen die schon? Hast du sie gesehen, Sohnemann?«

Jack sprach mit herzlicher, beruhigender Stimme.

»Ja, hab ich, ihnen geht's blendend ...«

»Gut, das ist gut.« Ihr Vater sah jetzt wieder zufrieden aus. »Die haben jetzt Ferien, oder?«

»Richtig.« Murray hörte an der Stimme seines Bruders, dass er lächelte. »Sind mit der *Boys' Brigade* unterwegs.«

Murray beugte sich vor. Er stützte die Ellbogen auf die Knie, legte das Kinn auf die verschränkten Hände.

Jack fragte seinen Vater, ob er wisse, wer er sei. Das Quälerische kehrte ins Gesicht seines Vaters zurück. »Wenn du's nicht weißt, ich kann dir da auch nicht helfen.«

Auf der Leinwand lachten der alte Mann und Jack.

»Keine Ahnung?«

Der alte Mann schaute angestrengt.

»Ich glaube nicht, dass ich dich kenne, Sohnemann.« Er zögerte, und ein Hauch von etwas, das Erkennen gewesen sein könnte, flackerte über sein Gesicht und ließ ihn lächeln. »Bist du der Bursche, der immer die Nachrichten vorliest?«

»Bingo, du hast mich durchschaut«, sagte Jack, und der alte Mann klatschte sich fröhlich aufs Knie.

Murray stand auf. Er schob sich durch die schwarzen Vorhänge hinaus in die Helligkeit der ganz in Weiß gehaltenen Galerie. Jack stand da, wo er ihn hatte stehen lassen. Er schaute beklommen.

Murray lächelte ihm traurig zu.

»Kann ich davon eine Kopie haben?«

Sein Bruder griff in die Jackentasche und zog eine DVD heraus. Murray nahm sie und schüttelte ihm die Hand.

Murray wusste gar nicht mehr genau, wie er das erste Polizeiverhör überstanden hatte. Jacks Rollkragenpullover hatte die Würgemale verdeckt, und die krächzende Stimme hatte er mit einer Kombination aus Erkältung und Sauftour erklärt. Trotzdem konnte er sich nicht vorstellen, dass seine schwächliche Vorstellung überzeugend gewesen war. Vielleicht hatte geholfen, dass die Polizei von Oban mit den Spuren, die sie gefunden hatte, schon überfordert war. Sie wollten gar nicht mehr.

Am Morgen hatte man leere Benzinkanister im Kofferraum eines verlassenen Saab gefunden, der einem angesehenen Professor gehörte. Der Professor selbst war wahrscheinlich in den Tiefen eines frisch eingestürzten Karsttrichters verschwunden. Auch schien es eine Verbindung zu geben zwischen ihm und einem Cottage, das, ohne dass es jemand bemerkt hätte, abgebrannt war, und außerdem zu der Besitzerin des Cottage, die man tot in ihrem Wagen aufgefunden hatte, zusammen mit einer leeren Giftampulle und dem Skelett eines Babys, das unter einer Decke auf ihrem Schoß lag.

Murrays Geschichte, dass ihm Christie trotz ihrer Verabredung nicht geöffnet habe, schien man Glauben zu schenken. Seine Verbindung zu Fergus wurde abgeklopft, aber wohlwollend. Schließlich besuchten zwei Detectives von der Strathclyde Police Murray in seiner Glasgower Wohnung, um sich für die Zusammenarbeit zu bedanken.

Falls sie von den Kartons mit Jacks Habseligkeiten, die sich im Flur stapelten, oder von der ungemachten Schlafcouch im Wohnzimmer überrascht waren, so schafften es die Beamten, es sich nicht anmerken zu lassen. Die vier Männer quetschten sich in die kleine Küche, wobei die Polizisten doppelt so viel Platz einzunehmen schienen wie die Brüder. Jack, schlau wie immer, blieb in der offenen Tür stehen, während sich die Detectives und Murray mit dem Rücken an die Küchenzeile lehnten.

Die Beamten nahmen die Einladung zu einem von Jacks viel zu starken Kaffee an. Die Zubereitung und das Einschenken entpuppte sich als kompliziertes Manöver, aber schließlich war es geschafft, und jeder hielt eine dampfende Tasse in der Hand.

Der Ältere der beiden Detectives bedachte Murray mit einem strengen Lächeln. »Ich muss zugeben, Dr. Murray, als wir herausfanden, dass Sie und Professor Baine Kollegen waren, und besonders, als wir auf ihr Verhältnis mit seiner Frau stießen, da hatten wir Sie im Visier.«

Er warf Jack einen verstohlenen Blick zu, als wollte er dessen Reaktion testen.

»Ist schon gut, mein Bruder weiß Bescheid«, sagte Murray.

»Ah.« Der Polizist nippte an seinem Kaffee, verzog das Gesicht und stellte die Tasse hinter sich auf die Küchentheke.

»Ihr Bruder.« Er schaute Jack an. »Sie waren auch vor Ort, richtig?«

Jack schenkte ihm sein gewinnendes Lächeln.

»Meine Freundin hatte mich gerade vor die Tür gesetzt. Ich hab' mich ein bisschen selbstbemitleidet und dachte mir, ich könnte Murray besuchen. Auf der Fähre bin ich einem Haufen Archäologiestudenten in die Arme gelaufen. Wir sind ins Gespräch gekommen und, na ja, wir hatten ein paar Gläschen zusammen. Dann bin ich zu Murrays Cottage geschwankt. Da muss das andere Cottage schon gebrannt haben. Unglücklicherweise hat mich mein Weg da nicht vorbeigeführt.«

»Richtig.« Der Polizist nickte. »So hat es ja auch in Ihrer Aussage gestanden.«

Die Tatsache, dass ihre Zeugenaussagen bis nach Glasgow vorgedrungen waren, beunruhigte Murray. »Warum wurde die Untersuchung eingestellt?«, fragte er. »Oder dürfen Sie das nicht sagen?«

Diesmal ergriff der jüngere Detective das Wort. Sein Gesicht war ausdruckslos, er hätte genauso gut über eine bei Rot überfahrene Ampel oder ein geklautes Fahrrad sprechen können.

»DNA-Proben aus Professor Baines Haus deuten darauf hin, dass das Baby, dessen Knochen in Ms Graves' Schoß gefunden wurden, seine Tochter war.«

»Gott.« Murray fuhr sich mit der Hand übers Gesicht. »Und was heißt das jetzt alles?«

»Offiziell handelt es sich um Unfalltod und Selbstmord. Was wirklich passiert ist, da sind Ihre Mutmaßungen so gut wie meine.« Er schaute Murray in die Augen. »Vielleicht sogar besser.«

Das Gesicht des älteren Beamten war hart. »Das heißt: Unsere Suche nach Verdächtigen in Zusammenhang mit den beiden Todesfällen ist abgeschlossen.«

Murray schaute auf seine Füße und verfiel in längeres Schweigen. Eine Angewohnheit, zu der er schon immer neigte und die ihn in letzter Zeit öfter zu befallen schien. Jack füllte die Pause, die peinlich zu werden drohte.

»Wir wissen das beide zu schätzen. Wie Sie sagen, die ganze Geschichte wird wohl immer ein Geheimnis bleiben.«

»Man kann nie wissen.« Der junge Detective wandte sich zum Gehen. Sein Kaffee stand auf der Theke und wurde kalt. »Plötzlich werden Fälle, die vor dreißig oder vierzig Jahre als abgeschlossen galten, wieder ausgegraben.« Er schaute Murray an. »Wie alte Knochen.«

Die Ausstellung würde erst morgen öffnen, und bis auf die Kuratorin, die am Eingang saß und auf ihren Laptop einhackte, waren sie allein in der kleinen Glasgower Galerie. Der Ausstellungsort war nicht so renommiert wie die *Fruitmarket Gallery*, aber diesmal war Jack auch der einzige Künstler und deshalb ginge das seiner Meinung nach in Ordnung.

Seite an Seite gingen sie durch die Ausstellung. Von jeder Wand blickte ihr Vater sie an. Es fiel ihm immer noch schwer, aber Murray konnte inzwischen hinschauen. Die Montagen mit Jugendfotos ihres Vaters waren ihm die liebsten. Der Junge aus Glasgow über die amerikanische Landschaft geblendet, die er so sehr bewundert hatte. Es gab sogar ein paar Fotos, auf denen er die Arme um ihre Mutter gelegt hatte. Fotos, die sie in die Konsumtraumwelt der Fünfziger zurückversetzte. Nach ihrem Tod hatte sein Vater die Auswanderungsabsichten fallen lassen. Ein merkwürdiger Gedanke, dass sie hätten Amerikaner werden können. Genauso merkwürdig die Vorstellung, dass Jack sie gar nicht gekannt hatte, dass er nicht mal die verschwommenen Erinnerungen besaß, an die Murray sich hatte klammern können.

»Hast du Lyn angerufen?«, fragte er.

»Ja.« Jack betrachtete eine Fotoserie. Vielleicht kontrollierte er, ob die Bilder alle gerade hingen. »Ich darf bei der Geburt dabei sein. Das ist ein Anfang.«

»Das Baby kommt erst in drei Monaten. Vielleicht ändert sich ja bis dahin noch einiges.«

»Vielleicht.« Jack schien nicht sehr zuversichtlich zu sein.

»Kommt sie morgen?«

»Glaube nicht. Ihre eigene Ausstellung öffnet Ende nächster Woche. Sie hat sicher noch einiges zu erledigen. Ist schon ziemlich lange her, dass sie das letzte Mal ausgestellt hat. Als sie die Arbeit noch hatte, hatte sie nie genug Zeit.« Er schaute zu Murray. »Hat sie dir eine Einladung geschickt?«

»Wenn du nicht willst, dass ich hingehe, lass ich es bleiben.«

»Nein, nein, geh nur. Leg ein gutes Wort für mich ein.«

So gingen sie in diesen Tagen miteinander um – höflich, rücksichtsvoll. Überhaupt nicht wie Brüder, hatte es manchmal den Anschein. Murray nahm an, dass das auf ihr Zusammenleben in seiner kleinen Wohnung zurückzuführen war. Die Gefahr war zu groß, dass auf so beengtem Raum die üblichen Sticheleien zu erbitterten Diskussionen ausarten könnten. Aber es war mehr als das. Sie hatten in den Wochen danach viel geredet, über ihre Eltern, Lyn, Cressida, Murrays merkwürdiges Abenteuer, und nun schien ihnen der Gesprächsstoff ausgegangen zu sein. Egal, sie hatten noch Zeit genug.

»Wie wär's mit einem Bier?«, fragte er.

»Später vielleicht, ich habe hier noch einige Dinge zu erledigen.« Jack berührte Murray am Arm und nickte in Richtung der Kuratorin. »Frag doch Aliah. Sie ist eine große Leserin, und ich habe mal fallen lassen, dass du Doktor für Englische Literatur bist.«

»Ich weiß nicht, Jack. Ich habe morgen einen Termin bei der *University Press*.«

»Du musst dich ja nicht gleich volllaufen lassen.«

»Trotzdem, hat zu lange gedauert, das anzuleiern.«

Jack schüttelte den Kopf.

»Schon erstaunlich. Wie kannst du dir so sicher sein, dass die Gedichte von Lunan sind?«

»Das ist doch in den bildenden Künsten auch nicht anders, oder? Du erkennst doch auch, wer etwas gemacht hat, auch wenn es nicht signiert ist.«

»Nee, wirklich nicht«, sagte Jack lachend. »In der Kunstwelt wimmelt es von Betrügern. Aber die meisten sacken das Geld ein und machen sich aus dem Staub. Ganz anders dein Professor. Allein die Vorstellung, dass der jahrelang in Secondhand-Läden seine eigenen Bücher aufkauft, aus Angst, einer kommt mal drauf, dass die Gedichte von Archie sind. Weiß eigentlich Baines Frau, dass ihr Mann Gedichte geklaut hat?«

»Ja.« Murray wandte den Blick ab. Er versuchte gerade, nicht mehr an Rachel zu denken.

Nach seiner Rückkehr hatte er sie zu Hause angerufen. Ihre Mutter hatte abgehoben. Sie hatte ihm schüchtern, mit englischem Akzent, für seine Anteilnahme gedankt und versprochen, sein Beileid auszurichten. Für den Brief hatte er Tage gebraucht. Er war nichtssagend und blieb unbeantwortet. Es war an einem Sonntagmorgen in der dritten Woche des Frühjahrssemesters, als Murray auffiel, dass die Tür zu Rachels Büro nur angelehnt war. Den Bruchteil einer Sekunde zögerte er, dann klopfte er leise an und machte die Tür weit auf.

Einen Augenblick lang glaubte er, die Frau, die aus den hohen Regalen Bücher in Pappkartons stapelte, sei Rachel. Als sie sich umdrehte, sah er, dass sie zwar die gleiche schmale Figur und das gleiche schimmernde Haar hatte, aber sie war ein bisschen älter, und ihr Gesicht war anders.

»Entschuldigung.« Ein leichtes, kleinlautes Zittern lag in seiner Stimme. »Ich dachte, Dr. Houghton hätte reingeschaut.«

Die Frau warf einen schnellen Blick in die düstere Ecke vor dem Fenster, wo die welken Blätter einer vernachlässigten Grünpflanze das Licht von draußen abhielten. Rachel richtete sich hinter dem Schreibtisch auf. Sie hielt ein für den Umzugskarton bestimmtes Buch in der Hand. Sie war leger gekleidet, in Jeans und einem grob gestrickten Pullover, der ihr mehrere Nummern zu groß war. Murray begriff, dass er wahrscheinlich Fergus gehört hatte.

»Murray.«

Ihre Augen erschienen ihm größer, als er sie in Erinnerung hatte. Die Augenlider sahen irgendwie verquollen aus. Die Schuldgefühle, die er seit seiner letzten Nacht auf der Insel mit sich herumtrug, wurden noch einen Hauch düsterer. Er stand verlegen in der Tür und brachte es nicht fertig, ganz in den Raum hineinzugehen.

»Die Tür stand offen.«

»Ich packe den Rest von meinen Sachen zusammen.«

Die andere Frau schaute ihn feindselig an.

»Der Wagen ist schon auf dem Weg.«

Rachel warf das Buch, das sie in der Hand hielt, in einen Karton und sagte: »Könntest du bitte mal nachschauen, Jenny, ob er schon da ist?«

Es klang mehr nach einem Befehl als nach einer Bitte. Die ältere Frau rührte sich nicht. Einen Augenblick lang glaubte Murray, sie würde sich weigern, aber dann stieß sie einen Seufzer aus und ging wortlos an ihm vorbei nach draußen.

»Mach besser die Tür zu«, sagte sie. »Wer weiß, wer am Sonntagmorgen noch alles hier rumschleicht.«

Murray hörte das leise Klicken des einrastenden Riegels, als er behutsam die Tür schloss.

»Na ja, der Rest des Instituts wird ja wohl was Besseres zu tun haben.«

Rachel drehte sich um, nahm ein paar Bücher aus dem Regal und schichtete sie ordentlich in den Karton.

»Danke für deinen Brief. Tut mir leid, aber ich bin nicht dazu gekommen, ihn zu beantworten.

»Niemand hat was gesagt, dass du gekündigt hast.«

»Fürchte, ich war in letzter Zeit nicht gerade entscheidungsfreudig. Die Kündigung habe ich erst heute eingereicht.«

Murray nickte und traute sich einen Moment lang nicht, etwas zu sagen. Dann fragte er: »Wohin gehst du?«

»Meine Schwester hat ein Haus bei Fontainebleau. Sie und ihr Mann haben mich beschwatzt, erst mal eine Zeit lang bei ihnen zu wohnen.«

Ihre Stimme war vollkommen tonlos. Die Worte klangen leer und roboterhaft.

»Kommst du zurück?«

»Nach Glasgow?« Kurz begegneten sich ihre Blicke. »Kaum.«

Er wollte sie fragen, ob er ihr schreiben dürfe, stattdessen sagte er: »Wie geht's dir?«

»Den Umständen entsprechend.«

»Es tut mir leid.«

»Das tut es jedem. Ein großer Verlust. Für mich, wenn nicht sogar für die Literatur.«

Wieder ließ die Tonlosigkeit ihrer Stimme alles aufgesetzt klingen. Er schaute ihr zu, wie sie wieder ein paar Bücher in den Karton packte, dann sagte er: »Ich war zur gleichen Zeit auf Lismore wie Fergus.«

Er war sich nicht sicher, was er ihr antworten würde, trotzdem wartete er darauf, dass sie ihn fragte, was passiert sei. Aber sie nickte nur.

»Ich wollte ihn verlassen. Ich habe es ihm gesagt, bevor er auf die Insel gefahren ist. Die Fotos, die er dir geschickt hat, waren der letzte Anstoß.« Ein dünnes Lächeln erschien auf ihren Lippen. »Nun ja, nicht die Fotos an sich, die Tatsache, dass er sie dir geschickt hat.«

»Er hat kein Wort davon gesagt, dass du ihn verlassen würdest.«

»Warum sollte er?« Rachel hob einen weiteren Stoß Bücher aus dem Regal und legte ihn in den Karton vor ihren Füßen. Sie drehte sich zu Murray um. »Ich frage mich schon die ganze Zeit, ob das, was auf der Insel passiert ist, irgendwas damit zu tun hatte.«

Er verstand gar nichts mehr. Er stand vor der Tür und wünschte sich nichts sehnlicher als die Rückkehr ihrer Schwester.

»Womit?«

»Der Tatsache, dass ich Fergus verlassen wollte. Du weißt doch, wie er war. Er war kein grober Klotz. Er war kultiviert und umsichtig, trotz seines Leichtsinns.«

»Ich kenne keinen Menschen, der weniger selbstmordgefährdet war als Fergus.«

»Möglich. Aber er war verstört. Vielleicht, nur für einen kurzen Moment, hat er seine Vorsicht vergessen.«

»Ich habe gehört, dass du dich umbringen wolltest.«

»Und das hast du geglaubt?«

Murray nickte. Zum ersten Mal bekam Rachels Stimme etwas Farbe.

»Du hättest es besser wissen müssen. Vielleicht führe ich mich manchmal töricht auf, aber dumm nur selten.«

Murray wurde schwindelig. Hinter ihm ging die Tür auf, und Rachels Schwester sagte: »Ralph ist unten, er parkt gerade den Lieferwagen ein.«

»Kann ich euch helfen?«, fragte Murray.

»Nein.« Ihre Stimme war schroff. »Wir kommen schon zurecht, danke.«

Er wandte sich zum Gehen, aber Rachel rief ihn noch einmal zurück.

»Murray … pass gut auf dich auf.«

»Du auch.« Er lächelte sie ein letztes Mal an und zog sich dann in die vertraute Dunkelheit des Institutskorridors zurück.

»Du hast geschafft, was du dir vorgenommen hattest«, sagte Jack. »Du hast Archie Lunan wiederauferstehen lassen. Zwei postume Bücher in einem Jahr, das wird Furore machen. Weißt du noch, was du gesagt hast? Dass ich den Science-Fiction-Roman lesen darf, sobald du eine Kopie davon hast.«

»Kriegst du. Soll ich dir die Gedichte auch kopieren?«

Jack zuckte mit den Achseln. »Wenn du willst.«

Das war die Antwort, mit der Murray gerechnet hatte. Unwillkürlich musste er lächeln.

Christie hatte den Science-Fiction-Roman, an dem Archie geschrieben hatte, als wertlos abgetan. Aber die apokalyptische Vision seines Autors könnte sich vielleicht noch als ein Klassiker des Genres entpuppen, mit dem Potenzial für mehr Leser, als die Gedichte jemals finden würden.

Sein Bruder redete immer noch. »Schätze, wenn die Gedichtsammlung so gut ist, wie du sagst, dann werden sich die Leute auch sein frühes Zeug noch mal genauer anschauen.«

Murray zuckte mit den Achseln. »Was spielt es schon für eine Rolle, wer die Gedichte geschrieben hat? Das Werk zählt, oder? Die Kunst, nicht der Künstler.«

Jack lachte. »Tja, da bin ich mir noch nicht sicher, ob ich dir da zustimmen kann.«

Er hob eine Hand, winkte und ging dann schnell zu dem Empfangstisch mit der Kuratorin, deren langes Haar ihr Profil verdeckte wie ein schwarzer Seidenvorhang. »Aliah, das ist mein Bruder Murray, von dem ich dir erzählt habe. Er ist der Schlaue in unserer Familie.«

Die Frau hob den Blick von ihrem Computer. Die braunen Augen schauten skeptisch durch die modische Brille.

»Ach, wirklich?«

Murray lächelte und ging auf sie zu. Das Lächeln war aufgesetzt, alles war aufgesetzt, aber für den Augenblick war es genau so, wie es sein musste.

# DANKSAGUNG

Die Autorin dankt dem Internationalen Künstlerhaus Villa Concordia in Bamberg und der Civitella Ranieri Foundation für ihre Gastfreundschaft und Hilfe während der Arbeit an diesem Buch.

Lismore ist eine wunderschöne, in der Meeresbucht Loch Linnhe vor der Westküste Schottlands gelegene Insel mit reicher Tierwelt und interessanten archäologischen Stätten. Die Inselbewohner sind freundlich, die Bed & Breakfasts tadellos geführt und gastfreundlich.

Für weitere Informationen klicken Sie auf www.isleoflismore.com